KB040227

엄마와의 약속

'인간의 길'을 찾는
어느 지역활동가의 회고담

엄마와의 약속

이동일 지음

논형

프롤로그

인간은 자기가 태어난 땅, 시대, 부모를 탯줄로 하여 한 생을 시작한다. 그것은 스스로의 선택이 아니라 우연이며, 운명이기도 하다.

전쟁도 아니고, 혁명도 아닌 코로나 바이러스가 세상을 멈춰 세우고 있다. 늘 북적이고 번잡하던 일상이 조용하고 한가롭기까지 하다. 학교 가고, 출근하고, 장사하고, 당연하게 여기던 일상에 제동이 걸렸다.

잠시 멈춰 서라는 듯. 그렇지 않으면 더 큰 재난이 기다리고 있다는 경고음일 게다. 신자유주의 세계화가 지구를 하나의 운명체로 만들어 놓았다. 1차 대 유행의 기세에 당황하여 봉쇄, 폐쇄, 거리두기로 방어에 총력을 기울였으나 2차, 3차 대유행에 변이까지. 그러다 말겠지 했는데, 2년이 넘어가고 있다.

백신 접종으로 집단 면역이 형성되기까지 얼마의 시간이 걸릴지 모른다. 대면 수업을 하니 마니, 다중 시설을 여니 마니, 재난 지원금을 주니 마니, 그러면서 조금만 참으면 이전의 시절로 돌아갈 수 있을 것 같은 희망 속에 시간을 소비하게 될 터이다.

'이전의 시절'. 그때가 좋았는가? 지지고 볶고, 쪼임을 당하며, 하루하루 전쟁 같은 삶이 그리운가? 그것이 일상이기에 일상으로의 복귀만 되면 모든 것이 제 자리를 찾는가? 코로나19 대유행이 바꾸어 놓은 세상을

'터닝포인트' - 분기점, 전환 시점으로 삼을 수는 없는가?

바이러스의 세계적 대유행은 그동안 우리가 선망해 왔던 유럽과 미국 등 선진국의 민낯을 그대로 보여주었다. 개인주의에 기초한 문명이 전염병의 재앙을 맞아 어떻게 붕괴되는지를 여실히 보여주고 있지 않은가. 개인의 욕망을 근원으로 자본주의를 살찌우고 그 욕망의 국가적 지배와 수탈로 오른 제국의 체제가 흔들리고 있다.

대한민국이 웃었다. 전염병 대유행에 대처하는 대한민국 구성원이 보였던 태도는 거저 나오지 않았다. 가까운 백 년의 역사 속에서 '식민지 - 분단 - 내전'을 겪고도 살아남았고, '산업화와 민주화'라는 두 마리 토끼를 잡았다. 부모 세대가 고통과 상처를 자양분 삼아 산업화의 주역이 되었다면, 자식 세대는 그것을 토대로 조금은 숨 쉬며 살 수 있는 민주화된 세상을 만들었다.

그것은 역동성이다. 외부의 적에 대해 목숨을 걸었던 애국심. 공동체를 지키겠다는 마음이 코로나 바이러스를 대하는 일차적 태도가 되었을 터이다. 가족을 위해 손발이 다 닳도록 잔업 특근을 마다하지 않던 인고의 세월. 측은지심으로 함께 살아 낸 마을 공동체의 유전자가 돌봄과 나눔의 가치를 불러내고 있지 않나 싶다.

그러고 보니 나는 참 운이 좋았다. 크지 않아 좋고, 사계절이 뚜렷해 생로병사의 사계를 몸으로 느끼며 살게 된 한반도 남쪽의 땅. 삼팔따라지 아버지의 독자 생존능력을 피 내림으로 받았고, 앉은뱅이 어미의 미소에 안겨, 신의주 할머니의 치마폭에서 자랐으니 말이다. 80년대 시대의 소명에 온몸을 던졌던 청춘이 있었다. 자본주의의 단맛을 짧게나마 맛보고 IMF 외환위기로 망가져 다시 일어서는 과정에 참 인생을 살게 되었으니 얼마나 다행인가. 그것도 노동하고 글 쓰며 사는 듯이 살아 본 사십 대를 지나, 오십의 나이에 새로운 판을 만들고, 그렇게 육십을 맞으니 말이다.

감옥에 가 있는 6개월 동안 하루도 빼놓지 않고 면회를 오던 아내에 대한 기억. '차라리 공부하라고 하지, 아빠 엄마가 살아가는 삶에 맞추어 크느라 너무 힘들었다.'는 큰딸. '먼저 산 삶을 보여준, 넘어져도 수 쓰지 않고 일어서는 아빠의 삶'을 응원하는 작은딸이 있어 이 땅에 오고 간 자취, 한 자락 남았으니 그 또한 축복받은 삶이다.

이 나이 먹도록 살 줄은 몰랐는데 살고 보니 이제야 인간의 역사가 보인다. 매 순간, 그것이 모든 것인 양, 그 순간만이 존재하는 것처럼 여겨졌었다. 지금도 그렇지만. 늘 청춘인 줄 알았다. 사십 즈음에 거울에 비친 내 모습은 아직 젊음이 가시지 않은 눈빛이었다. 오십 즈음엔 꺾어지는 세월을 미간에 드러냈으며, 육십 즈음엔 거울을 보기가 두렵게 늙어가는 세월을 느꼈다.

하, 불혹의 나이 사십이라더니. 그때 밀고 나온 강단으로 오십에 이르렀다. 지천명이라는 오십의 나이에는 분명 돌아봄과 돌아감을 예감하였다. 귀가 순해진다는 이순. 육십의 나이를 바라보며 팔랑개비 귀가 되었다. 이 말도 맞고 또 저 말도 맞는. 제 말만 말이라고 하는 꼰대가 많은데 참으로 다행이다. 직선보다 곡선이 아름다운 시절을 맞았다. 세월에 장사 없음이려나. 땅과 하늘, 별과 달, 나무와 숲이 더없이 아름답다.

'인생은 육십부터'라는 말이 두렵다. 굵고 짧게 살려 했는데, 길고 가늘게 살아야 하는 모양이다. 그래서 묻는다. 나는 어디서 왔으며, 어디로 가고 있는지. 또 묻는다. 산업화 시대를 살아낸 부모 세대와 민주화 시대를 살아낸 우리 세대, 다음은 어디로 가야 할지. 그들의 몫이기는 하지만 그것은 앞선 세대의 연대 책임이 분명 존재한다.

역동성이 사라지면 정체만이 남는다. 공무원사회에선 두 부류로 명확하게 구분된단다. 진급을 좇는 무리와 그에 배제되어 부동산과 주식 쪽으로 눈을 돌리는 이들로. 한 편에선 자발적 복종이 다른 한 편에선 대박을 꿈꾸는 개인적 욕망만이 꿈틀거린다. 어디 공무원사회뿐이랴. 부와 가난이 유산처럼 상속되는 불평등 구조, 부모 찬스에 학연, 지연으로 얽힌 불공정 구조.

자본주의의 물질적 풍요와 민주화를 이룩한 세상에 태어난 아이들은 그러한 후과를 누려야 마땅하건만 삶이 더 팍팍하니 이게 어찌 된 일일까? 부모 세대는 먹고 살기 위해 안간힘을 쓰며 자식들을 키워내는 데 목숨을 걸었고, 우리 세대는 외세와 독재, 불평등과 싸우는 데 목숨을 걸었다. 지금은 목숨 걸 그 무엇이 없다.

먹고 살고 누릴 만큼의 자유를 누리다 보니 대의보다 개인이 우선한다. 수명은 늘고 부와 기득권은 기성세대가 놓지 않고, 좁아진 일자리와 치열해진 경쟁은 갈수록 압박 수위를 높인다. 그저 안정적 생활에 대한 갈망으로 스팩 쌓기에 여념이 없다. 낭만도 열정도 자취를 감춘 지 오래다. 배제와 혐오가 뒤따른다.

대전환이 필요한 시기. 코로나 바이러스가 적시에 경고음을 내는 것은 아닐까. '이대로는 안 돼. 공멸이야.' 하고 말이다. 현재는 지나온 과거의 산물이다. 오늘을 있게 한 어제의 서사를 되짚어 보아야 오늘의 모습이 제대로 보인다. 그래야 내일의 이야기를 쓸 수 있다.

이 책을 쓰는 이유다. 그저 개인사의 넋두리가 아닌 흘러와 과거, 부모 세대 흐르고 현재, 우리 세대, 흘러가는 미래, 자식들의 세대 인간사에서 '나는 누구인가, 어떻게 살 것인가, 어떻게 죽을 것인가'를 묻는 성찰의 이야기다. 자서전 투를 벗어나기 위해 두 명의 화자가 글을 끌고 나가려 한다.

묻는 이는 '이 선암'이다. 선암은 착한 바위라는 뜻을 담고 있다. 자기는 착하지 않다고 말하지만 어떤 일이든 자기 것으로 만들려는 욕심이 없는 선함이 그 바탕에 있다. 선암은 이제 오십 대 중반이다. 답하는 이는 '이 제야'다. '이제야 알 것 같다'는 의미이기도 하고, 말하는 대로 쓰면 '재야'다. 제도권 안이 아닌 제도권 밖의 세상, 들에 있음이라는 뜻이기도 하다. 제야는 육십을 코앞에 두고 있다. 둘은 시골 청소년들과 만나며 다음 세대의 희망을 보고 있다. 마을 학교, 마을 공동체를 고민하며 동행하는 사이이다.

현재를 함께하며 지난날을 돌아보게 되는 관계다. 무엇을 할 것인가를 나누는 사이이다. 그래서 둘 사이에 진행되는 이야기는 어제와 오늘, 그리고 내일의 이야기를 담고 있다.

차례

오래된 사진첩 속의 어린 날들.

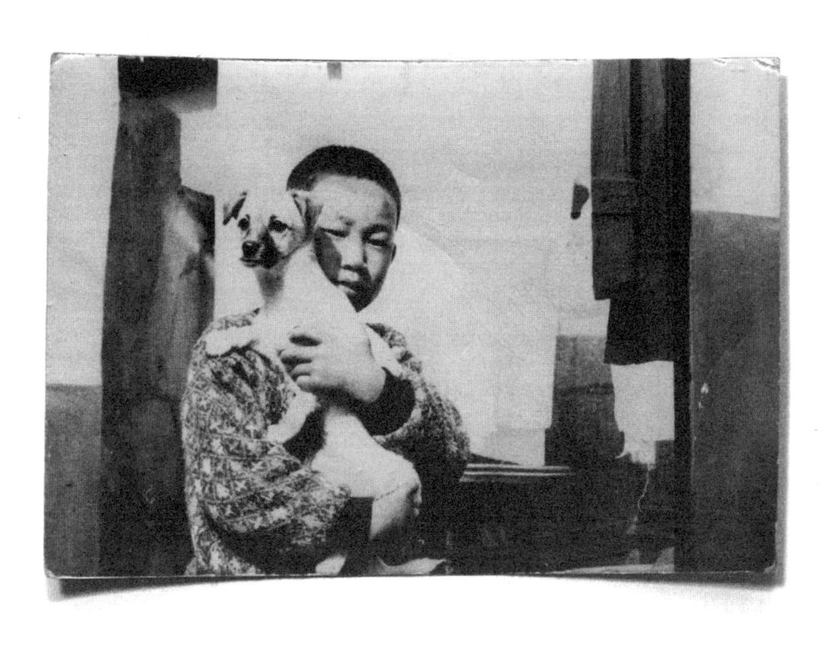

앉은뱅이 엄마를 대신해
늘 따라 다니셨던 아버지와 함께.

초등학교 6학년,
첫 웅변대회 참가모습.

박정희 유신정권의 한 가운데
모범생으로 촉망받던 중학교 학생회장 시절 모습.

교련복을 입고
수원 용주사로 소풍 갔을 때의 모습.

부모에게서 왔다.

우연을 가장한 필연적 혈연관계로

이 땅에 온 것이다.

대한민국 땅에서 1963년생으로.

나는 어디서 왔는가

1

아버지의 고향은 평안북도 정주다. 이름의 끝자리에 '구'자가 들어간다. 아홉 번째로 태어났다는 뜻이다. 1921년생이니 일제 식민지 시대에 청소년기를 보냈을 터다. 입 하나 덜자고 소학교 졸업하고는 바로 만주의 시계방에 취직했단다. 그렇게 점원 생활을 하다 해방을 맞으셨고. 월급으로 받은 시계를 팔뚝에 줄줄이 차고 고향 집에 돌아와 선물로 나눠주었다는 이야기를 웃음 가득한 아버지에게서 들은 것이 생생하다.

"아버님이 목사님이셨다면서요?"

선암이 물었다.

"점원 생활을 할 때 그곳에서 만난 어느 할머니에게서 전도를 받았고, 교회 생활을 하셨던 모양이에요. 교회에서 아이들을 가르치기도 하면서 전도사 비슷하게 청년 시절을 보내지 않았을까 싶어요."

"그렇다고 그냥 목사님이 되시지는 않았을 텐데."

"북쪽에 소련군이 진주하고, 삼팔선이 그어지면서 기독교인들이 대거 남쪽으로 내려오지 않았어요. 그때 남쪽으로 내려오셨대요. 해방 후 어수선한 때라 그리스도 신학대학을 마치고 신당동에서 전도사 생활을 하셨나 봐요."

"얼마 지나지 않아 한국전쟁이 터졌겠네요?"

"전쟁 나기 1년 전에 결혼하셨어요. 엄마 고향은 신의주예요. 딸만 둘이었던 외할머니는 식민지 시절 기독교 신앙으로 신사참배를 거부하다가 한 달간 옥살이를 할 정도로 기골이 장대하셨어요. 해방 후 두 딸만 데리고 남쪽으로 내려온 거지요. 신앙촌에도 계셨다고 하고요. 아마도 신당동 교회에서 만나셨겠지요. 전도사와 결혼을 시키신 거지요. 그리고 전쟁이 난 거예요."

"그때 어머님이 파편을 맞으신 거네요."

"북한군이 처음 서울에 들어왔을 때 피난을 가지 못하셨나 봐요. 아버지는 징용을 피해 숨으셨고, 외할머니와 엄마만 서울에 남았었는데. 문제는 서울수복 과정에서 생겼어요. 유엔군이 인천상륙작전으로 서울로 진격하며 공습이 이루어졌는데, 그때 교회 신도들과 함께 지하 방공호로 몸을 피하셨나 봐요. 외할머니와 떨어져서요. 공습과 함께 미군이 서울로 진입했고, 빨갱이가 숨어있을지 모른다고 방공호에 수류탄을 던졌데요. 머리에 파편을 맞고 오른쪽 팔과 다리가 시체에 깔려 마비가 될 때쯤 해서야 외할머니와 아버지가 엄마를 발견했대요."

"한참 전쟁 중이었으니."

"뇌수술은 한 번 받으셨나 봐요. 그리고 부산으로 피난을 떠난 거지요. 천으로 조잡하게 만든 들것에, 리어카에 엄마를 싣고 그 먼 부산까지

갔다고 생각해봐요. 전쟁이 소강상태에 이르고, 휴전이 거론되면서 서울로 올라오는 길에 용인 신갈에 머물게 된 거지요. 길게 지어 여러 세대가 함께 살던 흙집 방 한 칸을 얻어 살림했대요. 엄마가 몸이 불편하니 전쟁이 끝나고도 서울로 올라가지 않고 이곳에 정착하신 거예요. 그 와중에도 아버지는 다시 삼육대학 신학과에 다니고 건국대 정치외교학과도 다니신 모양이더라고요."

"이북에서 내려오신 분들이 모두 의지력이 강한 것 같아요. 그런데 신학하고 정치 외교학 과라."

"신앙을 교조적으로 받아들이지 않았던 것 같아요. 월남한 기독교인들이 하나의 집단으로 유대감을 가지고 있었던 듯한데, 그리스도 신학교든 삼육대학 안식일 교회든 비주류 소수 종파였어요. 거기에 정치에 뜻을 두기도 했다는 것이고. 아마도 삼육대학 신학과를 다니면서 안식일 교회를 세운 건 하나의 방편이기도 했던 것 같아요. 휴전이 되고 부산 피난길에서 올라오던 중 정착한 용인 신갈에 안식일 교회를 세우고 전쟁고아들을 가르치는 학교를 시작으로 중학교를 세웠어요. 미국의 안식일 재단 후원으로 가능했던 것 같고요."

"안식일 교회는 토요일을 주일로 예배드리잖아요."

"맞아요. 그래서 안식일 교회에 다니는 사람들은 자식들을 토요일엔 학교에 보내지 않았어요. 그런데 아버지는 목사이면서도 토요일에 학교를 보냈지요. 네다섯 가정이 예배를 보는 아주 작은 교회였어요. 교회에서 금전적 지원을 받지 않고 아이들을 가르치는 학교에 열심이셨던 것 같아요. 외할머니한테 전해 들은 이야기로는 처음 학교를 지을 때 통나무 몇 개밖에 없었대요. 그 나무들을 앞에 놓고 학교를 세워달라고 기도하셨다나요. 블록 형태의 벽돌을 찍어 학교를 손수 지으셨어요. 토박이도 아니고 전쟁 통에 굴러들어 온 이가 교회를 세우고 학교를 짓고 했으니 지역에서야 달가운 일은 아니었을 거예요."

"어떻게, 가능했을까요?"

"아마도 그냥 하셨을 거예요. 어수선한 세월이라 가능했을 거고요. 큰 후원자가 있었지요. 외할머니요. 경제적 책임은 모두 외할머니가 맡으셨던 것 같아요. 기골이 장대하고 사내대장부 같았던 신의주 할머니는 농사를 거의 혼자 지으셨어요. 과정은 잘 모르겠는데 하여튼 돈이 생기기만 하면 세 들어 살던 주변의 땅을 사셨던 것 같아요. 그렇게 십 년 만에 번듯한 기와집으로 이사했고, 거기서 제가 태어났어요. 큰누이가 54년생, 작은누이가 57년생, 형이 60년생, 제가 63년생이니 휴전 후 십 년 동안 삶터도 가족도 만드신 거지요."

"어머니가 전쟁 중에 많이 다치셨잖아요."

"휴전 후 큰 수술을 한 번 더 받으셨다는데 오른쪽 팔과 다리를 쓰지 못하셨어요. 왼손으로 바닥을 짚고 앉은뱅이걸음으로 생활하셨지요. 그런데도 두 분 금슬이 좋으셨나 봐요. 2남 2녀의 자식을 두었으니. 외할머니가 있어 가능했을 거예요. 아픈 딸 건사하고, 농사짓고, 사위 일 할 수 있게 해 주고. 제가 대학 4학년 때 돌아가셨는데 그때까지도 당시에 전신불수 된 딸을 간호하셨어요. 신사참배를 거부하고 옥살이를 할 만큼 신앙심이 두터우셨어요. 그 신앙이 겸손했기에 주변 사람들을 품어 안을 수 있었고 타향 땅에서 뿌리 내릴 수 있었던 것 아닌가 싶어요."

"외할머니 영향이 컸던 것 같아요."

"외할머니 치마폭에서 큰 거지요. 할머니 방에서 모여 같이 자고, 밭농사 따라다니고, 닭 돼지 먹이 주고 똥 치우고. 동네 사람들도 할머니한테 함부로 못 하셨던 것 같아요. 주변 사람들에 손도 크시고 시원시원하셨으니까. 그런 모습이 손자들에게도 큰 그늘이 되었던 것 같고요. 나중에 또 이야기할 기회가 있겠지만 배성촌이라고 학교가 문 닫은 후 가난한 동네가 들어섰는데 그곳 사람들에게 할머니는 거의 물주이자 정신적 후견자였었거든요."

"어머님은 어떻게 지내셨어요?"

"걷지 못하시고, 오른쪽 손을 쓰지 못하시니 밥이나 빨래는 못하셨어요. 아궁이 부엌에 우물이 있던 시대니까. 대신 집 안 청소는 다 하셨던 것 같아요. 방바닥이 반질반질하도록 정갈했으니까. 앉은뱅이걸음 왼손 하나로 닦으신 거지요. 겨울엔 가족들이 털실로 짠 치마나 바지, 스웨터를 입었는데 그게 모두 엄마가 왼손 뜨개질로 짠 옷이었어요. 움직이지 못하는 오른쪽 팔 겨드랑이에 천을 끼고 대바늘을 고정한 후 왼손을 움직여 털옷을 짠 거지요. 오래된 옷은 풀어서 털실을 만들고 그 털실로 다시 옷을 짜고. 늘 바느질하는 엄마를 본 듯해요."

"앉은뱅이셨어도 살림을 하신 거네요."

"집 안 청소나 옷 만드는 거는 엄마가 맡고, 경제 살림은 외할머니가 하고, 그래서 아버지가 학교를 꾸려 나갈 수 있었던 거지요. 아버지는 집안 살림에는 보탬이 되지 않으셨어요. 그것이 아마도 제가 성장하는 밑거름이 되지 않았나 싶어요. 엄마가 집에 늘 계셨으니 정서적으로 안정되었을 테고, 일하는 할머니 옆에서 자연스레 노동하는 일머리를 배우고, 학교 교장 선생님이었던 아버지는 존경의 대상이었으니까요."

•
2

"아버지가 하셨던 그 중학교 이야기 좀 해 주세요."

"어려서의 기억이라 잘 몰라요. 딱 하나 생각나는 것이 68년 경부고속도로가 나던 해예요. 내가 여섯 살 정도. 학교가 경부고속도로가 지나가는 자리였던 거지요. 아버지가 끝내 물러서지 않았는데 학교를 철거하려고 새벽에 포크레인이 학교를 부수고 있었나 봐요. 막내인 저를 깨워 학교로 달려갔고, 포크레인 불빛에 비친 아버지 모습만 또렷이 남아 있어요. 강렬한 인상으로."

"그래서 그 뒤로는 어떻게 되었는데요?"

"공동묘지로 쓰던 면 외곽의 땅을 대토로 받으신 것 같아요. 그곳에다 다시 학교 터를 조성할 때 이장하지 않은 봉분이 몇 개 있었던 기억이 나요. 산자락 허허벌판 같은 느낌이었어요. 블록 벽돌을 찍고 스레트 지붕을 얹고 교실 모습이 갖춰졌어요. 그곳에서 아버지한테 자전거를 배웠던 기억이 나요. 딸들도 자전거를 탈 줄 알아야 한다고 모두 가르쳤고요. 당시엔 흔하지 않던 아버지였지요. 그리고는 몇 해 지나서 그 터 바로 뒤 골짜기에 공립 중학교가 들어서면서 아버지는 학교 문을 닫았어요. 제가 초등학교 이 삼학년 무렵으로 기억돼요."

"왜, 학교 문을 닫았어요?"

"사립학교로 학교 재단이 있었던 것도 아니고, 아버지 개인이 학교를 운영해 왔던 건데. 전쟁고아들 공부하는 곳으로 시작해 중학교 모양을 갖추긴 했어도 정식 중학교 인가가 나지 않은 학교였던 거예요. 지역에 잘 사는 집 아이들은 수원으로 다녔고, 가난한 집 아이들이 주로 학생이었는데, 베이비 부머라고 하잖아요. 58년생부터. 전쟁 후 출생률이 높아지면서 기흥읍으로 승격되고 신갈에도 공립 중학교가 들어선 거지요. 큰누이와 작은누이는 아버지가 세운 배성 중학교를 나왔는데, 형과 저는 신갈 중학교를 나왔어요. 형이 3회, 제가 6회 졸업생이에요. 그렇게 배성 중학교가 17회 졸업생으로 문을 닫은 거지요."

"아, 이름이 배성 중학교였군요. 그 뒤 학교는 어떻게 되었어요?"

"우여곡절이 많았지요. 70년대 초반에서 중반으로 넘어가는 시기였어요. 정치적으로는 유신시대가 막 시작되는 시기이고 경제적으로는 경제개발 5개년 계획이 속도를 내고 있던 때니까요. 새마을 운동이 새마을 공장으로 확대되는 시기였는데, 학교로 사용하던 땅과 건물을 새마을 공장으로 바꾸면서 아버지에게 부사장 자리를 제안한 거예요. 교회와 학교일만 하던 양반이 사업을 시작했으니 어째 불안하지 않아요. 피혁 자투리 재료로 사진 필름을 만든다는 거예요. 피혁 자투리만 한가득 쌓아 놓고 기계 설비가 일본에서 들어와야 한다며 시간만 흐른 거지요. 부지와 땅을 회사 명의로 돌려 팔려고 했던 것 같아요. 외할머니가 들이받으셨고, 급기야 폭력 사태로 번졌는데 그 책임으로 아버지가 대신 고소를 당해 감옥에 가셨어요. 한 달 정도 구치소에 계시다 나왔는데 그 덕으로 땅은 뺏기지 않은 걸로 알아요. 한여름이었는데 두부 사 들고 구치소 앞에서 아버지를 기다리던 기억이 나네요."

"그래서요?"

"바로 그 학교 터에 학교 이름을 따서 배성촌이 생긴 거예요. 교회에서도 떠나 있었고, 학교도 닫았고, 사업도 실패했으니. 그곳에 마을을 만드시더라고요. 시골에서 한참 서울을 비롯한 경기도 인근으로 사람들이 몰려들기 시작하던 때였어요. 학교 건물 짓듯이 블록 벽돌에 슬레이트 지붕을 얹어 한 집에 두 가구가 살 수 있는 집을, 십여 채 지었어요. 임대를 한 거지요. 나머지 터는 1년 도지세로 쌀 한 가마 값을 받고 집을 지을 수 있게 내주었어요. 그래서 한 삼십여 가구가 서울의 달동네처럼 옹기종기 모여 사는 동네가 형성된 거지요. 그 집세 관리며 도지세 관리를 몽땅 외할머니가 하셨어요. 그 동네에서 제일 끝발 있는 분이 된 거지요."

"아버님이 건축에 일가견이 있으셨던 모양이에요."

"학교를 지으면서 터득한 일들이었겠지요. 내가 초등학교 6학년 때 집을 새로 지었어요. 그것도 세 채를. 살던 집 마당 앞의 밭 도로 옆에 두 동을 지어 세를 놓고, 밭 안자락에 살림 집을 지었어요. 그 당시 새마을 운동의 여파로 적벽돌 구조에 슬래브 지붕이 유행하기 시작했는데, 고추를 널 수 있는 옥상이 있는 게 참 좋았어요. 아버지의 노년을 임대 소득으로 살아가려 하신 거지요. 그때 집 짓는 일을 거들면서 기본적인 현장 일머리를 배운 거 같아요. 못 뽑는 것부터, 자재 정리하는 거, 청소하는 거 등등 기본을 배운 거지요. 내가 어쩌다 건축 일을 하게 되었나 생각해보니 어렸을 적 영향도 있었던 거지요."

"잘 살았네요."

"그러니 굴러 온 돌이 박힌 돌 뺀다고, 토박이 사회에선 아버지가 매우 못마땅했겠지요. 불법 건축물로 고발을 당했던 적이 있어요. 집을 짓고 그 뒤로 건물을 달아내서 셋방을 들인 거지요. 그 당시 면장을 하던 이가 한동네에 살았는데 고발을 당하니 면장 집도 불법 건물이 있다, 고발하려면 다 해라, 민원을 넣어서 면장이 징계를 먹었었나 봐요. 그 일이 자식들 대에 이르러서까지 감정으로 남아 있더라고요. 아버지가 그렇게 민원 넣는 일을 참 싫어했던 기억이 나요. 이승만 정권 시절부터 야당 성향에다 때때로 민원을 넣으니 관청 사람들하고는 척을 지고 살았지요."

"이웃 사람들하고는 어땠어요?"

"이웃 사람들의 따듯한 정을 받고 자라지는 못한 것 같아요. 왕래하던 집이 특별하게 생각나는 게 없어요. 그래도 아이들 세상은 달랐어요. 형 따라서 동네 아이들과 구슬치기와 딱지치기로 깜깜해질 때까지 놀았던 기억이 나요. 동네는 작았어요. 띄엄띄엄 삼십여 가구가 모여 살았는데 담장을 사이에 두고 있던 집이 잘사는 집이었어요. 조선시대 진사 집안 이력이 있는데다 그 집 땅을 밟지 않고는 다닐 수 없다고 할 정도였으니까요. 옴 약국집이라고 불렸는데 부스럼 같은 치료에 유명한 집이었어요. 기와로 된 대문채를 들어서면 안마당이 있었고, 현대식으로 지어진 본채가 있었는데 어려서 할머니하고 그 집 옥상에 고추를 널러 다니던 기억이 나요. 그 집 막내가 저하고 동갑이었는데, 예쁜 옷에 머리 땋고 공주처럼 크는 모습을 훔쳐봤던 기억이 나요. 그 엄마가 양장에, 화장하고 다니셨는데 그것도 부러웠던 것 같고요."

"어린 시절이 평탄했네요."

"초등학교 6학년 때까지 살았던 그 기와집이 내 뿌리고 고향이란 생각을 하지요. 디귿 자 형태의 집이었는데, 바깥채에 중간에 대문이 있었고 안마당이 있지요. 왼편으로 창고, 부엌, 안쪽으로 안방과 대청마루, 건넌방이 있었어요. 아궁이 부엌에서 대청마루로, 우물로 이어지는 동선이지요. 장마 지나고 1년에 한 번 우물 청소를 하는데 제가 막내니까 바가지를 타고 우물에 들어가 청소를 했어요. 바닥에 벌레들 잡아먹으라고 잉어를 키웠는데 그놈들을 밖으로 꺼냈다가 다시 넣었어요. 앉은뱅이 엄마가 대청마루에서 웃으며 지켜보던 장면은 영화 같지 않아요. 외할머니가 닭을 많이 키우셨는데 때마다 직접 목을 따고, 삶았지요. 외할머니가 닭 목을 칼로 따는 장면이 선명한데 정말 대장부 같았어요."

"추억이 많아요."

"여름 장마 땐 하늘에서 물고기가 떨어졌어요. 물이 불어나면 저수지와 연결된 개천으로 물고기가 올라오는데 빗줄기를 타고 안마당으로 물고기들이 떨어졌어요. 대문을 열고 나가면 바깥마당인데 대추나무 두 그루가 있었어요. 사람이 올라가 대추를 털어야 할 정도로 크고 열매도 많이 달렸지요. 대추는 작은누이와 주로 땄어요. 마당 멍석에 가득 널어놓고 뿌듯해했지요. 밤하고 도토리는 형하고 주우러 다녔고. 가을걷이 때가 되면 바깥마당에 콩이며, 팥, 수수, 들깨 등을 터느라 신이 났었어요. 고구마는 늘 겨울 간식이었고. 매년 겨울엔 식구들이 빙 둘러 앉아 만두를 빚었어요. 제가 제일 좋아하는 음식이 만두여서, 그날은 꼭 배탈이 났어요. 눈 많던 겨울밤이 행복하던 시절이었는데."

•
3

"초등학교 시절 이야기지요?"

"그치요. 초등학교 2학년 이후의 기억만 남아 있으니까요. 둘째 누이 때까지만 해도 배를 곯았나 봐요. 쌀밥 먹는 이웃집을 보며 하염없이 침 흘리던 작은누이 이야기를 외할머니한테서 몇 번 들었으니까요. 막내인 것이 행운이라면 행운이지요. 따듯한 가정환경에 배곯지 않고 들로 산으로 다니며 어린 시절을 보냈던 것 같아요. 그러다 내 인생에 잊지 못할 두 가지 큰 사건을 겪어요."

"뭘까요. 궁금하네요."

"제가 초등학교 4학년 때 인생을 알았다고 가끔 이야기해요. 그만큼 그 사건이 제 인생을 바꾸어 놓았단 얘기지요. 초등학교 3학년 담임선생님이 그러셨어요. 수업에 들어오면 제 눈만 보인다고. 초롱초롱. 그 칭찬 한마디가 세상을 다 얻은 것 같았지요. 학예회 발표 때 사회를 봤어요. 그 덕에 4학년 반장 선거에서 1등을 했는데, 반장을 안 시키고 HR이라고 학급 반회의를 진행하는 회장을 하래요. 2등이었던 아이를 반장으로 하고. 분명 반장 선거였는데, 말이 돼요. 반장이 된 아이가 읍내 술도가 집 아들이란 걸 나중에 알았어요. 담임선생님하고 그 아버지하고 술 먹는 걸 읍내에서 몇 번 봤어요. 당연히 화가 났지요. 그때부터 수업 끝나면 청소 안 하고 도망쳤어요. 몇몇 아이들하고."

"사회운동을 할 수밖에 없었던 어린 시절의 상처가 있네요."

"아, 그러고 보니 또 생각나는 게 있네요. 초등학교 2학년이었어요. 고아원에서 다니던 같은 반 여자아이가 있었어요. 체육 시간에 뜀틀을 하는데 그 여자아이가 넘지를 못하고 계속 멈춰 서는 거예요. 그때 담임선생이 슬리퍼로 그 아이 뺨을 때렸어요. 한 대도 아니고 여러 번을. 어린 나이에 얼마나 충격이던지. 그 선생님 병이나 들어서 죽으라고 기도했던 적도 있어요. 지금은 말도 안 되는 일들이 아무 거리낌 없이 벌어졌어요. 나도 딱 걸렸지요. 그렇게 청소 안 하고 도망 다니던 며칠 후에 불려 나갔어요. 친구들 몇몇하고. 내가 주동자라는 걸 담임도 아셨던 거지요. 다른 아이들은 야단만 맞고 나는 뺨을 열대 넘게 맞았으니까요."

"확 비뚤어지게 나갈 사건인데요."

"다른 선택을 했어요. 아마도 그게 제 인생에서 첫 번째 선택이지 않았을까 싶은데, 내가 선생님을 실력으로 이기고 말겠다. 담임선생님과 지역 유지의 유착관계, 그 부당함을 누구도 무시 못 할 실력으로 깨뜨리겠다. 뭐 그런 오기. 그래서 다 열심히 했어요. 체력장이면 체력장, 공부면 공부, 청소면 청소. 확 달라졌어요. 드디어 체력장에서 1등을 했지요. 체력장 점수가 있었는데 왕복 달리기, 100m 달리기, 턱걸이, 윗몸 일으키기, 오래 달리기 같은 종목으로 점수를 매기는 건데, 악착같이 했어요. 그리고 5학년이 되어서 압도적인 표 차이로 반장이 됐어요. 성적은 중간 정도였었는데 단번에 1등으로 치고 올라갔고요. 시험 끝나고 나면 칠판에 등수를 적어놓곤 했었는데, 그 맨 위에 이름이 오른 거예요."

"하, 반전인데요."

"그 다음번 시험엔 10등 밖으로 떨어졌어요. 기본 학력이 준비되지 않은 채 벼락치기 공부로 1등에 오른 거였구나 싶었지요. 그때부터 공부를 열심히 하긴 했는데 공부 요령은 없었던 것 같아요. 머리는 좋지 않으나 하고자 하는 의지가 높다는 생활기록부 글을 보고, 이게 뭐라는 거야 하며 웃었던 적이 있는데, 아, 공부 머리는 아니구나 생각했어요. 학생회장 선거에 출마했다 떨어지기도 했지만, 초등학교 6학년 때가 절정기였어요. 졸업식 때 상을 거의 휩쓸었으니까요. 6학년 담임이 저를 참 예뻐해주셨어요. 공부 잘하고 예쁜 아이들을 따로 챙겨 겨울방학 때는 서울 어린이대공원도 데리고 가고, 수제자라고 칭찬도 해주셨는데. 나중에 돌아보니 그런 편애가 다른 아이들에게는 얼마나 큰 상처가 되었을까 싶어 많이 미안했어요."

"두 가지 사건이 있었다고 하지 않았나요. 다른 하나는요?"

"나를 둘러싼 환경들에 대해 인지하기 시작했다는 거지요. 마치 처음

안 것처럼 앉은뱅이 엄마란 사실을 문득 깨달은 거예요. 당시 초등학교 가을 운동회는 지역의 축제랑 비슷했어요. 학교에 다니는 아이들과 부모, 지역 어른들이 청군, 백군으로 나뉘어 체육대회를 하고, 학년별로 준비한 댄스 등을 발표하는 자리였으니까요. 먹을거리가 풍성한 날이기도 했고요. 다른 부모들은 다 오는데 엄마만 없는 거예요. '아, 엄마가 걷지를 못하시지.' 하는 생각을 처음 했던 것 같아요. 엄마의 빈자리를 처음 느낀 거지요. 거기에다 그전에는 어려서 잘 몰랐는데 엄마가 한 달에 한 번 정도 이야기하다가도 까무러쳐 옆으로 쓰러진다는 사실을 알게 된 거지요. 그때까지도 파편 맞은 머리에서 고름이 계속 나왔는데 밤마다 외할머니가 고약을 녹여 갈아 주었다는 사실을 그때 안 거지요. 엄마가 의식을 잃고 까무러치면 깨어나실 때까지 가족들이 둘러앉아 찬송가를 불렀어요. 이대로 엄마가 돌아가실지도 모른다는 공포를 느끼기 시작한 거예요."

"그때부터 엄마가 인생의 중요한 부분으로 자리 잡은 거네요."

"그렇지요. 엄마가 온전히 두 발로 걸었으면 좋겠다. 그도 아니면 휠체어라도 장만해 엄마를 태우고 세상 구경을 시켜 드려야지 하는 생각을 했던 것 같아요. 잘 웃지 않고, 말수도 적어졌어요. 중3, 고등학교 연합고사 직전에 엄마가 뇌수술을 받았어요. 고름이 나오는 정수리를 수술하고 봉합했어요. 수업 끝나고 수원에 있던 성빈센트병원에 가서 엄마 병실을 지키는 게 낙이었어요. 고등학교 들어가서는 1학년 때 엄마 물리치료 한다고 한 시간씩 팔과 다리 운동을 시켜 드렸어요. 수술도 했으니 오른쪽 못

쓰는 팔다리 회복한다고. 도르래를 이용해 못 쓰는 오른팔을 한쪽에 묶고 왼팔로 당기는 운동 기구를 만들어 문지방에 매달기도 했어요. 고2부터는 대학 간다고 학교 앞에 하숙 생활을 시작해 주말에만 가능했지요."

"효자셨네요."

"막내라 그런가, 유별났어요. 엄마가 두드러기가 심했는데, 엄마한테 두드러기가 나면 영락없이 제 몸에도 두드러기가 났어요. 연결되어 있다고 해야 하나. 그런 엄마가 대학 1학년 때 친구들이 놀러 온 날 쓰러져 전신불수가 되셨어요. 그날 때맞춰 할머니도, 작은누이도 집을 비웠는데, 친구들이 오니 어찌하실 줄 모르고 신경을 쓰셨는지 냉장고 문을 여시다 정신을 잃으셨어요. 병원에선 임종을 준비하라고 했는데, 제가 병원 복도에서 거품을 물고 바닥에 누워 마지막으로 수술해달라고 소리를 질렀어요. 그 기세에 못 이겨 수술받으셨고, 정신은 온전하셨는데 10년 세월을 전신불수로 누워 보내셨어요. 엄마를 보내지 못했던 거지요. 어쨌든 엄마를 십 년 더 볼 수 있었으니까요. 긴 병에 효자 없다고 누워 계시는 동안 할머니도 작은누이도 고생이 이만저만이 아니었지요. 할머니 돌아가시고 그 짐을 작은누이가 몽땅 떠맡았어요."

"전쟁이 낳은 슬픈 가족사예요."

"엄마가 전신불수 되신 후에 외할머니가 돌아가시고, 그 뒤 엄마를 혼자 간호하던 작은누이 한쪽 눈이 실명되었고, 나는 감옥에 들락날락하고,

형은 누워있는 엄마 때문에 결혼을 못한다고 땡강 부리고, 참 힘든 시기를 지났어요. 나는 앉은뱅이 가족사라고 부르는데. 그런데도 가족이 깨지지 않았어요. 아버지는 아버지의 자리를 지켜주었고, 결혼 안 한 작은 누이는 젊음을 엄마 간호하느라 다 바쳤어요. 형은 돈 벌어서 엄마 침 맞는 비용을 댔고. 나는 수배를 받으면서도 일주일에 한 번 담을 넘어 엄마 이를 닦아드렸으니까요. 가족 모두에게 엄마는 짐이 아니라 신앙 같은 존재였어요. 슬프지만 행복한 드라마지요. 긴 이야기예요. 그건 나중에 이야기할 기회가 또 있을 거예요."

4

"지금까지의 이야기만으로도 삶의 무게가 느껴지네요. 어머니 이야기 하면서 이야기가 훌쩍 넘어가 버렸는데 중학교 시절은 어땠어요?"

"저 같은 경우는 성장하면서 조금씩 큰 세상을 만났던 것 같아요. 용인읍은 고개 넘어 별도의 세상이었고, 오히려 수원하고 가까운 지리적 조건이었는데, 기흥면하고 구성면에 있는 초등학교에서 모두 신갈 중학교로 입학을 하게 된 거지요. 60명씩 네 개 반이었어요. 각각의 초등학교에서 잘 나가던 아이들이 있었을 거 아녜요. 14살 또래들 간의 기 싸움이 대단했어요. 초등학교 때 반장 했던 아이들이 대부분 반장을 맡게 되었고. 근데 제가 키가 작잖아요. 키 순서로 줄 맞춰 서면 세 번째를 넘지 못했어요. 덩치 큰 다른 초등학교 출신 아이들이 시비를 걸어왔어요. 당연히 힘에선 밀리는데 죽어라 맞장을 떴어요. 태권도 초단이었거든요. 동네 형들 한테도 밀리지 않는 독종이라고 불렸어요. 그 덕에 순탄한 학교생활을 할 수 있었지요."

"학교 분위기는 어땠어요?"

"그땐 몰랐어요. 유신시대의 한복판이란 걸. 전시국가 체제였어요. 민방공 훈련에 사이렌이 울리면 수업을 하다가도 운동장을 가로질러 나무 아래 엎드려 있어야 했고, 공습경보, 화생방 경보 훈련을 했으니까. TV에선 때마다 6·25 참전 상이용사, 베트남 참전 부상자회 등 아저씨들이 나와 손가락을 칼로 자르고 혈서를 쓰는 장면이 섬뜩했어요. 나는 공산당이 싫어요 외치며 죽었다는 이승복 어린이, 때려잡자 김일성 무찌르자 공산당이라는 포스터가 학교 곳곳에 붙어 있었어요. 유신 이후엔 학교에서도 학생회장 선거가 없어지고 선생님들이 교무회의에서 뽑았어요. 반장도 선생님이 지명하고. 선도부를 중심으로 군대식으로 통제되는 병영 같았어요."

"중학교 때 잘 나가셨다면서요?"

"그러게요. 그 시절에 중학교 1, 2, 3학년 반장에다 학생회장까지 했으니. 담임선생님이 지명한 반장, 교무회의에서 선출된 학생회장이었어요. 모범생이었단 이야기겠지요. 하하. 성적도 성적이지만 아마 웅변이 그걸 가능하게 해 주었던 것 같아요. 초등학교 6학년 때 교내 웅변대회에 처음 나가면서 연습을 조금 했어요. 중학생이 되니 대외 웅변대회에 나가라는 거예요. 용인 중고등학교 대표들이 나와 겨루는 형식이었지요. 그 대회에서 우수상을 탔어요. 단박에 유명해졌지요. 교내 웅변대회를 하면 운동장에 전교생 칠팔백 명이 줄을 맞춰 앉아서 들었어요. 교내대회에선 늘 최우수상을 탔고, 전국대회도 나갔으니까요. 3년 동안 거의 서른 번 이상 웅변대회를 나갔어요. 방에 상장과 트로피가 가득했으니까요."

"웅변을 했어요. 그 얘긴 처음 듣는데요."

"씁쓸한 기억 때문에 웅변했다는 이야기는 잘 꺼내지 않지요. 중학교 그 시절엔 웅변대회가 참 많았고, 영향력이 컸어요. 그래서 아버지에겐 자랑스러운 막내아들이 된 거지요. 아버지 자부심이 대단했어요. 미국 케네디 대통령 집안 이야기를 자주 하셨어요. 대통령 꿈을 키운 거지요. 그때 정치를 해야겠다는 생각을 한 것 같아요. 그래서 정치를 하려면 육군사관학교를 가야 하는 거 아닌가 했었으니까요. 그 당시 인식이 그랬어요. TV에선 박정희 대통령이 들판에 나가 농부들과 막걸리 먹는 장면을 내보내고, 육영수 여사가 74년 8·15 행사에서 피살된 후 그를 추모하는 분위기가 가득했어요. 그런 분위기에서 반공과 유신이라는 국가 교육의 핵심을 선전하는 소년병이 된 거지요. 유신 체제하의 촉망받는 아이였어요. 반유신 민주화 운동에 대한 어떤 정보도 듣지 못했어요. 모두 간첩과 불온한 세력들의 준동이라고 생각했으니까요."

"웅변이 글 쓰고 말하는데, 도움이 되었을 것 같네요."

"5분 안에 청중을 사로잡아야 하기에 도입, 본론, 절정의 마무리까지 압축된 훈련을 한 거지요. 반공, 유신, 새마을 운동, 뭐 그런 내용의 두꺼운 웅변 책이 있었어요. 그걸 기초로 했고, 시간이 지나면서 직접 쓰고 몸동작도 만들고 그랬지요. 지도 선생님이 없었어요. 독학한 거예요. 그러면서 일머리 배우듯 글머리를 알게 된 게 아닌가 싶어요. 대회 나가느라 수업을 많이 빠졌어요. 영어는 중학교 입학하고 처음 듣는 수업이었고, 수학도 어려워지기 시작했어요. 그래서 시험 스트레스를 많이 받았어요. 다른 과목은 거의 100점인데 영어와 수학은 못 따라가겠더라고요. 그게 고등학교에서도 발목을 잡았어요."

"사춘기 나이잖아요. 공부하고 웅변만 했나요?"

"따로 사춘기라고 할 만한 어떤 격랑은 없었던 것 같아요. 다만 정서적으로 앉은뱅이 엄마에 대한 슬픔, 설움 같은 게 작용을 했나 봐요. 조용하고 쑥스러움을 많이 타기도 했고, 잘 웃지 않았어요. 반장에, 성적도 1, 2등, 웅변대회로 유명하기도 하고. 잘나가던 시절에 교만해질 수 있었는데 엄마가 정서적으로 눌러 앉히지 않았나 싶어요. 한 달에 한 번 정도 의식을 잃고 쓰러지는 엄마 옆에서 무릎 꿇고 앉아 엄마가 깨어나기를 기도하는 소년. 그 마음이 어땠겠어요. 아버지 따라다니면서 집수리하고, 할머니 따라다니면서 농사일 거들고. 그러다 중 3 때부터는 일요일도 매일같이 학교 가서 공부만 했어요. 그땐 고등학교 입시가 있었으니까요. 고등학교도 많지 않았고, 수원이나 용인으로 진학을 해야 하는데 수원 인근의 공부 좀 한다는 아이들은 모두 수원에 있는 고등학교로 진학했어요. 남학생들한테는 인문계 고등학교가 3곳, 농고, 공고가 있었지요."

"연합고사, 뺑뺑이 아니었나요?"

"바로 전 해까지 서열이 정해진 학교별 시험이었는데, 인문계는 연합고사를 통과하면 뺑뺑이 돌려 배정하는 제도가 처음 도입되었어요. 그래도 좋은 성적으로 입학해야 했으니 공부에 매달린 거지요. 석양이 지는 무렵 산자락 학교에서 진입로로 내려가는 아이들 속에 유독 한 아이만을 바라보던 기억이 나네요. 면 소재지 아랫동네 하갈리에 민속촌이 들어선 지 몇 년 되었는데 그곳에서 일하는 분이 남도에서 이사를 왔어요. 전학생이 온 거지요. 자그마하고 말수도 적고 수줍어하는 아이였는데 계속 눈길이 갔어요. 친구 놈 한 놈이 그 아이를 좋아해서 나는 좋아한다는 이야기도 꺼내 보지 못한 짝사랑의 기억이 있어요. 참 가슴 설레던 순간이었는데."

5

"하, 첫사랑이 아니고 짝사랑이었네요."

"그 시절엔 그렇게 수줍은 낭만이 있었어요."

"중학교 시절은 그렇고, 고등학교에 입학하던 해가 79년이지요?"

"고등학교에 입학하니 또 가관이 아니더라고요. 뺑뺑이였는데 운 좋게도 인문계 고등학교에서 제일 알아주던 학교에 입학이 됐어요. 한 반에 60명씩 10반, 그러니까 전교생이 1800명 정도 되지요. 교련 시간이 있었어요. 교련복을 입고 학교에 가는 날이면 학교가 작은 병영 같았으니까요. 유신 체제의 정점이었다고 할까. 교련 시간에 제식훈련, 집총, 총검술 등을 배웠어요. 1학년 전체가 집단 제식훈련을 받고 종합운동장에서 수원시 고등학교 전체가 모여 사열을 하는 전시체제 행사들이 많았어요. 그러니 학교 분위기는 말해 뭐해요. 강압적인 분위기에 입시 공부만 죽어라 했지. 수원에서 중학교를 나온 아이들이 3분의 2 정도였고, 공부 좀 한다는 용인, 이천, 평택, 화성 등에서 온 아이들이 3분의 1 정도 됐어요. 그중 촌놈들이었던 거고요. 중학교 때는 전교 1, 2등을 했는데, 반에서 10등 하기도 벅찬 거예요."

"공부만 하다 10·26이 터진 거네요."

"신갈에서 버스로 통학을 했어요. 한 40분 정도 걸렸는데 버스에 차장 언니가 있던 시절이에요. 발 하나 디딜 틈 없이 꽉꽉 들어찼어요. 그 차 안에서 박정희 대통령 시해 사건 소식을 뉴스로 들었어요. 태어나 17년을, 오로지 대통령 박정희 한 사람의 세상에서 살던 소년의 충격은 실로 대단했어요. 그다음 날인가 수업을 일찍 끝내고 시청에 마련된 추모 빈소에 모두 참배하러 갔어요. 나는 청소를 해야 한다고 핑계를 대고 가지 않았어요.

속이 떨리면서, 한 세상이 무너지는 느낌이었으니까요. TV나 간간이 보던 신문에서 YH무역 농성 사건이나 김영삼 민주당 총재의 제명, 동일방직, 원풍모방 등 노동 현장의 파업 등에 불순세력인 도시산업선교회가 있다는 등, 간첩 사건이라고 연일 보도되는 뒤숭숭한 이야기들. 부산, 마산에서의 시위, 궁정동 안가의 내부 살해. 그 행간을 읽으려 멈춰 선 거지요."

"반공 유신 체제의 모범생으로 성장하던 소년에게 일대 전환기가 찾아온 거네요."

"민주화의 봄이네 어쩌네 하더니 12·12 군사 반란이 터졌어요. 박정희의 수양아들이라고 하던 머리 벗겨진 이. 전두환 보안사령관의 등장이지요. 1980년. 그때가 2학년이었어요. 학교가 개학하고 버스 통학길에 보니 아주대학교 정문 앞에 탱크가 두 대 서 있었어요. 군인들이 지키고 있었고. 시장 골목이던 남문에서 대학생들의 시위가 있는 날은 주변에서 기웃거리기도 했어요. 서울에선 대학생들의 연합집회가 끊이지 않았고, 역사에 기록된 서울역 회군이 있던 5월 17일. 계엄이 전국으로 확대됐어요. 우리는 광주사태로만 기억돼요. 그때 광주에서 무슨 일이 있었는지는 82년 대학 들어가서야 알게 되었으니까요. 폭도들을 진압했다. 김대중 일당이 정권을 잡기 위해 민중을 선동해 일으킨 봉기였다. 그 뒤로 사회정화라고 하면서 삼청교육대가 만들어졌어요. TV에선 삼청교육대에 입소한 훈련 상황을 연일 보도했어요. 사회악 일소 특별조치라고 하면서 정권에 반대하거나 노동조합 활동을 하거나 하는 이들을 가두고 겁주면서 명분으로 깡패, 불량자, 노숙자들을 앞장세운 거지요. 그리고 그해 8월 말에 유신 잔재의 통일주체국민회의 간선제로 전두환이 제5공화국 체육관 대통령으로 선출돼요."

"아주 오래된 흘러간 역사인 듯한데, 그것이 고등학교 2학년 기억으로 선명하게 박혀 있네요."

"젊은 세월을 고스란히 보낸 전두환 정권과의 대면이었으니까요. 내가 속고 살아온 건 아닌가. 공부해보자. 시험공부 말고, 세상을 알 수 있는 공부. 스승이라고 할 수 있는 선생이 한 명도 없었고, 길잡이를 해 줄 선배도 없었어요. 이상의 '날개'부터 니체의 '짜라투스트라는 이렇게 말했다'까지. 맥락을 찾지 못한 독서를 했어요. 그 와중에 영감이라는 게 있잖아요. 뭔가 알 수 없는 흥분. 새로운 세상을 만난 것 같은 기분. 그 참에 같은 반 친구 하나가 독서 서클을 만들자고 해서 '한울랑'이라는 독서 모임을 만들었어요. 한울랑, 이름이 거창하지요. 한울은 천도교에서 우주의 본체를 이르는 말이래요. 한은 크다, 울은 우리란 뜻이에요. 큰 나, 온 세상. 뭐 그런 의미를 담고 있다고 해요. 랑은 신라시대 화랑에서 따온 것인데 화랑도 정신을 살려 나라를 구하자 뭐 그런 의미도 있었어요."

"대학입시를 앞둔 고2가 학내 서클이라. 학교생활이 평탄치는 않았을 것 같네요. 서클 이름도 예사롭지 않고요."

"1학년 때는 특별활동 시간에 웅변 반이었어요. 2학년 때 사진반으로 옮겼지요. 웅변반 담임이 가르치는 내용은 없고, 농담만 하는 게 아니다 싶었어요. 주제가 반공, 유신에서 새마음 갖기 웅변대회로 바뀌었던 때예요. 웅변반을 그만두었는데도 그해 가을 교내대회에 반 대표로 나가게 됐어요. 사회비판적인 내용을 담았을 거예요. 검열을 피해 가느라 표 나지 않게 쓴 원고인데도 웅변반 담임이 교무실에 불러서 원고를 내 앞으로 집어 던졌어요. 우여곡절 끝에 대회는 나갔어요. 아이들 평가는 제가 1등, 결과는 2등. 주지 않을 수 없어, 억지로 준 모양새였어요. 그 뒤로 웅변대회는 나가지 않았어요. 키가 크고 호리호리했던 선생인데 그때 치욕스러움은 내내 머릿속에서 지워지지 않아요. 당신 같은 선생이 있어서 이 나라가 이 모양 이 꼴이야라고 속으로 욕했던 기억이 나요."

"진로도 바뀌었겠네요."

"넓은 세상을 봐야겠다. 철인정치 시대를 열어야겠다. 뭐 그런 생각을 했어요. 낭만적이지요. 그래서 입시 전에 치르는 해양대학교 항해과를 먼저 지원하고, 일반입시는 성균관대 유학대학 역사 철학 계열을 지원했어요. 한국철학과가 생겨서요. 문과 전공인데 해양대학교는 항해과가 이과라 감점을 예상하고 넣은 건데 신체검사에서 떨어졌어요. 키가 160센티 이상인데 159.7이었거든요. 반올림해 주지 않더라고요. 항해과를 나와 5년간 원양어선을 타면 군대를 면제해주고 2등 항해사 자격증을 준 다고 해서요. 각 나라 항구마다 들릴 터이니 세상 구경 실컷 할 수 있겠다 싶었는데 말이지요. 철학은 동양사상, 특히 한국사상에 대한 뿌리를 찾고 싶었어요. 중3 담임을 맡았다 고등학교로 발령난 선생님이 고등학교 1학년 때 담임을 맡았던 국어 선생님이셨어요. 동양철학과를 나오신 분이었는데 저를 많이 아끼셨지요. 그 영향도 있었어요."

6

"어떻게 살 것인가가 뚜렷해진 고등학교 시절이었네요."

"학교생활 말고 제 인생을 바꾼 게 또 하나 있어요. 내가 고등학교 1학년 때 외할머니가 장로교회의 권사님으로 취임하셨어요. 신갈에서 가장 큰 교회였어요. 원래 외할머니는 장로교 쪽이었는데 사위 때문에 사위 교회 일을 보시다가 자기 신앙을 찾아가신 거지요. 권사 취임식이 대단히 성대했어요. 외할머니가 굉장히 좋아하셨고요. 그때부터 나도 그 교회에 나가기 시작했던 것 같아요. 당시엔 부흥회가 참 많았어요. 시절이 어수선해서인가 부흥회 하면 사람들로 가득 찼어요. 주일날에는 중고등학생 모임도 따로 있었고, 부흥회 영향으로 철야 기도회도 심심치 않게 있었어요. 시절은 1980년. 무언가의 불안함과 불투명함, 그걸 달래기 위해서였는지 교회에서 거의 살았어요. 원풍모방 파업 지원시위를 하다가 한 달 구류를 살고 나온 대학생 선배가 있었어요. 그 선배를 만나면서 세상을 조금씩 알아갔던 것 같아요. 명분은 청소년부 문집을 만든다는 거였는데. 그때 아버지가 교회로 찾아오셨어요. 대학입시를 앞 둔 고2가 공부는 안 하고 매일같이 교회만 가고 있으니. 딱 한 마디 하시더라고요. 일단 대학에 들어가라.

세상은 넓다. 목사님도 같은 말씀이셨고."

"인생이 바뀐 사건이라면서요?"

"교회 여자 장로님이 통일주체국민회의 대의원 하시는 분의 부인이셨어요. 71년 대통령선거에서 민주당 김대중 후보에게 박빙으로 이기고 나서 72년 유신헌법으로 바뀌었잖아요. 그때 대통령선거를 직선이 아니라 통일주체국민회의 대의원들이 뽑는 간접선거가 된 거지요. 통일주체국민회의 대부분이 지역 유지와 토호들 중심으로 선출될 수밖에 없었고, 이들이 대통령 선출과 대통령이 지명한 국회의원 3분의 1을 승인했어요. 지역의 막강한 실세지요. 교회 재정의 많은 부분을 댔을 터이고. 정보기관의 감시와 통제도 한층 강화되고 있던 때이기도 했고요. 한신대 출신들이 중심이 된 기독교 장로회였거든요. 그 장로가 목사님을 쫓아 낸 거예요. 일부 집사들과 청년들이 반발했지요. 그 중심에 외할머니가 서 있었어요. 고3 올라가면서 집에도 자주 안 가고 학교 앞 하숙집에서 생활했으니 그 뒤 상황은 직접적으로 겪지 않았어요. 학력고사 치르고 집에 가보니 목사님네는 용인 양지교회로 쫓겨 가셨다 하고, 외할머니와 집사님 몇 분은 그 교회를 나와 돌아가며 가정예배를 보고 계시더라고요."

"지역 유지 출신에 권력에 부역하는 교회의 기득권 세력과 부딪친 거네요."

"장로가 교회를 자기 뜻대로 하려 하니 목사님과 갈등이 있었던 거지요. 외할머니가 권사가 되시면서 교회 흐름이 바뀌고 청년들의 기세가 심상치 않았으니까요. 시절이 하 수상한 때잖아요. 목사님네 자식들이 네 명이 있었는데 막내 빼고 모두 선후배였어요. 그래서 정서적으로 청소년부나 청년부는 모두 목사님 편이었어요. 그렇게 목사님이 쫓겨 가고 장로가 새 목사님을 모셔오면서 외할머니와 청년들이 그 교회를 나온 거지요. 돌아가면서 가정예배를 보다 할머니가 중심이 되어 개척교회가 만들어졌어요. 청년들이 몸담을 곳이 필요했으니까요. 교회 구성원은 대단히 보수적이란 걸 그때 알았어요. 신도들이 그냥 눌러앉더라고요. 새 목사님이 오면 거기에 맞추고. 개척교회에 어른들은 많지 않았어요. 객지에서 이사 와 교회에 나오던 네다섯 가정의 어른들이 있었지요. 토박이들은 거의 그대로 있었어요. 그 교회에선 할머니도 굴러 온 돌이었으니까요. 구류 살고 나왔다고 했던 그 선배를 중심으로 청년들이 열댓 명 있었어요. 주축이었지요. 배성촌과 구갈리, 상갈리 가난한 동네 아이들이 많았고요."

"할머니를 앞장세운 청년교회가 만들어진 거네요."

"나중에 생각해보면 이 교회가 지역 운동의 모체더라고요. 대학 들어가 한 4년 지역을 떠나 있다가 돌아와서 이 친구들을 중심으로 지역 운동 조직을 구성했으니까요. 기흥교회가 교회 공간을 얻은 것이 82년 초였어요. 어른들은 자체적으로 주일 예배만 보고, 교회가 청년들의 공간이 된 거지요. 전도사님은 한참 뒤에 오셨으니까요. 토요일 교회에서 탈춤을 배웠어요. 그 선배가 기타를 참 잘 쳤는데 일반교회와 결이 다른 복음 성가들을 많이 불렀어요. 또 다른 선배 집이 사랑방이 되고, 그렇게 몰려 다니면서 우정도 사랑도 키웠던 청년 공동체였어요. 아, 그 시기에 야학이 생겼어요. 대학 2, 3학년이 되는 선배들이 초등학교 교실 하나를 빌려 검정고시 야학이 만들어졌어요. 격랑의 시대였으니 내부에서 노동야학으로 방향을 잡을 건지, 검정고시 중심으로 할 건지 논쟁이 많았나 봐요. 어쨌든 대학교 입학도 하기 전에 야학 국사 교사를 맡게 되었어요."

"스무 살 때잖아요. 청년교회에다 야학이라. 대학 입학도 하기 전에 이미 운동을 시작한 거네요."

"자연스레 그렇게 되었어요. 무슨 생각이 있어 그런 게 아니라 환경이 그런 상황을 만든 거지요. 대학 입학하고 3월에 제 발로 서클을 찾아갔어요. 이름도 그럴듯한 고전연구회요. 세상 공부를 하려고요. 교회에선 4·19 추모 문화제가 처음으로 열렸어요. 시 낭송과 노래, 극을 공연했지요. 그 대본을 모두 내가 썼어요. 교회에서 중심 역할을 하던 선배가 군대 가면서 자연스레 역할을 할 수밖에 없었고요. 야학은 2, 3학년 선배들의 다툼과 논쟁으로 3학년이던 선배들이 나가고 2학년이던 담임교사 두 명만 남았어요. 정보기관의 압박도 있고 야학이 깨지게 될 상황이 발생한 거예요. 그래서 막 대학에 입학한 동기들을 모아 야학 교사를 다시 꾸리고 2대 교무를 맡았어요. 서울 혜화동으로 통학하면서 교회와 야학 일을 한 거지요. 신갈에서 용산 시외버스터미널, 용산에서 혜화, 왕복 4시간여의 길을 1년 동안 다녔어요. 대학 2학년이 되면서 학생운동에 본격적으로 가담하게 되고, 서울에서 자취 생활을 시작했어요. 그때부터 86년 겨울. 구치소에서 나와 고향에 돌아올 때까지 만 4년을 떠나 있게 된 거예요."

앉은뱅이 엄마.

삼팔따라지 아버지.

신의주 할머니.

양옥집을 지어 이사하고
형이 고등학교, 필자가 중학교를 졸업했을 때 찍은 가족사진.

86년 말, 감옥에서 나와
엄마 돌아가시기 전까지 곁을 지키겠다고 약속한 그 다음해,
길을 물으며 지리산 노고단에 올랐던 당시.

이제 이야기는
80년대의 한복판으로 나아갔다.
21세기 한국에서는 상상도 할 수 없던
엄혹하고 가혹했던 시절,
그래서 가열차게 살 수밖에 없었던
청년의 이야기 속으로 선암은 빠져들었다.

엄마와의 약속

•
1

"신갈에서 서울로 유학 생활을 한 거잖아요. 그 당시 대학생이면 엘리트에 안정된 직장을 얻을 수 있던 그런 때 아니었나요?"

"그해 한국 영화 중에 '어둠의 자식들'이라고 있었어요. 원작인 책도 베스트셀러였어요. 황석영 이름으로 발표된 르포 형식의 소설이었는데 학력고사 치르고 읽었어요. 창녀촌 이야기를 다룬 이야기인데 마지막 대목에서 충격을 받았지요. 창녀촌 맨 위쪽에 교회가 하나 있었는데, 재개발을 주도해 창녀촌이 철거되게 생긴 거예요. 그 동네 사는 창녀들은 신분을 밝히고 그 교회에 갈 수 없었겠지요. 낮술을 하고 교회 철문을 흔들면서 외치는 창녀의 모습으로 끝나는 걸로 기억해요. 아, 교회는 가난하고 소외된 이들의 친구가 아니구나. 전두환 보안사령관이 대통령에 취임하고 이름만 들어도 아는 원로 목사들이 청와대를 찾아가 축복 기도를 올려요. 다니던 교회의 목사님이 쫓겨난 사건과도 맥락이 이어지지요. 권력과 자본의 한 축을 교회와 기독교가 담당하고 있구나 싶었어요. 개척교회 청년들과 만나면서 신앙의 변화가 생겼어요. 십자가를 진 청년 예수의 삶을 따라 살자고."

"청년 예수의 삶은 어떠한 삶인가요?"

"흔히 모태 신앙이라고 하지요. 외할머니, 아버지로부터 종교적 영향을 내리받았지만, 그분들에게서 제가 배운 건 종교적 도덕성이었어요. 적어도 가난하고 병든 자들의 손을 맞잡는 그리스도인의 모습이었으니까요. 종교로서의 신앙을 버렸어요. 그리고 오직 십자가를 피하지 않고 죽음을 맞았던 인간의 아들 예수, 혁명가 예수로서의 삶을 받아들였어요. 예수가 체포될 걸 예감하면서 광야에 들어가 기도를 하지요. 아버지여 왜 나를 버리시나이까. 피할 수만 있다면 피하게 해 주십시오. 다만 그것이 당신의 뜻이라면 따르겠다는 기도가 저에겐 절절했어요. 북쪽에서 내려온 기독교인들이 대부분 반공기독교를 구축하고, 복음주의 신앙에, 권력에 영합하는 모습이었는데 외할머니와 아버지의 신앙은 그렇지 않아서 참 감사했어요."

"대학 생활의 시작은 종교적 감수성이었네요. 십자가를 진다는 의미가 시대의 부당함과 싸우는 것으로 귀결될 수밖에 없었겠는데요."

"하, 거기에 문학적 감수성도 있었어요. 대학 입학하고 나서 백기완 선생님이 쓰신 '자주고름 입에 물고 옥색치마 휘날리며'라는 책을 제일 처음 읽었어요. 금서였어요. 학교 앞 책방에서 복사본을 숨겨놓고 팔았는데 그걸 집어든 거지요. 딸 이름 끝 자, 담아...로 시작되는 서사는 장산곶 매 이야기에서 숨을 멈췄지요. 대륙으로 떠나는 장산곶 매가 자신의 둥지를 부수는 장면이요. 그 당시 전설이었던 김지하의 '오적', 창비 출판사에서 나왔던 많은 시집들. 정희성 시인의 '저문 강에 삽을 씻고'가 지금도 기억나요. 사회과학적 이론서들보다 내 마음을 움직인 건 문학이었을 거예요. '어느 청년 노동자의 삶과 죽음'이란 전태일 평전, 광주항쟁을 기록한 '죽음을 넘어 시대의 어둠을 넘어', 그리고 박노해의 '노동의 새벽'. 김남주의 '나의 칼, 나의 피'가 운동의 동력이었으니까요. 스무 살 무렵부터 시를 쓰기 시작했어요. 시가 운동적 삶을 추동하는 하나의 무기가 된 거지요."

"종교적 감수성과 문학적 감수성이라. 냉철함을 요하는 사회운동하고는 거리가 있어 보이는데요."

"제 발로 운동권 서클을 찾아갔어요. 첫 면담에 2학년 여자 선배가 담배를 피우면서 상담을 했어요. 그때 저는 담배를 피우지 않던 때예요. 여자가 담배를 피우는 것도 처음 봤고요. 충격이라기보다는 이게 대학 문화인가 그냥 받아들였어요. 3인방이었어요. 촌놈들이 서로를 알아본다고 경상도 김천에서 올라온 친구와 평택에서 온 친구하고 셋이 몰려다녔지요. 고전연구회도 같이 시작했어요. 민중과 지식인, 해방 전후사의 인식 등 운동권의 고전이라 할 만한 입문서들과 4·19혁명, 5·18광주항쟁에 대해 공부하고 토론했어요. 전환 시대의 논리, 역사란 무엇인가도 필독서였고요. 시작은 신입생들이 한 스무 명 정도 되었는데 두 달여 만인가, 일곱여덟 명 남더라고요. 제가 대학에 입학했을 때는 대학 정문, 학생처 사무실은 물론이고 교내 이곳저곳에 사복경찰들이 쫙 깔려있었어요. 83년까지 그랬어요. 4·19 때였나. 서클룸이 있던 건물 3층에서 전단이 날렸어요. 점심시간이었는데 외마디 소리를 들었는가 싶었는데 순식간에 끌려가더라고요. 어디서 나타났는지 사방이 모두 사복경찰들이었어요."

"84년 학원 자율화 조치 이전까지 사복경찰들이 대학교 내에 들어와 있었다는 소리를 들었어요. 살벌했겠는데요."

"그런 상황이었으니까 선배들이 굉장히 경직되어 있었어요. 지나다니면서도 서로 아는 티를 내지 않는 게 당연했고. 바로 위 선배하고만 연결이 되었어요. 3학년 80학번 선배들은 술자리에서 한두 번 본 게 전부지요. 하여튼 문제는 그해 여름방학 합숙에서 생겼어요. 10박 11일. 한국 경제에 관련된 책들과 논문들을 사전에 읽고 들어가 세미나를 하는 거였는데 기차를 타고 어느 계곡엔가 가서 텐트를 치고 생활했어요. 1학년, 2학년이 따로 세미나를 진행하고 80학번 3학년 선배가 전체 지도를 맡았어요. 1학년이 여섯 명인가 있었고, 2학년은 네다섯 명으로 기억해요. 계곡물로 밥하고, 통조림에 감자, 양파 넣은 국인지 찌게인지 모를 반찬 한 가지로 식사를 해결했지요. 무슨 빨치산도 아니고. 저는 교회 수련회 갔던 거 빼고 처음으로 외박에, 야영을 했던 거예요. 다른 건 다 견딜 수 있었는데, 그 분위기가 참 힘들었어요. 5일째 되던 날일 거예요. 사전 발제 준비를 맡은 그 주제에 제가 말을 많이 했던 것 같아요. 저녁에 전체 평가를 하는데 2학년 선배가 옆 텐트에서 들으니 제 목소리만 들렸다는 거예요. 칭찬이 아니라 잘난 체하지마라 하는 투였어요. 그다음 날 법대 다니던 친구와 짐을 싸서 나왔지요."

"실망도 컸을 텐데, 서클을 나온 뒤에는 학생운동과 거리를 뒀나요?"

"시간이 지나면서 알게 된 건데 학생운동 조직이 공개 서클, 학회, 언

더 서클 이렇게 나누어져 있더라고요. 학교 밖에서 공부를 시작한 친구도 있고. 첫 번째 서클은 상처가 컸어요. 여름방학 내내 고민하다 2학기에 학회 선배들을 만난 거지요. 같은 단과대학이라 그런지 유연했고, 사람의 정이 있었어요. 단과대라고 하지만 작았어요. 성대만 있던 단과대학이지요. 문과대와 별개로 유학대가 있었는데 유학과, 동양철학과, 한국철학과 3개 과가 있었어요. 81년부터 역사 철학 계열로 들어가 2학년 때 선택하게 되지요. 그래서 한국철학과 2기가 된 거예요. 동양철학, 한국철학을 하겠다고 들어 온 사람들이니 정서적으로도 맞았던 것 같고요. 그 해 가을 단과대 총회가 있었는데 총회 끝나고 시위가 있을 걸 대비해 사복경찰들이 강의실 앞에 진을 치고 있었어요. 유학대 학생장을 맡고 있던 80학번 선배랑, 대열 속에서 선창하던 80학번 선배가 다리를 절던 모습이 인상적이었어요. 그때 두 양반이 학회 대장이란 걸 눈치 챘어요. 그리고 11월 3일 학생회 날 종로에서 연합 가두시위가 있었는데 어쩌다 보니 그 다리 저는 80학번 선배랑 대열의 맨 앞에서 스크럼을 짜고 있는 거예요. 그렇게 학회 구성원으로 조금씩 다가가기 시작했지요."

2

"1학년 때는 신갈 집에서 통학하며 교회 청년회와 야학 교사를 했다고 하지 않았나요?"

"맞아요. 1년의 시간은 지역의 일들을 함께할 수밖에 없었고, 시간이 지나면서 열정만으로 할 수 있는 일이 아니란 걸 알았어요. 통학하면서는 공부도, 싸움도 제대로 할 수 없겠다 싶어 2학년부터는 학교 근처에서 하숙하기로 한 거지요. 교회는 탈춤을 하는 또래 친구가 있어 청소년부를 맡겼고, 야학은 동기들이 교사로 많이 들어와 있던 데다 믿을만한 친구가 있었어요. 학생운동에 전념하기로 한 거지요. 학교 근처에 한국일보 지사가 있었는데 신문 돌리는 어린 친구들 합숙소가 2층 건물에 있었어요. 사무실 공간에 판재로 벽을 막고 한 공간에 1, 2층으로 나눠 침상만 네 개 있는 공간이 서너 개. 20명 정도가 살았던 것 같아요. 합숙소 친구들 말고 지역에서 올라온 대학생들 십여 명이 함께 살았지요. 그곳에 숙소를 마련하고 하숙집처럼 밥을 주던 식당에서 아침저녁을 해결했어요."

"이제 83년 2학년때의 이야기를 해주세요. 본격적으로 학생운동에 참여하시나요?"

"82년과 다르게 4·19 교내 시위가 꽤 큰 규모로 진행되었어요. 연병장 쪽으로 법대와 사회대 건물이 있었고, 문과대와 유학대 건물 앞에 분수대가 있었어요. 대학 본관 앞에 금잔디 광장이 있었고, 오른쪽에 교수회관 및 교수 식당, 왼쪽이 서클들이 있던 건물, 가운데에 상대건물, 왼쪽 계단으로 올라가면 운동장과 사범대 건물이 있었어요. 법대 쪽에서 시작된 스크럼이 문과대 쪽 분수대에서 대규모로 형성되었고, 금잔디 광장 쪽으로 올라가면서 사법경찰들에 의해 흩어졌어요. 5월엔 광주항쟁 추모 시위가 있었는데 3주기잖아요. 광주항쟁 당시 전남대 총학생회장으로 참여했다 수배를 받고 구속되었던 박관현이 82년 10월에 교도소에서 단식투쟁 중에 죽었어요. 지난 일이 아니라 현재 진행형이었던 거지요. 상대 구내식당 쪽에서 쫒겨 사범대쪽 계단으로 도망가는 중에 여자 직속 선배가 깔려 넘어졌어요. 다시 내려가 그 선배를 일으켜 사범대로 숨었었는데, 그날 저녁 가두시위에서 둘 다 잡혔어요. 동대문 경찰서에 끌려갔는데 형사 책상마다 한 명씩 꿇어앉아 조사받았어요. 동기들 여럿도 보였어요. 그때 나를 조사하던 형사가 무슨 노래를 불렀냐고, 부르라고 해서 '흔들리지, 흔들리지 않게..'를 불렀어요. 다른 친구들이 들었을 땐, 하 저 놈. 경찰서에서 저 노래를 불러 하며 의아한 눈빛이었어요. 시위를 하지 않았다고 잡아떼야 하는데."

"순진했던 건가요. 겁이 없었던가요. 당당했네요."

"조사를 어떻게 받아야 하는지 잘 몰랐던 거지요. 그때 잘못됐으면 강제징집 될 뻔했는데. 선배들이 강제징집으로 많이 끌려갔어요. 시위 주동 예상자들을 사전에 검거해서 군대로 보내는 경우도 있었고요. 그때 강제징집 되었던 어느 서클 선배가 죽어서 돌아왔어요. 군대로 잡아가 놓고 녹화사업이라고 해서 프락치 노릇을 시킨 거예요. 그걸 거부해 타살되거나 아니면 자살하거나. 대학도 교련 수업이 있었어요. 총학생회가 아니라 학도 호국단이 있었고. 1학년 때는 문무대, 2학년 때는 전방 입소했어요. 대학도 병영화하면서 통제를 한 거지요. 그런데 문무대 입소와 전방 입소 때 오히려 시위 분위기가 강했어요. 2학년 때 전방 입소를 할 때는 버스에서 내리자마자 연병장에 스크럼을 짜고 돌았으니까요. 곧바로 군기에 눌려 찍소리 못하긴 했지만. 학생운동 내 노선투쟁이 한창 심했던 86년도에는 자민투 계열에서 전방입소 반대투쟁을 하며 두 친구가 분신을 하기도 했어요. '미제의 용병교육 전방입소 결사반대'를 내 걸고요. 노태우 정부 들어선 이후 전방 입소와 문무대 입소가 순차적으로 없어졌어요."

"제가 88년 신입생으로 문무대에 다녀온 마지막 학번이에요. 87년 6월 항쟁 이후 대학에 입학한 세대는 전두환 정권 시절과 같은 탄압을 피부로 경험하지는 못했어요."

"탄압도 심했지만 회유도 만만치 않았어요. 5월에 잡혀갔다 나와 그 후유증으로 여름 방학에는 엄마 옆에 있으면서 수원에 있는 책방에서 아르바이트를 했어요. 그때 담당 교수가 집으로 찾아왔어요. 위에서 그리하라 했겠지요. 독일에서 유학하고 한국철학과 교수로 오신 지 얼마 되지 않았던 분이에요. 그저 학자풍이었는데 나중에 서울대 교수로 가셨을 거예요. 멀리 봐라. 공부해라. 담당 교수가 그러니 조금 흔들리지 않겠어요. 용인경찰서장이 아버지하고 저하고 면담을 하자고 해요. 지역 경찰서까지 통보가 되는구나 싶었는데 저녁 식사 대접을 받았어요. 용인경찰서장과 지역 유지가 한 명 같이 나왔고 정보과 형사가 문 앞에 대기하고 있더라고요. 덕담만 들었지요. 사촌 형이 성대 대학원 미대 디자인과 교수였는데 학교에서 마주치지 않으려 도망 다니기 바빴어요. 사방에서의 회유가 마음의 동요를 일으키기도 했지요."

"책방 아르바이트를 하면서 숨 고르기를 한 번 했네요."

"엄마가 전신불수된 지 1년 정도 되었을 때예요. 하숙한다고 서울에 주로 머물렀으니 엄마 옆에 있고 싶었어요. 한 번 잡혀갔다 오니 생각도 많아졌고요. 그때 KBS 방송국에서 이산가족 찾기 방송이 대단했어요. '누가 이 사람을 모르시나요'로 시작되는 노래는 가슴을 울렁이게 했어요. 한국전쟁 때 헤어져 소식을 모르던 이들이 상봉하는 장면은 그야말로 드라마틱했어요. 눈물바다였지요. 그 앞에서 아버지는 하염없이 울었어요. 휴전한 지 30년 되던 해예요. 분단과 전쟁의 상처는 진행형이었고, 남북 대치상황이 박정희 정권과 전두환 정권을 유지시켜 주는 근본 원인이라는 생각도 했어요. 전쟁으로 앉은뱅이가 된 어미에게서 태어났으니 어미가 온전히 걷는 건 아마도 통일된 조국이 오는 날이지 않을까 하는 생각을 하기도 했고요. 혈육을 찾는 팻말로 가득한 여의도 광장을 아버지와 함께 가기도 했어요. 아버지는 북에 두고 온 형제들의 이름을 적어 제게 건넸어요. 나중에 통일이 되면 찾아보라고. 죽기 전에 고향 땅을 꼭 한번 밟아보고 싶다고."

"학생운동에서 한 발 떨어져 여름방학 시기를 보냈군요. 2학기 때는 어땠나요?"

"2학년이 되면 1학년 후배 모임을 해요. 그때 학회 조직에 남아있던 동기가 세 과 모두 합쳐서 여섯 명 정도였을 거예요. 과별로 1학년 모임을 만들었었지요. 한국철학과는 제가 맡았어요. 1학기 마치고 2학기가 되니 1학년 모임도 몇 명 남지 않더라고요. 어찌 되었건 학생운동 조직체계가 학회 형태로 모습을 갖춰가는 시기였고 후배들 조직하느라 수업을 거의 들어가지 않았어요. 그해 가을 민주화운동청년연합이 창립되었어요. 운동 이론을 체계화하고 운동 주체를 조직화한다는 목표였지요. 대중노선과 조직노선을 2대 원칙으로 한다면서. 70년대부터 민주화 운동의 맥을 이어온 김근태, 김병곤 등이 주축이었어요. 기관지 '민주화의 길' 표지에 두꺼비가 그려져 있었는데, '뱀 앞에 이르러 스스로 먹이가 되고, 그 뱀 뱃속에 알을 낳아 뱀을 양분으로 새끼들을 세상에 내보낸다. 목숨 걸어라'라는 결의 아니었겠어요. 그 영향 아래 학생운동도 질적으로 변화되는 시기가 아니었나 싶어요."

"탄압으로 움츠렸던 민주화 운동 세력이 전열을 정비하고 큰 싸움을 준비하는 시기였네요. 무언가의 결단을 요구받는 시기요."

"딱 그랬어요. 이 싸움에서 죽을 수도 있겠다. 그러면 엄마는 어떻게 하지. 엄마가 많이 슬퍼하실 텐데. 엄마 곁으로 돌아가야 하는 거 아닌가. 그런 마음으로 착잡하던 때, 학회 조직을 상징하던 80학번 선배가 법대 건물 옥상에 주동으로 떴어요. 문과대 앞 분수대 주변 이곳저곳에 흩어져 있었는데 횃불이 얼핏 비치는가 싶더니 전단이 날리고 갈라진 목소리로 구호를 외치는 소리가 들렸어요. 사복경찰들이 떼거리로 움직이기 시작했고, 얼마 지나지 않아 옥상으로 진입한 사복경찰들에 의해 끌려가는 것을 봤지요. 특히 유학대 구성원들에게는 처음으로 선배를 떠나보내는 의식이었다고나 할까. 울면서 노래를 부르고 구호를 외쳤어요. 이리 밀리고 저리 밀리면서 대열이 흩어질 때까지. 그날 학교 앞 자주 가던 술집인 '시골집'에 모였어요. 말없이 따르는 술잔에 나도 저 길을 가게 되겠구나 싶었어요."

•
3

"민주화 운동에 투신하기로 결심이 굳어진 거죠?"

"2학년 들어서면서 '자본주의의 구조와 발달'이라고 일어 원본을 놓고 경제학 공부를 했어요. 자본론의 요약본이라고 보면 될 듯해요. 5단계 사회발전론이 등장하지요. 원시공산제, 노예제, 봉건제, 자본제, 사회주의로의 필연적 역사 이행. 큰 그림이 눈에 들어왔어요. 단순한 민주화 투쟁이 아니구나. 이건 세상을 바꾸자는 '혁명'이구나 생각했지요. 겨울 합숙을 끝내고 신학기를 맞았는데, 세상이 바뀌었어요. 이른바 학원 자율화 시대가 열린 거예요. 대학 캠퍼스 내에서 사복경찰이 철수했어요. 생각해 보니 강경 탄압에서 유화조치로 바뀔 수밖에 없는 정황들이 있었어요. 지난 83년도 10월에 대통령의 아시아 순방지인 버마 아웅산 참배지에서 폭발사고가 있었어요. 전두환이 도착하기 전에 폭발해 수행원과 장관급 몇 명이 죽었던 사건이지요. 전두환이 죽다 살아 온 거예요. 북한 소행으로 발표되었고, 뒤숭숭하니 그 해 11월에 미국 대통령 레이건이 방한해요. 전두환에게 힘을 실어 준거지요. 아마도 유화적인 국면전환을 요구받았을 거예요. 아시아에서 한미일 군사동맹이 중요했으니까요. 다음해 전두환의 방일이 이루어져요. 그런 정세가 대학 내 '자율화' 공간을 연 거지요."

"일제 식민지 무단통치에서 문화통치로의 변화 같은 거네요."

"하, 맞아요. 전두환 정권의 우민화정책을 보통 3S라고 이야기했어요. 스포츠, 스크린, 섹스. 상업방송 TBC를 없애고 언론통폐합에 언론 검열을 강화하면서 한편으로 컬러TV 방송을 시작해요. 정부가 앞장서서 컬러TV 보급을 독려하고요. 프로야구를 창설하면서 시도 때도 없이 야구 중계방송을 했어요. KBS의 밤 9시 땡전 뉴스는 유명했어요. 뉴스 시작과 더불어 전두환 대통령은...으로 시작했으니까요. 청소년들은 '젊음의 행진' 같은 쇼 프로그램에 열광했고요. 아마 오빠 부대가 그때 생겼을 거예요. 야간통행금지가 해제되면서 창녀촌을 비롯한 섹스산업이 활기를 띠었어요. 일본 관광객을 유치한다면서 기생관광이 판을 쳤고요. 골프장도 그 때부터 우후죽순 생겨나기 시작했어요."

"사복경찰이 철수하고 일정 정도 자유공간이 열렸으니 학교 분위기가 확 달라졌겠네요."

"대성로라고 부르던 문과대 옆 도로 한 편에 대자보 판이 생겼어요. 총학생회가 모습을 갖췄고 단과대별로도 학생회가 본격적으로 구성되기 시작했어요. 대중적인 활동이 가능해진 거지요. 4·19, 5·18 기념식이 금잔디 광장에서 열렸어요. 축제 외에는 들어갈 수 없던 공간이 열린 거예요.

공개된 집회에 모이게 되면서 운동권이라고 하는 서로를 확인할 수 있게 되는 계기가 마련되기도 했고요. 이제 서로를 알아볼 수 있게 된 거지요. 3학년 1학기에 과 대표를 맡았어요. 이전과는 사뭇 다른 분위기라 운동하던 친구들이 전면에 설 수 있는 자리가 마련된 거예요. 공간이 열렸으니 연합집회도 많아졌고요. 고대 연합집회에서 처음으로 지랄탄을 맞았던 기억이 나요. 두두두두... 따발총 소리가 나더니 최루가스를 뿜으며 총알 같은 게 따라오는 거예요. 지그재그로. 그래서 이름이 지랄탄으로 붙여졌어요. 그해 여름 방학에는 단과대별로 농촌활동 팀이 꾸려져 대대적인 농활이 있었어요. 충청도 어느 지역으로 들어갔었는데 동네마다 과별로 배치해 낮엔 일하고 저녁엔 토론 모임을 진행해 내부 조직력을 다졌지요."

"전두환 정권이 유화조치를 통해 노렸던 점이 있지 않나요?"

"그렇지요. 1년여 뒤 85년 2월이 국회의원선거였어요. 야당 정치권으로부터 운동세력 모두의 내부 분열을 의도한 거지요. 학원자율화 조치를 어떻게 볼 것인가부터 논쟁이 붙기 시작했어요. 콩이다 팥이다 말이 많았는데 학생운동 흐름에 이전부터 학림, 무림 논쟁이 있었어요. 그 연장선상이지요. 거칠게 이야기하면 현장 역량을 강화하자는 준비론과 대한민국에서 차지하는 학생운동의 성격상 선도적 투쟁을 보다 가열차게 해야 한다는 입장으로 볼 수 있어요. 민청련에서 CNP논쟁으로 정리했어요. 이른바 CDR, NDR, PDR로 불린 시민민주혁명론, 민족민주혁명론, 민중민주혁명론으로요. 이 때 촉발된 게 사회구성체 논쟁이지요. 한국사회를 어떻게 볼 것인가 하는 성격 규정문제요. 혁명의 주체와 투쟁 방향도 그에 따라 결정되지요. 시민민주혁명론에선 남한은 세계자본주의 체제 속에 편입된 주변부 자본주의라고 봤어요. 그래서 노동자, 농민뿐만 아니라 영세 자영업자와 중소 자본가를 포함해 독재권력 타도, 민간정부 수립으로 가야 된다는 입장이에요. 70년대 재야 민주화운동세력이 중심이었어요. 민중민주혁명론에선 남한을 국가독점자본주의로 봤어요. 단순 외세에 종속된 체제가 아니라 스스로 상당 수준의 자본축적을 이루고 독자적인 경제구조를 운영하는 체제라고 본 거지요. 그래서 노동자를 중심으로 자본주의 체제 모순을 극복하는 방향으로 가야 한다. 노동 현장론을 주장하는 이들이 중심이고요. 민족민주혁명론은 신식민지 독점자본주의로 봤어요. 민족적 모순과 계급적 모순이 중첩되어 있다. 노동자, 농민이 주축이 되어 중간층을 아우르는 연합전선을 형성해야 한다. 그래서 민주적이고 민족자주적인 정부를 세우자는 것이었어요. 민청련은 민족민주혁명론으로 입장을 정리하게 되요."

"3학년이면 운동권의 중심 역할 아닌가요. 이념 논쟁의 한 가운데에 있었을 테고요."

"그때부터 학회를 넘어서기 시작했어요. 9월에 전두환의 방일에 맞추어 대중 학술토론 준비가 있었는데 학회에서 한 명씩 차출되어 준비했어요. 한미일 삼각군사동맹에 대해 발제를 맡은 거지요. 9월, 전두환 방일 후 귀국 길 카퍼레이드가 있을 때 연좌시위로 농성을 하려던 계획은 실현되지 못했어요. 2학기에는 학회를 총괄하는 모임에 들어갔고 4학년 지도 선배도 다른 학과 선배였어요. 그 시기 법대 쪽 2학년들을 맡았고요. 단과대를 넘어선 거지요. 그 때 유학대 후배들을 맡은 동기와 자취방을 같이 썼어요. 11월에 전두환이 총재인 민정당 중앙당사 점거 농성 계획이 추진되고 있던 때였어요. 서클과 학회 및 각 조직에서 비밀리에 인원 선정이 있었지요. 유학대 후배들을 데리고 점거 농성에 들어가기로 한 그 동기가 전날 가두시위에서 잡혀 구류를 받은 거예요. 최종 인원 점검을 하다 제가 대신 들어가기로 한 거지요. 보안 때문에 1, 2학년 후배들은 어디를 가는지 몰랐어요. 아침에 만나서 '이번 싸움은 퇴로가 없다.'라는 말만 했으니까요. 안국동에 있는 민정당사는 성대하고 가까워요. 정문이 아니고 후문쯤으로 기억되는데. 사복경찰 두 명이 출입구를 지키고 있었을 거예요. 신호와 함께 주변에 있던 학생들이 순식간에 당사로 밀고 들어갔어요. 사과탄이라고 손에 들고 다닐 수 있는 최루탄이 터지고 주변에 있던 사복경찰들이 몰려들었어요. 4층이었나 7층이었나 하여튼 총재 집무실을 점거하고 바리케이드를 쌓고 농성을 시작했어요. 나중에 들으니 260명 정도가 있었다고 해요."

"학생 운동사에서 최초의 점거 농성 사건이지요. 그때 처음으로 구속된 거고요."

"들어가서 보니 서울대가 들어오지 않았어요. 원래 서울대, 연대, 고대, 성대. 네 학교의 연합 점거 농성이었는데. 아마도 서울대 내부의 노선

투쟁 때문이었을 거예요. 서울대가 빠진 상태로, 점거 농성 지도부에도 상징적 인물이 없었어요. 학교별 민주화투쟁위원회가 있었고, 학생의 날에 반독재민주화투쟁연합을 결성했는데 그 이름으로 진행되었을 거예요. 당시 정세에서 노동탄압이 극심했기 때문에 '노동악법 개정', 총선을 염두에 두고 '전면 해금 실시'를 내걸었어요. 4학년 학교별 책임자, 주동자들은 창문을 통해 농성 투쟁을 알리고 3학년들은 복도와 출입문 바리케이드 쪽에 집중돼 있었어요. 1, 2학년 대부분은 사무실 바닥에 앉아 농성을 하고 있었는데 농성 대오를 조직하는 지도부가 보이지 않았어요. 자체 토론 중에 진행이 답답하니 직속 후배가 발언하라고 재촉해 정세 부분을 중심으로 공유했어요. 주동이 아님에도 그 발언 때문에 구속이 되었던 게 아닌지 후배가 많이 미안해했었다고 해요. 자기 때문이라고."

"총선 직전이고 대량 구속을 하기엔 부담이 되었을 텐데, 3학년에서도 구속자가 많았나요?"

"주로는 바리케이드 앞에서 검거된 친구들이 폭력행위로 구속되었어요. 성대에서는 나 말고 2학년 1명, 3학년 2명이 더 있었을 거예요. 4학년 주동이 3명 있었을 거고요. 출입문 쪽만 막고 대치하는 중에 사무실 건물 유리창이 박살나면서 도시게릴라 진압대가 밧줄을 타고 진입했어요. 와장창 유리 파편이 튀면서 '머리 박아' 하는 소리와 함께 곤봉세례가 난무했어요. 순식간에 제압당했지요. 계단을 내려오는데 전경들이 줄지어 서서 머리에 손 올리고 내려오는 농성자들의 정강이를 발로 찼어요. 유치장에 줄줄이 갇혔는데 저만 따로 어딘가로 데려가는 거예요. 들어서자마자 '대공 분실'이구나 했지요. 담당 형사가 보란 듯이 웃옷 양복을 벗는데 가슴팍 사선으로 권총을 차고 있는 거예요. '너 같은 빨갱이 새끼 하나 죽어도 삼팔선에 걸어 놓고 입북하다 죽었다고 하면 그만'이라고 겁을 줬는데 쫄지는 않았어요. 지금 정세에서 '막 하지는 못할 것이다' 하는 통박이 있었어요. 아버지 직업을 묻더라고요. 목사라고 했지요. 자기는 집사래요. 태도가 달라지더라고요. 그 덕을 봤어요. 가족 신원조회, 재산조회 자료들이 올라오고 집회 참가 이력 등을 조사하면서 조직도를 그리래요. 4학년 주동 선배 중에 하나가 1학년 때 처음 만났던 고전연구회 선배가 있었어요. 그 선배를 윗선으로 하고, 후배 하나만 데리고 들어 간 걸로 했지요. 그냥 넘어가더라고요."

"그런데도 구속이 된 거예요?"

"찍혀 있던 거지요. 바리케이드 앞에서 잡힌 게 아니기 때문에 폭력으로는 처벌이 어려웠는데 그래도 구속 사유는 폭력행위 처벌에 관한 법률 위반이었어요. 집시법이 아니라. 구속 사유는 다수의 시위 참가 이력이었나 봐요. 그래서 재판에 넘겨지지 않고 기소유예로 한 달 만에 나왔어요. 서클이나 다른 조직에 있는 한국철학과 1, 2학년 친구들이 꽤 많았어요. 나처럼 직속 선배를 댈 수 없으니, 농성장에 있는 학과 선배를 윗선으로 댔겠지요. 내가 그랬듯이. 나중에 들은 이야기예요. 학교에서는 난리가 났어요. 작은 단과대에서 열 명이 넘는 인원이 점거 농성을 들어갔으니.

3학년은 나 하나였고. 농성 들어가기 전에 단과 학회지에 글을 하나 썼었어요. '상황과 철학'이라고. 구속된 것이 문제가 되어 학회지 배포가 금지됐어요. 수업 거부에 자퇴투쟁 이야기까지 밖에 남아 있던 친구들이 오히려 고생을 더 많이 했지요. 잡혀가 있는 한 달 동안 외할머니가 하루도 빠지지 않고 새벽 기도를 드리셨대요. 의자에 앉혀져 있던 엄마가 집에 돌아온 막내아들에게 보내던 환한 웃음을 지금도 잊을 수가 없어요."

"풀려 나왔을때 특별한 대접이 있던가요?"

"출소해서는 학사경고가 냉정하게 기다리고 있었어요. 학기말 시험이 끝난 즈음이라 추가 시험을 보게 해 준 과목도 있었지만 어쨌든 첫 번째 학사경고를 받았어요. 하, 특별한 대접은 안기부에서 해주더만요. 그땐 집 전화로만 연락이 가능한 시대잖아요. 집으로 전화가 왔어요. 기소유예로 나왔으니 요시찰처럼 정기적으로 관리 대상인 모양이다 싶어 만났지요. 안기부 직원이라고 신분을 밝히면서, 뭐 도움이 필요하면 언제든지 말하라고. 음, 회유로구나 생각했는데 총학생회장에 출마하면 어떻겠냐는 거예요. 그때 총학생회장 선거 입후보가 진행되고 있었거든요. 그저 웃었지요. 그리고 총학생회 선거가 끝나고 또 연락이 왔어요. 대학 졸업하고 안기부에 들어 올 생각은 없냐는 둥. 정기적으로 만나자는 둥. 그리고 봉투 하나를 주고 갔는데 10만 원이 들어 있었어요. 그때 10만 원이면 굉장히 큰돈이었어요. 그걸로 타자기를 샀지요. 유인물 찍으려. 그때 시작한 독수리 타법으로 지금도 문서를 쓰고 있어요. 그리곤 다시 전화 받을 일 없었던 거지요. 그게 저 한 사람 만이었겠어요. 그렇게 프락치 공작이 운동권 곳곳에서 진행되었을 거예요."

4

"85년으로 넘어가면 무슨 일들이 벌어지나요?"

"2·12총선을 앞둔 치열한 논쟁이 전개돼요. 내부적으로는 선거 국면을 활용할 것인가, 거부할 것인가 하는 논쟁이 있었어요. 시민민주혁명론 쪽에선 당연히 정치권과 연합해 싸우는 방식을 선호했고, 민중민주혁명론 쪽에선 선거 거부를 이야기했어요. 총선을 앞두고 묶였던 정치인들의 해금 조치가 있었어요. 김영삼, 김대중만 빼고. 내부 분열을 노린 거지요. 야당을 들러리로 세우려 했던 건데 김영삼과 김대중이 연합해 민주화추진협의회를 구성해요. 김대중은 80년 내란음모 사건으로 구속되었다가 82년엔가 미국으로 망명 비슷하게 떠났다가 85년 총선 직전에 들어와요. 바로 구금되지만. 총선을 앞두고 정치권이 요동치는 정세였지요. 유세 현장에 결합해 싸우는 방식을 선택했어요. 성대 근처 성북구에 이철이 출마했어요. 민청학련 사건으로 사형을 선고받았던 이력이 있어요. 지금도 기억나는데. '사형수 이철 성북구에 돌아오다.' 유세장의 열기가 대단했어요. 그 흐름을 타고 선전전을 벌렸었지요. 대통령 직선제 개헌을 주장했던 신한민주당. 김영삼, 김대중의 지원을 받던 신민당 돌풍이었어요. 제1야당으로 급부상한 거지요."

"국회의원 선거라는 정치 국면이 투쟁의 공간을 확장해 준 거지요."

"그렇게 정치 공간이 들썩이면서 대치 국면에 들어갈 때 학생운동도 전국적 조직 형태와 투쟁 기구를 갖췄어요. 이른바 전학련 삼민투지요. 총학생회의 연합체인 전국학생총연합이라는 학생 조직에 민족통일·민주쟁취·민중해방을 표방한 삼민. 그래서 삼민투예요. 학생운동의 이념적 분화가 이루어지기 전 최대 조직인 거지요. 삼민투가 유명해진 건 그해 5월에 있었던 미문화원 점거 농성 사건 때문이에요. 84년도에 광주항쟁의 기록을 담은 '죽음을 넘어, 시대의 어둠을 넘어'가 출판되었고, 광주비디오라는 이름으로 외신기자가 촬영한 영상이 돌기 시작했을 거예요. 정치 공간이 열리면서 광주항쟁의 진실규명 차원에서 미국의 책임을 물은 거지요. 전시가 아니더라도 한미연합사령관이 군사 이동에 관한 정보를 모를 리 없고, 그 책임에서 자유롭지 않다는 것을 폭로한 거예요. 72시간 농성에 미 대사인가를 면담하고 자진 해산했어요. 태극기를 앞장세우고 나왔지요. 분명한 메시지를 남기지는 못했지만 광주학살의 책임에서 미국이 자유스러울 수 없음을 드러내는 성과가 있었어요."

"미문화원 점거 농성에도 참여하셨나요?"

"2학년 과 후배 하나가 미문화원 점거 농성에 참여했어요. 학회에 있던 친구인데 문학청년이었어요. 그 친구가 추천한 책이 이청준의 '당신들의 천국'이에요. 소록도 원장 이야기였는데 90년 중반 운동을 그만두고 이 책을 다시 읽은 기억이 나요. 민정당 중앙당사 점거 농성 때 같이 하지 못한 미안함이 있었나 봐요. 점거 농성이라니까 자원을 했대요. 구체적인 내용은 보안에 부쳐져서 저도 어디를 점거하는지는 사건이 나고야 알았어요. 미문화원 점거농성 사건이 있은 한 달 정도 후에 경찰이 서클룸과 학회 사무실 등을 야간에 습격했어요. 학원자율화 조치 이후 학교 허락 없이 경찰이 난입한 건 처음이지요. 수배자를 찾는다는 명목으로. 여럿이 잡혀갔고 새로운 긴장감이 감돌기 시작했어요. 그 당시 저는 선전팀으로 배치를 받았어요. 서클이나 학회 출신들 3학년 대여섯 명 정도의 별도 조직이었어요. 지도 선으로 간 거지요. 시위대 선두에 서서 대열을 이끌고, 선전 선동하고, 주동을 보호하는 역할. 이른바 야사지요. 야전 사령부. '백만학도'라고 전학련 기관지가 나오면 배포하는 역할을 맡았고, 문화 선전대 역할도 준비했던 것 같아요. 어설프지만 노래극도 하나 녹음한 걸로 기억나요."

"학생운동 하면서 참, 다양한 일들을 했어요."

"여름에 접어들면서 중요한 사건이 하나 터져요. 노동운동 쪽의 구로동맹파업이요. 하나의 사업장 파업이 아니라 민주노조를 만들고 지키는 과정에서 벌어진 정치투쟁 성격이 컸어요. 임금 투쟁이 아닌. 이른바 위장취업이라고 하는 운동권 출신들이 노동 현장에 들어가 활동한 결과가 눈앞에 드러난 거지요. 그때 회사가 구사대를 조직하여 파업 노동자들을 폭력적으로 해산시켜요. 구속, 수배, 해고가 이어졌고요. 그 일이 있고 난 후 노학연대라는 말이 생기기 시작했어요. 구로, 가리봉 공단지역에서 노동 탄압을 규탄하는 가두시위가 몇 차례 있었고요. 그런데 종로나 도심 집회에서 시위하는 것과 분위기가 달랐어요. 도로 안쪽으로 공장들이 쭉 들어서 있고 공장 담벼락 사이로 시위대가 지나가는데 그 길 끝 사방에 전투경찰이 배치되어 있는 거예요. 전투경찰 뒤쪽에 있던 백골단이라고 화이바를 쓰고 가죽 장갑을 낀 사복 체포조가 뜨면 시위 대열이 난장판이 되곤 했어요. 한 번은 공단과 주택가 내부 도로에서 고립되었는데 도망갈 곳이 없잖아요. 주택가 지붕을 여러 개 넘어 탈출을 시도했는데 후배들이 줄줄이 따라오는 거예요. 기와와 슬레이트 지붕이 부서지고 깨지겠지요. 따라오지 말라고 소리를 질렀어요. 나중에 생각해보니 혼자 살겠다고 한 거예요. 많이 부끄러웠어요."

"88년 이후 거리 시위에 참여했던 이들에게도 백골단은 가장 공포스러운 존재였어요. 백골단이 쫓아오면 필사적으로 달아났었죠?"

"늘 두렵고 무서웠어요. 싸우다 죽을지도 모른다는 생각을 했지요. 차라리 얻어터지면 그 상황에 적응했을 텐데 그 직전에 느끼는 공포는 상당했어요. 특히 노동 현장과 연계된 싸움은 폭력진압이 비일비재했으니까요. 정신없는 상황이었는데 외할머니가 교통사고로 돌아가셨다는 연락을 받았어요. 손자 걱정하시느라 매일같이 새벽기도를 다니셨는데 안개 낀 새벽에 길을 건너시다 변을 당하셨대요. 앉은뱅이에 전신불수가 된 딸 건사하면서 손자들 넷을 길러내신 분이셨어요. 마음껏 울지도 못하고 장례를 치른 후 복귀했지요. 이제 학교를 정리할 때였어요. 70년대 노동운동의 시작을 알렸던 전태일 분신 이후 청계피복노조가 만들어졌는데 우여곡절 끝에 80년대 들어 또다시 불법화되어 그때도 한참 합법화 투쟁이 진행되고 있었을 거예요. 11월 13일에 맞추어 큰 싸움이 준비되고 있었는데 저는 민중생존권 지원투쟁위원회 소속으로 배치되었지요."

"학교를 정리한다는 건, 무슨 뜻인가요? 왜? 어떻게 정리를 하는 것인가요?"

"투쟁의 주동자로 구속되는 길을 택하고, 그렇게 학생운동을 정리하고 감옥 갔다 나와서 노동 현장으로 가는 게 정석이었어요. 그 외 다른 길은 운동으로 인정하지 않던 분위기였으니까요. 그런데 문제가 생겼어요. 9월인가, 외할머니 돌아가시고 작은누이 혼자서 엄마를 간호하다 한쪽 눈이 실명이 된 거예요. 엄마가 등창이 심해져 밤 새 이쪽저쪽으로 돌려 뉘여야 하는데 외할머니 돌아가시고 혼자 감당해야 했으니까요. 엄마가 걷지를 못하시니 작은누이가 저 고등학교 자취할 때부터 엄마 노릇을 대신했었어요. 나이 들어서는 할머니하고 같이 집안 살림을 도맡아 했고요. 아버지와 형은 엄마 간호 하는데 큰 도움이 되지 않았던 것 같아요. 큰누이가 조카들하고 같은 집에서 살았는데 일찍 결혼했던 큰 누이는 조울증을 앓고 있었어요. 수술을 들어가야 하는데 엄마 간호할 사람이 마땅치 않은 거예요. 또 구속되면 언제 나올지 모른다는 생각도 했고요. 작은 누이 수술하고 입원 치료하는 한 달 동안 엄마를 간호하기로 했어요. 조직에 사정을 이야기하고 한 달 말미를 얻었지요. 큰 누이 도움을 받아 엄마

대소변 받아내고, 삼시 세끼 밥 챙기고, 이 닦아 드리고. 먼 길 떠나는 자식 마음으로 한 달을 보냈어요."

"엄마에 대한 마음이 더욱 깊어진 시기였겠어요. 한 달 후, 복귀를 한 건가요?"

"제가 학생운동을 시작한 것도, 그 이후 그 마음을 간직하려고 애써왔던 것도 생각해보면 엄마에게서 비롯된 정서가 커요. 작은누이에게도 빚진 마음이 크지요. 엄마 돌아가시기 전까지 작은누이가 돌보았고, 홀로 늙었어요. 그때가 대학 4학년 말쯤 되었을 거예요. 학생이라 연기됐던 군입대 신체검사를 받았어요. 고등학교 때 축농증 수술을 한 이력이 있어 제2보충역 판정을 받았어요. 방위지요. 그대로 고향에서 방위 생활을 했으면 엄마 옆을 지킬 수 있었을 텐데요. 어쨌든, 복귀했는데 조직에서 변화된 방침이 내려왔어요. 학교에 남으라는 거예요. 대학원에 진학하든 학점을 채우지 못한 핑계로 대학 생활을 연장하든 학외 학번으로 남아 역할을 맡으라는 거였어요. 헐, 3학년 때 민정당사 사건으로 학사경고를 처음 받았고 4학년 때야 신분을 유지하려 등록했을 뿐 수업 한 번을 들어가 본 적이 없는데. 1, 2학기 모두 학사경고예요. 3번 학사경고면 제적이거든요. 난감했어요. 특별한 대책 없이 그저 역할을 맡았지요. 방위임에도 불구하고 입영을 하지 않는 병역도피를 감수하면서요. 그때 상황이 엄중하다고 판단한 거지요. 마치 혁명 전야 같은."

•
5

“제적이든 병역도피든 개인사로 보면 엄청난 사회적 불이익을 가져오게 되잖아요. 왜 그렇게까지.”

“시절이 하 수상하던 때예요. 운동권 내부가 뒤숭숭했어요. 84년 겨울에 ‘전민중’ 이름으로 발행된 ‘예속과 함성’이라는 팸플릿이 서클룸과 학회 사무실 등에 뿌려졌어요. 선배들이 회수하도록 했었는데 호기심에 은밀히 돌려봤지요. 양질의 종이에 고급스럽게 인쇄된 팸플릿이었는데 한국 현대사를 반미 자주의 관점에서 일관되게 정리한 거예요. 반미 직접 투쟁론의 등장이지요. 이건 북한 논조인데 하는 생각이 먼저 들었어요. 같은 과인데 서클에서 운동하던 친구가 이 팸플릿을 가지고 이야기를 해보면 어떻겠냐고, 우리 과에 각기 다른 조직에 있던 친구들 몇몇을 모았었어요. 그저 두세 차례 만났던 기억이 있는데, 여름이었나. 이 친구가 뜬금없이 찾아 온 거예요. 전민중 사건으로 발표가 될 줄 알았는데 간첩 사건으로 발표가 날 것 같다고. 자신이 북한노동당 서울시 당 서열 10위인가에 올라 있다고. 수배 받고 있는데 자진출두 하기 전에 한 번 보러 왔다고. 걱정하지 말라고. 황당했었지요. 9월에 구미 유학생 간첩단 사건으로 발표가되요. 이 친구가 우리를 포섭하려고 했던 거구나 싶었어요. 그 시기에 또 기존 학생운동 방향과 결이 다른 팸플릿이 등장해요. ‘강철 서신’이라고. 지금도 기억나는데 조악한 타자체로 복사에 복사를 거듭한 허름한 팸플릿이었어요. ‘초등학교 졸업식 때 눈물 젖은 자장면을 먹어보지 않은 자들은 운동을 말하지 말라'고 했던가. 품성론을 앞세우고 등장했어요. 서클 중심의 전위적인 운동 행태를 비판하면서 대중운동을 이야기 한 거지요. 두 번째 '강철서신'인가에서는 박헌영은 왜 미제의 간첩이 되었나, 거기서 무엇을 배울 것인가. 뭐 그런 내용이었는데 박헌영을 규정하는 북한 정권의 입장에다 품성과 의리 문제를 제기했던 걸로 기억나요."

"기존 학생운동에 없던 이른바 주사파의 등장이네요."

"그 당시 주류 운동권과 별개로 불쑥 튀어나온 듯 이질적이었어요. 한참 사회구성체 논쟁이 붙고 있었는데 NDR 민족민주 혁명론 입장은 신식민지 국가독점자본주의로 규정하면서 노동운동의 계급성이 강조되었지요. 그래서 자연스레 노동 현장으로의 존재 이전이 중요한 것이었고요. 3학년부터는 주로 러시아 혁명사와 중국 혁명사를 공부했어요. 이 때 레닌의 '무엇을 할 것인가'가 텍스트로 등장해요. '이스크라'라고. 우리말로 불꽃이에요. 기관지 형태의 전국적 정치신문으로 혁명에 큰 역할을 했지요. 전학련 삼민투의 기관지로 '백만학도'가 발행되고 있었는데 이를 전국적 정치신문 형태로 발전시킨다는 계획이었어요. 편집과 발행은 별도의 조직에서 이루어지고 이를 전국으로 배포하는 조직망을 갖추는 일에 배치되었어요. 주요 4개 대학, 그러니까 서울대, 연대, 고대, 성대에서 파견된 4명이 협의체를 구성하고 지역을 분배했어요. 제가 맡은 곳이 수도권이었어요. 서울, 경기, 인천. 그런데 뒤숭숭한 분위기로 협의체는 논의가 되지 않았어요. 마지막으로 만난 서울대 친구가 팸플릿 하나를 주면서 우리 사회가 식민지 반봉건 사회라는 거예요. 헐, 식민지이기 때문에 반미 직접투쟁이 필요하고, 민족해방 투쟁이기에 노동자, 농민뿐만 아니라 민족 자본가까지 포함하는 광범위한 연대전선이 필요하다는 거지요. 그때 느낌이 왔어요. 그 이후로 연대 테이블이 없어졌어요. 86년 학생운동 조직이 두 개로 나누어지는 서막인 셈이었지요."

"NL과 PD로 알려진 두 개의 커다란 변혁운동 노선이 본격적으로 등장한 건가요?"

"남한사회 변혁운동사로 보면 85년 말, 86년 초가 분수령일 거예요. 70년대 민주화 운동의 한계를 넘어서려는 노력이 80년대 들어 마르크스 레닌주의를 수용한 거예요. 자생적 사회주의운동이 시작된 거지요. 광주항쟁에 빚진 채 군사독재의 억압 하에서 민족민주혁명이라는 이론적 체계를 갖추어 가던 때였어요. 그때 한쪽에서 남한사회 최대 금기를 깨고 등장한 것이 자생적 주체사상파였어요. 분단으로 남과 북이 갈리면서 미소 냉전체제하의 최전선에 있던 한반도는 사상의 자유가 극도로 제한되어 있던 상황이었는데요. 민주화운동이나 정적을 빨갱이로 몰면 되던 때였으니까요. 그런데 남한의 최대 금기사항인 주체사상이 북한의 대남방송인 단파 라디오를 청취한 이들에 의해 대중적으로 모습을 드러낸 거예요. 그중 하나가 '강철서신'으로 대표되는 팸플릿이었고, 그 반향이 컸어요. 미문화원 점거농성 사건 이후 그 배후로 지목되어 서울대 민추위 사건이 터져요. 기존 학생운동 조직 지도부가 흔들리기 시작한 거지요. 성대도 86년 초에 조직이 거의 다 드러나는 민회투 사건이 터져요. 민주 회복투쟁위 사건이라고 이름이 만들어진 건데 민추위와 비슷하게 사건이 진행돼요. 그때 수배를 당한 거지요. 기존 조직들이 흔들리는 가운데 사상적 파고를 맞은 셈이에요."

"졸업이 아니라 수배자가 되면서 학교를 떠나게 된 건가요?"

"아마도 2월 졸업식 전후일 거예요. 비상 조직체계가 만들어졌고, 일선에서 물러나 수배상태에 들어간 거지요. 연락을 주고받는 선만 하나 간신히 유지하고 이 집 저 집, 공원과 병원 등에서 우유하고 초코파이 하나로 식사를 때우며 한 달여를 보냈어요. 그 후론 대장으로 수배를 받던 선배와 방을 얻어 같이 살았고요. 그도 불안하고 장기전에 대비해야 해서 따로 방을 얻었어요. 고등학교 때 다니던 지리가 익숙한 수원 북문 인근에요. 개강 이전인 2월부터 학교는 그야말로 전쟁이었어요. 그해, 서울대에 두 개의 선명한 조직이 출범해요. 기존 민추위 노선을 따르던 그룹이 민민투. 반제 반파쇼 민족민주투쟁위원회를 구성해요. 새로 모습을 드러낸 그룹이 구국학생연맹을 결성하고 자민투. 반미 자주화 반파쇼 민주화투쟁위원회를 구성해요. 이후 운동사가 이 두 조직의 큰 흐름으로 내용을 이어가지요. 4월 말에 충격적인 사건이 벌어져요. 2학년 남학생들 전방입소 기간이었는데 서울대에서 김세진, 이재호 두 친구가 전방입소 반대 투쟁을 하면서 분신을 해요. 구호가 '양키의 용병교육 전방입소 결사반대'였어요."

"광주사태처럼 5·3 인천사태가 귀에 익어 익숙한데 5·3 인천 투쟁이 바로 그즈음인가요?"

"2·12 총선 1주년이 되는 때 대통령선거를 간선제에서 직선제로 바꾸자는 천만 개헌추진 서명운동이 진행되었어요. 개헌추진위원회 결성대회 형식의 장외집회가 전국 주요 도시에서 열렸는데 인천이 5월 3일이었어요. 바로 앞서 김세진, 이재호가 분신을 하자 놀란 김영삼과 김대중이 '소수학생들의 반미 용공 과격 시위를 반대한다'라는 성명을 발표해요. 이에 재야민주화운동 세력의 연합조직인 민통련이 보수 대야합이라고 비판하고, 그날 인천으로 모든 운동 진영이 총집결하게 되지요. 수없이 많은 조직의 깃발들이 나부끼고 뿌려진 전단만도 수십 종에 달했어요. 저녁 무렵까지 거의 해방구나 다름없는 상황이었지요. 연락을 주고받던 선도 끊겼고, 개별적으로 수원에 있는 사업장 취업을 준비 중이었기에 외곽에서 빙빙 돌았지요. 전단만 수거해 분석하기에 여념이 없었어요."

"그 사건으로 대대적인 검거 열풍이 불잖아요. 성고문 사건도 그때 있었던 것 같고요."

"맞아요. 의도적으로 공간을 열어놓고 판을 만들어 준 다음 폭력성을 부각하면서 여론몰이를 한 것이 아닌가 싶기도 해요. 그때부터 수없이 많은 조직 사건들이 터지기 시작했어요. 수배자 체포를 위한 전담반이 만들어졌지요. 저도 1계급 특진에 300만 원 현상금이 붙었어요. 나중에 들은 초등학교 동창이야기인데 사촌 누군가가 용인경찰서 정보과 형사였대요. 초등학교, 중학교 친구들은 물론이고 고등학교 담임선생님들까지 찾아다녔나 봐요. 연고가 될 만한 곳은 다 뒤진 거지요. 도청이나 잠복이 있을 걸 예상해서 밤까지 기다렸다 담장을 넘어 엄마 이를 닦아드리고는 했어요. 수배 중에도 집과의 연결은 엄마 때문에 계속 이어지고 있던 거지요. 입대를 하지 않았으니 병역 수배까지 같이 받고 있어서 아버지는 걱정이 많았어요. 자수하면 어떻겠냐는 말씀을 했지요. 정보과 형사들이 입북한 거 아니냐며 협박을 했대요. 그러니까 아버지가 아들이 집에도 다녀 간다는 말씀을 하셨나 봐요. 그 말을 듣고는 집에 가는 걸 멈췄어요. 어떤 상황이 일어날지 몰랐으니까요. 그러다 몸이 많이 아팠어요. 잘 먹지를 못해 기력이 떨어졌고, 돈도 없고, 연락을 취할 곳도 없고. 뭐에 씌였나, 집에 전화를 해서 매부를 만나기로 한 거예요. 남문 극장 앞에서 보기로 했는데, 보통은 사람이 나왔나 확인하고 장소를 바꿔가며 만나야 하는데, 그 날은 신문지를 펴고 앉아서 기다리고 있었어요. 매부가 내 이름을 부르는 순간, 극장 앞 주변과 인근 상가 쪽에서 일곱, 여덟의 형사가 튀어 나오는 거예요. 어이없이 잡혔지요."

6

"몸도 마음도 많이 지쳐 있던 거네요. 어디서 조사를 받았어요?"

"새로운 사건이 아니고 수배자를 검거하는 게 목적이었기 때문에 안기부가 아니라 서울 시경 대공 분실이었던 것 같아요. 전담반이었던 용인경찰서를 거쳐서 서울 시경에 도착할 때까지 시간을 벌었어요. 잡힐 때 매부하고 잠깐 마지막 인사를 하면서, 작은누이가 집을 알고 있으니 책하고 문건을 치워 달라고 했어요. 작은누이가 교회 청년 하나를 데리고 가서 방을 미리 치워놓은 거지요. 그 일로 지역에선 전설처럼 이야기가 회자 되었어요. 어쨌든 잡혀가면 제일 먼저 숨어있던 곳을 압수수색하잖아요. 수배자가 같이 있을 수도 있고 하니 그들은 내 방 위치를 캐묻고, 나는 수배 기간 중의 알리바이를 증명하기 위해 거처가 필요하고. 방에서 아무것도 나오지 않으니 그날 밤부터 조사의 초점은 잡히지 않았던 직속 선배의 거취를 캐는 거였어요. 그들의 조직표상 대장이었거든요. 따로 방을 얻기 전 수배 기간 중의 거처를 일일이 대야 하는 상황이 된 거지요. 이틀을 이리저리 둘러대고, 살았던 곳의 주변 약도를 그려 주었는데, 2번인가 허탕을 치고 들어와서는 돌변했지요. 사방이 빨간 방음벽이었어요. 한 쪽에는 욕조가 있었고요. 무릎 꿇고 앉아 벽을 보고 있는 상황이었는데 갑자기 네 놈이 들이닥쳐서는 돌아가면서 구둣발로 정강이를 밟는 거예요."

"그때 다리하고 허리를 다친 거네요."

"당시는 아픈지도 몰랐어요. 그런 상태로 책상에 끌려와 선배하고 같이 있던 곳 약도를 그리라 하고, 더 이상 버티기가 어려웠지요. 그들이 찾고 있던 선배와 같이 살았던 곳의 약도를 그려 주었지요. 그 집을 나온 지가 두 달 전쯤이니 제발 다른 곳으로 옮겼기를 기도하면서요. 그 뒤론 이렇다 저렇다 말이 없이 조서를 꾸미는 작업이 시작되었어요. 그러기를 2주 정도 되었나, 유치장을 거쳐 구치소로 넘겨졌지요. 구치소 독방에 들어가고는 마음이 너무 편하고 행복하기까지 했어요. 지옥을 벗어난 느낌. 그때 오른쪽 다리에서 찌릿찌릿 경련이 일고 통증이 시작되면서 다리를 절기 시작했어요. 그 통증이 오히려 나를 안도하게 하더라고요. 나로 인해 그 선배가 잡혔을까, 아닐까 조마조마하면서 보낸 시간이었는데, 먼저 잡혀 와 재판을 받고 있던 친구들에게 선배가 잡혔다는 소리를 들었어요. 다리를 저는 것으로 어쩔 수 없었던 상황을 증명이라도 하듯 비겁한 변명을 대신했어요. 박종철 고문치사 사건이 터진 것이 87년 1월이니 7개월쯤 전일 거에요. 박종철도 수배받던 선배를 지키려다 그렇게 된 거잖아요."

"구치소 생활은 어땠나요?"

"서울 구치소가 만원이었어요. 사상범이나 정치범은 일반 재소자와 분리해 독방에 가두었는데, 열 명 남짓한 일반 재소자 방에서 이틀인가 생활하다 성동 구치소로 옮겨졌어요. 한적하더라고요. 마음이 시끄럽지 않아 편했어요. 책 읽고, 단전호흡하고, 운동하면서 몸을 추슬렀지요. 면회도 가족으로만 제한되어 아버지만 한 달에 한 번 오셨을 거예요. 우편엽서 같은 한정된 용지에 편지도 한 달에 한 번만 쓸 수 있었어요. 시를 쓰고 싶어서 볼펜을 구하고 싶었는데 여의치않아 못 같은 뾰족한 것으로 책의 여백에 긁어서 쓰곤 했지요. 일주일에 한 번 방을 검사했어요. 일반 재소자 방은 담배나 뭐 이런 게 있나 점검하는 것인데 양심수들은 볼펜이나 메모지가 있는지를 살폈어요. 세상과 거의 완벽하게 단절된 상태라고 봐야지요. 교대로 근무하는 교도관 중 한 분이 신경을 많이 써 주었어요. 한 번은 무릎을 꿇고 상체를 세운 후 두 손을 모아 단전호흡을 하는데, 기도하는 모습으로 보였나 봐요. 자기도 교회 집사라고 하면서 아버지가 목사님이었다고 하니 더욱 관심을 가지게 되었나 봐요. 집에서 편지가 오면 교무과에서 검열을 하고 담당 교도관 손을 거쳐 전달돼요. 그걸 읽은 거지요. 아버지가 좋으신 분 같다고. 그렇게 또 아버지 덕을 보았어요."

"재판은요?"

"보통 1심이라고 하는 첫 재판은 3개월 안에 끝나는 게 보통인데 3개월이 지나도 재판이 잡히지 않았어요. 그러던 차에 구치소에 큰 변화가 생겼지요. 아마 11월 초였을 거예요. 건대 사건으로 대학생들이 한꺼번에 수감되었어요. 귀동냥을 해서 들은 정보로는 애국학생 투쟁연합 결성식이 있었는데 1300여 명 가까이 구속되었다는 거예요. 3일 가까이 진압에 버티면서 싸웠다고 했어요. 자민투 쪽에서 많은 대학을 포함한 투쟁기구를 발족하려던 것 같더라고요. 정권 차원에서 보면 좌시할 수 없었겠지요. 집회를 열게 하고 봉쇄한 다음 토끼몰이를 한 것 같아요. 체포가 목적이었던 거지요. 건물 옥상으로 피신해 저항도 만만치 않았다고 하고요. 성동 구치소가 작은 규모였는데 구속된 대학생들 쪽수가 많으니 이쪽저쪽에서 구호를 외치고 노래 부르고 구치소가 들썩거리게 된 거지요. 얼마

간 그 상황이 지속되다 구치소 내 권리투쟁이 시작되었어요. 급기야 한낮에도 구호를 외치고 철문을 차고 하니까 경비대가 투입되었지요. 모두 후배들이잖아요. 후배들이 끌려가는데 가만있을 수는 없잖아요. 항의 차원에서 나도 철문을 찼지요. 바로 경비대에 끌려 징벌방으로 갔어요. 두 팔을 뒤로 포승줄에 묶고, 다리도 묶어 움직이지 못하게 했어요. 공용 화장실 칸막이처럼 줄지어 선 징벌방에 한 명씩 넣더라고요. 돌아눕거나 움직이기조차 어려운 좁은 공간이었어요."

"이야기로만 듣던 징벌방이네요."

"꽁꽁 묶어놓았으니 밥도 개처럼 먹어야 하고 대소변도 그냥 바지에 싸라는 이야긴데. 옆방에서 '단식, 단수'라는 말이 전달되어 왔어요. 그중에 대장이 또 있었던 거지요. 3일째 되는 날까지 열 끼니 가깝게 물 한 모금 먹지 않고 단식을 하면서 버텼어요. 단식을 풀지 않으면 입에 호수를 넣어 강제로 급식을 하겠다는 거예요. 단식을 푸는 조건으로 징벌방에서 모두 나왔지요. 갑작스러운 단식이었으니 더더구나 보식을 잘해야 하는 데 감옥에서 그게 가능해요? 배는 고파 죽겠고. 배식 되는 밥을 살살 달래가며 먹기 시작했는데 그 후로 후유증이 오래갔어요. 그 일이 있고 난 후 얼마 지나지 않아 느닷없이 특별 면회가 잡힌 거예요. 유리 칸막이를 앞에 두고 하는 면회가 아니라 사무실 같은 곳에서 마주 앉아 면회를 할 수 있는 거였는데. 하, 아버지가 전신불수인 엄마를 업고 와 특별 면회를 신청한 거예요. 마지막으로 막내아들 보려고 왔다고. 몸을 가누지 못하는 엄마는 의

자에 앉아 머리를 숙인 채 나를 쳐다보려 안감 힘을 쓰고 계셨고, 나는 그저 엄마 손을 잡고 아무 말도 하지 못한 채 울고만 있었어요. 모두 눈물바다였지요. 저한테 가장 약한 고리인데. 아마도 아버지는 그 면회를 통해서 선처를 바라는 메시지를 전하고 싶으셨던가 봐요. 이틀 후에 검사가 불러서 검찰청으로 갔어요. 보고가 들어갔겠지요. 반성문을 쓰라고 하지는 않을 테니까 사유서 형식으로라도 제출하라고. 담당 교도관은 저녁마다 '엄마 생각해서 나가라'고 마음을 다 해 애를 썼어요. 결국 썼지요. 구형을 5년 받았는데, 징역 2년 6개월에 집행유예 4년으로 풀려났어요."

"얼마 동안 구속돼 있었던 거예요?"

"1심 재판 기한이 6개월인데 5개월 정도 걸린 거지요. 일반 시위에서 잡혔으면 반성문 쓰고 나와도 돼요. 하지만 국가보안법 위반 같은 조직사건은 조금 달라요. 그것도 명색이 지도부인데. 몸은 밖에 나왔는데 마음은 계속 갇혀 있었어요. 학생운동을 정리한 것이나 마찬가지인데 이젠 어찌해야 하나, 지형지물에 익숙해질 때까지 시간을 갖기로 했지요. 그때 엄마하고 제 마음속으로 3가지 약속을 했어요. '엄마 돌아가시기 전까지는 엄마 옆을 지킨다. 평생 대중운동만 한다. 정치권에는 들어가지 않는다.'였어요. 조직 운동을 하면서 그것도 지도부의 위치라는 게 너무 압박이 컸어요. 당시 주변에서 전위조직 결성 움직임이 시작되고 있었거든요. 대중운동을 통해 운동적 삶을 살아내고 싶었어요. 또 학생운동 하면서 구속되고 하니까 사람들은 정치를 하려고 그러나 생각하더라고요. 어려서는 정치할 생각도 있었는데 깨끗이 접었어요. 패거리 정치가 될 수밖에 없겠구나 싶었거든요. 이후의 삶은 엄마와의 약속을 지키려는 삶이기도 했어요."

92 3 20

경기남부 노운협 정책선전위원장으로
활동할 때의 모습.

민주주의 민족통일 경기남부연합창립식.
정책실장으로 발언하고 있는 모습.

전국 노동자 대회에
'경기남부 노동자 실천위원회'로 참여하고 있는 사진.

선승리 쟁취하고

안산 노동자 후보 선거투쟁 당시의 사진들.

제야의 나이 24살이었다.
지금 생각해보면 어린 나이인데, 그땐 그 또래들이
혁명이론에서나 조직적 실천에서나 핵심적 역할을 했었다.
세상을 바꾸어 보겠다고 목숨을 걸었으니까.
박정희 정권의 개발독재에 따른 천민자본주의로의 산업화,
광주항쟁으로 분출된 민주화 요구,
전두환 정권하의 재벌 중심 독점경제로 인한 불평등의 심화,
분단체제와 외세문제에 대한 재인식과 통일문제,
사상의 자유에 대한 분출…….
시대의 소명 의식이 20대 청춘들을 전사로 만들어내지 않았나 싶다.
그들의 삶은 6월 민주항쟁 이후
어떤 모습으로 시대의 터널을 통과했을까?
그것은 빛이었나, 어둠이었나.

터널 - 빛과 어둠

1

"집행유예로 풀려나 고향에 돌아온 게 언제였나요. 6월 민주항쟁과 노동투쟁, 대통령선거가 있던 격변의 87년 바로 직전이었겠어요."

"86년 12월에 집으로 돌아왔어요. 전신불수로 누워 계신 엄마라도 엄마 옆은 참 따듯했어요. 조직 사건으로 후배들도 쫓기는 상황이었는데 후속 일을 맡았던 여자 후배가 찾아왔어요. 같은 단과대 1년 후배인데 여자 친구였어요. 학생 운동사만큼 그 친구와의 인연도 참 우여곡절이 많았어요. 잘 사는 집이었는데 딸만 셋이었나 봐요. 밖에서 낳은 남자 동생이 미국에서 집으로 오는 날이라고. 혜화성당 마리아상 앞에서 집안 이야기를 하며 엄마에 대한 아픔이 있던 나와 친해졌어요. 사귀던 중 그 친구가 한동안 사라졌어요. 다른 학교 남자 친구가 생겼었고. 그 상처 때문에 2학년 가을을 도서관에서만 보냈던 기억이 나요. 그 친구가 돌아오고 학회 조직에도 복귀해서 신경이 쓰였지요. 관계가 회복되고 학생운동을 함께 했는데 전적으로 내 사람이다 그런 생각이 들지 않았어요. 당시 집행유예로 나온 상태에서 칩거하고 있던 중이었고, 그 친구는 운동 노선의 결도 조금씩 달라지는 것 같더라고요. 어렵게 헤어졌어요. 나는 그 친구가 떠났다고 생각했는데 나중에 생각해보니 내 마음이 먼저 떠나 있었더라고요. 또 한 친구가 찾아왔어요. 4학년 때 선전 팀에 있던 여자 후배인데 수배 받는 동안 많은 도움을 줬지요. 그 친구에게로 마음이 기울었었는데 이 친구도 감옥에 갔다 오고는 연합팀의 다른 대학 친구와 사귀고 있는 것 같더라고요. 그 뒤로 그 후배하고도 인연이 끊겼지요. 그것으로 학생 운동에서 맺었던 조직 선과 인연들이 모두 끊겼어요. 그렇게 사적인 인연 말고는 정식으로 조직 복귀를 요청받지 않았어요. 모두가 정신이 없던 상황이었어요."

"그럼 운동조직과의 관계는 단절되고 혼자 남겨진 건가요?"

"한동안 토끼 기르는 곳에 찾아가 교육비 주고, 청소하면서 밍크 토끼 기르는 법을 배웠어요. 어머니 돌아가시기 전까지 집에 머무는 동안 뭐라도 해야 했으니까요. 한 달 정도인가, 토끼는 아닌 것 같더라고요. 그러다 종목을 '개'로 바꿨지요. 경부고속도로 나면서 아버지가 운영하던 중학교가 이전했다고 했지요. 접도구역으로 들어간 자투리땅이 남아 있었어요. 그곳에 하우스를 짓고 개를 기르기 시작했어요. 당시만 해도 개를 식용하는 게 문제되지 않았어요. 보신용으로 최고의 식품이었으니까요. 허한데 보충하는 약처럼 탕제를 만들어 먹었고요. 하우스 안에 방을 만들고 그곳에서 살았어요. 개가 한 40마리쯤 되었을 거예요. 바로 옆에 파출소가 있었어요. 정보과 형사들이 들락날락하지요. '나, 여기 있다.' 광고하는 것처럼 지냈어요. 요시찰 대상이었거든요. 집행유예로 나왔다 하더라도 용인을 벗어나려면 경찰서에 통보를 하라는 거예요. 그렇게 개 기르면서 죽은 듯이 살았어요. 세상이 꿈틀거리고 있는 사이, 나는 어떻게 살아야 하나 되돌아보고 혼자만의 길을 준비했던 것 같아요."

“역설적으로 드러냄으로써 몸을 숨긴 거네요. 박종철 고문치사 사건을 기폭제로 6월 항쟁을 향해 끓어오르던 시국인데, 조직으로의 복귀 생각은 없었나요?”

“감옥에서 나오며 엄마하고 약속했다고 했잖아요. 조직으로 복귀하면 바로 전선에 투입되는 건데, 더구나 중요한 건 어떤 노선을 따를지 입장이 서지 않았어요. 그 해가 대통령선거가 있는 해였잖아요. 4월 13일에 기존 통일주체국민회의에서 선출하는 간선제 방식으로 대통령 선거를 치르겠다는 호헌조치가 발표돼요. 정치권이든 운동권이든 거센 저항이 일어났어요. 운동권은 두 개의 분명한 노선 차이를 보이지요. 민민투 계열은 CA, 제헌의회 그룹이라 불렸어요. 당시의 정세를 혁명적 정세로 판단하고 파쇼헌법 철폐, 제헌의회 소집, 임시혁명정부 구성으로 투쟁 방향을 잡은 거예요. 자민투 계열은 호헌 철폐, 직선제 개헌을 통한 민주 정부 수립을 앞세웠지요. 야당 정치권의 주장을 전면에 내세운 거지요. 이 두 흐름은 이후 역사에서도 독자 정당론과 민주대연합론으로, 다양한 형태의 이합집산을 거쳐 유지되지요. 민정당 후보로 노태우가 추대되는 날이 6월 10일이었어요. 대규모 궐기대회가 준비되는 와중에 6월 9일 연세대 이한열이 최류탄을 직격으로 맞고 사경을 헤매요. 6월 10일 궐기대회에 기름을 부은 격이 되었고, 소위 중산층이라 표현되는 시민들이 대거 시위에 가담하면서 6월 민주항쟁으로 발전해요. 혁명적 상황으로 발전되어 가니까 직선 개헌안을 전격 수용할 수밖에 없었던 거지요. 그게 6·29 선언이에요.”

“제가 고3 수험생이었던 87년 6월, 방과 후에 거리 시위를 하는 학교 선생님의 모습을 보고 놀랐던 기억이 나네요. 상식을 가진 시민들이 너나없이 뛰쳐나온 87년이었는데, 몸을 숨기며 가만히 앉아 있을 수가 있었나요?”

“개 기르면서 아침저녁으로 밥 주고, 똥 치우고, 그리곤 뭘 했겠어요. 초창기 개척교회에 있던 후배들을 만났지요. ‘갈래굿패’라고 풍물팀으로 이어오고 있더라고요. 기독교 장로교 청년회 연합집회에도 참여하고 있고요. 군대 갔던 선배도 돌아왔고, 청소년부를 맡기고 떠났던 친구도 벌써 군대에 갔다 왔더라고요. 새로운 후배들도 많이 생겼어요. 한번은 갈래굿패 야외소풍에 갔었는데, 고향에 돌아왔다는 실감이 나더라고요. 야학은 장소 문제로 우여곡절을 겪다 군청에서 마련한 부지와 건물로 이사를 했나 봐요. 어이없게도 군수와 경찰서장이 공식적으로 야학의 대표성을 맡고있는 것 같더라고요. 본명으로는 야학 교사로 들어갈 수 없으니 가명을 썼어요. 그 작은 지역에서 눈 가리고 아웅이지요. 선배 교사출신들 모임 사우회가 나서서 쫓아냈어요. 야학이 위태로워진다고. 짧은 기간이지만 아주대와 경희대 다니는 야학 교사들 모임을 만들어 내고, 학생들 몇몇과 인연을 맺었어요. 경희대는 신갈에서 통학버스로 10분 정도 걸리는 하갈리에 있었는데, 지금은 수원 영통지구와 더 가깝지요. 신갈에 하숙하거나 자취하는 친구들이 많았어요. 야학 교사 친구들을 통해 경희대 다니는 친구들과도 교류를 갖기 시작했지요.”

"역시 가만 계시지 못했네요. 짧은 시간에 지역 운동의 근간을 만든 거네요. 문화패, 야학, 경희대 학생들."

"6·29 선언으로 공간이 확 열렸어요. 구속자는 석방되었고, 대부분 사면 복권되었지요. 종철이와 한열이를 보내고. 그리곤 많은 이들이 학교로 돌아갔어요. 정치권이나 대중들은 앞으로 있을 대통령선거에 관심이 쏠렸고요. 이때 노동자 대중투쟁이 불길 같이 일어났어요. 7, 8, 9월 노동자 대투쟁이요. 저임금과 장시간 노동, 열악한 작업환경, 억압적 노무 체계에 대한 불만이 마산, 창원, 거제로부터 전국을 흔들며 북상했어요. 선배들이 많이 들어가 있던 안양에도 기아자동차나 대한전선 등 남성 사업장과 중소 여성 사업장에서도 파업이 봇물처럼 터져 나왔어요. 노동자와 노동운동이 역사의 전면에 등장하기 시작한 거예요. 그렇게 들썩거리는 분위기가 교회 청년이든, 야학 교사나 학생이든, 경희대 학생들이든 관계를 맺을 수 있는 사회적 분위기를 만들어 준 거지요. 그렇게 모인 친구들을 중심으로 소모임을 구성했어요. 공개된 지역 공간을 준비하는 것과 동시에 노동 현장으로 들어가 노동역량을 강화하는 두 가지로 준비를 했어요. 실천 투쟁으로 전국 노동 투쟁 소식을 알리는 전단을 만들어 주택가와 공장 담벼락 안으로 배포도 했고요. 이후 독서회가 만들어지기 전까지 비공개 소모임이 진행됐어요. 지금 생각해보면 혼자서 참 애쓰던 시절이에요. 조직 선도 없으면서."

2

"그해 12월이 대통령선거였잖아요. 6월 항쟁의 결과물로 얻어낸 직선제 대통령선거."

"정치권에선 3김 시대가 시작되었어요. 정치적 이유로 활동을 금지당했던 김영삼, 김대중, 김종필이 해금되면서 모두 정치 일선에 복귀한 거지요. 노태우가 대구 경북을, 김영삼이 부산 영남을, 김대중이 호남을, 김종필이 충청 지역을 지역 기반으로 하는 지역주의가 고착화되기 시작한거예요. 반독재 민주화 투쟁의 부담을 느낀 미국과 지배층이 야권의 분열을 노리고 절차적 정당성을 얻을 수 있는 기회로 삼은 거지요. 김영삼과 김대중의 단일화가 이루어졌다면 6월 민주항쟁의 성과를 계승하는 민주 정부가 수립되었을 거예요. 제헌의회 그룹을 중심으로 한쪽에선 민중후보 백기완 선거 대책본부를 꾸려 양 김의 단일화를 압박했지만 사퇴할 수밖에 없었고, 재야 민주화 운동 세력의 중심을 자처했던 민통련은 김대중에 대한 비판적 지지입장을 취하게 되지요. 결국 노태우가 당선되고 정치권과 운동권은 분열의 상처를 고스란히 안은 채 해를 넘기지요. 죽 써서, 개 좋은 일만 시킨 80년대의 막장, 새로운 싸움의 서막이 시작 된 거지요."

"상심이 크지 않았나요? 그렇게 많은 사람이 갇히고 죽어가며 고대한 민주 정부의 수립이 좌절됐는데."

"그래도 5년 단임 대통령 직선제라는 절차적 민주주의가 시작된 거지요. 국회의원 총선거는 4년마다 있고. 그건 지배 세력이 마음대로 할 수 없는 견제 장치가 마련된 거예요. 87년 대통령 선거 끝나고 88년 5월이 국회의원 총선거였어요. 거기서 노태우의 집권당인 민정당이 125석을 얻어요. 김대중의 평화민주당이 70석, 김영삼의 통일민주당이 60여 석, 김종필의 신민주공화당이 35석. 천하 4분지계요. 여소야대 국회가 탄생한 거예요. 87년 대선 패배에 따른 반격, 민중의 심판인 셈이지요. 그 정치 공간을 뚫고 노동자와 노동운동이 무섭게 치고 나오지요. 전두환 정권 말기부터 저달러, 저금리, 저유가로 호황을 누리던 경제 여건도 한몫했고요. 학생운동은 NL 민족해방계열이 다수가 되면서 87년 6월 항쟁 이후 전국대학생 대표자협의회, 전대협을 중심으로 반외세 통일투쟁에 집중하게 되고요. 아, 지금은 의미가 많이 퇴색했지만 그해 5월에 한겨레신문이 창간돼요. 언론 사주가 따로 있는 게 아니고, 국민주로 50억을 모아 신문사를 만든 거지요. 87년 민주항쟁의 최대 결실이라 해도 과언이 아니었어요. 한글전용으로 기득권 언론에 대항하는 신문이 탄생한 거니까요."

"용인 지역에서 준비하던 일들은 어떻게 진행되었어요?"

"개 기르는 일은 접었어요. 상황이 변했으니까요. 그 비닐하우스 있던 앞자락의 땅이 버스 정류장 도로와 붙어 있었어요. 접도구역 내 자투리땅이라도 접근성이 좋았던 거지요. 거기에 아버지가 가건물 상가를 지어요. 허가가 나지 않으니 그냥 지었어요. 가건물은 정식 건물 허가가 아니라 5

년마다 승인을 받으면 되는데, 일단 샌드위치 판넬로 4칸의 상가를 지었어요. 한 쪽은 형이 운영할 수 있도록 금성 전자 대리점을 유치해요. 지금 LG전자요. 그곳에 저도 한 칸을 받아 서점을 열었어요. 책방 이름을 '열린 공간'이라 지었어요. 인문 사회과학 서점을 낸 거지요. 불법 건물에 빨갱이 같은 녀석의 사회과학 서점까지 들어왔으니, 그냥 넘어가지는 않았어요. 강제 철거를 당해요. 그 자리에 철거된 판넬을 이용해 천막을 치고 서점을 계속했어요. 입점했던 다른 가게들은 모두 옮겼고요. 그렇게 한 4개월 버텼나, 조건부로 건축 규모를 축소해 합법화돼요. 한 쪽엔 형이 하는 전자 대리점, 또 한 쪽엔 작게나마 서점이 들어 갈 수 있었던 거지요. 사람들이 들락날락 할 수 있는 합법적 공간을 하나 연 거예요. 서점을 찾는 주 고객이 경희대생들이었어요. 강제 철거 때 경희대 친구들이 철거반대 싸움을 해주었고요. 합법화된 서점은 경희대 4학년 친구가 아르바이트 형태로 맡아보았고, 저는 다음 작업을 시작했지요. 서점 뒤편에 철거 후 남은 판넬을 이용해 뼈대를 세우고 천막 건물을 지었어요. 20여 평 가까이 되었을 거예요. 또 다른 불법건물인 셈이지요. 그냥 지었어요. 거기에 기흥 독서회 간판을 걸고 갈래굿패, 야학교사와 학생들, 경희대 친구들을 중심으로 공개적인 활동을 시작했지요. 독서토론 모임, 풍물패 모임, 노동 소모임 등을 시작했어요."

"어찌되었건 임대료 부담이 없는 공간을 확보한 거네요."

"기흥 독서회 자문위원으로 3명의 이름을 올렸어요. 정치인을 꿈꾸는 지역 유지, 같은 지역 내에 있던 서점 대표, 갈래굿패 대장인 선배. 그리고 3년 선배 하나가 지방대학의 대학신문 편집장을 했다고 하기에 대표를 맡으라고 했지요. 저는 사무국장을 맡았어요. 특정 부문, 특정 색깔이 드러나지 않는 외형을 갖추고, 사람을 준비해 다음 단계로 나아가려 했던 거지요. 청년, 학생들의 지원과 지지를 받는 가운데 민주노조 운동을 꾸려갈 현장별 모임을 만드는 게 목표였어요. 그런데 현장 경험이 없고, 그때 나이 고작 스물여섯이었어요. 자문을 구하고 지원을 받을 수 있는 곳이 필요했지요. 수원에 노동단체로 노동상담소와 노동자회가 있었어요. 노동자회는 수원 지역의 인맥들이 많아 일부러 피했어요. 현장 투쟁과 관련해서 노동상담소의 도움을 받을 수 있겠다 싶었어요. 내가 준비된 것보다 현장은 훨씬 앞서 나가 있었어요. 개척교회 당시 고등부 모임에서 만났던 후배가 찾아왔어요. 고매리에 있는 대한은박지에 다니고 있는데 노조 위원장이 회사와 짜고 단체협약을 체결하려 한다는 거예요. 이에 반대하는 집행부와 대의원을 중심으로 싸움을 하는 중이래요. 첫 번째 현장과의 만남이었어요. 그때 내 나이 또래 노동자들을 만나요. 잔업 특근에 하루 12시간 꼬박, 전쟁 같은 삶을 사는 친구들을요. 빨리 돈 벌어 연애도 하고, 집도 장만하고 싶은 청춘들. 현장 라인을 모르니 작업장 지도를 놓고 현장 사람들과 소통하는 방식부터 현재의 요구조건을 관철하는 방식과 더불어 노동조합 민주화를 위한 계획을 짰어요. 한 달여의 진통 끝에 작업장에서 돌발 사태가 있었나 봐요. 회사와 위원장이 말을 바꾸면서 감정이 격해져 현장을 다 때려 부셨대요. 사측이나 노조 위원장도 놀랐겠지요. 그걸 계기로 극적 합의가 이루어졌나 봐요. 일단 승리한 싸움으로 그 다음을 준비해 가기로 했어요."

"노동상담소를 통하지 않고도 현장 노동자들 속으로 쑤욱 들어가 버렸네요."

"그렇게 되었어요. 그 뒤 대한은박지 지나 삼성 반도체 가는 길목에 위치한 란토르코리아에서 청년 십여 명이 몰려왔어요. 노조를 결성하려 하는데 회사 측에서 눈치를 채고 방해 공작을 하니 빨리 만들어야겠다고. 내가 노조 설립을 한번 해봤나, 법적 절차 공부를 해봤나 당황스러웠지요. 일단 시간이 없으니 노총 산하 용인 노조협의회에 찾아가 노조 설립을 해라. 그리고 이후 노동조합 활동에 대한 방향과 내용은 같이 고민해 보자고 했어요. 노동조합 설립 후 간부들 중심으로 소모임이 만들어졌어요. 그러던 차 이번엔 하갈리에 있는 우진 계기에서 노동조합 설립 움직임이 있었어요. 갈래곳패 후배 하나가 취직을 한 지 2개월 정도 되었는데, 별개로 수원에 있는 노동상담소를 통해 노조 설립이 준비되고 있던 거예요. 비가 오는 날이었는데 노조 설립 장소가 사업장에서 가까운 독서회로 정해진 거예요. 나이 드신 아저씨나 아주머니들도 있고, 중학교 동창과 선배들도 있더라고요. 우진 계기와의 인연은 그렇게 시작되지요. 또 한 곳은 내가 살던 상미마을 위쪽에 위치해 있던 한스제약이라고, 노조설립 후 임금인상 투쟁을 준비하고 있던 곳이예요. 여기엔 후배들이 몇몇 다니고 있었어요. 공단이라기보다는 기흥지역 여기저기에 사업장들이 개별적으로 존재하는 형태라 집 가까운 곳의 선후배들이 취업을 한 것이지요. 그렇게도 만나지더라고요."

"88년도는 학생 운동가에서 노동운동가로 정체성이 옮겨가는 시점이군요. 제 대학 동기들은 꿈나무라는 정체성을 부여받았어요. 하하. 88년이 서울올림픽이 열린 해여서, 올림픽 꿈나무라는 호칭이 많이 쓰였기 때문이에요."

"올림픽이 별로 달갑지 않았지요. 전두환 정권 시절인 81년엔가 올림픽 서울 유치가 결정되었어요. 세계적으로 보면 그 전의 두 번 올림픽에서 한 번은 사회주의권에서, 또 한 번은 자본주의권에서 불참해요. 반쪽으로 진행되었던 거지요. 그걸 복원하는 의미가 컸고, 분단국가이기에 평화라는 상징성도 있었어요. 개발도상국이지만 경제적 성장에 따른 조건도 갖출 수 있으리라 판단했겠지요. 군사정권으로 보면 올림픽을 통해 정권의 정당성과 국제적 지지를 받을 수 있단 생각을 했을 터이고요. 앞서도 이야기했지만 3저 호황이라는 때를 잘 만난 것도 있어요. 경기장을 비롯해 숙소와 부대시설 신축, 지하철 노선 확대, 주변경관 정비 등 서울이 변모하게 되지요. 판자촌 및 빈민가는 철거하고 부랑인, 장애인은 보호시설에 수용하는 부작용이 따랐지요. 도시빈민 운동이 가장 활발했던 때일 거예요. 어쨌든 국가적으로 보면 국제적 격이 높아지는 계기가 된 것은 분명해요."

3

"노동운동에 본격 참여하게 되신 거죠? 그 이야기를 해주세요."

"87년 노동 대투쟁 이후 88년 6월에 전국노동운동단체협의회가 구성돼요. 노동운동 내 거의 모든 정파가 참여하는 조직이었어요. 12월에는 지역 업종별 노동조합 전국회의가 구성되고요. 민주노조의 지역조직이 만들어지고, 전국교직원노동조합이나 언론노동조합, 병원노동조합 등이 구성되지요. 경기남부지역에도 민주노조들이 모인 경기노련이 만들어져요. 89년 1월에는 모든 부문 운동을 포함한 전국민족민주운동연합, 전민련이 결성되고요. 운동 주체들이 전열을 정비한 것이지요. 그때 독서회에도 동행자가 한 명 생겨요. 서울에 있는 어느 대학의 총학생회장 출신이라고 하더라고요. 수배 중에 수원에 내려와 작은 공장에 취직해서 다니고 있었다고 했어요. 군대는 갔다 온 것 같고, 수배도 해제되었는데 딱히 어느 조직에 몸담고 있는 것 같지는 않더라고요. 나와 비슷한 것 같기도 하고. 노동조합 소모임이 많고 임금인상투쟁 시기이니 현장 지원활동을 맡겠다고 해요. 천군만마지요. 그 이후로 현장 소모임과 노동조합 지원활동을 둘이 나누어 맡게 되었어요. 길을 가다보면 우연치 않게 동행자를 만나게 되더라고요."

"용인에서 만난 세 개 사업장의 노동자들과는 어떻게 되어 갔나요?"

"제일 적극적이고 독서회와 결합이 높은 곳이 란토르코리아였어요.

영국회사와 합작한 100여 명 규모의 작은 회사였어요. 남성 노동자 중심이었고요. 거의 다 내 또래였어요. 두세 살 어린 친구들이 많았고요. 고등학교 졸업하고 군대 갔다 와서 취직한 친구들이요. 전투력이 대단했어요. 싸움이 길어졌고요. 나중에는 회사에서 구사대를 조직해 어려운 싸움이 되어가고 있었지요. 함께 하기로 한 친구가 파업 현장에 들어가 전적으로 결합했어요. 먹고 자고 하면서 일상을 함께하는 가운데 인간적 관계가 두터워졌지요. 공식적으로는 경기노련의 다른 노동조합들과 함께 연대 틀을 마련했어요. 지역에서 민주노조 운동의 중심 사업장이 된 것이지요. 버스도 잘 다니지 않는 한적한 곳에 있었지만, 삼성반도체 통근버스가 지나는 바로 길목에 있었어요. 상징성도 커졌어요. 100일이 넘는 파업 기간에 젊은 친구들이 선진 노동자로 성장해 갔어요. 신갈 시내에서 최초의 가두시위가 있었는데 학생들이 아니고 란토르코리아 노동조합 조합원들의 가두시위였지요. 파출소에 잡혀간 조합원들을 석방하라고 사진기 들고 겁 없이 들어가 사진 찍고 항의하고. 정말 무서울거 없다는 듯 거침이 없었어요. 그 후과가 고스란히 돌아오지만요. 란토르코리아는 영국 대사관 앞 집회를 분기점으로 극적 타결이 돼요. 이긴 싸움인거지요."

"공단 밀집 지역도 아니고 개별화된 공장에서 각각의 파업이라는 과정을 통해 민주노조로 성장한 거네요."

"또 한 사업장, 앞에서 이야기했던 한참한스제약에는 중학교 후배들이 두 명 다니고 있었어요. 나이들이 대부분 20대 초반이었어요. 남자 친구들은 아직 군대도 다녀오지 않은 고등학교 나와 바로 취직한 친구들이었고요. 그 중 20대 후반과 중반에 있던 여자 언니들이 중심이 되어 노동조합이 만들어졌어요. 노동조합 핵심 간부들하고 독서회에 모여서 의논을 하는데 위원장이 이런 이야기를 하더라고요. 나보다 나이가 두 살인가 많던 누나뻘이었어요. '우린 일을 해야 먹고 산다. 당신들은 떠나면 그만이지만 우린 이곳에서 해고되면 다른 곳에 취직하기도 힘들다.' 한 방 맞은 느낌이었어요. 무릎을 꿇었어요. 그리고 떠듬떠듬 말을 이었지요. '노동자로 살려 한다. 노동하는 사람들 곁에 함께 하려 한다.' 그랬어요. 적막이 감돌면서 숙연했지요. 서로에 대한 믿음과 신뢰가 형성되는 과정이었어요. 그것이 아주 오래도록 제 마음에 걸려 있어요. 투쟁이 격하진 않았는데 스위스하고 합작회사여서 이곳도 싸움이 길어졌어요. 란토르코리아가 장기 투쟁 사업장이 되면서 한참한스제약이 지원 방문을 많이 했지요. 란토르코리아는 남자 노동자들이 많고, 한참한스제약은 여자 노동자들이 많아 서로 만나면 푸릇푸릇했어요. 이곳은 결국엔 폐업을 했어요. 그 뒤 파업 투쟁에 함께 했던 친구들이 주변의 다른 사업장에 취업을 하면서 자연스레 노동운동 선진 역량이 확장되었지요."

"애초부터 지원 단체와 노동조합의 관계가 아니라 인간적 신뢰를 중심으로 둔 관계였네요. 또 한 사업장은요?"

"우진 계기는 노동조합 집행부와 직접적 연결이 없었어요. 노동상담소에서 파견된 경기노련 실무자가 처음부터 결합되어 있었고, 우리는 노동조합의 일상활동을 측면 지원하는 차원이었지요. 독서회 구성원이 노동조합의 교육부장을 맡았어도 들어간 지 얼마 안 되어 전면에 나설 상황이 아니었고요. 그런데 노동조합 설립총회를 독서회에서 한 까닭에 경찰서 정보과의 시선이 우리에게 쏠려 있었어요. 임금협상이 쉽게 타결되지 않고, 노동조합이 파업에 들어가자마자 회사 측에서 관리자를 중심으로 구사대가 조직됐어요. 오며 가며 사람들을 살펴보니 중학교 동창 하나가 노동조합 총무부장을 맡고 있었고, 선배 한 명은 사수대에서 만났어요. 자연스레 란토르코리아, 한참한스제약, 우진 계기 세 사업장이 서로 지원 방문을 하면서 공동투쟁 형태의 정서적 교감이 이루어졌지요. 세 사업장 구성원 중 노래패, 노보 편집부 등 연합 모임을 만들고 장기화되는 파업의 동력을 살리기 위해 측면 지원을 했어요. 아, 그러면서 독서회를 청년회로 이름을 바꿨어요. 노동운동을 감당할 역량은 안 되고, 민주노조 운동의 핵심 역량을 성장시키면서 지역의 청년, 대학생들의 연합을 고려한 거지요. 지역연합 조직을 염두에 둔 포석이기도 했고요."

"지금 말씀하신 일들이 89년 임금인상 투쟁 때이지요. 그 과정에서 독서회가 노동운동 조직으로 드러나고 타격도 있었을 것 같은데요."

"전국적으로 노동자들의 임금인상 투쟁이 한참 시작되는 3월 말에 문익환 목사 방북사건이 터져요. 그걸 계기로 공안정국이 형성되지요. 아무래도 87년 노동 항쟁 뒤로 터져 나오는 노동 현장의 요구가 거셌고, 88년 노동운동 진영이 전열을 정비한 상태로 89년 투쟁을 준비했으니까요.

노동운동 탄압의 빌미로 방북 사건이 호재가 된 거지요. 바로 공안합수부가 설치되고 노동 현장에 대한 대대적 탄압이 준비되고 있었어요. 함께 일하면서 란토르코리아에 지원을 나갔던 친구가 청년회 사무실에서 한 번 잡혀 갈뻔했는데 잘 피했지요. 그러던 차에 우진 계기 위원장이 헐레벌떡 서점으로 찾아왔어요. 제 고등학교 사진을 가지고 왔더라고요. 회사 관리자와 함께 온 정보과 형사가 사진을 보이면서 '이 사람 아냐고, 불온 세력이라고. 노동조합에 해가 될 거라고.' 불순한 세력이 개입하여 회사를 망치고 있다고 불안감을 조성하면서 조합원들을 분열시키고 있다는 거예요. 그 일이 있고 난 며칠 뒤 조합원들이 막고 있는 회사 정문을 구사대가 밀고 들어오고 있다는 전화가 왔어요. 지원을 바란다고. 오전 시간이었고, 경기노련 사업장에서도 지원이 어려운 상태였어요."

"그래서 혼자 지원하러 간 거예요. 경기노련 관계자도 아닌데요?"

"상황이 심각하잖아요. 누군가 상황을 지켜보고 있음을 회사에 알려 구사대의 폭력행위를 막아보려 했던 거지요. 현장에 가보니 이미 구사대가 정문을 부수고 회사로 진입해서 대치 상태에 들어가 있었어요. 구사대를 지나치는데 또 다른 중학교 동창이 그곳에 한 명 있더라고요. 중학교 동창 선후배들이 노조 집행부와 구사대로 대치하는 상황이 된 거예요. 안으로 들어가 노조 집행부 사람들 속에 머물다, 회사 정문 앞에 있는 공중전화에서 경기노련에 상황을 전달했어요. 퇴근하고 지원을 바란다는 이야기도 했지요. 관리자 하나가 따라와 듣고 있었는데 일부러 들으라 한 거지요. 청년회로 돌아와 주변 사업장과 청년회 회원, 대학생들에게 연락을 취했어요. 그렇게 저녁 무렵 우진 계기 앞에 100여 명이 넘는 인원이 모였지요. 안에는 경기노련 실무자가 한 명 들어가 있었어요. 늦은 밤까지 쫓고 쫓기며 회사를 둘러싸고 항의 시위를 계속했어요. 그다음 날 협상이 깨지고 구사대가 현장을 장악하려하자 아주머니들이 기계 라인의 기물을 부수었나 봐요. 회사로선 예상하지 않았던 일이었겠지요. 그 일을 계기로 극적인 타결이 이루어져요."

4

"우진 계기 현장 지원 활동으로 구속되는 이유가 되는 거죠? 예상했던 결과인가요?"

"독서회로부터 지역 문화공간을 만들고 지역조직을 갖추어 나가려고 했는데, 노동 현장의 요구가 저를 떠밀었던 거지요. 갈래굿패든 야학이든 공장에 다니는 친구들이 많았고, 야학 교사나 대학생 친구들이 또 하나의 그룹을 형성하고 있던 까닭이기도 했어요. 주변 공장에 중학교 선후배들이 많았고, 타지에서 온 친구들도 젊었으니까요. 독서회에서 청년회로 성격을 바꾼 게 고작 독서회 시작하고 1년 만이예요. 대중적 요구가 상승하는 국면이었으니 그에 맞춘 거지요. 그에 따른 탄압도 예상되는 지점이었어요. 결혼을 약속하며 사귀는 친구가 있었는데, 지금의 아내요. 86년 감옥에서 나와 잠행하고 있을 때 갈래굿패에서 만난 친구지요. 녹

십자에 다니고 있던 친구를 그만두게 하고, 서점을 맡겼어요. 저는 밖의 일을 해야 했으니까요. 일요일이었어요. 점심을 먹자고 했지요. '아무래도 또 구속이 될 것 같다. 피하고 싶지는 않다. 기다려 달라' 그리고 저녁에 세 사업장에서 모인 편집부 모임을 하고 있었어요. 그 친구는 모임 끝나면 저녁 식사를 할 수 있게 준비한다고 서점에 있었고요. 편집부 모임에서도 '구속이 될 것 같다고 하면서 이후의 방향에 대해 이야기 하고 막 마치려는 순간. 문 두드리는 소리가 들렸어요. 문을 잠그고 있었는데 사방을 전투경찰이 둘러싸고 사복형사들이 들이닥쳤어요. 개 끌려가듯 파출소로 가니 이미 여럿이 잡혀와 있더라고요. 서점에 있던 친구와 청년회로 들어오는 친구들이 모두 잡힌 거예요. 그렇게 10여 명이 봉고차에 실려 바로 검찰청으로 갔어요. 저는 이미 사전 구속영장이 떨어졌대요. 검찰청에 가보니 수원상담소 쪽 사람들과 안양, 안산 사람들로 가득 찼더라고요. 동시에 노동단체들을 압수수색한 거지요."

"예상을 했을 텐데 왜 피하지 않았던 거예요?"

"도망을 다니면 지역이나 공간으로 돌아올 수 없잖아요. 깨져도 장열하게 깨져야 그 과정의 사람들도 다음을 기약할 수 있다고 생각했으니까요. 노동쟁의 조정법 3자 개입 금지조항이라 감옥에 오래 살지는 않을 거라 예상했고요. 엄마 돌아가시기 전에는 엄마 옆을 지키겠다는 약속도 지켜야 했으니까요. 이 일을 하면서도 매일 밤에 집에 들어가 엄마 이를 닦아드렸어요. 다행히 일을 논의하던 란토르코리아에 들어가 결합했던 친구는 사전에 몸을 피해 구속을 면했고요. 수배 상태라 활동이 자유롭지 못하더라도 청년회나 현장 소모임을 챙길 수 있었으니까요. 많은 이들이 흩어졌고, 우진 계기에 다니던 후배도 해고가 되었어요. 후유증이 컸지요. 그래도 10여 명의 회원이 남았고, 란토르코리아 노조는 경기노련의 핵심 사업장으로 성장할 수 있었으니까요. 수원 구치소로 바로 들어갔지요. 처음엔 독방에 있었어요. 그러다 범죄와의 전쟁이라고, 깡패들이 주로 잡혀 왔어요. 공안정국에 치안을 명분삼아 정국을 장악하려 했던 거지요. 구치소에 방이 모자라 독방에 있던 양심수들 방에 일반 재소자들이 들어오고 합방이 돼요. 9명이 2.75평 공간에 같이 살았어요. 정말 징역이지요. 누우면 돌아눕기도 어려운 공간인데 숨이 턱턱 막히는 한여름 더위에 아홉 명이 그 공간 안에서 체온을 맞대 있다고 생각해봐요. 끔찍한 일이지요. 그래도 도로교통법 위반 같은 경미한 죄명들이라 지내기가 괜찮았는데. 항 정신성 의약품 관리법 위반, 마약으로 들어 온 친구는 조금 무서웠어요. 한 번은 같은 지역조직 깡패 보스가 제 방에 들어왔어요. 지역유지와 연관되었던 친구인데 그곳에서 만난 거지요. 세상 참 좁아요."

"그때 나이가 어떻게 되지요. 얼마나 감옥에 있었어요?"

스물일곱이요. 아내된 친구가 그 당시 스물한 살이었고요. 1심에서 집행유예로 나가지 않을까 생각했는데 우진 계기 사측에서 강력히 처벌해 달라고 탄원서를 넣었대요. 나오면 또 시끌시끌해진다고. 그래서 항소심까지 6개월이 걸렸어요. 노동쟁의 조정법 중 3자 개입 금지조항 철폐가 쟁점이 되고 있던 때인지라 그리 오래 살지는 않겠지 생각했는데 예상보다 길어진 거지요. 아내된 친구가 그 6개월을 하루도 빠지지 않고 면회를 왔어요. 서점 문 열기 전 아침 시간에 면회를 다녀가고 혼자서 서점을 지킨 거지요. 사업장 소식이며 청년회 회원들 소식을 매일같이 전해 들었어요. 이전 대학 시절의 성동 구치소 생활과는 달랐어요. 서점을 하고 있었으니 보고 싶은 책들 마음 놓고 볼 수 있었고, 매일 면회를 오는 사람이 있으니 하루가 지겹지 않았어요. 천막 공간인 청년회 건물은 불법 건물로 철거가 되었대요. 사람들이 모여야 하니 작은 공간을 하나 임대한 모양이더라고요. 노래패나 풍물패가 활동할 수 있는 공간은 아니더라도 모임 공간은 유지한 거지요. 1심에서 나오지 못하니 아버지가 또 엄마를 업고 특별 면회를 신청했어요. 아버지가 막내아들을 빨리 석방시키는 비장의 무기처럼요. 바로 검사가 부르더라고요. 헌데 이번엔 반성문 없이도 항소심에서 나갈 수 있을 것 같은 생각이 들었어요. 징역 1년 6개월에 집행유예 2년, 그렇게 다시 돌아왔어요."

"상황이 어찌 돌아갈지 가늠하면서 그에 대처했다는 건데요. 깨지고 구속될 것도 예상하면서요. 스물일곱 살에."

"시대가 사람을 만든다고 하잖아요. 그때는 모두 전사였고, 스스로 살아남아야 했으니까요. 나오자마자 복구 작업에 들어갔지요. 잡히지 않고 수배받던 친구가 꾸려온 소모임을 바탕으로 대중적인 집행부를 다시 꾸렸어요. 용인 지역에서 농민운동을 하던 고등학교 선배를 회장으로 세우고, 현장에 들어갔다 산재로 쉬고 있는 대학 선배를 노동 상담 쪽에, 풍물을 잘하는 문화패 출신 중학생 동창에게 강습을 맡겼어요. 집행부가 새로 꾸려지고 새롭게 시작하는 의미도 있었고요. 88년 성남 고려피혁 위원장이 부당해고에 맞서 싸우다 분신한 기일이 4월이에요. 추모 문화제를 준비했어요. 한국노총 산하 용인 노조협의회 회장이 용인에 있는 고려피혁 지부장이라는 사실도 염두에 둔 거지요. 어용 노총에 맞서는 민주노조 진영의 메시지라고나 할까. 철거된 청년회 사무실 공터에서 저녁 공연을 하기로 했어요. 경기남부 민연. 전민련 산하 지역조직이요. 연대 회의를 갔다 오는데 장소가 봉쇄당했다고 연락을 받았어요. 뭔가 정보가 들어갔겠지요. 저야 신변의 위협이 있으니 상황 파악을 위해 피하는 게 마땅한데, 새로 구성된 집행부가 한 명도 나타나지 않은 거예요. 항의 한 번 제대로 하지 못하고 무산되었지요. 조사한다고 들어오라는 거예요. 피하면 골치 아프겠다 싶어 정리하고 가려고 회장인 선배와 같이 용인경찰서로 조사를 받으러 갔어요. 그런데 조서를 받고는 유치장에 넣는 거예요. 헐, 행사에서 무슨 일이 있던 것도 아니고, 봉쇄된 문화행사에 구속영장을 청구했어요. 기가 막힌 일이지요. 다행히 영장이 기각되어 나왔어요."

"경찰서 정보과도 긴장하고 있었을 텐데 석방되어 나오자마자 추모행사를 빌미로 뭔가 큰일을 벌리려 한다 의심했겠네요."

"저한테 조급함이 있었던 것 같아요. 집행부를 구성하는 일도 좀 더 신중했어야 하는데. 노동 상담과 지원을 맡은 선배는 경기노련을 중심으로 한 전투적 민주노조운동보다는 노동조합 활동을 중심으로 하는 노동조합 중심적 관점을 가지고 있었어요. 제가 구속되고 나서 소모임을 꾸리던 친구는 노동 운동조직인 경기 수원지역 노동자연합에 조직 구성원으로 이미 참여하고 있었고요. 상담소와 결합된 선진 노동자 조직이었어요. 그 이야기는 나중에 좀 더 할 기회가 있을 거예요. 저도 구속되기 직전에 참여한다는 의사 표시를 한 상태였고요. 전국적 노동운동으로 가고 있는데 개인이 갖는 한계는 분명했으니까요. 새로 구성된 집행부와 특히 노동상담을 맡겼던 선배에게 조직에서 문제 제기가 들어왔어요. 결국 소모임 회원들을 통해 총회에서 그 선배를 물러나게 하는 작업이 진행되었어요. 그런 상황을 지켜보면서 일선 노동조합 구성원들은 회의를 느끼기도 했고요. 정보기관의 압박을 받는 상태에서 새로 구성된 집행부가 해체되었어요. 노동조합운동, 더 나아가 노동운동, 변혁운동의 입장이나 노선의 차이가 중요하던 시절이에요. 그 일이 분기점이 되어 서점을 정리했어요. 거기에서 나온 돈으로 시내 외곽에 지하 40평 공간을 임대했어요. 그리고 간판을 용인기흥 노동상담소로 바꿨지요. 더 이상 청년회라는 이름으로 대중조직을 꾸릴 이유가 없었고, 이제 본격적인 노동운동으로 들어가는 게 맞겠다 싶었어요."

5

"그렇게 들어가게 된 조직이 경기 수원지역 노동자연합인가요? 일명 경수노련."

"노동상담소에 처음 갔을 때 만났던 소장님이 있어요. 40대의 노동운동가를 처음 본 거지요. 그렇게 인연을 맺어오고 있었는데, 기흥지역에서 3개의 사업장이 파업에 들어가고 독서회의 역할이 커지자, 청년회로 바꾸는 게 어떻겠냐고 제안한 게 그 소장님이었어요. 저도 동의했고요. 수원지역에서 노동자회, 민주청년회, 대학 총학생회 모두 운동 노선으로 보면 NL쪽이었고, 지역사회를 기반으로 하고 있었어요. 상담소는 선진 노동자 조직론으로 대표되는 경기 수원 노동자연합의 공개적인 활동공간이었는데 우군이 없었어요. 독서회가 아니라 청년회로 경기남부 민족민주연합에서 우군 역할을 해주면 좋겠다는 생각이었겠지요. 한편으로 경기남부 노동운동 단체협의회가 있었는데 노동상담소 추천으로 대의원에 들어가기도 했어요. 당시 저는 노동운동이 경제적, 조합주의적 운동에 머물러서는 안 된다고 생각을 했어요. 또한 소수 인텔리 활동가들의 운동이 아니라 선진 노동자들이 중심이 되는 노동자 대중조직이어야 한다고 봤어요. 통일운동을 중심에 놓고 자유주의 세력과의 연합, 민주 대연합을 주요한 전술로 설정하는 NL이나, 노동자 정당운동, 합법적 진보정당 추진을 중심으로 하는 PD나 변혁 지향성을 잃은 개량주의의 한계에 빠질 거란 생각을 했지요. 현장 중심의, 변혁적 의지를 대중적 의지로 끌고 가는 운동 세력이 필요하다고 생각했어요. 그래서 3년간의 독자적인 활동을 접고 조직에 결합했어요."

"독자적 활동이었다고는 해도 사람들과 함께 일을 도모했던 것 아닌가요? 현장이 아닌 책상에서 활동한 것도 아니고요. 조직 운동으로의 복귀는 더 큰 세력과 지도가 필요하다고 판단했기 때문이겠지요."

"정세의 변화도 주요하게 작용했어요. 90년 1월 22일 상징적 두 개의 사건이 일어나요. 하나는 3당 합당이 발표되지요. 노태우, 김영삼, 김종필의 연합. 이건 보수 대연합이자 대구 경북, 부산 영남, 충청의 연합을 의미해요. 또 하나는 87년 노동 대투쟁 이후 민주노조운동의 성장으로 전국노동조합협의회, 전노협이 출범한 거예요. 전투적 노동조합운동의 대중적 상징이지요. 이후의 정세는 자본의 이익을 대변하는 보수 대연합 대 민중의 이익을 대변하는 민중 주도 민주 대연합 구도로 흘러갈 수밖에 없는 정세가 형성된 거예요. 지배 권력 내에서는 자본의 목소리가 커질 수 있는 토대가 형성된 것이고, 민족민주운동 진영 내에서는 노동의 목소리가 커질 수밖에 없는 상황이 된 거지요. 전노협에 대한 탄압이 거셀 수밖에 없는 이유이기도 하고요. 재야 민주화 운동이나 학생운동은 집회나 시위로 영향력을 발휘하지만 노동 쪽은 총파업이라는 무기가 있잖아요. 그런데 언론, 교육, 병원, 사무직 등 업종별 노동조합 협의회가 만들어지고, 대기업 노동조합들이 모여 대기업 노조연대회의도 만들어져요. 노동 쪽에서도 배운 사람들, 말 빨이 센 조직인 거지요. 그래서 그들이 노동운동의 지도적 위치에 서면 안 된다고 봤어요. 중소공장의 열악한 조건 속에서 민주노조운동을 일궈온 전투적이고 변혁적인 노동운동이 전체 노동운동의 중심에 서야 한다고 생각한 거지요. 저는 전노협이 노동운동의 맨 앞에서 업종과 대기업 노조의 연대를 이끌어야 한다고 생각했어요. 그래야 노동조합주의, 경제주의에 빠지지 않고 전체 민족민주운동의 중심에 설 수 있다고 생각한 거지요."

"전노협 중심의 노동운동을 강화하는 활동에 참여하게 된 것이군요."

"사무실을 옮기고 내부를 정비했지요. 야학 교사들을 중심으로 한 대학생 소모임을 현장준비 모임으로 전환시켰어요. 전에 이야기했었던 외할머니가 권사님으로 있던 교회, 장로한테 쫓겨 났던 목사님 아들이요. 한신대 신학과를 다니다 군대 갔다 와서 저를 찾아왔어요. 현장 준비모임에 함께하게 되지요. 한참한스제약이 폐업하면서 직장을 구하던 친구들이 태평양 패션으로 취직을 해요. 아내가 된 친구도 이때 함께 들어가요. 현장 소모임이 구성된 것이지요. 란토르코리아는 집행부가 새로 꾸려지고 소모임 외에도 노래패 형태의 문화패를 구성하지요. 지금은 이름이 잘 기억나지 않는데 삼미 약품인가 고매리에 있는 제약회사에도 소모임이 만들어졌어요. 그 외 야학에 다니는 친구들, 해고된 친구들이 공간의 문화패로 결합했지요. 사업장의 조건에 따라 노동조합이 있는 곳은 집행부 교체를 통해 민주노조로 변화하고, 전노협 산하 경기노련에 가입시키는 게 목표였어요. 노동조합이 없는 곳은 노동조합 준비위원회로 사람을 조직해 처음부터 경기노련과 결합한 민주노조로 출범하는 게 목표였고요. 어용노조 민주화, 민주노조 설립이 목표인 것이지요. 처음부터 지역 연대를 전재로 해서."

"그런 일들을 혼자의 힘이 아닌 조직의 힘으로 하려던 거네요. 그리고 '지원'활동에서 '조직'활동으로 무게중심을 옮겨간 것이고요."

"찾아오는 이들은 발등의 불을 끄기 위해 오는 것이기에 노조 설립이나 임금인상, 단체협약 투쟁을 지원하는 거고요. 안정적이고 지속적인 민주노조 활동이 가능하려면 현장 내 선진 활동가들이 반드시 있어야 해요. 소모임이 그 역할을 담당할 수 있도록 준비하는 거지요. 태평양 패션 신갈지부는 경기노련 소속이고, 본조는 한국노총 소속이었어요. 지부장과 사무장이 연배가 있으신 분들이었고, 이미 경기노련에 결합되어 있었어요. 용인에 있는 풍원산업이라고 비슷한 연배의 위원장님과 함께 다니셨어요. 한참한스제약 노동조합 활동과 파업 경험이 있던 친구들이 비슷한 시기에 취업하고 집행부 구성원들도 결합이 되었어요. 그렇게 해서 태평양 패션 신갈지부가 용인 기흥 노동상담소의 중심 사업장이 된 거지요. 퇴근 시간 이후엔 상담소 사무실이 북적였어요. 비슷한 시기 용인정신병원에 간호조무사들이 중심이 된 노동조합이 설립되었고요. 이 때 사업장을 넘어 노동자 노래패 '새뚝이'를 구성했어요. '새뚝이'란 기존의 장벽을 허물고 새 장을 여는 사람들이란 뜻이에요. 백기완 선생님이 말씀하셨던 이야기지요. 새로운 공간은 개별 사업장을 넘어서 지역 노동자들의 사랑방 역할을 했어요."

"여전히 그 일들을 지역에서 혼자 한 거잖아요. 사무실도 혼자 얻고, 공간도 혼자 지키고, 상담하고, 사업장별 소모임 만들고, 거기에 노래패 같은 문화패로 문화공간 역할도 하고. 연대 회의에도 매번 참석했을 테고요."

"조직에 속한 하나의 구성원으로 노동운동을 시작했다면 아마도 그렇게 하지 못했을 거예요. 조직은 역할에 따라 업무분장이 분명하니까요. 처음부터 지역 공간을 열고, 그 속에 노동조합과 노동자들이 중심이 되어 전체 운동에 복무한다는 생각을 했으니까요. 그러던 중 또 큰 변화를 맞이하지요. 태평양 패션 노동조합 신갈지부가 본조의 협상 타결에 반대하여 작업 거부를 하는 과정에서 지부장이 해고돼요. 중간 관리자층을 중심으로 본조에 동조하는 노조원들도 꽤 있었고요. 결국 비상대책위원회 형태로 지부장 선거에 대비해야 했어요. 지부장 선거를 앞두고 지부장 출마 준비를 하던 비상대책위원장을 다른 이유를 들어 해고해요. 결국 소모임 구성원들이 앞장서서 해고철회, 민주노조 쟁취 투쟁을 시작했어요. 그 과정에 소모임 구성원 3명이 해고되었지요. 제 아내가 된 친구도 그때 해고되었어요. 상담소가 바빠졌지요. 해고자들이 정문 앞에서 해고철회, 민주선거 보장을 요구하다 사무실에 모였어요. 지부장 선거가 있던 날 산을 넘어 선거장에 들어가려던 해고자들이 모두 쫓겨 났어요. 그 후론 비상대책위 명의의 소식지를 기숙사에 있는 친구들을 통해 배포하고, 현장과 소통을 이어가게 되지요."

“경찰이나 회사 쪽이 가만히 있지는 않았을 텐데요.”

“정보 수집은 했어요. 장기 파업으로 발전하지 않아 경찰이 개입하지는 않았어요. 문제는 다른 곳에서 일어났어요. 저와 함께 일했던 수배 중이던 친구는 수원지구에 합류해 삼성전자 초입에 있던 퍼시픽인가 하는 회사의 노동조합 소모임을 맡고 있었어요. 그 앞에 태평양 화학이 있었고요. 경기노련 소속이지요. 더구나 수원 상담소 실무자로 삼성전자 해고자가 한 명 있었어요. 경찰들보다는 오히려 삼성 쪽 세콤의 감시 대상이 된 거지요. 세콤이 지금은 보안업체로 이름을 날리고 있지만, 그 당시 세콤은 삼성전자 노무관리를 맡은 정보기관과 다름없었어요. 수원에서 가장 큰 규모의 사업장이 삼성이잖아요. 노동조합 구성을 원천 봉쇄하기로 유명한 곳이기도 하고요. 남문 근처에서 삼성전자 해고자 문제와 노조 설립 보장 등을 요구하는 집회가 있었는데 상당히 험악한 분위기 속에서 진행된 적이 있어요. 그 후로 수원 상담소에 대한 흑색선전, 감시의 그림자가 한층 짙어졌지요.”

“그럼 용인 기흥 노동 상담소도 삼성의 노동단체 관리 대상에 포함이 되었겠네요.”

“느낌이라는 게 있잖아요. 소모임은 사무실 밖에서 보안을 지키며 만나는 일이 많아졌고, 집도 아주대 근처에 자취방을 얻었어요. 수원과 신갈의 중간 정도에요. 용인 기흥 노동 상담소는 실무자 한 사람이 자리를 지키고 있었고요. 우진 계기 해고자요. 활동의 중심이 기흥지역에서 수원

지구로 확대된 이유도 있었고요. 특히 경기노련 수원지구가 수원, 용인, 화성, 평택을 포괄하게 된 것이지요. 경희대학교 축제가 있었는데 장터에 참여하면서, 새뚝이 노래극 공연을 했던 때도 아마 그즈음일 거예요. 태평양 패션 투쟁 과정을 중심으로 한 노래극이었어요. 대본과 연출을 제가 맡았어요. 회사에 다니는 친구들이 많아 신변 노출을 고려해 일부는 얼굴을 공개하지 않고 가림막 뒤에서 공연을 했어요. 인근 사업장의 노동자들이 많이 참여했어요. 노동자 노래패로서의 '새뚝이' 첫 공연이었지요. 겨울 초입에 있던 수원지역 노동조합, 단체 문화행사에서는 국악 장단의 노동가요로 최우수상을 타기도 했어요. 일상 활동을 하면서도 모두가 신변에 위협을 느끼는 상황이었는데, 밤에 자취방을 들어가니 문은 열려 있고, 바닥에 신발 자국이 선명한 거예요. 엄마하고 찍은 사진을 작은 액자에 담아 세워두었는데 그걸 방 가운데에 깨뜨려 엎어놓아 흔적을 남기고 갔어요. 위협이겠지요. 경찰은 아닐 테고, 세콤이 아니었나 싶어요."

"삼성의 반노조 활동은 역사가 깊은 거죠. 조직 활동을 시작하면서 용인 기흥지역으로부터 수원, 용인, 화성, 평택지역으로 활동 영역이 확대된 거네요."

"수원 노동 상담소를 매개로 수원지구에 속해 민주노조운동과 관련된 일을 했으니까요. 이 시기부터 용인 기흥 상담소는 실무자에게 맡기고, 경기남부 노동운동 단체협의회 정책선전위원장을 맡게 돼요. 이때부터 다시 가명을 쓰기 시작했어요. 박영준으로요. 그냥 박 실장으로 불렸어요.

조직의 입장을 대변하는 역할을 해야 했던 거지요. 노동운동 단체들, 각 정파가 88년 전국 노동운동 단체협의회로 연대체를 구성했었잖아요. 그 후 PD라고 불리는 그룹이 전국노련으로 독립해요. 그래서 전국 노운협은 이른바 NL 그룹과 선진 노동자 조직 운동 그룹이 남아 있었어요. 아마 그 무렵이었을 거예요. NL 그룹도 전국 노운협에서 나가지요. 결국 전국 노운협이라는 이름은 선진 노동자 조직 운동 그룹으로 남게 된 거예요. 저와 연이 있던 수원 노동 상담소 소장을 하셨던 분이 의장을 맡게 돼요."

"왜 그렇게 갈라서야만 했을까요? 실제 배경이 궁금합니다."

"전국 차원의 분화와 분열은 지역 차원의 분화와 분열을 낳고, 끝내 대중을 갈라치기하는 패권 경쟁으로 치닫게 되지요. 경기남부 민연에서는 NL이 다수였기에 경기남부 노운협을 제명하려고 했어요. 경기남부 노운협에서 대의원 대회를 소집했는데, NL 쪽에서 참여하지 않았어요. 일방적인 진행이었다고 몰아붙이며 그 책임을 물어 연대 회의에서 제명하려 했던 거지요. 앞서 이야기했지만 기흥 청년회 시절 수원 노동 상담소의 추천으로 경기남부 노운협 대의원이었다고 했잖아요. 경기남부 민연 회의엔 공식적으로 용인기흥 노동 상담소 대표 자격으로 참여하고 있었어요. 경기 수원지역 노동자연합의 일방적 대의원대회가 아니라 추천받은 대의원 자격으로 나도 참여했다고 하자, 의장단이 제명 결정을 하지 못했어요. 경기남부 민연에서 경기남부 노운협 배제를 막았지만, 연합운동 내에 패를 나눠 다투는 모습이 제게는 감당하기 힘든 제일 큰 난관이었어요. 그래서 조직 운동에는 발을 넣으려 하지 않았던 것인데. 그러지 않고는 전체 운동을 따라갈 수 없잖아요."

6

"밖으로부터의 위협과 내부로는 정파 간 다툼 때문에 긴장이 엄청났겠어요."

"밤에 혼자 다닐 때는 손을 허리띠 있는 곳에 두고 다녔어요. 지역 깡패들이 토호나 정보과 형사, 회사들과 연계되어 있던 시절이라 언제 어떤 상황이 일어날지 모르는 불안함이 있었으니까요. 세콤도 경계 대상이었고요. 습격받으면 공격할 무기로 허리띠를 염두에 둔 거지요. 그러던 차에 조직 사건이 터져요. 3월이었을 거예요. 경기노련 실무자로 파견되었던 수원지구 활동가 2명을 포함해 여섯 명인가가 경기도 대공 분실로 잡혀가요. 그리고 여러 명이 수배 명단에 오르지요. 저는 조직에 들어간 지 얼마 안 되어 세부 사항을 잘 몰랐어요. 지도부가 상황판단을 위해 잠수타고, 가족 대책위를 중심으로 경기도 대공 분실 앞에서 농성을 했지요. 경기노련 활동가 2명 모두 결혼은 안 했어도 사귀던 사람들이 있었어요. 한 명은 결혼을 앞두고 임신한 상태였고요. 그 싸움 중에 유산을 해요. 그 분과 민변 변호사를 만나고 구속된 사람들과의 소통을 맡게 되지요. 이건 여담인데 그때 만난 민변 변호사가 적극적이지 않았어요. 왜 돈도 안 되는 이런 일을 할까. '하려면 제대로 하던가' 하는 생각을 했어요. 연포탕만 얻어먹고 온 걸로 기억해요. 살아 있는 낙지를 그렇게 먹는 걸 처음 봐서 기억에 남네요."

"무슨 조직 사건이었나요? 제야가 연루되지는 않은 거네요."

"사노맹 같은 전위조직 형태라든지, 아니면 주체사상 그룹이라든지 이적단체로 규정할 만한 뭐가 없었어요. 다만 경기노련에 파견된 실무자들과 안양, 안산, 수원, 평택, 용인 등 각 공간의 활동으로 경기남부 노동운동에서는 영향력이 높은 활동가들이 잡혀갔어요. 거기다 전투적이고 변혁적인 노동운동, 전노협을 중심으로 하는 활동을 해 왔으니까요. 민주노조운동의 조직적 확대를 막으려는 기획된 수사였다고 봐요. '연합 조직 내에서 정보가 제공되지는 않았는지' 의심이 들었어요. 수원 상담소에 출입하고, 경기남부 노운협에서 활동을 하고 있는데 제외되었다는 게 신기하잖아요. 경기남부 민연에서 경기남부 노운협을 제명하려 할 때 일반 대의원으로 참여했다고 하면서 제명을 무산시켰던 것 기억하지요. 조직원은 아니라는 정보를 갖고 있었던 게 아닌가 싶어요. 한참 지난 후 경기남부 민연 연합 조직 내 2명의 프락치 활동이 있었던 것으로 밝혀지기도 했으니까요. 결국은 이적단체로 몰리는 상황이 되었고 전반적으로 위축된 상황이 된 거지요. 그렇지만 일상의 활동을 멈추지는 않았어요. 다만 다시 구속되는 상황이 발생할지도 모른다는 생각에 결혼을 서둘렀지요."

"신변이 불안정한데도 결혼을 하기로 한 거예요?"

"아내 된 친구가 너무 오랜 시간 기다렸잖아요. 나이는 많지 않지만, 계속 잡혀가는 남편될 사람을 기다리는 일이 얼마나 불안했겠어요. 급하게 치르는 결혼식이라 알아볼 것도 없이 신갈에 있는 농협 예식장에서 했어요. 친인척들에게만 알리고 참석자 대부분은 관계된 노동조합 사람들이었지요. 란토르코리아 위원장과 조합원들이 함을 졌고, 해고된 태평양 패션 지부장이 주례를 섰어요. '새뚝이' 노래패 친구 2명이 축가를 불렀고요. 가히 결혼식 풍경이 눈에 선하지 않나요. 노동하는 사람들이 함께 꿈을 꾸고, 고난과 기쁨을 함께 나누며, 그것으로 행복했던, 인생에서 가장 빛나는 한때였어요. 신혼여행을 가는 것만도 사치이던 시절이었는데 신혼여행은 제주도로 다녀왔지요. 신갈 장로교회가 있던 언덕 주택가에 방 한 칸을 얻었어요. 용인기흥 노동 상담소가 걸어서 10분 정도, 수원으로 나가는 버스 정류장도 가까웠어요. 아내는 수원으로 가는 길목 작은 공장에 취직을 했고, 당시 월급이 25만 원 정도 됐어요. 그 월급의 반이 상담소 운영비로 들어갔고, 그 반으로 먹고 살았지요. 그래도 행복했어요."

"91년도는 강경 대학생 폭행치사 사건을 비롯해 노태우 정권의 탄압과 그에 맞선 민중운동의 저항이 크게 부딪혔던 해였잖아요. 전노협에 대한 탄압도 갈수록 심해지던 때 아니에요?"

"신혼여행 갔다 온 5월 초였을 거예요. 한진중공업 노조 박창수 위원장이 안양병원에서 시신으로 발견돼요. 서울구치소에 수감 상태로 안양병원에 입원 치료를 받던 중 사망한 거예요. 박창수 위원장은 전노협 산하 부산 노련 부의장이기도 했어요. 전노협 탈퇴 공작이 집요하게 진행 중이던 때라 구속, 수감 중에도 안기부 수사관들에 의해 여러 번 회유, 고문당했다고 해요. 구치소에 있다가 의문의 상처를 입고 병원에 입원했다는 건데 고문치사 또는 살해라고 봐야지요. 경기남부 지역 노동단체와 경기노련 가입 조합원들이 시신을 지키고 있었어요. 그때 저는 영안실 입구를 지키고 있었는데 경찰이 시신 탈취를 위해 영안실 벽을 부수고 난입을 했어요. 백골단이 투입된 지하 영안실 쪽에서 비명이 터졌고, 결국 시신을 탈취당했어요. 경찰은 강제 부검을 하고선 박창수 위원장이 병실에서 뛰어내려 자살했다고 발표를 해요. 정해진 순서지요. 그로부터 한 달여 안양지역에서 박창수 위원장 살해 규탄, 노동탄압 중지, 노태우 정권 퇴진 투쟁이 전개되었어요. 그 시기가 또한 분신정국의 한가운데 있었어요. 명지대학교 강경대학생이 시위 도중 백골단의 파이프에 맞아 사망한 사건이후에 분신투쟁이 연이어 이어지고 있던 때예요. 전민련 사회부장 김기설의 분신도 그 과정에 있었고요."

"결국엔 노태우 정권에 의해 조작된 것으로 밝혀진 유서 대필 사건이요?"

"맞아요. 김기설의 동료였던 전민련 총무부장 강기훈이 유서를 대신 써주고 분신을 방조했다는 거예요. 민족민주운동의 도덕성에 흠집을 내고, 국면을 전환시키려고 한 거지요. 대대적인 언론보도가 뒤를 이었어요. 조선일보에 김지하 시인의 '죽음의 굿판을 걷어치워라.'라는 칼럼이 실린 것도 이때지요. 김지하는 70년대 민주화 운동의 상징이었어요. 그의 시 '타는 목마름으로'가 민중가요로 불리고 있을 정도였으니까요. 변절의 전주곡들이 판을 치기 시작했어요. 결국 대법원이 강기훈의 유죄판결을 내린 지 23년이 흘러 재심에서 무죄판결을 내렸잖아요. 한 인생이 짊어지고 왔을 비난의 상처와 마음의 짐은 어느 정도의 무게일까요. 많이 아프다고 들었어요. 박창수 위원장 살해규탄 안양 투쟁의 과정에서 집회 직전 비상 연락을 받았어요. 당시 안양, 안산, 수원 지구마다 선진 노동자들을 중심으로 노동자 투쟁위원회가 있었거든요. 이른바 비공개 선봉대지요. 그 당시 수원 책임자가 저였어요. '싸움의 방향을 안기부 해체 투쟁으로 집중시켜라.' 사건의 실체를 분명하게 하고, 전노협 탄압의 중심에서 있는 안기부 해체를 투쟁목표로 분명히 해야 한다는 것이지요. 연대회의 차원에서 정해진 것이 아니었기에 시위 대열에서 구호를 대중화하는 것은 실패했어요. 하지만 긴박한 정세에서 빠른 판단으로 대처하는 지도부에 대한 신뢰는 커졌지요."

"어쨌든 노태우 정권은 유서 대필 조작 사건을 통해 정국의 주도권을 쥐게 되잖아요. 전민련을 포함한 민중운동의 예봉도 꺾이게 되고요. 이후 전민련을 대체하는 전국연합이라는 새로운 연합 조직이 만들어지지요?"

"운동권의 스펙트럼이 넓었어요. 사람들이 흔히 NL과 PD로만 구분해서 이야기하지만, 그 안에는 다양한 그룹들이 존재해요. 전위조직을 자임한 남한 사회주의노동자동맹이 있었고, 진보적 합법 정당을 추진하던 PD 그룹이 있었어요. 나중에 민중당을 만들어 연합에서 나가지요. 반외

세 통일운동을 중심으로 하는 NL 그룹도 비주사 NL과 NL 주사로 나눠어요. 주체사상을 따르느냐 아니냐로 구분되는 거지요. 전대협이나 NL 계통은 남북한 해외 3자의 협의기구인 범민련 사수와 8·15 범민족대회 같은 통일운동에 더 많은 관심을 두고 있었고요. 결국 탄압으로 조직이 와해되거나 성향에 따른 이합집산이 계속되면서 이 흐름은 운동사에 지속적으로 작용해요. 2000년도 진보정당으로 민주노동당이 창당되고도 결국 분열과 파국으로 치닫는 과정들을 보면 그 역사가 얼마나 오래되었는지 알 수 있을 거예요. 어쨌든 91년 말에 전민련을 계승한 '민주주의 민족통일 전국연합'으로 확대된 연합체가 구성되었어요. '민중주도 민주대연합'이라는 절충적 합의를 보았는데, 이것을 이해하는 방식이 서로 달랐어요. 합법적 진보정당 추진파와 민주대연합파가 충돌해요. 국회의원 총선거와 대통령선거 국면에 들어서면 독자후보론과 민주당과의 연합론으로 세가 확연히 나눠지지요. 진보적 대중정당을 표방한 그룹들이 민중당으로 독립하고, 전국연합은 NL이 다수를 차지하게 되지요. 두 입장 모두를 비판하면서, 대중투쟁으로 민중 주도성을 확보하고 야당을 견인하자는 게 조직의 입장이었어요. '민족민주 전선론'이랄까요. 대중적 정치세력으로 존재해야 한다고 본 거지요. 그래야만 정치적 공간도 더 넓힐 수 있다, 그렇게 본거에요."

"운동사에선 크게 NL과 PD로 구분하는 경향이 있는데 제3의 운동세력이 존재했던 거네요."

"외부에 전달되기는 선명한 두 개의 흐름으로 존재하는 것 같지만 그 안에서 논쟁을 이끌고 연합운동의 정신을 지키려는 노력이 있었던 것이지요. 이쪽저쪽과 모두 싸워야 하는 현실이었지요. 전국연합 안에서는 전국 노운협이, 경기남부연합 안에서는 경기남부 노운협이 그 역할을 했지요. 그것이 가능했던 것은 단일지도 체제였기 때문일 거예요. 지도위원 직함을 가지고 있어 '김지도'라 불렸던 40대의 노동운동가. 조직에서 대장이지요. 그 지도부 회의에 결합하게 되었어요. 각 지구 책임자들과 연대회의 담당자 꺽형, 대장의 아내이자 노조특위 책임자인 누님, 거기에 제가 정책선전 담당자로 참여하게 된 거지요. 가까이서 본 김지도는 카리스마가 대단했어요. 범접하기 어려운 권위, 정치방침과 조직에 대한 장악력, 그 무엇도 거스를 수 없는 분위기였어요. 경기남부에서도 핵심 지역 기반은 안산이었어요. 공단지역이기도 했고, 조직의 뿌리이기도 했으니까요. 노조 특위를 맡은 이는 대장의 아내였고, 구성원들 대부분이 초창기부터 조직을 함께 한 사람들이었어요. 지침에 따르는 일사분란함이 있었지요. 그것이 엄중한 시기 조직을 지켜내는 힘이기는 하지만 이른바 조직의 민주 집중제 원리가 사라진 친위대 같은 느낌이었어요. 그걸 받아들이면서 저도 친위대로 변해가고 있었으니까요. 내부적으론 경기남부 전체 조직원 총회에서 사회를 보거나 대외적으론 경기남부 노운협 이름으로 진행되는 집회의 기획과 진행을 맡게 되면서 지도부로 역할을 하게 되지요."

7

“민주노조운동을 지원하던 지역활동가 차원이 아니라 노운협이라는 조직의 조직원으로서 노동운동의 흐름을 견인하려는 활동으로 바뀌었다고 볼 수 있나요?”

“그렇지요. 전국연합이 결성되면서 경기남부 연합도 재구성돼요. 실무자를 단체 추천으로 뽑게 되었는데 정책실장으로 파견을 나가게 돼요. 의장단이 면접을 보는데 정책실장에 3명이 지원을 했어요. NL, PD, 그리고 저. 정파에서 모두 한 명씩 추천을 한 거지요. 구속 등 투쟁 경력으로 보아 제가 됐어요. PD 계열의 면접자는 정책실장이라는 타이틀에 많이 집착했고 아쉬워했어요. 경력 삼아 정치권 출마를 생각하고 있었던 것도 같고. NL쪽에선 자기들이 주류인데 제가 정책실장이 되니, 예정에 없던 정책실차장으로 NL쪽 후보였던 친구를 밀어 넣었어요. 그러다 보니 경기남부 연합 연석회의가 열리자마자 총선투쟁 방침을 가지고 부딪쳤어요. 각 정파에선 이 시기가 조직의 사활이 걸린 때라고 본 것 같아요. PD 계열은 민중당으로 모였고, NL 계열은 전국연합을 지렛대로 민주당과의 민주 대연합을 모색했지요. 경기남부 노운협은 안산 지역에 노동자 후보의 직접 출마를 준비했어요. 선거 공간에서 후보가 없는 싸움은 무기력하잖아요. 후보를 중심으로 선거 공간에서 노동자 정치투쟁을 전개하자는 것이었는데, 그 상징성으로 구속된 삼양금속 위원장을 옥중 출마시킨다는 계획이었어요. 민중당 후보 출마가 확정되었고, 민주당 후보도 있는 상태에서요.”

"서로 양보하기 어려운 처지 같은데, 경기남부 연합의 단일한 총선 대응 전략이 나올 수 있었나요?"

"그날 열서너 명의 인원이 경기남부 연합 연석회의를 진행했어요. 경기남부 노운협 쪽에선 대표성을 가진 꺽형, 안산을 대표해서 누님이 참여했어요. 저는 경기남부 연합 정책실장으로 참여한 것이고요. 나머지 모두는 NL 그룹으로 보면 돼요. PD그룹, 민중당은 연합 조직에서 나갔으니까요. 후보 출마를 막고, 제지하려는 분위기에 누님이 준비한 커터 칼로 손목에 자해를 했어요. 판이 깨졌어요. 그렇게 회의 자체가 무산됐지요. 그리곤 바로 안산 지역에 노동자 후보를 내기로 하고 전 조직적인 준비에 들어갔어요. 구속된 위원장을 노동자 후보로 세웠으니 그 선거운동은 온전히 조직의 몫인 거지요. 곧바로 제가 안산으로 투입되었어요. 안산 지역의 노동자 공간이던 '밝은 자리'에서 노동자 후보 추대를 위한 사전 집회를 두 번인가 진행하면서 대오를 만들었어요. 그 진행을 제가 맡았지요. 그리고 후보등록과 함께 선거사무실을 마련해요. 전국 노운협 정책실에서 파견된 한 명과 저하고 두 사람이 실무를 맡고 김지도가 함께 상주하기 시작했어요. 한 달여 먹고 자고를 선거사무실에서 같이하게 된 것이지요. 결합된 안산 지역 노동조합과 노동자들이 중심이 되고 다른 지구에서 지원하는 형태로요."

"후보자가 유세장에 나오지 못하는 선거운동은 어떻게 진행되나요?"

"후보 중심의 선거가 아니라 그야말로 노동자 조직이 정책을 내걸고 싸우는 노동자 선거 투쟁인 거지요. 넓은 문화공간을 빌려서 노동자 후보 출정식을 했어요. 사회를 제가 봤고요. '사람 사는 세상이 돌아와...'로 시작되는 '어머니'라는 노래를 합창하며 한진 중공업 박창수 열사의 아버님과 어머님을 맞이했지요. 국회의원 당선시키자고 하는 선거가 아니라 노동자의 요구를 전면에 내건 싸움인 거지요. 그건 아마도 합법적 진보정당을 표방한 민중당과의 차별성을 드러내는 싸움이기도 했어요. 그렇게 노동자 대오의 투쟁이 치열한 가운데 민주당도 견인할 수 있다는 걸 보여주고 싶었던 거지요. 유세 날이었어요. 막 유세장으로 나가려는데 김지도가 부르더라고요. '민정당 후보가 연사로 나올 때 OO가 연단에 올라 피켓팅을 할 것이다' 긴장 속에 유세장 대오의 앞에 섰지요. 민정당 후보 연설이 막 시작될 때쯤 피켓을 들고 연단으로 올라가는 OO을 주변의 경찰들이 끌고 갔어요. 외마디 구호만 남았지요. 그 순간 한 무리를 짓고 있던 노동자 대오에서 항의하는 외침이 들렸고, 구호를 외치는 순간 민정당에서 동원한 깡패들이 떼거리로 달려들었어요. 한 대 맞았는데 저만치 날아갔어요. 순식간에 난장판이 된 거지요. 그러고도 유세는 진행되어 우리 후보는 후보 부인이 인사를 하는 것으로 대신해요. 그것도 상징성이 컸어요."

"그날 투쟁이 가져온 결과는 어떤 것이었나요?"

"투표를 바로 앞둔 시기였어요. 저녁 시간 무렵 선거 투쟁 지원을 위해 대학생들이 찾아왔어요. 그들과 이야기를 한참 나누고 나왔는데, 김지도와 누님이 부르더니 유세장에서 잡혀간 동지를 석방하라고 경찰서 항의 방문을 보냈는데, 모두 잡혀갔다는 거예요. 경찰서에 가는 건 위험하니, 선거관리위원회 사무소로 가 상황을 파악하라는 지시를 받았어요. 유세장 투쟁 후 '밝은 자리'에서 모임을 갖고, 저녁 시간에 합류하는 다른 지역 노동자들과 함께 항의 투쟁을 가기로 했던가 봐요. 저는 사전에 전달을 받지 못했어요. 선거관리위원회 사무실로 가니 낯익은 '밝은 자리' 실무자 한 명이 기다리고 있더라고요. 상황이 어떻게 된 거냐고 물으니, 경찰서로 가보라는 거예요. 경찰서에서 이쪽의 책임자를 찾는다고요. 경찰서에 가니 삼사십 명이 유치장 안에 있더라고요. 신갈에서 온 친구들도 있고. 경찰들에게 어떻게 된 일이냐고 따지니, 헐. '광주사태 이후 경찰서 진입은 처음'이라는 거예요. 다 풀어 줄 테니 신원만 확인해 달라는 거지요. 유치장으로 가 안산 책임자에게 물었어요. 어떻게 할 거냐고. 신원 확인을 거부한다는 거예요. 유세장에서 잡혀온 사람을 풀어줄 때까지 나가지 않겠다는 거예요."

"경찰서 점거 농성이네요."

"경찰서에서 나와 선거사무실로 전화를 했어요. 누님이 받더라고요. 상황을 이야기하니까 대번 '박 실장, 당신 뭐하는 사람이야' '왜 선거관리위원회 사무실을 벗어났어.' 하는 거예요. 이건 뭐지. 그럼 나는 선거관리위원회 사무실 농성을 하라고 보낸 건가. '아, 대량 구속으로 선거 투쟁을 끝내겠다는 거구나' 하는 생각이 들더라고요. 사무실로 들어갈 수도 없고, 선거관리위원회 사무실에서 혼자 머쓱히 있을 수도 없고. 졸지에 신

분이 강등된 전사처럼 방황했어요. 유세장 투쟁을 시작으로 경찰서 항의 투쟁, 선거관리위원회 농성. 선거 투쟁을 대량 구속으로 정리하려는 것은 아닌가 의심이 들었고요. 선거 투쟁 맨 앞에 서 있던 자신이 졸지에 허수아비가 된 듯한 그 느낌. 그런데 선거 공간이라는 게 참 특수해요. 모두 풀려났어요. 유세장 피켓팅을 했던 당사자도 풀려났어요. 저녁에 사무실에 들어가 김지도와 누님, 안산 책임자가 있는 자리에서 물었지요. 진입 투쟁이었냐고. 아니라고 하더라고요. 집을 다녀오겠다고 했지요. 86년 구속됐을 때의 고문 후유증으로 다리를 절고 있었는데 그즈음 상태가 더욱 심각해졌었어요. 쉬어야 할 것 같다고. 김지도가 토 달지 않고 보내주더라고요. 그다음 다음날이 선거 개표 날이었고, 어쨌든 총선투쟁 정리를 해야 마땅한데, 몸을 핑계로 돌아가지 않았어요. 마음의 상처가 크게 남았고 많이 앓았어요."

"신분이 강등된 전사라... 표현이 참."

"신혼 초였고, 아내가 임신 중이었어요. 한 달여를 김지도 옆에서 선거사무실을 지키며 선거 투쟁 전면에 서 있었던 거잖아요. 투쟁의 계획과 전술이 공유되지 않은 상태에서 그 때마다 조직원들이 도구로 쓰였다는 생각이 든 거예요. 내가 헌신하고 복무한다고 해도 내 선택이 아닌 수단으로 쓰이는건 받아들일 수 없었어요. 더구나 선거 투쟁은 이번 시기만 지나면 끝이지만 노동조합 내에서의 활동을 위해서는 신변 보장이 필요하거든요. 안산까지 가서 신원이 밝혀져 회사로 통보되면 해고가 눈에 선한데. 신갈에서 그 먼 길을 온 친구들에게 미안했어요. 조직의 입장에선 모든 걸 걸어야 하는 싸움일지 몰라도 조직원도 아닌 일반 노동조합 조합원들은 특히 신변을 고려했어야 한다고 생각해요. 복귀하지 않은 채 휴가를 요청했어요. 꺽형의 광주 친구인 한의사를 소개받아 간단한 진단을 했어요. 약을 먹어서 치료하는 것은 비용이 너무 많이 드니 쑥뜸을 뜨라 하더라고요. 과정이 매우 고통스러우니 광주 무등산 자락 빈 집에 들어가 뜸 뜨면서 요양을 하라는 거예요. 아내와 둘이 그곳에 갔어요."

"요양까지 해야 할 정도였는데, 선거 투쟁 당시 어떻게 버텼어요?"

"그렇게 아프지 않았다면 쑥뜸을 뜨지 않았을 거예요. 약쑥을 고깔 모양으로 만들어 배꼽 아래 단전 생살 위에 올려놓고 불을 붙여 타들어 가는 걸 하루 9개씩, 1시간여, 3일째인가. 쑥 탑을 올려놓는 아내에게 빌었어요. 너무 고통스러워 못하겠노라고. 오늘 하루만 그냥 넘기자고. 아무 말 없이 그냥 울기만 하더라고요. 그날 멈추면 다시는 못할 것 같다는 생각에 이를 악물고 고통을 참았어요. 먹을거리 장을 보려면 한 시간 정도 걸어 나와야 했어요. 장바구니 가방 메고 걸어 내려가 보리밥 한 그릇 먹고 장 봐서 돌아오는 일이 소풍이었지요. 5월이라도 산속이라, 땔감을 마련하고 불 때는 일이 일과였고요. 이십여 일 지났는데 피가 터졌어요. 시커먼 피가 흘러내리고, 통증도 없는 거예요. 그런 순간이 오면 통증이 다시 시작될 때까지 멈추지 말고 쑥뜸을 뜨라고 했었어요. 그렇게 거의 다섯 시간인가 뜸을 떴어요. 꿈만 같았지요. 살도 많이 빠졌고, 가벼워졌어요."

“상상도 하기 힘드네요. 다섯 시간 동안 뜸을 뜬다는 것을요. 병의 원인은 찾아내서 제거한 건가요? 아내의 도움 없이는 해낼 수 없는 치료였던 것 같아요.”

“그땐 몸 돌볼 겨를이 없었어요. 병원에 가야 한다는 생각도 못 했고요. 그저 버티는 생활이었어요. 그때 쑥뜸을 떴던 것이 오늘까지 버틸 수 있는 기력을 만들어 주지 않았나 싶어요. 아내하고 보낸 시간 중에 가장 행복했던 시간이기도 했고요. 상처에 고약을 붙이고, 이제는 다리 양쪽 정강이에 쑥뜸을 뜰 차례였어요. 그런데 그날 밤 꿈속에 엄마가 나타났어요. ‘아들, 아들’하고 부르는 거예요. 엄마가 중환자실에 있을 때 저를 불러달라고 하던 그 목소리였어요. 아침에 일어나 바로 짐을 쌌지요. ‘엄마가 불러. 돌아가시려나 봐.’ 방 한 귀퉁이 이불을 두른 의자에 앉아 머리를 숙이고 있던 엄마가 힘겹게 고개를 들어 환하게 웃으셨어요. 그리곤 꺽꺽 우셨지요. 급히 올라왔으나 시작한 김에 다리 정강이에도 쑥뜸을 뜨자고 집에 도착해 바로 시작했어요. 고통이 더 심했는데 뜸을 시작하고 바로 그다음 날 어머니가 돌아가셨어요. 엄마한테 인사를 하고 나오는데 그날따라 유난히도 엄마의 눈길이 나를 놓아주지 않는 거예요. ‘내일 올게요.’ 하고 집에 돌아왔는데 새벽에 작은누이로부터 전화가 왔어요.”

“막내아들 보고 가시려고 기다리신 거네요. 저도 아버지 가실 때 경험이 비슷한 것 같아요. 사고를 당한 뒤 1년 넘게 병원과 집을 오가며 누워계시던 아버지였어요. 제가 여름방학을 맞은 청소년들과 이삼일씩 네 건 정

도의 기획여행을 연달아 떠나던 시기였는데, 이틀 여유가 생겨서 집에 들렀던 다음날 아버지가 돌아가셨거든요. 아버지가 마지막 가시는 길에 절 기다려주셨다는 생각에 얼마나 떨리고도 울컥하던지요. 마지막에 엄마 옆에 계셨으니 참으로 다행한 일이에요."

"집에서 장례를 치렀어요. 병원에서 돌아가신 게 아니어서도 그렇고, 그 오랜 세월 집을 지키고 계셨으니, 집에서 마지막 길을 가시는 게 좋다고 생각했어요. 란트로코리아를 비롯한 노동조합 간부들과 경기남부 노운협, 경기남부 연합에서 사람들이 많이 왔어요. 어머니 가시는 길이 쓸쓸하지 않아 마음이 덜 아팠어요. 외할머니 돌아가시고 아버지가 선산을 미리 닦아 놓았던 터라, 외할머니 옆에 모셨지요. 국화꽃 송이송이가 엄마의 관 위로 던지며 이별을 고했어요. 작은누이가 유난히도 섧게 울었어요. 10년 간호에, 서른 중반이 된 노처녀. 작은누이를 보면 엄마를 보는 듯이 또 마음이 아팠어요. 엄마를 땅에 묻고, 아버지는 거의 매일같이 걸어서 산소를 다녀왔어요. 왕복 3시간여의 거리를요. 앉은뱅이 가족의 삶이 그랬어요. 삼우제 예배를 보고는 다리에 쑥뜸을 뜨기 시작했지요. 고통이 너무 심해 계속 할 수가 없더라고요. 엄마 떠나보낸 슬픔도 더해졌을 거예요. 그리곤 끝내 뜸을 뜨지 못하고, 상처난 그대로 고약을 붙여 봉했어요. 그 흔적이 달걀 크기로 아직도 남아있어요. 어미를 온전히 떠나보내지 못한 막내의 아픔처럼 말이지요."

8

"그리곤 다시 조직에 복귀한 거에요?"

"엄마 장례 치르고, 쑥뜸 뜨던 상처도 아물지 않았던 때였는데, 총선투쟁 평가서 만들고, 여름 수련회 준비한다고 복귀를 재촉했어요. 생각이 정리되지 않은 상태였으나 복귀 말고는 다른 대안이 없었고요. 총선투쟁을 지나면서 김지도가 '녹슬은 해방구'를 교재로 강습을 진행했어요. '녹슬은 해방구'는 내가 89년 구치소에 있을 때 출간되기 시작해 그 책을 기다리는 재미로 보냈던 책이에요. 전체 9권의 대하소설인데 저자 권운상이 시베리아 사동이라고 불리던 좌익사범 감방에서 만난 장기수들의 이야기를 뼈대로 소설화한 작품이었어요. 1940년대 일제시대의 1차 빨치산으로부터 항일투쟁, 8·15해방, 제주 4·3항쟁, 한국전쟁, 그리고 5·18 광주항쟁까지 이어지는 이야기이지요. 남과 북으로 갈라진 이념적 분단의 아픔이 고스란히 전해졌어요. 특히 전사가 가져야 할 품성을 되돌아보게 하는 책이에요. 평범했던 아낙에서 마지막 빨치산으로 체포된 실존 인물을 형상화한 김점분 대장을 제가 참 좋아했는데. 그걸 김지도가 조직의 기풍을 진작시키려는 의도로 꺼내 든 것이 아닌가 싶어요."

"이론서가 아니라 역사소설을 교재로 삼고, 논리를 가다듬기보다는 품성을 돌아보게 한다는 점이 사회구성체 논쟁이나 전략 전술 논쟁에 날 서 있던 학생운동 지도부들과는 좀 달라 보이네요. 운동의 지도역량을 키우

는 학습 아니었나요?"

"일인 지도체제의 경직성, 누님하고의 개인적인 관계에서 비롯되는 일들이 조직에 영향을 미치는 것들에 불편하긴 했어도 정세를 보는 눈이나 감각적 판단, 헌신성은 놀라울 정도였어요. 조직의 하부단위까지 '녹슬은 해방구' 강습을 진행했어요. 그리고 그것을 매듭짓는 여름 수련회가 지리산을 걸으며 진행되지요. 지구별 대오가 있고, 마치 빨치산 행렬처럼 지휘체계를 갖춰 움직였어요. 야영지에선 중앙에 지도부 텐트가 자리 잡고 그 둘레를 감싼 형국으로 지구별 텐트가 설치되었어요. 나는 김지도 수행이어서 지도부 텐트에 머물고 있었지요. 그 때 누님이 와서 뭐라 했는데 한참의 언쟁 끝에 누님을 내보냈어요. 그렇게 짜증을 내는 모습도 처음 본 것 같아요. 묘한 감정이 교차했어요. 쑥뜸 뜬 다리 상처가 아물지 않아 고약을 갈아붙이면서 걸었는데 진물이 흐르고 통증도 있었어요. 그 다음날 아기를 업고 참여한 엄마들 2명과 하산했어요. 상황을 핑계 삼아 그곳에서 벗어나고 싶었던 것이지요. 묘한 감정이라 했던 건, 일인 지도하의 전체주의적 경향에 대한 우려예요. 너나없는 형제적, 동지적 관계가 아니라 권위가 앞서는 분위기면 상부에 대해서는 기회주의적이고 하부에 대해서는 관료적인 조직으로 가지 않을까. 소수 정예, 친위대만 남을 것인데... 하는 생각을 했어요."

"총선 때 노동자 후보 선거 투쟁을 벌이던 중에 지도부에 대해 갖게 된 의심이 작동하고 있던 건가요?"

"맞아요. 그러고 나니 몸을 사리게 되더라고요. 추석 즈음에 아내가 아이를 출산해요. 산후조리를 해 줄 사람이 마땅히 없어서 한 달 출산 휴가를 얻지요. 그리고 잠시 복귀했다가 형수가 서울대병원에 디스크 수술 예약을 해 놓아 대통령선거 직전 수술에 들어가요. 의도한 건 아닌데 조직과 일정 거리두기를 하는 시간이었어요. 대통령선거 결과는 3당 합당을 통해 민자당 후보로 선출된 김영삼이 당선되지요. 대구 경북, 부산 영남, 충청 지역 연합으로 뭉친 김영삼을 서울 수도권과 호남만으론 김대중이 이길 수는 없는 일이지요. 지역감정의 골이 더욱 깊어졌지요. 전국연합의 다수를 점한 NL의 비판적 지지론자들은 여전히 김대중을 지지했고, 민중당과 진보정당을 추진하던 그룹들이 모여 민중후보 백기완을 후보로 내세웠으나 2% 득표를 넘지 못했어요. 그즈음에 구속되었다가 출소한 안산 지역 활동가가 경기남부 노운협 사무국장으로 와요. 숨 돌릴 수 있는 여력이 생긴 거지요. 그때부터는 수원 노동 상담소 구석에서 '경기남부 노동운동'이라는 기관지 편집 일을 주로 했어요."

"조직 내에서 위상과 역할이 줄어든 거였나요? 아니면 조직에 대한 충성심과 일체감이 변하고 있던 건가요?"

"세계정세의 지형이 바뀌고 있었어요. 소련의 고르바쵸프가 개혁 개방을 이야기하며 '인간의 얼굴을 한 사회주의'를 이야기할 때만 해도 누적된 적폐들을 해결하는 과정이라 여겼어요. 그러다 소련 연방이 해체되고 동구 사회주의권이 몰락하면서, 자본주의 시장 경제체제로 편입되는 과정을 지켜보게 되지요. 현실 사회주의의 몰락. 냉전 체제의 해체. 미 제국을 정점으로 하는 새로운 세계질서가 형성되고 있었어요. 운동권은 역사를 혁명사로 이해하는 경향이 있어요. 적어도 저는요. 혁명 이후의 국가운영과 민중의 삶에 대해서는 고민의 대상이 아니었던 거지요. 혁명으로 세상을 바꾸면 다 되는 줄 알았지, 그 이후의 세상에 대해서는 고민을 하지 않았어요. 고민할 필요가 없던 거지요. 상황이 바뀌면서 러시아혁명 이후의 소련 역사에 대해, 중국의 문화대혁명 이후의 역사에 대해 관심을 가지게 되었어요. 과연 사회주의가 인간을 자유롭게, 행복하게 만들었는가 하는 고민이요. 아마 변혁운동에 몸담고 있던 모든 이들의 화두였을 거예요. 그래서 많은 이들이 일상의 삶으로 돌아가거나, 정치 지향적 인물들은 제도권으로 들어가거나 변절의 길을 택하기도 하지요."

"그렇죠. 제가 군복무한 시기가 92년 1월부터 94년 3월까지였는데 제대하고 돌아왔더니 학교 분위기도, 선배나 동료들의 모습도 완전히 달라져 있었어요. 얼굴을 본 적도 없는 5-6년 이상의 한참 선배들은 주로 공장이든 농장이든 현장에서 답을 찾으러 나갔다고 들었는데, 입대 전에 보아왔던 가까운 선배나 동기들은 너나 할 것 없이 대학원에 진학하거나 유학을 떠나는 게... 제겐 '유행'처럼 느껴지더군요. 다들 사회주의가 왜 망했는지 연구하러 '학교'로 되돌아가는 분위기였던 거 같아요. 당시 세계사의 엄청난 변화에 대한 경기 수원지역 노동자연합의 정세 판단이나 제야의 생각은 어땠어요?"

“이때 김지도가 꺼낸 화두가 조직의 혁신이었어요. ‘녹슬은 해방구’의 강습을 통해 조직의 기풍을 진작하고, 혁신이라는 화두로 조직을 정비해 나가겠다는 연장선으로 읽혔어요. 이른바 자기비판과 상호 비판의 장이 열린 것이지요. 그런데 그 지점에서 막혔어요. 저를 포함해 두세 명이 자기비판의 과정을 거쳤고, 누님 차례가 되었어요. 준비 해오지 않았다고 해서 한 주 연기했어요. 그다음 주에는 아예 ‘개인 사정으로 운동을 그만두어야 할 것 같다’고 자기 혁신 과정을 거부했어요. 분위기가 싸늘했는데, 꺽형이 누님한테 ‘잘 모실 테니, 같이 하자’고 하면서 분위기를 바꾸려 했어요. 그다음 주 회의가 시작되었는데 누님은 오지 않았고, 김지도가 꺽형을 쥐 잡듯 몰아붙였어요. ‘혁신을 거부하는 태도를 비판해야지, 잘 모실 테니 같이하자는 것이 말이 되냐.’ 누님의 지난날들에 대한 날선 비판이 이어졌고요. 모두 얼음이 된 채 고개를 숙이고 있었어요. 그 순간 누님이 들어왔어요. 한쪽 눈에 안대를 하고. 그러자 김지도의 태도가 180도 바뀌었어요. 언제 그랬냐는 듯이. 목소리를 낮추고, 누님에게 아주 유화적인 태도로 바뀌었어요.”

“폭행이 있었던 거죠? 지도자의 이중성을 본 거네요. 큰 충격이었겠어요.”

“노조 특위, 연대회의, 정책선전과 관련해서 누님, 꺽형, 그리고 나, 셋이서 중심 역할을 했어요. 일상적 관계로나 서로에 대한 신뢰가 있었던 거지요. 회의가 있었던 그 주말에 수원역에서 집회가 있었어요. 김영삼

정부 들어서고, 처음으로 열리는 대중 집회였어요. 노동단체 대표로 제가 연설을 했어요. 김지도 방침으로 본명을 사용하기 시작했고요. 공개적 활동을 강화한다는 의미겠지요. 그리고 남문으로 가두 행진을 했는데, 집회 마무리에 누님이 나를 붙잡고 이야기를 시작했어요. 살아온 과정의 설움에 대해서, 아이들에 대해서... 그리고 지난번 회의 때 김지도가 자기한테 뭐라 했는지 아느냐고 하면서 안대를 벗었어요. 김지도한테 맞아서 그렇다고. 아이들 곁으로 돌아가고 싶다고. 멍하니 한참을 듣고만 있었어요. 그날 밤, 조직을 정리하기로 마음먹었어요. 경기남부 사무국장으로 온 친구에게 조직을 정리하겠다는 이야기를 전했어요. 지도부에 전달해 달라고. 이유를 물었겠지요. 회의 과정에서 느낀 몇 가지 일들을 제기하는 선에서 그쳤어요. 혁신의 가장 큰 장애물은 김지도 자신에 있는 것 같다고. 누님과의 관계가 조직에 끼치는 해악이 크다고."

"조직을 정리하기로 한 건, 개인적으로나 조직적으로나 큰 파장을 몰고 올 결정 아닌가요?"

"그 당시 서울처럼 연구소를 하나 두자고 해서 '경기남부 노동운동 연구소'라고 작은 공간을 하나 얻어 독립된 사무실에 있었어요. 그것도 제가 보증금을 마련하고 운영비를 모두 감당했었지요. 짐을 정리하고 사무실 열쇠를 사무국장에게 이관한 다음 집에 머물렀어요. 한참 후에 들린 이야기는 사무국장의 문제 제기로 이야기가 확대되면서 파장이 커지는 것 같더라고요. 조직 사건으로 구속되었다 나온 경기 노련 실무자 선배도 찾아오고, 수원지구 책임자였던 친구도 찾아오고. 조직원 각자가 느끼고 있던 문제들이 제가 조직을 정리한다고 하니 수면 위로 오른 것 같더라고요. 그러던 중 어느 날 밤 김지도하고 누님이 연락도 없이 집으로 찾아왔어요. '박 실장은 심성이 여려 그럴 수 있겠네.' 하면서 특별한 감정 없이 좋게 헤어졌어요. 그렇게 시간이 지나갔는데, 독서회부터 함께 일했던 수원지구에서 활동하는 친구에게 연락이 왔어요. '사무국장이 김지도한테 불려가 경위서와 자기 비판서를 썼고, 그것을 하부 조직원에 열람시키고 있다'고. '김지도하고 누님이 함께 각 지역 공간을 순회하고 있다'고. '전체 조직원 총회가 소집되었는데, 참여해서 사실 관계를 밝히는 게 좋겠다.' 고 하더라고요. 과정이 왜곡되어 퍼지고 있다면서. 그래서 조직원 총회에 참석하겠다고 연락을 했지요. 허락되지 않았어요. 총회 자리에서 왜 박 실장을 참여시키지 않느냐고 문제제기를 하니, 호된 질책이 날아왔다고 해요. 나중에 전해 들은 이야기로는 '누님을 배제하고 조직을 장악하려는 쿠테타 음모'로 결론을 냈다는 거예요."

"어이가 없네요. 반대파 숙청하던 집권 세력들의 모습이 생각나기도 하고요. 그렇게 그냥 결론이 나고 파장은 가라앉았나요?"

"조직을 정리했다고 하니 서점을 맡아주었던 선배가 인수를 제안해 다시 서점을 하게 됐어요. 당분간 서점 일을 하면서 생각을 정리할 시간을 가지려고요. 저녁 시간 무렵 열댓 명이 떼거리로 찾아왔어요. 누님이 앞장서고 지구별 책임자와 공간 실무자들이 모두 동원된 것 같더라고요.

서점 뒤에 달아 지은 방에 둘러앉았어요. '반성하고 조직에 복귀하라'는 거예요. 과거의 일들을 들추면서 안산 노동자 후보 투쟁 당시 구속되기 싫어서 그런 거 아니냐, 항의 투쟁으로 경찰서에 잡혀 들어간 친구들을 보면서, 이렇게 하면 신갈 지역은 철수한다고 하지 않았냐, 사적 조직관의 소유자다. 가족주의자다... 별별 이야기들로 공격을 하는데, 벌떡 일어나 '나가라'고 소리치니까 떼거리로 달려들어 무릎을 꿇렸어요. '무릎 꿇려'하는 누님의 소리가 들렸고요. 김지도 흉내를 내고 있다는 생각이 들었지요. 사람에 대한 분노로 치를 떤 게 처음이에요. 격하게 나오니까 '다음에 또 오겠다'는 말을 하고선 돌아갔어요. 같이 일했던 수원지구 책임자가 남았어요. 그 또한 내가 어떤 생각을 하고 있는지 떠보려 남겨둔 것 같더라고요. 내가 '상부에 대해서는 기회주의적이고, 하부에 대해서는 권위적'이라고 표현한 딱 그 모습의 친구예요. 자기는 이런 일을 몇 번이나 겪었다고, 바꿀 수 없는 문제라고. 견디기 힘드냐고. 할 말이 없데요. 그리고는 초창기에 함께 일했던 사람들까지 동원해 회유하려 했어요. 눈길도 주지 않고, 말도 섞지 않았어요."

"그렇게 조직과 인연을 끊게 된 건가요?"

"그런 셈이지요. 다시는 얼굴을 마주하고 싶지 않았어요. 찾아왔던 사람들 가운데 나를 무릎 꿇린 사람들은 실제 저를 잘 모르는 사람들이었고요. 누구보다 나를 잘 알고 있는 수원지구 책임자에 대한 인간적 분노, 김지도와 누님의 양면성에 대한 환멸. 그 뒤로 얼마간 양치질을 하다 그 장면들이 떠올라 토하곤 하는 트라우마가 생겼어요. 제게 상황을 전해주던 독서회부터 함께 했던 친구도 얼마 안 있어 조직을 정리했어요. 인연이 깊었던 란토르코리아 위원장이 가장 안타까워했지요. 시간이 지나서야 그들이 저러는 이유가 문득 떠올랐어요. '조직으로 복귀하든, 운동을 그만두든.'이라고 했으니까요. 아, 내가 신갈을 지역 기반으로 운동을 시작했고, 다시 서점으로 복귀했으니 '따로 조직을 만들지 모른다'는 생각을 했던 거구나 싶더라고요. 그리고 한참 후에 이야기를 전해 들었어요. 한신대 휴학하고 군대 갔다와 조직에 합류했던 목사님 아들, 중학교 후배요. 그 친구가 사업장에서 해고되고 용인기흥 노동 상담소 공간을 맡고 있었나 봐요. 당시 수원지구 일에는 개입하지 않아서 공간이 어찌 돌아가고 있는지 몰랐어요. 그 친구가 조직을 상대로 단식농성을 했었대요. 전체 조직원 총회에서 그렇게 결론낸 것이 부당하다고. 저의 명예 회복을 요구한 거지요. 김지도한테 불려갔었대요. '내가 어떻게 만든 조직인데...' 살기를 느꼈다고 해요."

"분노와 환멸은 쉬 떨쳐내기 어려운 감정들 아닌가요? 그래도 노동운동에 복무하려는 생각을 버리지는 않은 건가요?"

"저와는 별개로 조직사건으로 구속되었다 나온 활동가 한 명도 조직을 정리하고 전노협 실무자로 이력서를 냈었나 봐요. 몇 번을 찾아와서 전노협 실무자로 들어가는 걸 포기하라고 압박을 받았대요. 그걸 다 견뎌내고 전노협 실무자로 들어갔어요. 저는 당장 어떤 선택을 하고 싶지는 않더라고요. 현실 사회주의가 몰락한 원인, 마르크스 레닌주의에 대한 역사적 점검을 하고 싶었어요. 중국 문화혁명이 갖는 의미와 이후 중국의 길에 대해서도요. 서점에 칩거하면서 이런저런 공부를 할 수 있는 시간을 가졌어요. 그렇게 시간을 보내다 1년 남짓 지난 94년 전노협 대의원대회를 방청하러 갔어요. 란토르코리아 위원장의 권유로요. 경기노련 의장이 되었대요. 제가 다시 노동운동을 시작했으면 하는 희망을 전했어요. 이전의 조직 사람들을 마주치기가 껄끄러울 것 같아 신경이 쓰였는데, 그 양반들은 아무 일 없단 듯이 말을 걸며 지나가는 거예요. 내게 무릎을 꿇렸던 사람들이요. 그래, 다시 시작해보자 마음을 먹었어요. 노동자 현장 조직으로 알고 있는 '노동자의 힘'에 선이 닿았어요. PD 그룹의 한 분파지요. 처음 보자마자 전노협 단병호 위원장 수행 비서를 맡으라는 거예요. 단병호 위원장이 또 수배 상태였거든요. 각 정파에서 사람을 붙이기로 했는데 그 일을 해 줬으면 좋겠다는 거예요. 수배 상태의 전노협 위원장 수행 비서라. 위험은 둘째치고, 그건 전노협 내 각 정파의 한 가운데서 움직여야 하는 일인데, 내가 할 수 있는 일이 아니라고 판단했지요."

"그게 정말로 노동운동과의 이별이 된 거군요."

"그때 엄마하고 했던 약속이 다시 떠올랐어요. '평생 대중운동만 하겠다'고 한 두 번째 약속이요. 정파들로 나누어진 운동 판에서 각기 패권화되어가고, 사유화되어가는 현실을 견뎌내기 힘들었어요. 조직 운동은 여기까지다. 노동하는 자의 몸가짐으로, 혁명에 대한 꿈은 버리지 말고, 길게 보고 살아내 보자 마음을 달랬어요. 결국 일상으로 돌아와 먹고 사는 일에 매몰된 시간들이었지만 그 마음은 변하지 않았던 것 같아요. 지금 돌아보면 대장을 포함해 그 당시 조직에 있던 사람 중에 민주당이나 진보정당 어디든 정치권으로 들어간 사람들이 없다는 거예요. 아직도 제도권 밖에서 무언가를 하고 있고, 일상의 처지가 비루하지만 처음 먹었던 마음을 지키며 살려고 하는 모습들을 보면 나름의 위로가 돼요. 한 시대를 통과하며 살아 낸 삶, 돌아보니 자본주의든, 사회주의든 '조직'이라는 시스템의 작동원리에 개인이 자유로울 수는 없다는 생각이 들어요. 개인은 공동체를 위하여, 공동체는 개인을 위하여 존재하는 세상은 불가능한 걸까요. 아직 우리는 진보와 보수, 좌와 우의 틀에 갇혀 있다는 생각이 들어요.

•
9

선암은 제야의 긴 이야기 끝에 '터널'을 떠올렸다. 터널 끝에 희망의 빛을 보았는데, 그것도 잠시 또 다른 터널이 기다리고 있다. 언제 끝날지 모르는 터널을 지나는 여정이 한 인간의 역사이고 삶이지 않은가. 그 터널을 빠져 나오면 또 어떤 터널이 기다리고 있을지 모를 일이다. 제야에게서 선물 받았던 그의 시집을 꺼내 들었다. '민이의 고백'이라고 그 시절 이야기가 시집에 담겼던 것이 생각나서다. 그 시의 마지막 대목 '고백'에 이르러, 십 년 세월의 절박함이 고스란히 느껴졌다.

고백

인간으로서 가질 수 있는 잡다한 모든 것을 버려야했다
목숨까지도 버려야했다
그러나 순결만은 빼앗길 수 없었다. 끝까지 간직한 순결
민족에 대한 사랑, 민중에 대한 사랑
사랑 없이 진정한 혁명도 있을 수 없다고 믿었다
투쟁도 하나의 사랑이었다.
시뻘겋게 달구어진 숯불에 자신의 온 몸을 내맡겨야했던 과정들
수없이 내리 꽂히는 망치질과
한줌의 물로 용광로에 흘러내리던 쇳물의 시련들
한 자루의 낫과 망치와 쟁기와 쇠스랑은 그렇게 만들어졌다
불과 바람, 물과 내려 때림을 수없이 당하다보면
어느새 강철은 그 모든 것을 이겨 나갈 수 있는 힘을 갖게 된다고 믿었다
강철이고자 했다.
전선에 서면, 언제나 두렵고 떨렸지만
한마디 구호, 던져지는 꽃병 속에 해방의 미학 퍼덕이는 그 날의 함성들
지친 날개 퍼덕이며
날고 싶은 하늘도 잃어버려 방황하는 새벽
외부로부터의 상처가 아무리 혹독하고 잔인하다 해도 이겨 나갈 수 있었다
밟히면 밟힐수록 생명력을 얻어 가는 잡초처럼
그러나 동지들 내부 서로가 맺고 있는 신뢰의 선에 이상이 생기면
그것은 곧 생명 줄을 잃는 것이다.
추상적 명제에 복음주의적 새날에 대한 믿음이 깨어지고
동지 간 신뢰의 선이 무너진 지금
더 이상 날 수 있는 하늘도
하늘을 날기 위한 날개도 없음을 民이는 깨달았다.

떨리는 가슴, 짧았던 만남 이후 찾아온
기나긴 그리움, 그것은 다시 사랑이었다.
사랑은 그리움, 기다림, 변치 않는 믿음
그 믿음에 답하는 행위.
떨리는 가슴 안고 신부를 맞이하는 첫 날 밤처럼

아, 나는 아직도 혁명을 꿈꾸고 있는데……

국 내 최 초 호 텔 형 최 첨 단 인 텔 리 전 트 원 룸 오 피 스 텔

인터넷 파크

국내 최초로 인터넷 전용선이 연결되는 오피스텔 - 인터넷 파크

인접한 5개 대학, 30여 연구소 종사자에게 최고의 연구, 주거환경을 제공합니다.
5,000세대가 넘는 주변의 아파트 단지와
분양가에 비해 70%가 넘는 주변 원룸임대가를 직접 확인하시고 투자하십시오.
더 이상 높일수 없는 오피스텔 전용율 - 70%가 넘습니다.

첨단 설비
최초의 인터넷 전용선 각세대 연결

알찬 투자
주변 5,000세대 이상 황금상권

실속 선택
지하 주차장 분양가 불포함
70%가 넘는 높은 전용비율

■건축개요

- 위　　치 : 경기도 용인군 기흥읍 신갈리 14-17
- 대 지 면 적 : 436.68평
- 건축연면적 : 1,325.06평
- 총주차대수 : 46대
- 건 축 내 용 : 총 7개층 1.2층 상가 / 3-7층 오피스텔 55세대

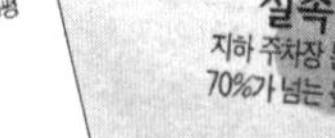

하우징 그룹 행인의 전원주택 카운티를 아십니까?

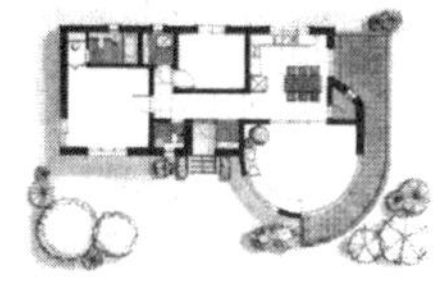

카운티란 '백작의 땅' 이란 뜻으로, 하우징 그룹 행인이 추구하는 새로운 유형의 전원주택 단지를 나타내는 이름입니다.

두창리 카운티

- 위　　치 : 용인시 원삼면 두창호수변
- 총부지면적 : 926평
- 세 대 수 : 8세대
- 건축면적 : 37평형, 2TYPE
- 대지면적 : 107~123평
- 분 양 가 : 1억5천만원
- 사업특징 : 100%선투자 96년 11월준공
융자 5천만원, 전세 5천만원
⇒5천만원으로 구입

관리 카운티

- 위　　치 : 이천시 마장면 양각산기슭
- 총부지면적 : 8,000평
- 세 대 수 : 40세대(건축분양23, 대지분양17)
- 건축면적 : 35, 40, 45, 50, 55평형
- 대지면적 : 152~257평
- 분 양 가 : 대지:평당 40만원선
건축:평당 300만원선
- 사업특징 : 대지분양 즉시 등기이전
뉴질랜드 목조주택시공
인도어골프장, 테니스장

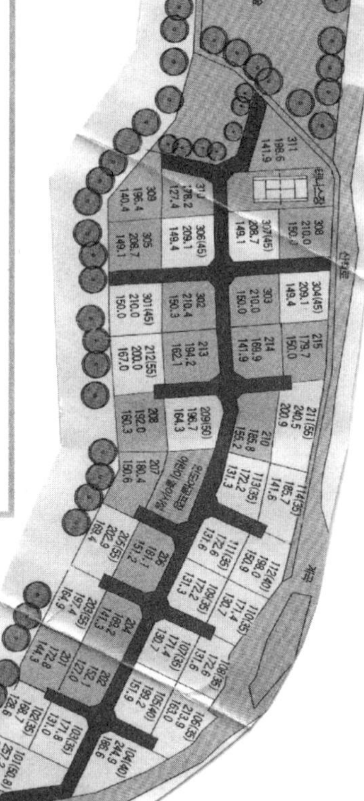

'드림홈'이라는 브랜드로 개명.
전원주택 시장의
전성기를 열었던 97년 시절.

흔히 '길을 잃었다'고들 표현한다.
그렇게 한 번 길을 잃고 선택한 또 다른 길에서
사람들의 운명은 갈리게 된다.
자기가 살아 온 삶의 부정이든,
어찌하지 못하고 그 길을 그대로 걷든,
되돌아 일상의 삶으로 회귀하든.
제야에게 어떤 내일이 있었던 걸까.

자본주의 늪에 빠지다

1

"함께 다른 세상을 꿈꾸던 동지들과 인연을 끊고 20대의 전부를 바친 것과 다름없던 변혁 운동으로부터도 떨어져나오게 된 거죠? 상실감이나 공허함이 컸을 것도 같은데, 어떻게 견디셨나요? 그때 나이가 서른둘이었던가요?"

"다행히 서점으로 돌아와 일상을 찾을 수 있었지요. 그런데 부끄러웠어요. 노동 현장은 여전히 싸우고 있고, 저로 인해 발 디딘 현장 동료들이 어렵게 버텨내고 있었어요. 그 때 한스제약 위원장이 했던 말이 떠오르더라고요. '당신들은 떠나면 그만이다. 당신들은 돌아갈 곳이 있지 않은가. 우리는 현장에서 해고되면 갈 곳이 없다. 취직도 어렵고 일생을 떠돌아야 한다.' 서점이 사람들을 만나는 창구였다면, 그때는 피난처이자 호구지책의 장소로 바뀐 거예요. 사람을 피하게 되더라고요. 서점이 있던 그 옆 상가에 형이 전자 대리점을 한다고 했잖아요. 아버지와 작은누이, 큰 매부가 함께 매장을 보았는데 제가 그 옆으로 돌아와 좋아했어요. 도서 총판에서 취급하는 책이나 잡지는 배달이 되었는데, 사회과학 단행본이나 소규모 출판사의 책들은 수원에 있는 배급소나 지인의 서점에서 구했어요. 버스를 타고 양손에 한가득 들고 다녔지요. 그걸 본 아버지가 차를 사주신다고 했어요. 기아에서 나온 '프라이드'. 처음이자 마지막으로 받은 아버지의 선물이었어요. 아내가 운전면허를 따고, 제가 아이를 안고 다녔지요. 차가 생겨서 집도 신갈에서 떨어진 구성으로 이사했어요. 오래된 빌라에 전세로 들어간 건데, 한적한 시골 마을 풍경이 좋았어요. 낮에는 처제한테 서점을 맡기고 저녁 시간만 서점에 나갔지요. 낮에는 아이를 유모차에 태우고 하릴없이 시간을 보냈고요."

"일상이라... 변혁 운동에 헌신하는 삶보다 가치가 없는 것은 아니죠? 그래도 어색하지 않으셨어요? 어쨌든 몸도 마음도 회복하는 시간을 갖게 된 거네요."

"뉴스에 귀 기울이고, 이러저러한 공부를 하는 가운데도 현장과 조직에서 멀어지니 일상의 삶이 살아지더라고요. 아내와 아이, 그리고 주변의 가족들. 청년회와 상담소에서 만났던 친구들도 일상으로 돌아가 그저 지역의 선후배로 만나는 관계가 되었어요. 엄마를 보낸 아버지는 훌쩍 늙어 보였어요. 엄마 산소에 다녀오는 길, 냉면 한 그릇 사 드렸더니, '맛있게 먹었다.'하시는 아버지의 뒷모습이 많이도 쓸쓸해 보였어요. 그러고 보니 아버지는 제가 무엇을 하든 한 번도 막아선 일이 없었어요. 결혼까지요. 장인어른이 지역 면사무소에서 청소 일을 하셨는데, 나름 아버지는 지역 유지 대접을 받고 있었거든요. 그에 관해서도 일체 불편한 기색을 보이지 않았고 깍듯이 장인 대접을 하셨어요. 아내에 대해서도 선입견 없이 며느리로 받아주셨고요. 제가 엄마 때문에 아버지에 대한 서운한 감정이 남아 있었던 것이더라고요. 아버지와도 마음 속 화해를 했어요. 아, 그즈음에 아마 장모님 장례를 치렀을 거예요. 사위 노릇 하느라 처음으로 곡을 했지요."

"10년 이상 몰입했던 삶의 궤도에서 벗어났는데, 그 다음의 길은 어떻게 찾아가셨나요?"

"그렇게 한 해를 보내고, 95년엔가 인생의 변곡점이 되는 전기를 맞아요. 어렸을 때 아버지가 형과 제 앞으로 각각 땅을 사두셨어요. 제 이름 앞으로 된 땅이 300평이 좀 넘었는데 배성촌 가는 길목 공장 옆에 있었어요. 그런데 구갈 택지조성 사업이 진행되면서 도로가 나고 170평 정도의 땅이 코너 자리에 남게 된 거예요. 뒤편으론 어린이 놀이터가 있고 위치가 좋았어요. 땅을 팔지 못하게 하시니 그곳을 종자 삼아 다음 일을 도모할 수 있겠더라고요. 강제 징집되었다 성대 앞에서 사회과학 서점을 했던 선배가 있어요. 제가 서점을 할 때 초창기 그곳에서 책들을 가져왔었거든요. 그 선배가 부동산뱅크를 거쳐 작은 건축회사를 한다고 들었어요. 땅만 있고 돈은 없는데 어찌하면 좋겠냐고 했더니, 건물을 지어 분양을 하자는 거예요. 그렇게 인연이 되어 '희망아파트'를 지었어요. 1, 2층 상가에다 3층부터 7층까지는 주택인 건물을요. 5층 이하는 빌라인데 5층이 넘으면 아파트래요. 1, 2층 상가와 7층 주인 세대 주택은 제가 소유하고, 나머지 주택을 분양해서 건축비로 가져가겠다는 거지요. 배성촌 일부의 땅이 또 제 앞으로 되어 있는 것이 있어 그것을 담보로 대출을 받을 수 있게 제공하는 조건이었어요."

"그게 건축과 연을 맺게 된 계기였군요. 아버지가 마련해 준 땅이 있어 가능했던 일이고요."

"그러게요. 그 건물 짓는 일을 통해 몸 또한 회복되는 계기가 되었어요. 디스크 수술 후에도 걷는 게 온전치 못했는데 건물을 지으면서 몸 노동을 할 수 있는 기회가 생긴 거지요. 현장 소장으로 '탈 반' 서클에 있던 선배가 왔어요. 건축 일을 따로 하다 두 선배가 만난 것 같고, 토목 포크레인 기사로는 문과대 선배가 왔어요. 세 명의 선배에다, 사장으로 있던 선배, 큰 형이 현장 반장을 보았어요. 젊은 친구 하나가 현장 보조를 보았고요. 식구 같은 팀들이잖아요. 명색이 건축주인데 본격적으로 건물이 올라가면서 현장에서 함께 일을 했어요. 등짐을 지고, 자재를 정리하고. 아마 이때 현장 일이 몸에 익기 시작했을 거예요. 등짐을 지고 7층 현장을 오르락내리락하면서 다리의 힘도 기르고 허리의 교정도 된 것 같아요. 일당을 받는 것도 아닌데, 사는 것 같더라고요. 설계도 보는 법도 배우고, 전체 공정을 볼 수 있는 눈이 생긴 거지요. 나중에 혼자 흙건축 회사를 하게 되었을 때 현장을 끌고 가는 힘이 이때 생기지 않았나 싶어요."

"건축 현장이 천성에 맞았던 거네요. 분양은 다 되었고요? 집도 생기고 1, 2층 상가의 주인도 된 거에요?"

"인허가는 용인 건축 설계사무소에 맡겼지만, 실제 설계는 서울에 있는 선배 건축사에게 의뢰했대요. 당시 유행하기 시작한 드라이비트 공법으로 외양도 깔끔했고, 빌라 건물에는 없는 엘리베이터가 있었어요. 작은 규모지만 아파트 느낌이 난 거예요. 지으면서 절반 정도 분양이 되었고, 완공하고 얼마 안 되어 완료되었어요. 1층 5칸 상가, 2층에 3개 사무소,

40평 규모의 주인 세대 집이 생긴 거예요. 졸지에 살림이 확 핀 거지요. 이사를 하고 아이 방을 꾸몄지요. 큰아이가 다섯 살 때였어요. YMCA에서 하는 아기 스포츠단을 다녔고, 그 인연으로 1층 상가에 녹색가게를 무상으로 내주었어요. 살림이 넉넉했던 거지요. 그래서 큰 아이는 회사가 부도난 이후의 상실감이 컸어요. 잘 살았던 기억이 있는 거지요. 어쨌든 저는 2층에 사무소가 생기니 그곳에서 무언가 할 생각이었어요. 지역 차원의 공간. 그때 막 인터넷이 보급되고 있던 때라 여러 대의 컴퓨터를 갖춘 '열린 도서관'을 생각했어요. 노동운동은 아니더라도 독서회를 만들던 처음의 마음으로 지역에서 하고 싶었던 일들을 다시 하고 싶었어요. 그런데 희망아파트를 지은 건축회사 선배가 동업으로 새로운 건축 회사를 만들자는 제안을 해 왔어요."

"하, 그 제안을 받아들이면 사업가의 길을 가게 되는 것 아닌가요? 열린 도서관을 만드는 지역활동가의 길이 아니라."

"그러게요. 그 때 깔끔하게 정리하고 생각하고 있던 길을 갔으면 지금 많이 달라져 있었겠지요. 어찌 되었을지는 누구도 장담하지 못하는 일이지만요. 선배는 아버지가 가지고 있던 신갈 상미마을의 땅과 배성촌 땅의 개발을 염두에 두었어요. 나는 아버지 땅이 개발로 정리되면 형제들 몫 나눠주고, 작게나마 학교를 하면 어떨까 하는 유혹이 생겼어요. 아버지는 학교에 대한 미련이 있으시고, 나는 노동조합 활동가들의 교육을 전담할 노동자 대학을 꿈꾸고 있었으니까요. 3년 기한을 하고, '하우징그룹 행인'이라는 건축회사를 만들었어요. 전원주택 사업을 고려해서 '대지 조성 사업자, 주택건설 사업자'로 등록을 했어요. 희망아파트 상가 2층에 사무실을 냈고요."

"그렇게 본격적으로 건축업계에 발을 내딛게 된 거네요. 큰 그림을 그리면서요."

"그렇지요. 아마도 건축 구조적 인간이라 더 흥미를 느꼈을 거예요. 무언가를 계획하고, 현장에서 체계화하여, 결과물을 만들어 내는 과정에 몰입하는 성격이요. 희망아파트를 지으면서 건축에 매력을 느끼기도 했고요. 선배가 사장을 맡고, 제가 업무관리부 이사를 맡았어요. 지분이 50대50인 주식회사로요. 별도로 벽돌 자재 쪽 유통회사도 자회사처럼 2층에 사무실을 두었어요. 그곳에 처제가 경리로 취직을 했고요, 희망아파트를 지으며 토목과 건축을 맡았던 선배들이 각각 토목, 건축 부장을 맡았어요. 부동산뱅크에서 선배 사장과 같이 일을 했던 친구가 기획실장으로 왔고요. 서울대 삼민투 위원장 출신이에요. 그리고 야학 교사 출신에 청년회부터 늘 같이해왔던 후배를 업무관리부 대리로 뽑았어요. 경리가 따로 있었고요. 구성원 대부분이 운동권 출신들이었어요. 초기 자금은 희망아파트 1층 상가와 주택을 담보로 대출을 받았어요. 이자야 회사가 부담하는 것이니 큰 부담을 느끼지 않았어요. 그렇게 얼개가 갖추어지고 첫 사업이 진행돼요. 아버지가 살고 있는 상미마을 집을 포함한 대지 750여 평에 원룸 타운을 짓기로 했어요. 경희대와 중소규모 공장들이 있어 원룸

수요가 많을 것이라 판단했어요. 서울에선 원룸이 대세를 이루고 있던 때에요. 기존에 있던 주택들을 모두 철거하고 6동 규모로 설계 작업이 들어갔는데 재개발구역으로 지정이 되어 신축을 할 수 없다는 거예요."

"첫 사업이 삐끗한 거네요."

"그 땅은 그로부터 20년이 넘어서야 아파트가 들어서는 재개발이 이루어져요. 그땐 묶였으니 방법이 없는 거지요. 다음 대안으로 아버지 학교가 있던 배성촌 마을 부지에 오피스텔을 짓기로 했어요. 그 땅엔 도지세를 내고 무허가로 지은 주택들이 여러 채 있었어요. 오래되고 낡아 그분들도 떠나고 싶은 상황인지라 집값을 포함한 이사비용에 합의하고 허가 준비를 마쳤어요. 초기 비용이 또한 상당했지요. 착공까지는 오랜 시간이 소요되기에 바로 착공이 가능한 전원주택부지를 찾았어요. 용인 양지 두창리 저수지 가에 8세대 단독주택 허가가 난 토지를 매입했어요. 농지인 논이어서 우선 매립작업을 했는데, 착공 허가 없이 용도변경을 했다고 고발을 당했어요. 저수지 인근의 농지인 까닭인지 관할 관청이 도청이에요. 허가가 취소될 위기에 처해 알아보던 중 청년회 회장을 맡았던 농민회 선배 큰 형이 담당 부서래요. 인맥 동원이 시작된 거지요. 그 선배하고 집으로 찾아가 무릎을 꿇었어요. 그 무엇에도 당당했던 삶이 무너지는 순간이지요. 그런 사업 방식으로 나도 모르게 흘러가고 있었어요."

"의욕이 앞서서 신중하게 체크하지 못하고 한꺼번에 너무 많은 일을

벌인 건 아닌가요. 사무실 식구도 많고.”

“사장이었던 선배가 사업 감각이 뛰어났어요. 속된 말로 사람을 부리는 수완도 있었고요. 이해관계로 얽혀있긴 하지만 사업적 네트워크, 인간적 관계망을 두루 가지고 있었어요. 저는 상미마을 계획이 무산되고, 배성촌 오피스텔 신축계획이 구체화 되고는 올인 할 수밖에 없는 상황이 되었고요. 이씨 집안의 모든 것이 걸려버린 상황이 되었어요. 오피스텔 신축부지는 분양을 염두에 두고 회사 앞으로 명의를 변경했고, 상미마을 땅은 담보로 들어갔어요. 형 앞으로 된 땅도, 대출받아 자금화했어요. 지금 생각해보면 엄청난 도박을 한 거예요. 아버지가 인감을 저에게 맡기셨어요. 그 일로 인해 회사가 부도난 후 형하고의 관계가 최악의 상황이 되었었지요. 하여튼 첫 시작은 그랬어요. 그사이 분당의 작은 상가 건물과 기흥읍 상갈리에 중학교 선배 집을 수주해서 지었어요. 건축이란 게 건축주와 시공사의 이해관계가 걸려 있어 쉽지 않은 것이로구나 하는 사실을 새삼스레 알았지요.”

2

“애초에 그리던 그림이 아니었던 거죠? 건축사업을 키워서 돈벌 생각이 있었던 건 아니잖아요.”

“하, 사장이 판을 키우기 시작했어요. 나는 아버지 땅을 개발하여 정리하는 게 목적이었는데 사장은 그것을 종자 삼아 회사를 키우려 했던 거지요. 건축 자재 관련 회사를 따로 두어 관리하고, 씽크대 공장사업도 검토했어요. 어느 날 공사 수주를 위해 전무이사를 들인데요. 전무를 따라 토목이사가 들어 왔어요. 건축 이사, 저까지... 이사만 4명이 된 거지요. 전무이사를 들인다고 했을 때, 나는 그만둔다고 했어요. 정리해 달라고. 건축업을 계속할 생각은 없었거든요. 아버지 땅만 잘 정리되면 형제들 몫 정리해주고 내 자리 찾아가려고 했던 거잖아요. 하지만 이리 얽히고 저리 얽히고 해서 정말 빼도 박도 못하는 상황이 됐어요. 그런 마음의 복잡함이 있었는데 이천 마장면에 전원주택단지를 만들 부지로 만여 평을 매입했어요. 사업승인을 받으면 한꺼번에 사업을 진행할 수 있지만, 시간이 오래 걸리고 요건도 까다로워 3개의 단지로 나누기로 했지요. 허가 준비에 주민 민원으로 거의 석 달여를 측량사무소와 관청에 들락거리고 마을을 오가며 협상을 했어요. 마을 도로포장을 하고, 마을회관을 지어 주고, 기금을 내는 것으로 정리되었어요. 부지 9천여 평에 3개 단지, 45세대 규모의 전원주택단지가 시작되었어요. 단지별 준공을 위해서는 전체 20가구 이상의 주택을 지어야 했고요. 전원주택 시장판을 흔들었던 '드림홈 97'이요."

"오피스텔에 드림홈 97 전원주택단지가 그해에 모두 이루어진 거예요?"

"그러네요. 건축 시장의 무서운 아이들로 통하며 외형으론 확장일로였어요. 그 당시 신갈은 아직 변변한 아파트 단지나 도시화가 진행되지 않은 상태였거든요, 시내에서 떨어진 구갈지역이었는데, 거기에 번듯한 오피스텔 건물이 들어선 거예요. 1, 2층 상가에 50세대가 넘는 7층 규모로요. 동네가 확 변하는 거지요. 그것도 세대마다 인터넷 전용선을 갖춘 이름도 '인터넷파크 오피스텔'이었어요. '드림홈 97' 전원주택단지는 좀 복잡했어요. 1단지는 회사 이름으로, 2단지는 서울 사무소 공간을 내어준 사장 지인 회사, 3단지는 사장과 자금관계로 연이 있는 개인으로 허가를 들어갔으니 준공, 분양 등기 등 절차가 복잡했어요. 2단지 명의의 회사가 '드림홈 97' 지분에 참여하면서 정산 관계도 복잡해졌고요. 건축 시공은 우리가 하지 않고, 목조주택 전문 업체에 일괄 도급을 주었어요. 그 회사 또한 운동권 출신들이 운영하는 사장 지인이었고요. 이 회사하고도 추가 건축비 정산 문제로 소송 이야기까지 나오는 상황이 되기도 했어요."

"조금씩 복잡해지네요. 개입하고 통제할 수 있는 범위를 넘어선 것 같은데요."

"5개의 사업부로 조직이 확대돼요. 경영지원부, 건축사업부, 토목사업부, 드림홈 사업부, 자재 사업부... 월급 나가는 직원만 20여 명으로 늘었지요. 제가 경영지원부를 맡았어요. 사장과 둘이서 협의하고 결정을 했는데, 사장은 벌리고 나는 수습하는 역할이 된 거예요. 드림홈 사업부는 기획 홍보 담당이었는데 고급스러운 팸플릿에 전단, 신문사 광고, 분양팀 운영, 전시회 참가... 돈이 만만치 않게 들었지요. 법인 카드는 사장, 전무, 저 3장이었는데 접대비 또한 만만치 않았어요. 전무와 토목 이사가 경향건설 진천 아파트 신축 토목공사를 수주해 온 것이 그나마 한 건 올린 거지요. 신용보증 기금에서 2억 원 한도의 여신을 열었어요. 받은 어음을 넣으면 현금화되니까 또 한 번 숨통이 트였어요. 주식 지분이 50 대 50이라 모든 서류 보증인으로 도장을 찍었는데, 이게 부도나고 나서 지금까지 따라다니는 족쇄가 될 줄 누가 알았겠어요."

"대외적으로는 잘 나가는 회사였겠어요. 안으로는 곪아가는 줄 모르면서요."

"전원주택 시장이 한창 확대되고 있었어요. 전원주택협회가 만들어졌고, 회사 사장이 단체의 홍보이사를 맡았어요. 선발 주자들이 전원주택협회로 모여 시장 내 기득권을 확보하기 위한 하나의 방법이지요. 그 회의에 두세 번 참석했는데, 뒤풀이는 룸싸롱이었어요. 아가씨들이 옆에 앉고 양주를 시키잖아요. 아가씨가 술을 따라 주는데 제가 두 손으로 받았어요. 두 손으로 술을 따라주고요. 두 손으로 술 받는 사람 처음 봤대요. 제가 술이 약한데, 시간이 지나면서 아가씨가 양주 색깔 나는 음료수를 양주 대신 따라놓더라고요. 그 외에 접대해야 하는 자리가 많았어요. 운동적 삶의 원칙에서 벗어나는 곤혹스러움이 컸어요. 벌려놓은 판이 진행되는 동안 사장하고 나는 무얼 했을 것 같아요. 다음 사업부지 찾으러 경기, 강원, 충청 일대를 돌아다녔어요. 다음 사업이 있어야 회사가 굴러가잖아요. 직원들 월급 줘야 하니까. 그 시기에 작은 아이가 태어났어요. 지방으로 땅 보러 갔을 땐데, 출산하는 아내 곁을 지키지 못했지요. 사업이 사람을 삼키더라고요."

"그래서 오피스텔하고, 전원주택단지 진행은 어떻게 되었어요?"

"오피스텔은 완공을 앞두고 준공에 문제가 생겼어요. 설계사무소가 담당 공무원에게 사전 인사를 하라고 해서 설계사무소를 통해 전달했는데, 담당 과장이 2층 비상 대피 계단을 별도로 내야 한다면서 제동을 걸었다는 거예요. 담당 직원은 휴가를 내고 나타나지 않았어요. 그 담당 과장은 지역 유지와 가까이 지내면서 인허가로 권력을 행사하는 것으로 소문이 나 있었어요. 고등학교 선배인 건축 계장을 찾아갔더니 그 양반 집 주소를 알려주면서 찾아가라는 거예요. 인사를 하라는 거지요. 이틀을 망설였어요. 사장이 독촉하는 통에 경영지원부 대리를 맡고 있던 후배하고 사과 상자를 들고 찾아갔어요. 사과 상자에 100만 원을 넣어서요. 그때 100만 원이면 큰돈이지요. 준공이 나지 않으면 대출도 어렵고 당장 부도 상황이었으니까요. 불을 끈 사무실에 오래도록 혼자 남아 '참 우습게 되었네.' 웃음밖에 나오지 않더라고요. '드림홈 97' 전원주택단지는 토목준공에 필요한 필지 분할이 관건이었어요. 이건 지적과에서 하거든요. 현지 측량사무소가 사전 정지작업을 해줘야 해요. 측량사무소 소장 접대를 위해 사장하고 같이 움직였지요. 룸싸롱을 나와 소장이 2차를 원해 보내주었어요. 그리고선 털썩 주저앉아 땅바닥만 한참을 바라보는데 눈물이 나오더라고요. '이젠 참, 별짓을 다 하는구나.' 그 덕에 두 사업 모두 시간을 놓치지 않고 준공을 내면서 분양 작업에 들어갈 수 있었어요."

"그렇게 안 하면 사업을 추진할 수 없었나요? 관청, 토목이나 건축 사무

소, 업자를 연결하는 접대, 뇌물 그런 거요?"

"부패의 먹이사슬 같은 구조예요. 이 정도 사업에서도 그러할 진데 몇 십억, 몇 백억이 움직이는 사업들에서는 어떠하겠어요. 엄청난 광고와 마케팅 비용을 쏟아부었는데도 분양이 쉽지 않았어요. 19세대를 넘는 아파트는 허가조건이 까다로워 주거형 오피스텔로 지은 것인데 지역 시장 상황을 너무 앞서간 거지요. 실수요자들에겐 비용 부담이 큰 거예요. 결국 임대를 낀 투자용 분양으로 방향을 돌렸는데 이미 사업적으로는 실패한 프로젝트였어요. 상가를 채우려고 '드림홈 97'에 투자한 2단지 명의자 회사 사장이 2층에 휘트니스클럽을 내고, 1층엔 유치원이 들어오기는 했어요. 오피스텔 건물을 살려야 하기도 했고, 분양이나 관리를 위해서 회사를 오피스텔 7층으로 옮겼어요. 5개 사무실을 모두 쓰는 사옥이 된 거지요. 외형으로는 더욱 그럴듯해졌어요. 거기에 전원주택으로 스틸하우스 공법을 도입한다고 건축 이사를 또 한 명 들여요. 전무 쪽 사람이었어요. 영업한다고 법인 카드 지출은 늘어갔고요. '드림홈 97'은 분양 팀이 붙어서 진행을 했는데 3분의 2정도 분양 이후엔 진척이 없었어요. 거기에 도급주었던 목조건축 회사의 추가 건축비 요구로 분쟁이 발생하기도 했고요."

"이야기를 듣다 보니 속이 터질 것처럼 답답해져요. 되돌아보면 추락이 뻔한 길을 가고 있었던 것 같아요. 그 상황에서 IMF가 터진 거네요."

"그때가 아마도 97년 11월이었을 거예요. 처음엔 이 상황이 어떤 상황인지 잘 몰랐어요. 국가적으로 연쇄 부도 사태가 이어지는 가운데 경향

건설이 12월 말에 부도가 났어요. 토목사업부가 수주해온 진천 아파트 토목공사비로 3억 5천만 원 어음을 받았었거든요. 현장은 우리 어음으로 공사비를 발행했고요. 받은 어음은 휴지 조각이 되었고, 우리가 발행한 어음은 고스란히 돌아오기 시작했어요. 공사비 외에 수수료로 나간 어음도 있었고요. 자체 발행한 어음으로 1할의 할인료를 주고 현금화하기도 하고, 사채를 쓰기도 했어요. 그렇게 돌아오는 어음을 막고 있었는데, 대출 은행 이자가 기존 금리 2배 이상으로 뛰었어요. 연체 이자는 19%까지 올랐고요. 아버지 상미마을 땅, 오피스텔 땅, 희망 아파트를 담보로 한 대출. 그 이자를 감당을 할 수가 없는 거예요. 그러니 월급도 주기 어려운 상황이 된 거지요. 그 겨울이 참 길었어요. 2월인가. 이천 평화은행에 다니는 친구가 대출을 알선해 주겠다고 했어요. 분양되지 않은 오피스텔 여러 개를 묶어 담보를 제공하고 제가 채무자로 2억인가 대출을 받았어요. 지점장에게 400만 원을 주라하고, 자기한테는 300만 원을 빌려 달라고 했어요. IMF 상황에서 뒷돈 벌이를 한 거예요. 전체 직원들 회식을 시켜 달라고 했고요. 그 날 눈이 펑펑 왔을 거예요."

"하...... 한숨만 나오네요. 제가 그 눈물을 뒤집어쓰고 있는 것 같은 심경이에요. 그렇게 지푸라기라도 잡아야 했던 거죠?"

"엎친 데 덮친다고 아버지가 쓰러지셨어요. 형이 하는 전자 대리점에 아침 일찍 나가시곤 하셨는데 가게에서 의식을 잃어 병원으로 옮겨지신 거지요. 그로부터 5개월여 중환자실에 계셨어요. 낮엔 돈 구하러 다니고,

밤엔 중환자실 앞 복도 의자에 누워 밤을 새웠지요. 임박한 부도 상황을 예상하면서 당신이 험한 꼴 안 보고 가시려나 보다 했어요. 일반 병동으로 옮기고 이틀째인가 심폐소생술을 한 번 했어요. 그리고 그 밤 혼자 병실을 지키고 있는데 다시 심폐소생술을 하지 않는다는 각서에 서명하라고 하더라고요. 그렇게 아버지를 보냈어요. 조직운동을 정리하는 가운데 엄마를 보내고, 사업이 망하는 과정에 아버지를 보내는구나 싶어 더 쓸쓸했지요. 장례는 회사 직원들이 중심이 되어 치렀어요. 아버지의 마지막 호사였을 거예요. 대출로 저당 잡힌 땅이지만 상속을 정리해야 했어요. 상속세도 마련해야 했고요. 형제들이 동의해 주어 선산을 담보로 대출을 받아 급한 불들을 껐어요. 참, 형제들이 순수하고 착했던 거지요. 그저 믿고, 막내에게 모든 걸 맡겼으니."

•
3

"그렇게 얼마나 버틴 거예요?"

"부도 위기를 몇 차례 넘기며 간신히 버텨가고 있었어요. 대출 이자는 연체 중이었고, 직원 월급은 나가지 못했어요. 큰아이의 교육보험까지 깨서 돌아오는 어음을 막았지요. 현장에 지급된 어음들을 돌리지 말도록 설득하고, 미분양된 오피스텔이나 전원주택단지의 매물들을 헐값으로라도 처분하려 동분서주했어요. 얼마나 더 버틸지 모르는 상황이 지속되었지요. 그 때 '드림홈 97' 2단지 명의자이자 오피스텔 2층에서 휘트니스 클럽을 운영하던 사장이 제안을 한가지 해요. '어차피 부도를 피할 수 없으니 부도나기 전 회사 명의를 넘기자. 은행에서 어음장을 최대한 타내고, 그걸 넘겨주면 사장과 나에게 각각 1억씩 주겠다 한다'는 거예요. 자기도 1억은 받겠지요. 회사를 넘겼으니 우리는 부채의 책임에서 벗어날 테고요. 일언 지하에 거절했어요. 바지사장을 내세워 그 어음으로 얼마나 많은 이들을 파탄으로 내몰지 눈에 선하잖아요."

"결국 부도가 난 거네요."

"7월 1일엔가 이천만 원 어음이 돌아왔어요. 아내 지인, 지역 후배들 도움을 받아 은행 시간을 넘겨 어음을 막았어요. 시간을 넘겼으니 1차 부도지요. 그런데 연장했다던 어음이 7월 4일에 또 돌아왔어요. 방법이 없는 거지요. 최종 부도처리가 되었어요. 그 어음 두 장 모두 진천 토목공사에 발행되었던 거예요. 진천 장비업자가 나중에 찾아왔는데, 자기네들은 어음을 받지 못했다는 거예요. 그 어음을 토목 이사가 쥐고 있다가 돌린 것이고, 7월 1일 자 어음이 결제되니까 7월 4일 자도 돌린 거였어요. 내부자에 의해 결국 무너진 거지요. 진천 현장은 그야말로 토목업계 비리의 전형이었어요. 땅 주인이 우리 토목 이사를 소개해 도급을 맡기게 하고 자기는 우리 회사로부터 5천만 원을 수수료로 챙겼어요. 토목 이사는 현장 소장에게 하도급을 주고, 그 중간에서 업자들로부터 수수료를 챙긴 거지요. 소장은 또 그 중간에 수수료를 챙겼을 것이고요. 현장으로 내려보낸 어음을 쥐고 돈을 굴리고 있던 거예요. 부도난 날 사무실에서 소주 반병을 마시고는 정말 펑펑 울었어요."

"부도가 난 이후 회사 정리는 어떻게 되었어요?"

"지저분한 일들이 많았어요. 사장하고 전무를 참여시킨 가운데 토목 이사를 불러 사실 확인을 했어요. 패버리고 싶은 걸 간신히 참았어요. 아니라고 하면서 슬금슬금 도망을 치더라고요. 전무한테도 얼마간의 돈을 빌린 게 있었어요. '드림홈 97' 전원주택 단지 안의 대지 하나를 넘겨주었지요. 거기다 대기업 다녔던 스틸하우스 전문가라고 자기가 데리고 온 건축이사에게 맡겨 집을 지었어요. 지어서 판다고. 그 단지 안에 아직 집을 짓지 않은 땅들이 있었으니까. 모델하우스 삼아 집을 짓고 주문주택을 수주하려고 한 거예요. 토목과 건축 담당자로 부장으로 있던 선배 두 명이 나가 있었어요. 분양을 받은 사람들과도 친하고, 그 안에 재력 있는 사람들도 있었으니 그 동네에서 뭐라도 하려는 마음들이었겠지요. 각자도생의 길로 접어든 거예요. 시간이 지나고 전무가 짓던 집은 전무와 건축 이사 사이에 돈 문제로 시끄러웠어요. 건축 이사가 결제금액을 올려서 청구하고, 협력업체들에게서 뒷돈을 받았던 것을 전무가 안 거지요. 그 외에도 별일이 다 있었는데요, 부도 직전에 '드림홈 97' 집을 계약한 사람이 있었어요. 계약금하고 1차 중도금을 받았는데 단지로 들어가다 먼저 입주한 집 강아지를 차로 치어 불미스러운 일이 있었나 봐요. 해약해 달라는 거예요. 그 상황에서 무슨 수로요. 부도가 난 이후 그 돈을 받겠다고 수원 남문파 깡패들에게 의뢰해 그들이 찾아온 적도 있어요."

"힘들었던 과정은 그 정도로 정리가 끝난 건가요?"

"부도날 걸 예상하고 희망아파트에서 집을 옮겼어요. 다행히 96년 전원주택단지 8세대를 신축해서 분양했던 용인 양지면 두창리에 5천만 원 전세권을 끼고 분양한 집이 하나 있어 그곳으로 들어간 거지요. 경매 넘어가고 임차인들 문제로 시끄러운 과정을 아내나 아이들에게 보여주고 싶지 않았어요. 희망아파트 상가와 살던 집을 임차인들 전세 보증금을 보장하는 조건으로 명의를 넘겼어요. 건축 부장을 맡았던 선배가 소개한 사람이었는데, 시간만 질질 끌다 결국 경매로 넘어갔고, 임차인 보증금 문제는 남았어요. 그 선배하고는 또 하나 사연이 있는데요. '드림홈 97' 개발을 할 때 보존 임야로 개발할 수 없는 땅이 단지 맨 위에 남아 있었어요. 부도나기 직전 그 땅을 제 친구가 선산 용도로 사 주었는데, 단지가 준공되고 나니 보존 임야 제한이 풀린 거예요. 경사가 있긴 했지만, 개발을 할 수 있는 여지가 생긴 거지요. 친구가 자금을 대고 개발을 하자했는데, 단지 사람들이 그걸 막았어요. 자기네 분양받은 도로를 지나가니 안 된다는 거예요. 단지 출입구에 차단막을 설치하는데 건축 부장을 맡았던 그 선배가 설치를 맡은 거예요. 돈 얼마 받겠다고, 그 단지 안에서 건축을 수주받으려는 욕심으로 그렇게 한 거지요. 한참 시간이 지나고 독자적으로 전원주택단지 개발을 한다고 하면서 '드림홈'이라는 상표를 사용하게 해 달라는 거예요. '드림홈 97' 전원주택단지 실체가 있으니 실적과 분양에 도움이 될 테니까요. 동의해 주지 않았어요."

"사람들이 참... 할말 없게 만드는군요. 그게 원래 사람이란 존재들의 실상인가요? 사장이나 나머지 사람들은 어떻게 되었나요?"

"제 선택이었고, 원망할 생각은 없었어요. 말을 바꿔 타라고 보냈어요. 사장 큰형은 오피스텔 관리사무소장으로, 셋째 형은 오피스텔 분양을 맡았었고, 바로 위에 형이 오피스텔 목수 일을 했어요. 형제들은 잘 챙겼는데 자기 주머니는 챙기지 않았어요. 잘해 보려 하다가 같이 망한 거니 누구를 원망하나 싶었던 거지요. 재기할 자금을 만들어서 오겠노라 하며 떠났어요. 고기와 회를 싸게 파는 대형 술집들이 생기던 시절이었는데, 서울에 있는 사장 선배 건물을 임대해서 요식업을 시작했어요. 직원들 서넛이 따라갔고요. 나머지는 각자 자기가 챙길 몫들을 가지고 흩어졌어요. 야학 소모임부터 함께 해왔던 후배, 그리고 자재사업부 경리로 있던 처제가 남았지요. 사업 망했다고 하니까 목사님 아들, 조직을 상대로 단식했던 그 후배요. 수원에서 택시 운전을 하고 있었는데 부도나고 나서 합류를 했어요. 망했으니 같이 해보자고. 그 때 중학교 후배 하나가 집을 지어달라고 찾아왔어요. 구원투수지요. 목수 오야지인 사장 넷째 형에게 골조 공사를 맡기고 저와 새로 합류한 후배가 현장 관리를 했지요. 한참 등짐을 지고 있는데 뒤가 이상해서 쳐다보았더니 멀찍이 아내가 큰아이 손을 잡은 채 둘째를 업고 울고 서 있더라고요."

"새로운 팀이 구성됐다는 건데, 법인을 새로 만든 건가요? 밑천도 이젠 없을 거 같은데요."

"그건 개인적 신뢰지요. 손발을 다 잃었으니 그때부턴 모든 걸 알아서 해야 했어요. 두 후배는 아직 현장의 건축 일에 익숙하지 않았거든요. 곁에 있는 것만으로도 감사한 일이었어요. 부도난 사무실을 지키며 무얼 했냐면 전원주택 양식으로서 우리 살림집인 흙집을 현대화하는 구상을 했어요. 서구 목조주택이나 스틸하우스 같은 서양 건축물이 아니라 우리 방식의 건축을 해보자고 의견을 모았어요. 전국을 다니며 흙집과 한옥을 보았어요. 시중에 판매되고 있는 흙벽돌과 황토 몰탈을 수집해 물에 담가 보기도 하고, 발라보기도 하면서요. 시공 업체도 서너 곳을 방문했어요. 그리고 자체적인 설계 작업도 시작했고요. 처제가 건축설계가 가능한 캐드를 배웠었거든요. 제가 공간 설계를 하면 기본적인 설계도는 가능해졌어요. 단독주택도 직접 지어본 경험도 있겠다, 새로운 사업 구상도 했겠다, 이젠 현실로 옮기는 일만 남았어요. 그때 또 구원투수가 등장해요. '드림홈 97' 전원주택단지를 만들면서 이천 사람들을 많이 알게 되었는데요. 그중에 벌목을 맡았던 업체 사장님하고는 오가는 사이가 되었어요. 그분이 호법면 안평리에 농지 800평이 있는데 외상으로 줄 테니 개발을 해 보라는 거예요."

"아, 거기서 솟대 전원마을이라는 사업을 진행하게 되는 거군요."

"도면을 그리고, 허가 절차를 밟고, 공정별 시공 업체들을 내 사람으로 모으고, 그러는 동안 부도 후의 정리도 일단락되었어요. 임차인들은 서운하지 않게 보상 절차를 마무리하고, 대출을 낀 것이긴 해도 1층 상가와 미분양 오피스텔을 형 명의로 넘겨주었어요. 작은누이, 큰누이 몫으로도 오피스텔을 넘기고 이자를 제가 감당키로 했는데 그건 제가 책임지지 못했어요. 형은 우여곡절 끝에 일정 정도의 자산을 확보했고요. 넘어진 그곳에서 손을 짚고 일어설 수밖에 없었어요. 배운 게 도둑질이라고 결국 건축 일을 하게 되더라고요. 상처가 많았는데 마음은 오히려 평안해졌어요. 다 잃고 나니까, 그때에야 세상이 제대로 보이더라고요. '모래 위에 성을 지었구나.' 하는 마음이요. 지나고 나니까 이리 말하지만, 그때는 정말 앞이 보이지 않아 절망하던 순간들이 꽤 많았어요. 신갈에서 두창리 집으로 가야 하는데, 차에 넣을 기름값이 없는 거예요. 작은누이한테 돈을 빌려 기름을 넣었어요. 어느 날 마트에 갔다가 제주산 갈치를 보았는데 한 마리에 만 원을 하더라고요. 아이들에게 사 주고 싶었는데 돈이 없었어요. 아비가 되고 나니 정말 세상 무서운 줄 알겠더라고요. 당장 끼니 걱정해야 하는 상황이니."

"그래도 다시 일어선 거잖아요"

"아마도 갓 돌이 지난 둘째 아이가 아니었으면 세상의 끈을 놓았을지 몰라요. 한 번은 식구들이 잠든 걸 확인하고 베란다에 나가 캔 맥주 하나를 마시고는 꺽꺽 울었어요. 눈물이 멈추지 않더라고요. 그걸 아내가 보았어요. 세월이 한참 지나고 나서야 옛말하듯 그때 이야기를 하더라고요. 돈이 많던 그 시절에도 차를 바꾸지 않았어요. 사무실 주차장에 즐비하게 서 있던 회사 이사들의 비싼 차들에 비하면 정말 볼품없는 차, 프라이드요. 그건 아비가 남기고 간 마지막 유품처럼 제 옆을 지켰어요. 두창리 집은 차 없으면 생활을 할 수 없기에 아내는 처남이 타고 다니던 차를 얻어 탔고요. 아내는 묵묵히 아이들 곁을 지켜주었어요. 아침밥 먹으면 저녁밥을 걱정해야 하는 상황에서도, 전기요금이 연체되어 전기를 끊는다는 통지가 와도 무던히 넘겼어요. 그곳이 전원주택단지이다 보니 주말마다 고기를 굽는 게 일상이잖아요. 큰아이가 삼겹살을 참 좋아하는데, 우리는 왜 고기 안 먹고 라면만 먹느냐고 했을 때 아비 심정이 어땠겠어요. 할 수 있는 일이 밤에 동화책 읽어주는 일밖에 없었으니 그건 아이와 내가 어려운 시절을 건너왔던 소중한 시간이 된 거지요."

'우리 살림집의 현대화'로
다시 시작한 흙건축.

건축 인생에서 스승과도 같았던
명달리 주택 전경.

내 인생의 '최고의 집'이라 했던
진부 마평리 수녀원 전경.

ADT

'집은 인간의 삶을
담는 그릇'이라며
우리 살림집의 완성도를
높인 현대한옥 전경.

산전, 수전, 공중전이라 했던가.
제야의 학생운동 시절이 산에서의 빨치산 전투로 느껴졌다면
노동운동 과정은 진영의 대치가 이루어지는
해상 전투 같은 느낌이다.
사업하는 과정은 첨단 무기로 공중에서 전투를 치르다
추락한 느낌 아닌가.
그러면 이제 남은 것은 지상전일 터,
등짐을 지는 현장으로 들어갔다는 이야기를 들으며
이제 비로소 제야가 땅에 발을 붙였다는 생각이 들었다.

집을 짓다. 삶을 짓다.

1

"솟대 전원마을을 만들면서 '행인흙건축'이라는 회사가 만들어진 거네요."

"느낌이 다르지 않아요. 회사 이름이 '하우징그룹 행인'에서 '행인흙건축'이 된 거지요. 행인이라는 이름은 그대로 쓰기로 했어요. 이때의 행인은 '행복할 행幸'자를 써서 행복한 사람들의 흙집이라는 의미로 썼고요, 지금 행인서원의 행인은 갈 행行자를 써서 길을 가는 사람들이라는 의미예요. 전원주택단지 이름이 '드림홈'에서 '솟대 전원마을'로 바뀌고요. 집마다의 이름도 드림홈은 아이리스나 서양 꽃 이름을 따서 지었는데 솟대 전원마을 네 개 동은 개나리, 진달래, 민들레, 들국화 동으로 이름을 지었어요. 정체성의 회복이지요. 전원주택 업계의 서구화된 목조, 스틸하우스 건물에 대응해 우리 살림집 건축이라는 철학적 의미를 부여하기 시작했어요. '집과 부동산이 투자가치가 아니라 사용가치'라는 것, '집'이란 인간의 삶을 담는 그릇이라는 점, 전원주택단지가 여유로운 중산층의 세컨 하우스가 아니라 '마을'이 되어야 한다는 깨달음을 얻은 것이지요. 자본주의적 방식의 건축업이 아니라 '건축주, 시공사, 현장 일꾼' 삼자가 주체가 되는 행복한 집짓기를 꿈꾸기 시작했어요."

"집은 투자가치가 아니라 사용가치라는 철학이 마음에 들어요. 끔찍했던 3년간의 늪에서 빠져나오신 건가요?"

"망하고 나서의 과정이 고통스러웠지만 지금 생각해보면 감사한 일예요. 그 때 망하지 않았으면 지금의 삶이 많이 달라져 있을 거예요. 지역 유지 행세를 하고 있거나, 정치권에 발을 디뎌 낭인으로 떠돌고 있거나 했을 테지요. 겉모습은 있어 보이겠지만 행복하진 않았을 거예요. 젊은 나이에 망해서 그것도 다행이고요. 그때가 서른 후반의 나이, 다시 시작하기에 좋은 나이잖아요. 회사가 부도나고 얼마의 시간이 흐르자 '하우징그룹 행인' 출신 회사가 네 개가 되었어요. 사장 선배는 서울로 가서 대형 음식점을 냈다가 몇 개월 못 가 문을 닫고, 부동산 개발 회사를 다시 차려요. '전원개발 행인'이라고. 전원주택단지와 공장 부지개발에 손을 대지요. 주변에서 돈 끌어오고, 대출받고 하던 이전의 방식 그대로요. 그 규모가 한 번 하면 만 평에 가까웠어요. 규모로 승부를 건 거지요. 또 주변 사람들 여럿 망하게 하고 떠돌아요. 건축 부장하던 선배는 이전 하우징그룹 행인처럼 전원주택 단지개발을 통한 주택 수주방식을 택하지요. 용인 양지쪽에 독자적 단지를 만들었어요. '드림홈' 브랜드를 쓰면 안 되겠냐고 했다고 했잖아요. 그 선배도 오래 가지는 못했어요."

"나머지 두 개 회사는요?"

"전무가 데리고 왔던 대기업 경력 건축 이사요. 전무와 같이 회사를 차리려 했었는데 틀어지고, 독자적으로 양지에 사무실을 내요. 전문가잖아요. 전문성을 내세운 고급화 전략으로 이후 분당으로 사무실을 옮기고 중견 건축회사로 이름을 올려요. 일반적인 건축회사가 그렇듯 자본주의적 건축 시장 흐름에 잘 적응했어요. 우리가 현대 흙집에서 한옥 살림집으로 전환하던 시기 그 회사는 일본 중목구조를 들여와 전원주택 시장판을 넓혔지요. 이래저래 사람들이 얽혀있었는데, 사람을 쓰고 버리는 인간관계로 말들이 많았지요. 나머지 하나는 우리지요. 그 중, 밖에서 보면 제일 초라했어요. 하지만 나름 회사 모습은 갖췄어요. 사장이었던 선배의 넷째 형 목수 오야지를 시공 이사로, 대리로 있던 후배를 업무 부장으로, 부도나고 찾아온 후배를 기획실장으로, 처제를 경리로 하는 나름 외인구단이 만들어졌어요. '행인흙건축'의 첫 멤버지요. 솟대 전원마을 4개 동을 만들고 2001년까지 3년여 월급도 없이 참 고생이 많았어요. 솟대 전원마을을 자산으로 현대 흙집, 현대 한옥의 틀을 갖추기 시작한 게 2002년부터에요."

"97년 김대중 정부가 들어서잖아요. 그 후로 운동권 출신들이 대거 정치권으로 들어갔는데, 사업 말고 정치를 해 보자는 제안을 받지는 않았어요?"

"노동운동 조직에서 나와 서점에서 칩거하고 있을 때 처음으로 지방자치가 실시돼요. 시장군수, 시의원군의원, 도의원 선거가 있었어요. 개척교회 만들 때 중심 역할을 했던 선배 있잖아요. 그 선배가 도의원에 출마했어요. 그때 도움을 요청해서 얼굴 드러나지 않는 선거 대책 본부장 역할을 했어요. 선거 홍보물이며 연설문, 선거운동 전체 기획을 했지요. 후보가 서울로 떠나 있던 터라 지역 기반이 약했는데 2달여 선거운동으로 당선되었어요. 그 후로 재선이 되었고요. 회사 부도나고 이 선배가 저를 민주당 쪽에 밀어 넣으려고 했어요. 그 선배는 국회의원이나 시장도 생각하고 있었겠지요. 자기 사람이 필요했을 거예요. 제 이력을 부러워했고요. 용인시장이 뇌물 사건으로 구속되어 보궐 선거가 있었는데 중앙당에서 낙하산 공천이 내려왔대요. 지역에서 받쳐주어야 하는데 그 후보 홍보를 맡아 줄 사람으로 나를 추천했는데 한 번 와 달라는 거예요. 그렇게 사람들과 안면을 익혀 가자고요. 가긴 갔어요. 분위기를 보려고. 개소식에 갔다가 바로 발길을 돌렸어요."

"지역 출신에, 운동 경력도 있고, 사업 경력도 있었는데 정치를 선택하지 않은 이유는 엄마와의 약속 때문인가요?"

"잠깐의 동요가 있었어요. 누군가의 도움이 절실하던 때니까요. 정치를 하겠다는 생각보다도 사업의 재기를 위해서 그들의 도움을 받을 수 있지 않을까 하는 일말의 기대감 같은 거요. 부도나고 나서 신용불량자에다 국세 지방세 체납자 신세가 되었는데 어느 선거든 입후보한다는 자체가 웃긴 일이었어요. 희망아파트 상가와 주택, 제 이름으로 된 땅, 제 명의로 대출받은 회사 오피스텔... 경매로 넘어갔는데도 양도소득세하고 지방세가 나오더라고요. 채권 추심이 돌고, 집안 살림에 딱지를 붙인다고들 하고. 그런 상황이 되니 마음속에 남아 있던 미련도 싹 사라졌어요. 솟대 전원마을 분양을 하면서 대학 선배를 찾아간 적이 있어요. 민주당에 입당해 국회의원이 된 재야 거물급 인사의 후원회 사무국장 일을 보고 있던 선배예요. 지금은 국회의원에 장관까지 지내는 학생운동 시절 직속 선배지요. 나가지도 않던 민주 동문회 체육대회에 기웃거린 적도 있어요. 자신이 참 씁쓸했어요."

"하려고 했다면 어떤 방식으로든 정리하고 정치의 길로 갔을 텐데요?"

"그러지 않은 게 얼마나 감사한 일이에요. 그랬으면 지금도 정파와 계파의 이해관계로 얽힌 정치 낭인으로 떠돌고 있었겠지요. 2000년도에 민주노동당이 창당되고는 당비 내는 당원으로 등록을 한 적은 있어요. 통합 진보당 시절 당이 깨지기 전까지요. 부도나고 얼마 동안 이리저리 찾아다닌 이후엔 학연, 지연, 인맥을 찾아 무얼 해 보겠다는 생각도 도움을 받겠다는 생각도 깨끗이 접었어요. 오로지 내 방식, 내 힘으로 일어서야 엇나갔던 운동적 삶을 그나마 회복할 수 있겠다는 생각이 들더라고요. '하우징그룹 행인' 시절의 사업 방식이 부끄러웠어요. 솟대 전원마을 현장에 원두막이 하나 있었는데, 밤에 그곳에서 잠을 자며 현장을 지켰어요. 내가 3일을 지키고 나머지 직원들이 하루씩 돌아가며 야방을 봤지요. 외형은 단단하지만, 황토만으로 찍은 흙벽돌이라 비가 오면 흘러내려 비닐을 쳐야 했어요. 벽체가 완성되고 통기성 발수제를 뿌리기 전까지 아슬아슬했던 거지요. 부장 명함을 단 후배가 원두막을 지키던 날, 태풍이 올라왔어요. 집에 있다가 그 밤에 현장을 갔지요. 누전이되어 전기도 나간 상태로 후배 혼자 어찌할지 몰라 서성이고 있더라고요. 벽체에 비닐을 두르고, 물길을 내고, 밤새 비와 싸움을 했어요. 온몸이 비에 젖고 흐르는 땀을 닦으면서도 뭐가 그리 신나는지 깔깔거렸던 기억이 나요."

"새로운 형태의 현대 흙집이라. 그것도 직원 모두가 현장을 지키며 이루어낸 작은 마을. 어떤 모습이었을까요?"

"용인 이천 간 국도가 지나는 길에서 마을로 들어서면 맨 끝에 있었어요. 뒤로는 농사를 지을 수 없는 습지였고, 조금 멀리 떨어져 영동고속도로가 지나갔어요. 이름도 안평리예요. 평평해서 평안한 땅이란 거지요. 안평초등학교가 가까웠고, 그 길로 들어서면 도두람 산이 있었어요. 4개의 필지에 두 번째, 네 번째 집을 먼저 지었어요. 건폐율 맞추느라 45평 규모의 단독주택이었는데 두 번째 개나리 동은 본채 35평에 부지 안쪽으로 별채 10평을 지었어요. 네 번째 들국화 동은 뒤의 습지를 활용해 정자와 연못을 만들었어요. 그다음에 신축한 첫 번째 부지 진달래 동은 별채를 앞쪽에, 본채를 안쪽에 배치했어요. 세 번째 부지 민들레 동은 복층으로 지었고요. 한옥을 비롯해 우리 살림집 방식엔 복층이 없는데 현대건축물로서 2층집 형태의 현대 흙집으로 실험을 한 거지요. 단지 규모는 작아도 전체적으로 완결성이 있었어요."

"현대 흙집은 한옥하고는 다른 건가요? 건축 방식에서 어떤 특별한 점이 있는 건가요?"

"흙집과 한옥은 확연히 구분돼요. 당시에 흙집은 흙벽돌집이나 담틀집 형태였고, 한옥은 목구조의 기와집을 의미했어요. 솟대 전원마을의 집은 칸 구조로 이루어진 전통 한옥 방식이라기보다는 현대생활 양식에 맞춘 공간구조였어요. ㅡ 자 또는 ㄱ자, ㄷ자 공간에 오량가구 형식의 기와지붕이 아니었어요. 공간을 기둥으로 구분하는 자유로운 공간구조에다 트러스 방식으로 지붕을 만들고 현대적 지붕 소재인 아스팔트 싱글로 마감한 거예요. 벽체는 기둥과 기둥사이 흙벽돌을 쌓아 외벽은 줄눈으로 마감하고 내벽은 황토 몰탈로 마감했어요. 한옥 목구조의 뼈대 방식과 서구식 트러스 지붕, 흙벽돌집의 조합인 거지요. 구조적 안정성과 기능, 건축비를 고려한 현대 흙집의 새로운 유형을 만들어낸 거예요. 한옥 목구조와 서양식 트러스 지붕구조가 만나는 어색함, 흙벽의 단열문제 등 많은 보완이 이루어지지만 솟대 전원마을의 건축 실험이 현대 흙집, 현대 한옥 개념을 만들어낸 거예요. '흙집 설계도서의 표준화', '자재의 규격화', '시공의 시스템화'를 내걸고 현대 흙집의 대중화를 시도했어요.

"행인 흙건축의 철학을 건축 양식에 담아내기 시작한 거죠? 결과는 어땠어요?"

"분양이 쉽지는 않았어요. 토지는 외상 땅이라 하더라도 공사비를 지급해야 공정이 진행되잖아요. 돈 꾸러 다니는 게 일이었어요. 개나리 동이 완공되고는 사무실을 그곳으로 완전히 이사했어요. 그곳에서 먹고 자며 진달래 동과 들국화 동을 완공했지요. 처제가 자기 집에서 쌀과 반찬을 가져와 직원들 끼니를 해결했어요. 그래도 그 순간들이 참 행복했어요. 추석 직전에 앞선 두 동의 준공이 이루어져 대출이 가능해졌어요. 지나가던 국민은행 이천 지점장이 단지를 들러 보고는 대출을 해 주는 우연으로 땅값을 치르고, 공사비를 지급할 수 있었어요. 행운이 따른 거지요. 원삼면 두창리 전세권으로 살고 있던 집이 경매로 넘어갔어요. 분양받았던 이도 IMF 사태로 직장을 잃고 이자가 연체된 모양이었어요. 사무실로 쓰던 개나리 동으로 이사하고 살면서 분양을 이어갔어요. 제값을 받지는 못했어도 다음을 기약할 수 있는 토대는 만든 거지요."

2

"솟대 전원마을을 현대 흙집의 전시장으로 삼아 주문주택 시장으로 뛰어든 거네요."

"가진 자본이 없으니 단지를 만들고 분양하는 것은 남의 돈 끌어다 남 좋은 일만 시키는 것 같더라고요. 그야말로 하나하나, 따박따박, 살림집을 지어가면 좋겠다. 먹고 살고, 업을 유지할 수만 있으면 좋겠다 싶었어요. 아마 토요일 오후였을 거예요. 현장 사람들 모두 나가고 나서 혼자 남아 현장 정리하면서 등짐을 지고 있는데 손님들이 왔어요. 집을 지으려고 여기저기 보러 다닌다고, 육십 대 가까운 내외였어요. 사장이냐고, 사장이 직접 청소하고 등짐을 지느냐고. 그렇게 인연이 되어 용인 남사면에 흙집으로는 첫 집을 수주했어요. 장모님을 모시고 살아 한 지붕 두 가족 독립된 구조에다 아궁이 별채가 있는 집이 탄생했지요. 그 뒤로 용인 박곡리, 백암, 안성 용설리 등에 주문주택을 지었고, 용인 양지면 한터캠프

인근에 용인 솟대마을 4개 동을 계획하여 2동을 완공하고 분양했어요. 그 시기 행인흙건축 첫 멤버들이 경제적 어려움을 오래 견디다 먹고 살기 위해 길을 떠났고, 새로운 현장 식구들이 그 자리를 채웠어요. 그 가운데 건축설계와 현장 시방서, 공사비 견적서 틀을 마련했지요. 그 이후 몇 번의 변곡점을 거쳐서 15년여 흙건축 업을 이어오게 된 거지요."

"건축업을 접고 행인서원을 운영하면서 '행인흙건축' 홈페이지도 없어진 거지요? 그 홈페이지의 글들이 사람들의 공감을 얻었다고 들었어요. 좋은 건축주와 좋은 시공회사의 만남으로 이어지는 다리 역할을 했다고 하는데, 그 글들을 볼 수 있을까요?"

"가다 보니 만나 지고, 만나지니 일이 되더라고요. 전원주택 잡지가 몇 개 있었는데 '월간 OK시골', '전원주택라이프'와 인연이 닿았어요. 집을 지을 때마다 기사화되었고, 집을 지을 때마다 홈페이지에 글을 올렸어요. 생생했지요. 독자가 많았어요. 일반 건축회사처럼 홍보를 위한 홈페이지가 아니라 '흙집 이야기', '시로 쓰는 세상 일기', '수필로 쓰는 세상 일기' 등 여러 이야기가 실렸어요. 월요일부터 토요일까지 현장 일을 보고, 토요일 밤에 사무실에 들어와 글을 쓰는 게 또 하나의 일이었던 거지요. 몸으로도 집을 지었지만, 글로도 집을 지었어요. 집을 통해 사람 이야기와 세상 이야기를 하고 싶었거든요. 집을 짓는 동안 스승을 만나기도 하고, 내생에 최고의 집이라는 생각이 들기도 했어요. 살림집만이 아니라 어린이집 같은 교육 시설을 현대 한옥으로 지으면서 든 느낌은 또 새로웠고요. 홈페이지 정리하면서 글들은 블로그에 담아 두었어요."

선암은 제야의 블로그를 찾아 들어갔다. 제야의 발자국들이 묻어 있을 그의 흔적을 좇았다. 집 짓는 이야기가 무슨 인생 이야기나 소설 같은 느낌이어서 자신도 모르게 여러 날을 빠져들었다. 선암을 사로잡은 첫 번째 이야기가 '명달리 이야기'다.

명달리 이야기

2001년 9월경으로 기억한다. 주 5일 근무제 시행에 따른 사회적 분위기가 무르익어 가면서 펜션 운영에 관심이 높을 때였다. 우리는 서구형 펜션에 대응한 한국적 황토 민박 모델을 제안했고 이 내용이 중앙일보 등에 기사화된 적이 있었다.

몇십 통의 문의 전화를 받던 중 거역할 수 없는 전화 한 통을 받았다.

"여기는 양평 서종면 명달린데요, 건물 평수는 약 25평 정도 되고요, 5년 전에 지은 집을 부수고 새로 집을 짓고 싶은데 흙집으로 지어 주실 수 있겠습니까? 된다면 찾아가고요" 잠깐 망설였다. '25평 건물을 지으려고 사무실에서 2시간여 걸리는 지역의 공사를 한다. 일반 관리비도 안 나올 텐데' 그러나 목소리에서 묻어나는 뭔가 끌리는 구석이 있었다. 그래서 '예, 오세요. 만나 뵙고 정하지요' 하고 말았다.

약속을 두 번 어기고서야 현장을 방문했을 때, 5년 전에 지은 사각 통나무소위 팀버하우스주택은 외형에서 보기에 멋져 보였다. '저 집을 헐자고, 돈 많은 사람들 사치 아냐.' 잠깐 스치는 생각이었다.

기존의 집은 그야말로 그림 같았다. 거실과 주방이 터져 있으며 동남향의 산을 향해 열려 있었고, 거실에서 올라가는 다락방은 천장 고도 높고 서재로 활용하기엔 그만이었다. 밤하늘의 별을 셀 수 있다는 꿈을 충족하기 좋은 집이었다.

두 내외가 주장하는 내용은 두 가지였다. '집이 그림 같으면 뭘 해요, 겨울에 너무 춥고, 밤에 자는데 딱-딱 나무 터지는 소리 때문에 잠을 제대로 잘 수가 있어야지요.' '남들한텐 말도 못했어요, 집 없는 사람도 많은데 성한 집을 부수고 다시 짓겠다니, 남들은 욕할 거에요. 하지만 이제 살면 얼마나 산다고, 버릴 거 다 버리고 내려왔는데. 욕심 없어요, 그저 편안한 삶터만 있으면...내 손으로 농사짓고 산에 다니고.'

그러면서 바깥 주인장이 손수 그린 밑그림을 내놓았다. 그것은 예사 사람의 솜씨가 아니었다. 옛집처럼 토방이 있고, 야트막한 기초에다 창문은 의자에 앉아 밖을 내다볼 수 있는 크기며 위치 지정, 그리고 지붕은 초가지붕을 닮은 모습이었다. 두 내외가 머물 안방, 일자로 연결된 주방과 거실, 그리고 하나인 자식을 위해 마련한 구석방구들방에 재래 부엌 아궁이. 그 설계도를 보면서 나는 울컥하는 감정에 휩싸였다. 그것은 "소망이 담긴 집"이었다.

5년 전 처음 전원으로 내려올 때는 그림 같은 집을 짓고 살고 싶었지만, 살아 보니 노년의 인생을 담는 집은 천장이 높지 않아 아늑하고, 마당에서 집에 들어서는 턱이 낮은 집, 여름엔 시원하고 겨울엔 따뜻한 집이면 족한 것을 깨달은 것이다. 그런 집이 그리운 것이다.

'겸손한 집', 이분들을 만나며 나는 한국 건축의 자긍심에 대해 생각했다. 자연과 이웃에 거스르지 않는 겸손한 집, 바로 한국의 건축미가 아닐까. 밑그림으로부터 시작한 이 집이 완공되는 날 우리는 한국적 조형미가 살아나는 겸손한 현대 흙집을 만나게 되리라는 생각에 이르렀다.

바깥주인은 이렇게 말한다. "나도 목수여. 하루종일 다리 부러진 놈 뼈 맞혀주는 것부터 두들기고 꿰맞추고. 정형외과 의사가 목수지 뭐야, 그래서 이곳에 와서는 진짜 목수가 되었지. 여기 있는 책꽂이, 가구, 창문까지 내가 다 만들었어, 판화도 만들고."

"내가 의사로서 가장 행복한 시절이 있었지. 일주일에 한 번 자원봉사를 나가던 곳이 있었는데 하루 동안 환자를 한 이백 명쯤 보았을 거야. 자원봉사 의사라고 소홀히 한다는 소릴 들을까 봐 정말 열심히 했어. 하루도 안 빠지고. 그곳에서 개근상 준다고 했다니까. 이곳에 내려와서도 나갔는데 건강에 자신이 없어 자원봉사를 그만둔 다음 날이야. 글쎄, 벼락이라도 치듯이 한쪽에 풍이 온 거야. 힘이 쓱 빠져나가면서 내 몸을 내가 가눌 수 없더라니까. 자원봉사 그만두었다고 벌을 내린 건지. 내 의사 생활동안 가장 신나던 때였는데. 아무 대가 없이 의사로서의 할 수 있는 일이 있다는 거, 그거 신나는 일이거든."

"진짜 의사는 이 사람이었어, 안주인을 가리키며 피부과였는데, 잘 나갔지. 개인 병원을 연지 얼마 안 있어 사람들이 떼로 몰려들었어. 환자 한 사람이 들어오면 그 사람이 이야기하는 거 다 들어 주는 거야. 나는 그저 째고, 맞추고, 꿰매는 일, 면담은 1-2분에 끝냈지. 똑같은 일 지겨워서 견딜 수가 없었어. 그런데 이 사람은 피부만을 보는 게 아니고 피부병이 생긴 원인을 환자가 이야기하는 속에서 찾아내고, 환자 스스로 스트레스를 풀어 스스로 치료하게 만드는 거지. 한 30분쯤 면담을 하는 거야. 그 때 알았지. 병은 저렇게 고쳐야 하는 건데. 왜, 옛 말에 심의心醫라고 하잖아."

명달리라는 이름을 처음 들었을 때 '밝은 달동네'라는 느낌을 받았다. '밝을 명明'자에 한글로 '달'자..... 뭔가 문법 상 맞지는 않지만 '밝은 달' 아닌가, 나중에 들으니 '달'자는 '다다르다'라는 '달達'이란다. '밝음에 다다르는 동네'. 이보다 더 기막힌 이름이 있을까.

두 내외를 보며 동네 이름과 너무도 일치한다는 생각이 든다. 모든 것 다 버리고 밝음, 깨달음에 도달하기 위해 그들은 산으로 찾아든 것일까? 집을 방문했을 때 손수 키운 고구마로 튀김을 만들어 주셨다. 조촐한 저녁상 뒤로 나온 쑥 차는 그야말로 신선이 따로 없을 지경이다. 쑥차라. 그 향기에 취해 물었다. 안주인이 말을 받는다. "이 양반이 바깥주인을 가리키며 올 단오 새벽 뜯은 쑥인데 향도 좋고 뒷맛이 깔끔해요. 꼭 단오 아니라도 그 시기에 쑥을 뜯으면 되는데, 이 양반은 꼭 단오 새벽에 나가서 해뜨기 전까지 어제 나온 쑥 대공 끝만 따는 거예요. 새벽이슬 머금은 가장 신선한 것으로만요. 아마 자기 최면일 거예요. 그날은 꼭 미친 사람 같아요."

벙거지 하나 쓰고, 산으로 들로 나가면 그는 자연인이다. 그렇게 이슬 맞고, 스러지면 밝음에 이르려는 그의 소망이 이루어질지. "집은 땅에 바짝 붙여서 낮게 하고, 기둥도 9자는 높아요, 8자 정도로 야트막한 초가집 같으면 좋겠어요. 의자에 앉아 밖을 내다볼 수 있도록 창도 낮게 해 주세요."

두 부부는 아마 하늘과 땅, 그리고 자연에 순응하는 법을 이미 깨달아 밝음에 도달한 것인지 모른다. 더 높고, 더 화려하고, 욕심부려 자연을 가두려는, 가짜 전원생활을 꿈꾸는 사람들에게 이 두 내외는 스승이다.

한 달여에 걸쳐 철거, 기초, 목구조 및 지붕공사가 끝난 후 본격적인 흙일을 시작했다. 나무 기둥과 흙벽 사이는 틈이 벌어지는 것을 예상하여 새로 나온 신소재 단열재를 두 겹으로 접어 보완하고 창의 처짐을 방지하기 위하여 목재 인방을 걸었다.

웅장해 보이던 나무 골조 집이 흙벽돌 벽체로 인해 소박하고 아늑한 느낌으로 변해갔다. 서까래와 서까래 사이의 공간은 작은 흙벽돌과 황토로 채워지고 물 쓰는 공간은 시멘트 벽돌 조적으로 보완했다.

우리가 지금까지 지은 흙집들은 모두 문양 흙벽돌을 노출하여 줄눈으로 외부를 마감하였으나 한옥의 단정한 맛을 내기 위해 벽체 창틀 하단은 돌을 박아 넣은 것처럼 인조석으로 마감하고 창틀 상단은 황토미장으로 마감했다. 노출 콘크리트 기초 면과 창틀 하단부의 인조석은 집의 균형과 안정감을 주었다. 자연석이 아닌 것이 아쉬울 따름.
하지만 상부를 황토 미장하고 나니 황토색이 붉은빛을 띠는 결과를 낳았다. 우리가 쓰는 황토 몰탈은 향나무 톱밥이 들어 있기 때문에 누런 황토색이 아닌 분홍빛을 띠기 때문이다. 그대로 흙벽돌 색깔이 좋았는데 어쩌면 좋으냐고 두 내외는 걱정이 앞섰다. 흙집 같지 않은 느낌이랄까. 가짜 흙집이 진짜 같고, 진짜 흙집이 가짜 같은 이 상황에서 두 건축주는 황토물을 내어 한 번 바르면 어떻겠느냐는 제안을 해 왔다. 시공 책임자와 건축주가 직접 흙물을 내고 바른 벽체는 흙집을 그려왔던 건축주의 느낌으로 살아났다. "하하..., 바로 이거야."
건축주가 밑그림을 그렸을 때 가장 강조한 부분이 창이었다. 거실 창은 이렇게, 안방 창은 이렇게, 흙벽돌 몇 장 높이로, 크기는 얼마 하는 식으로 지정된 창호 위치와 크기, 모양은 각별한 주의 속에 시공되었다.
의자를 놓고 앉았을 때 밖의 자연이 그대로 느껴지는 높이, 집의 규모에 따라 작은 창들을 열었을 때 전망이 가리지 않도록 내부 목 창은 안으로 열어 고정할 수 있는 여닫이 창, 조선 살에 창호지를 바르는 한지 창.
작지만 모든 것을 담아내는 각 부분의 창들은 거실의 오량 대들보 천장과 함께 거실과 방의 분위기를 한층 바꾸어 놓았다. 목재 창의 재질은 하자가 적다는 나왕으로 실측 제작하였다. 홍송이니 사꾸라니 비싼 목재가 아니라 저렴한 가격대의 목재로 한옥의 맛을 잘 살려냈다. 그것은 시공사의 창작이라기보다는 건축주가 한 번의 집을 짓고 경험한 값진 결과물이라는 생각이 든다.

거실 천장은 대들보와 마룻대가 노출된 대청마루 느낌이다. 창틀 하부는 루버로 마감하고 상부는 황토를 그대로 노출하였다. 이때 황토의 질감을 높이기 위하여 흙물을 한 번 더 발라주었다. 확 트인 주방과 거실, 있는 듯 없는 듯 조용히 내리비치는 전등까지, 두 내외의 삶을 고스란히 담아내는 집이 되었다.

일주일에 1-2번 공정이 새로 시작될 때나 끝날 때 현장별로 점검을 한다. 그 잠깐의 시간에 건축주와의 만남이 이루어지는 것이 보통인데 명달리 두 내외를 만나는 그 짧은 시간에 많은 생각들을 안고 돌아오게 된다.

"자연은 쉬지 않고 일해." 이야기를 하다 이 말이 툭 나왔다. 새순이 돋아 자라나 열매를 맺고, 거름이 되고 또 새순이 돋고, 둑이 터지면 잡초가 뿌리내려 더 이상 무너지는 것을 막아주고. 이 말엔 인간의 게으름을 빗대는 야유가 묻어나 있는지 모른다.

"늦가을엔 아무데나 땅을 파선 안 되겠더라고. 처음 시골에 왔을 때였는데 땅을 파니까 개구리가 겨울잠을 자려고 땅속에 들어가 있더라니까. 놀라서 다시 묻어 주었는데 그 개구리는 살 수 없데. 자기가 들어간

공기구멍만 있어야 하는데 집이 허물어졌으니. 시골에 살려면 자연의 법칙을 존중해야지."

"동네 사람들 모두 비닐치고 농약 뿌리고 고추 심잖아, 탄저병이 돌아 동네 고추가 다 시들었는데 내가 심은 고추만 싱싱하더라고, 검정 비닐 안치고 손으로 잡초 뽑아주고, 농약 안 치고 해서지. 풀 뽑아주는 거 힘들어서 그렇지 자연 그대로 씨 뿌리고 잡초 뽑아주어 키우면 병 안 걸려. 동네에서 모두 같이 해야지 나만 그러니 동네 벌레들이 다 몰려들어. 하.하."

순간순간 듣는 이 말 한마디 한마디가 인생사에 빗대어 가슴을 파고든다. 자연처럼 살고픈 사람들의 소망, 누구나 꿈꾸는 소망에는 이렇듯 자연의 순리에 순종하려는 인간의 마음을 담고 있으리라.

"아니, 사장님까지 이렇게 뛰어다니면 이거 보통 일 아닌데요, 나는 집 짓는 일이 그리 어렵지 않다고 생각했는데 이렇게 복잡하고 힘든지 몰랐어요, 왜 이렇게 어렵게 일을 해요, 간단한 방식으로 지으면서도 흙집이면 되지. 지금처럼 이렇게 짓는 방식은 너무 힘든 일을 고집하는 것 아녜요, 어디 돈 남겠어요."

"예전 병원에 있을 땐데 원무과에 무전기가 연결되어 있어요, 교통사고가 나면 제일 먼저 가는 차가 앰뷸런스잖아요. 앰뷸런스가 가는 게 뭐 이상하냐고 생각하겠지만 가장 빨리 연락을 받고 환자를 자기 병원으로 실어 오려는 거예요. 현장에서 응급처치 잘하고 교정해서 환자를 이송하면 살아날 사람도 자기 병원으로 데려오려는 기사들이 그냥 막 끌어내서 싣고 오니 옮기는 과정에서 환자는 거의 만신창이가 되더라고요."

"다리 부러져서 오면 대부분 수술이나 그런 것을 해야 돈이 벌려요, 수술하지 않고 뼈를 맞추어서 깁스해주면, 수술하지 않아도 괜찮냐고 물어요. 모두 수술을 하니까, 글쎄 나보고 저 의사는 수술할 줄 모르는 의사라고 수군거리더라고. 그러니 돈벌이가 안 되는 거지."

"인간의 생명을 가지고 장난치는 일 아니라면 괜찮아요. 꼭 순수 황토라야 된다고, 접착제 섞으면 안 된다고, 어렵게 공사하지 말아요. 흙집이면서 보기 좋고, 하자 없게만 만들면 돼요. 그것이 인간의 생명을 좌우하는 것은 아니니까."

이 말을 들으면서 '너무 힘들게 애쓰지 말라'는 의미로 받아들였지만, 그 속에서 명달리 두 내외가 이곳으로 묻힌 진정한 이유를 알 수 있었다. '인간의 생명을 가지고 장난치는 일을 할 수 없다는 생각', 그렇게 내몰리는 현실에서 벗어나고 싶었을 것이다.

그 표정이 너무 쓸쓸해 보인다. 정말 잘하셨습니다. 마음속의 말을 다 하기도 전에 울컥 눈물이 났다.

연못가에 앉아, 나는 물었다. '요즘도 화나는 일이 있으세요.' 이 물음은 자연에 묻혀 다 잊고 사니 얼마나 좋겠느냐는 의미이기도 했다. 그랬더니 "그럼요, 가끔 지난 일 생각하면 머리 꼭대기까지 화가 치솟는데, 한참을 가만히 있어야 분이 좀 삭혀지지." 나도 그렇다. 인생의 거친 역정 다 겪고 나서 뒤돌아보며 산다는 것, 그래서 끝내는 자연에 순응하며 자연으로 돌아가는 삶. 두 내외에게서 나는 그것을 본다.

계산하고 줄다리기하고, 그게 싫어 내 방식대로 가겠다고 고집을 부리면 언제나 빈손, 사장 얼굴 쳐다보고 있는 직원들 미안해 고민하다가 내가 이 일을 왜 하고 있는지 의문이 든다. 이른 새벽부터 밤늦게까지 이리 뛰고 저리 뛰다 보면 파김치가 된 지친 날들, 아이들 앞에서는 피곤한 내색 안 보이려 웃으며 뒹군다. 아침엔 회사 식구들 얼굴 보며, 내가 지치면 안 되는데, 반복되는 하루.

하지만 세상이 아름다운 건 이처럼 '꽃보다 아름다운 사람들'이 있기 때문이다. '내 맘 같은 사람들'이 있기 때문이다. 허물은 덮고, 잘한 일은 더욱더 칭찬하면서 격려하는 그 마음들이 있으니 세상은 또 살만한 것이다.

집이 다 되어 갈 때쯤, 그리고 준공식 날도 김 선생님은 몇 번이나 "정말 집짓기를 잘했어, 이번에 집 지으면서 참 많은 것을 깨달았어요. 한 달 전부터는 나도 매일 같이 현장 일을 도왔잖아요. 사람들이 들어와, 일하는데 땀을 뻘뻘 흘리면서 자기 분야에 최선을 다하더라고. 책상물림, 탁상에 앉아서 이론으론 뭘 몇해 봤겠어. 부끄럽더라고요. 일하는 사람, 땀 흘리는 사람이 최고예요. 이번에 다시 집을 짓지 않았더라면 이런 걸 몰랐을 거야."

"내 열망이 간절해서인지 몰라요, 집을 부수지 않으려고 이곳저곳 참 많이 돌아다녀 봤어요. 옮기려고 이곳저곳 땅 보고 돌아오는데 이 명달리 계곡이 얼마나 아름다운지, 이곳을 떠나지 못하겠더라고요, 그 열망이 2년 정도 되었을 거야, 헐고 다시 짓자고 결정했지. 한 5년 살아 봤으니 이 터는 내가 가장 잘 알거든요, 그때 마침 기사를 보고 행인흙건축에 전화를 했는데, 똑 딱, 똑 딱, 똑 딱. 망설이더라고. 그러더니 오라는 거야, 딱 걸렸지."

"내가 짓고자 하는 집이 이랬으면 좋겠다는 게 분명해서 상당히 어려웠을 거예요. 하지만 되는 것은 되는 것이고 안 되는 것은 안 되는 거예요, 나는 안 되는 건 빨리 포기해요. 내 생각을 시공사가 잘 받아주고 일하는 사람들이 짜증 안 내고 함께 만들어 보려고 최선을 다하는 모습에 나도 힘든 줄 몰랐어요."

김 선생님의 말 한마디 한마디를 들으면 나는 절로 웃음이 난다. 그리고 그 말들이 모두 가슴에 와 박힌다. 내가 건축을 하는 이유를, 그리고 해야 하는 까닭을 다시 한번 생각하게 한다.

•
3

건축업을 하는 사람이, 25평 살림집 하나를 지으며, 이렇게 긴 이야기를 풀어낼 수 있다는 게 선암은 믿기지 않았다. 그래서 물었다.

"명달리 집은 제야에게 어떤 의미예요?"

"제 건축 인생에 있어 길잡이가 되어준 집이지요. 현장 밥 먹으면서 만난 최대의 스승이기도 하고요. 돈 계산을 했다면 결코 지을 수 없는 집이었는데, 김 선생님 두 내외와 제 마음이 맞았던 거지요. 새로 흙건축을 시작하고 3년여 시간은 제게 흙건축의 실험이었어요. 그 모험에 가담한 건축주들이 있어 가능했고요. 명달리 집뿐만 아니라 그 당시 지은 집들은 모두 건축주의 열망을 수용하는 방식이었어요. 시공사가 제시하는 형태가 아니라 건축주들이 꿈꾸고 있던 집을 실현한 거지요. 흙집의 생명은 단열재로 틀어막은 집이 아니라 통기성이 생명예요. 한옥은 나무가 마르면서 흙벽 사이의 이음매 틈이 생겨 겨울에 치명적인 문제가 있지요. 창문도 마찬가지고요. 그걸 보완하려고 철근콘크리트 기둥에 흙벽돌, 조적 기둥에 흙벽돌을 결합하기도 하고, 현대적 지붕재의 적용, 시스템 창, 나무창과 새시창을 결합한 이중창 등등이요. 한옥의 멋과 흙집의 장점은 살리되 단열을 보완하고 실용성을 높인 현대 흙집, 현대 한옥으로의 변화를 이루어내는 과정이었어요."

"그러한 과정 하나하나가 흙집 이야기로 남겨지고, 알려져 건축주들의 호응을 받았던 거네요."

"그러한 시도들과 결과들이 2004년에 '새집 줄게 흙집 다오'라는 책으로 나와요. 'OK 시골'에서 출판했는데, 현대 흙집 시방서 역할을 했어요. 그 후 현대 한옥이라는 개념으로 발전하면서 이후의 성과들이 2010년 '황토집 바로 짓기'라는 책으로 나오고요. 이 책은 전원주택 라이프에서 출판을 해 주었어요. 별도의 영업과 홍보 없이 홈페이지와 책으로 영업을 대신한 거지요. 2004년에 일하고 싶다고 찾아온 젊은 친구들이 있었는데요. 설계사무소에 다니던 친구, 분양사무소에 있던 친구, 사회과목 학교 선생님을 했던 친구였어요. 그리고 협력업체에서 일하던 내장 목수 오야지를 시공 이사로 해서 새롭게 회사 조직이 구성되었어요. 그 해는 유독 일이 많았고요. 무언가 해볼 수 있겠다 싶었는데 오래 가지는 못했어요. 2005년도의 일이 확정되지 않고 불투명해지면서 1년 만에 떠났고, 새 판을 짜야 했어요. 그래서 보따리 싸들고 직접 현장에 들어간 것이 2005년부터예요. 흙집 이야기 중 '내생에 최고의 집'이라고 했던 진부 수녀원이요."

선암은 이야기를 듣자마자 집으로 돌아와 제야의 블로그를 찾아 들어갔다. '내생에 최고의 집'이라.

내생에 최고의 집

1

겨울 지나 봄.

혹독한 겨울이었다. 겨울 아닌 세월이 별로 없었지만 그래도 한 겨울을 벗어나서 봄을 기다리던 때인지라 갑작스레 찾아든 꽃샘추위는 어안을 벙벙하게 만들었다. 98년 IMF 체제하의 경제위기 상황에서 맞은 부도 이후 6년여 동안 가슴은 졸아들었고, 영혼은 메말랐으되, 그래도 가야 한다는 모진 꿈이 있어 버텨 온 세월이었다. 고통스러웠던 이 기간에 사람들은 밀물처럼 들어왔다간 썰물처럼 빠져나갔다. 아무런 조건 없이 함께 일하자며 시작된 관계는 짧으면 1년, 길어야 2년을 가지 못했다. 일도 힘들었지만, 그에 따른 처우 조건의 개선과 안정된 직업으로서의 전망이 보이지 않았기 때문이다.

2003년 가을 그때도 외로운 사투를 벌이고 있을 때 사람들이 하나, 둘 다시 모여들었다. 이들은 모두 나름대로 전문분야가 있었고, 인적 구성도 기획 관리와 현장 관리를 통일적으로 모색해 볼 수 있는 기회였다. 때에 맞추어 일도 많아졌다. 새로운 희망이 보였다. 하지만 그 희망의 불씨는 2005년 2월을 넘기지 못했다. 어려워만 가는 경제 여건 탓인지 상담은 계속 어그러졌고, 1월을 지나며 직원들의 동요가 눈에 띄게 나타났다.

뇌관은 밀린 급여 문제였지만, 본질적인 문제는 회사의 전망과 관련된 문제이기도 했다. 나는 회사의 지향과 현실을 이야기했고, 어려움을 극복하며 함께 갈 것인지, 떠날 것인지 선택하도록 했다. 또 한 번 결단의 시기가 온 것이다. 나의 바람과는 무관하게 공든 탑이 무너졌다.

구정을 전후하여 폭풍이 지나간 자리에 나는 홀로 서 있었다. 일부는 흙건축 자재 유통 등 자신들의 사업을 해 보겠다고 떠났고, 일부는 대기 상태로 남겨졌다. 계절의 봄은 오고 있는데 나는 겨울의 한복판을 홀로 지나야 했다. 지옥 같았던 지난 시절에 비하면 지금은 천국일진데, 사람들은 어쩌면 환상을 보고 내게 왔는지 모를 일이었다.

그 세월의 이력 때문이었던가. 있던 사람들의 빈자리가 커 보이지 않도록, 혼자서도 모든 일을 처리할 수 있는 구조를 회사는 갖추고 있었다. 기획 및 설계, 홍보와 마케팅, 사람건축주과의 관계, 공정별 협력업체에 대한 장악력, 매년 보강되는 시공 기술력. 이 모두를 끌어안고 있었기에 언제든 보따리 싸 들고 현장으로 가면 해낼 수 있다는 자신감이 있었다. 그것은 스스로에 대한 믿음이었고, 혼자됨을 두려워하지 않는 나의 무기이기도 했다.

그로부터 한 달여 시간이 쏜살같이 흘러갔다. 이전에 상담해 두었던 단지 계획이나 지주 회사 공동 사업 등 돌파구를 찾아내려 부산하게 움직이던 때, 큰아이 초등학교 졸업식장에서 뜻하지 않은 전화 한 통을 받았다. '여기 명동 성당인데요, 수도원이요.' '아-예.' '허가가 끝났으니, 빠른 시간에 현장 답사를 해서 진행해 주세요.' '아-예.' 이런 일도 있는 법이다. 지난 해 5월 경, 강원도 평창군 진부에 계신 수녀님 한 분이 본당에 계신 건축 책임자 수녀님을 모시고 사무실을 방문한 적이 있었다. 수녀원이 자리할 터의 협소함으로 주변 토지를 추가로 매입하여야 하는 문제도 있었지만 종교 시설로서의 기존 건축 양식을 대신하여 한옥 목구조 형식의 흙집으로 수녀원 신축이 결정되기는 어려워 보였다. 특히 중앙에서 집행되는 수많은 성당과 수녀원 건물의 신축은 그에 따른 건축회사와 통상적인 건축비가 정해져 있는 법이기 때문에 더욱 그랬다. 아쉬움은 남았지만, 미련은 두지 않았던 일이다. 그런데 지금 같은 위기 상황에서 '수녀원' 신축이 결정된다면 규모로서나 상징성 모두에서 새로운 활로가 될 것이 분명했다. 전화를 끊고 나는 하늘에 기도했다. 감사합니다. 고맙습니다.

2월 22일, 눈발을 뚫고 강원도 진부로 향했다. 장평에서 모릿재를 넘어가는 길을 포기하고, 진부 나들목에서 평지로 달렸지만, 강원도의 겨울에 능한 수녀님 차로 옮겨 타고서야 현장에 도착할 수 있었다. 20cm 이상 눈으로 덮인 현장은 흡사 백야의 초원 같았다. 부지의 터를 지나 계곡의 맨 꼭대기에 올라서니 웅장한 규모의 기존 수녀원이 자리하고 있었다. 천혜의 요새라고 불러도 손색이 없을 지형이었다. 하지만 겨울만 되면 고립되는 생활이 마을 초입에 보급로처럼 새로운 수녀원의 신축을 필요로 하고 있는 것 같았다. 현장 답사 후 진행은 일사천리로 이루어졌다. 3월 초 도면 협의가 진행되었으며, 최종적으로 수녀원과 손님의 집, 창고, 하우스로 구성되는 배치 및 설계가 확정되었다. 전광석화처럼 한나절에 초안 설계가 끝났던 것이다.

수녀원은 한옥 목구조 뼈대 방식에 맞배지붕, 양식 기와로 마감 짓도록 기획하였다. 집의 기본인 뼈대는 한옥이되 전체의 느낌은 성당 수녀원이라는 이미지를 살려낼 수 있도록 했다. 손님의 집은 건축비를 절감하면서도 수녀원과 조화롭게 어울릴 토담집 느낌을 줄 수 있도록 구성하였다. 처음으로 시도하는 경량 목구조 뼈대 방식의 현대 흙집이다. 샛기둥 사이 흙벽돌을 쌓고 안과 밖 모두를 황토 미장하는 방식이다. 토담집 느낌을 주기 위하여 하방, 중방 및 문얼굴 느낌이 살도록 띠장 처리를 하는 방식을 택하고자 했다. 창고는 일반 조적조에 목조 지붕으로 내부 공간의 쓰임에 주목했다.

2
땅은 파 보아야 알아.

드디어 2005년 4월 1일, 진부로 향했다. 터에서 바라본 산등성이에는 아직도 희끗희끗 눈발이 남아 있다. 수녀원이 자리할 터의 구옥 철거 작업은 의외로 간단했다. 흙집 형태의 작은 살림집이어서 목재는 땔감으로 재활용하기 위하여 한곳으로 모으고 나머지는 덤프트럭 2대분 정도의 건축 폐기물로 처리되었다. 그곳에 터를 잡고 수십 년 동안 살았을 옛 주인의 자취는 사라졌다. 그리고 수십, 수백 년을 이어갈 새 생명을 출산하게 될 것이다.

택지 조성을 하고 있던 때, '파아-악'하는 소리와 함께 물기둥이 솟아올랐다. 이런, 장비가 마을 지하수 관로를 건드린 것이다. 그렇게 조심하라고 했는데, 어쩌겠는가. 우선 물길을 내고 연결 부속을 사 왔다. 끊어졌던 두 관이 부속으로 결속되었는가 하면 '피-익' 내뿜어 올라 그 물에 몇 번 맞고 나니 완전히 물에 빠진 생쥐 꼴이 되었다. 수압으로 인해 연결 부속은 계속 엇나갔고, 엎친데 덮친 격으로 끝내는 부속 하나가 물기둥을 타고 사라졌다. 한 사람은 다시 부속을 사러 나갔고, 입술이 파랗게 질린 채 덜덜 떨고 있었다.

하필 이때, 수녀님이 현장을 지나셨다. 놀란 얼굴을 하시며, '무슨 일이냐'고 물으시는데 턱이 덜덜 떨려 제대로 답하기 어려웠다. 의연해 보이려는 내 모습이 내가 보아도 안쓰러워 보였다. 갈아입을 옷이 있느냐고 물으시기에 '괜찮다'고 했는데도 수녀님은 길을 돌려 잠바 하나를 주고 가셨다. 처음부터 이렇게 고생해서 어떻게 하냐고 미안해하셨다. 겨우 임시처방으로 상수도관을 소통시킨 후 함께 일하던 기초 팀장과 마주 보며 웃는데, 칼바람이 속곳을 파고든다. 강원도의 4월은 아직 한겨울이다. 물에 젖은 옷을 벗어놓고 수녀님이 주신 잠바로 갈아입었다. 한기가 조금은 가셨다. 마음이 따뜻했다.

대역사였다. 이전에도 전원주택단지 조성을 해 본 경험이 여러 번 있었지만 이렇게 혼자서 모든 것을 판단하고 결정해야 하는 상황은 처음이었다. 긴장의 연속이었다. 하지만 위기에 대처하며 강해지는 것이 인간의 본 모습이지 않는가. 현장 판단이 익숙한지라 판단이 서면 뒤도 돌아보지 않고 밀고 나갔다. 주어진 시간표는 이러한 상황을 예견하지 못했기에 주저할 시간적 여력이 없었다.

한 달여 전부터 계속되던 설사는 멈추지 않았다. 찬바람과 긴장의 연속은 몸의 조절 기능을 급속히 떨어뜨렸고, 신호가 오면 우선 산으로 달려야 했다. 아직 임시 화장실도 갖추지 못한 상황이었다. 때맞추어 걸려 온 전화를 받다가 끊지 못해 타이밍을 놓쳐 바지에 낭패를 보았다. 눈가에 이슬이 맺혔다. 알 수 없는 외로움과 설움이 복받쳤다. 그 상황에서 '수족을 잃어버린 장수의 눈물?' 이런 생각이 떠오르자 피식 웃어버렸다. '암반이 나올 줄 누가 알았어, 시간이 조금 걸려서 그렇지, 해냈잖아. 땅은 파 보아야 알아. 어려움은 극복하라고 있는 거야' 성인군자처럼 속말을 되뇌며 허리띠를 묶었다.

사람도 그러한 것을. 그 속을 누가 알아. 서로의 암반을 깨고 들어앉아야 제대로 된 관계가 만들어지는 법이지. 뽀송뽀송한 흙인지 알았는데 만나보니 겹겹이 암반인지라 몇 번 깨 보고는 걸 상처만 남는 관계가 얼마나 많다고. 아마도 지금껏 내가 살아온 과정이 그렇지 않았나 싶었다. 그래서 아직 내 인생은 뿌리내리지 못하고 있음이랴. 하지만 내가 만들어 가는 이 수녀원은 암반을 깨고 들어앉은 반석 위의 집이 될 것이다. 수십 년, 아니 수백 년을 이 자리에 터 잡고 뿌리 내릴지 모른다. 그래서 내 인생의 절반은 뿌리내려가고 있는지 모를 일이다.

3
한옥 목수들과 함께 한국 국적의 수녀원을 만들다.

목수라고 다 같은 목수가 아니다. '집'이라고 다 같은 '집'이 아니듯. 특히 한옥 목구조 뼈대 방식의 흙집에서는 목수가 차지하는 비중이 거의 절대적이다. 우리가 몇 년에 걸쳐 지어 온 흙집의 구조와 유형, 느낌이 변화하여 온 데는 목수 팀의 전진적 교체가 있었기에 가능했다..

목수라고 불리는 안을 들여다보면 크게 네 가지 유형으로 구분된다. 일명 거푸집 목수라고 불리는 아파트나 상가, 빌라 등의 철근콘크리트 집을 짓는 형틀 목수가 있다. 내장 목수라고 불리는 목수들은 주로 내장 작업, 인테리어 일을 담당한다. 아파트나 주택, 상가의 리모델링이나 가구도 제작한다. 서구 목조주택의 유입으로 형틀 목수나 내장 목수들이, 전업하거나 병행하는 경우가 많아졌다. 이들을 서구 목조주택의 구조 방식을 따서 2×4 목수라고 부르기도 한다. 다음으로 한옥 목수가 있는데 주로 사찰의 신축이나 궁궐의 보수 등 문화재 관리 차원의 일이 대부분이었고 나름의 계보가 있어 법식을 따지는 엄격한 틀을 벗어나지 못했다. 하지만 한옥 목구조 방식의 현대 흙집이 전원주택의 한 유형으로 자리 잡아 가면서 한옥 살림집 목수팀이 생겼다.

4월 15일 밤. 한옥 목수 팀이 숙소에 짐을 풀었고, 다음날 합천 치목장에서 가공된 목재가 현장에 도착했다. 그렇게 반가울 수가 없었다. 지난 겨울 인제 현장에서 보고 올해 들어 처음 보는 것이니 얼마나 갈증나는 세월이었던가. 지난 겨울 내가 어려웠던 만큼이나 목수들도 힘겨웠음을 알고 있었기에 이번 만남은 더욱 특별했다. 전 과정을 함께하는 것은 처음 있는 일이다. 나에게 있어서나 목수들에게 있어서도 협력업체 관계를 넘어서는 출발점이 되는 것이다.

팀원 여섯 명 중 한 명은 사찰 신축 공사에 들어갔고, 또 한 명은 농사일로 이번에는 참여치 못했다. 일을 배우고 있는 막내를 빼고는 같은 시대를 살아 온 서른 살 후반의 또래들이었다. 기술이나 실력도 비등비등했다. 그러니 누구 하나가 독단적으로 오야지 행사를 하지 않았고, 일에 있어서나 이윤 배당에 있어서나 의논하고 협의하는 풍토가 자리 잡았다. 오야지가 일꾼들의 품을 줄이기 위해 신경을 쓰지 않아도 되는 일의 진행은 구성원 각자의 실력을 발휘할 수 있는 토대가 되었다. 그를 통해 다시 기술력을 배가하는 기회로 삼을 수 있는 장이 마련된 것이다. 어떤 문제에 부닥치면 모두가 모여 해결 방안을 제시하고 토론을 통해 합의에 이르렀다. 서로를 배려하면서 공동으로 만들어 가는 작업 과정은 바로 내가 그리던 현장의 모습이지 않던가. 일반 건축 현장에서 이런 모습을 본다는 건 그야말로 꿈같은 일인 것이다.

현장에서의 집 짜기 공정이 시작된 지 일주일만인 4월 22일 상량식이 진행되었다. 옛 살림집의 상량은 집의 뼈대가 갖추어져 집을 지켜주는 성주 신을 모시는 날이기도 했다. 고생한 목수들의 생일잔치이기도 하고. 현대 주택은 상량 후에 더욱 할 일이 많은 복잡한 건물이 되었음에도 이 의식만은 그대로 남아있다. 목수들이 가장 기대하는 날이기도 하다.

'수녀님. 상량식은 어떻게 할까요.' 여쭈니, '서울에서 손님들이 내려오기는 어렵고 우리끼리 하지요, 간단히 예배만 드릴게요. 점심은 수녀원에서 하면 어때요' 하신 터라 상량식 일반 관례를 말씀드리지 못했다. 전날 밤 마룻대를 들어 올릴 천을 준비하고, 한옥 목수들이 생전 처음 경험하는 경건한 상량이 치러졌다. '예배 후에 아멘 하면 들어 올려 주세요.' 하는 주문에 따라 긴장한 목수들이 '으쌰'하는 순간 마룻대가 번쩍 올라갔다. 여느 때 같으면 엮은 천 줄에 만원 지폐가 줄줄이 매달려야만 올라가던 마룻대가 '아멘' 한 마디에 번쩍 올려진 것이다. 긴장하고 서 있는 목수들을 보면서 나는 웃음이 터져 나왔다.

상량비를 흥정하고 더 많은 돈을 얻어내려 애쓰는 목수들의 모습을 많이도 보아온 터라 "좋습니다. 새로운 경험일 것 같네요. 식사도 고기나 술 같은 거 준비하시지 말고 수녀님들 드시는 것과 똑같은 반찬으로 했으면 좋겠어요." 하는 목수 팀이 의젓해 보였다. 예배를 지켜보던 나는 '어찌 저리 당당하고 의연할 수 있을까' 감탄사가 절로 나왔다. 수녀복을 입은 수녀님들은 더 이상 한 사람의 여성이 아니었다. 믿음으로 고행을 받아들이는 수행자로서의 위엄을 갖추고 있었다. 떡메로 마룻대를 고정하고 내려온 목수들의 얼굴도 긴장한 낯빛이 역력했다. 나 또한 그러했으리라. 집은 사상과 종교, 문화적 차이를 넘어 사람의 모습으로 부활하는 생명체가 분명했다.

문제는 처마 완성 후 덧지붕을 만들면서 박공판을 걸어야 하는 순간 발생했다. 종교 시설이라는 특수성과 눈이 많은 강원도라는 지역적 특성으로 높은 용마루에 급한 지붕 경사를 이루다 보니 2자 폭의 넓은 박공판이 처마도리와 중도리, 종도리에 고정되지 않는 문제가 발생한 것이다. 성당으로 쓰는 공간의 맞배 오량 천장에 덧지붕을 만들면서 지붕 경사도가 35도에 이른 것이다. 사찰이나 제실처럼 풍판을 달수도 없는 상황이었다. 한옥 형태의 수녀원이지만 외형의 느낌은 성당이 가지고 있는 본래 느낌을 살리기로 했던 일이기에 고민은 깊어졌다. 긴급 소집된 토의에서 몇 가지 안이 나왔는데 중도리에 걸릴 수 있도록 반원형 모양의 박공판을 조각하여 원 박공판과 이음 하자는 것이었다. 원 박공판에 반원형 박공판을 더해 중도리에 고정되니 웅장함이 살아났다.

경사가 심한 지붕에 웅장한 모양을 갖춘 박공의 완성은 한국 국적의 수녀원으로서 손색이 없는 작품이 되었다. 완성된 박공 처마를 지켜본 수녀님의 반응이 곧바로 전달되었다. '중도리와 중도리 사이 박공 가운데에 성상을 올려놓을 수 있도록 마루를 놓아 주실 수 있나요.'

'아, 예. 가능합니다.' 답을 하면서 수녀님의 빠른 감각에 놀라지 않을 수 없었다. 그리하여 창조적인 한국적 수녀원의 모습은 처음부터 그렇게 하기로 했던 것처럼 하나하나 완결성을 갖춰갔다. 삶을 담을 '주인'과 전체 과정을 진행하는 '관리자', 집을 집답게 만드는 '일꾼'들이 하나가 될 때 집은 아름다운 선율로 답하는 것이리라. 그래서 집을 짓는 일은 아름다운 업을 짓는 일임을 가슴으로 깨닫게 된다.

4
서양 목조주택의 한국화를 위하여

한옥 목구조 방식은 사괘 맞춤과 처마 지붕공사가 복잡하여 일반인들이 쉽게 접근하기 어려운 공법이다. 비용 또한 만만치 않기에 더욱 그렇다. 건축 비용도 저렴하고 흙집의 기능을 잘 할 수 있는 집이면 좋겠다는 수요자의 요구는 현대 흙건축의 중요한 고민이 아닐 수 없었다.
마평리 수녀원 전체 공사 중 부속 건물인 손님의 집피정의 집은 바로 그러한 고민의 산물이었다. 구조뼈대 공사와 지붕공사를 단순화하여 건축 비용을 줄이되 현대 흙집으로서의 느낌을 살리고 흙집의 기능을 잘 할 수 있도록 완성하는 것이 중요했다.
무언가를 새롭게 시도한다는 것은 언제나 모험을 동반한다. 지난 겨울 중저가형의 현대식 흙집에 대한 구조 공법을 치열하게 토론하였지만, 한옥 목구조 방식의 안정성과 그동안의 성과에 안주하면서 변화에 적극적이지 못했던 것이 사실이다. 마평리 수녀원 전체의 기획과 현장 관리까지 책임지고 들어간 나는 서구 목조주택의 한국화, 현대 흙집의 새로운 모델을 실험해 볼 수 있는 절호의 기회라고 판단했다. 물론 그 책임은 나 자신이 온전히 져야 하는 부담도 져야 했다.
수녀원 본채의 한옥 목구조 뼈대 공사가 완성되고 처마와 지붕공사가 한창 진행 중일 때, 기초 공사만 되어 있던 손님의 집 구조 공사를 시작했다. 서구 목조주택 공사에 대하여 잘 알고, 그동안 내장 공사와 목창 공사를 전담했던 목수 팀장 1인만을 불러들였다. 몇 날, 며칠을 머리 싸매었던 샛기둥 방식의 기둥과 하방, 중방, 상방의 처리 문제가 한낮의 토론 속에 말끔히 해결되었다. 샛기둥을 세우는 일은 문제가 아니었는데 집 외부의 전체 느낌을 좌우할 기둥과 하방, 중방, 상방의 목재가 덧댄 듯 가짜 느낌이 드는 것을 최소화하는 것이 관건이었다. 가창틀에 맞추어 흙벽돌을 쌓고 황토 미장을 하였을 때 나타날 수 있는 하자를 미리 염두에 두어야 했기 때문이다. 후속 팀이 합류하고 본격적인 뼈대 작업이 시작된 후로 약 9일 만에 지붕공사까지 모두 끝을 냈다. 한옥 목구조 공사에 비하면 3분의 1 정도의 기간인 셈이다.
때맞추어 본채 수녀원 지붕공사도 끝이 났고, 동시에 지붕공사가 진행되었다. 전체 공정의 안배가 자로 잰 듯 딱 떨어졌다. 조적 팀은 이미 창고 벽돌공사를 필두로 작업이 시작되었으며, 본채 수녀원부터 흙벽돌 쌓기 작업이 시작되었다. 각기 다른 구조 공법상의 3개 건물이 따로 또 같이 하나의 큰 그림으로 윤곽이 드러나자 내 마음속에도 따듯한 봄바람이 불기 시작했다. 겨울의 끝자락 황량했던 강원도의 4월은 어느덧 5월의 초여름으로 달려가고 있었다.

의도했던 바대로 옛 살림집의 소박한 민가 모습의 흙집이 내 눈에 들어왔다. 비록 띠장 형태이긴 하지만 기둥과 하방, 중방, 상방을 갖춘 흙집이 경량 목구조 방식이라는 서구식 뼈대 방식을 원형으로 새롭게 탄생하는 순간이었다. '그래, 바로 이거야. 서구 목조주택의 한국화. 서구식 유형의 집을 짓더라도 건강주택인 흙집이면서 한국의 민가를 닮은 표정을 만들어 내는 일. 이제부터 시작이야.' 벅찬 발걸음으로 집 앞에 섰을 때 언제 오셨는지 책임자 수녀님이 환한 표정으로 다가오셨다. "좋아요. 이 집은 이 집대로 아주 좋아요. 처음 뼈대만 세워 놓았을 때는 이렇게 될 줄 정말 몰랐는데 황토 미장까지 하고 보니 아, 이렇게 마감을 하려고 그랬구나 하는 생각이 드네요."

5
감자꽃 필 무렵이면

사공이 많으면 배가 산으로 가는 법이다. 집 하나를 지을 때 우리는 주변의 사람들에게 이런저런 이야기들을 듣는다. 작게는 집을 짓는 공정 하나하나에도 이런 자재를 쓰면 좋겠다. 저렇게 시공하면 좋겠다, 말이 많은 법이다. 같은 일을 하는 일꾼들 사이에서도 이렇게 하자, 저렇게 하자 서로 의견이 다를 수 있다. 문제는 그 많은 사공의 말 중에 최선의 결정을 내려야 하고, 내린 결정을 후회하지 않아야 한다는 것이다.

아침 7시 30분부터 저녁 6시경까지 그 긴 하루가 너무 짧았다. 새로운 팀들이 들어오면 작업 과정을 지시하고, 수시로 점검하는 일은 필수다. 하지만 진행되는 작업에 일일이 관여하지는 않는다. 한 발짝 떨어져서 보면 무엇이 문제인지 바로 눈에 띄게 마련이니까. 나머지 시간은 잡부다. 공정별 팀들이 어질러 놓은 주변을 청소하고, 다음 공정을 위한 자재 준비에다, 딱히 누구에게 시키기도 어려운 일들을 주섬주섬하고 나면 벌써 저녁이 된다. 전체 공정을 장악하는 내 나름의 방식이다. 늘 함께 일을 하고 있어 공정별 팀과도 동질성을 얻는 이중 효과도 작용하기 마련이다.

책임자 수녀님이 그러했다. 4월이 가고 5월 초에 수녀원 터 앞의 밭에 감자와 고추를 심었고, 산자락 땅에는 오가피나무를 심었다. 콩과 배추에 옥수수까지, 현장 일꾼들이 도착하기도 전 새벽녘에 현장을 한 바퀴 돌아보시곤 밭으로 가시는 것 같았다. 내가 도착하면 느린 발걸음으로 오셔서는 이것은 이렇고 저것은 저렇게 가능한가 물으시는데 전체 마감을 꿰뚫고 계셨다. 수녀님들이 생활하기에 불편하지 않도록 세부적인 요구들이 이어졌다. 주문에 걸린 듯 '예, 그렇게 하지요' 하면 밭으로 향하시면서 말의 끝은 항상 '고맙습니다.'였다. 직접 관여하지 않으면서도 훤히 꿰뚫고 있는, 주변의 밭에서 늘 노동으로 함께하고 있는 그 모습이 나의 현장 운영 방식과 너무도 닮았다. 언제부턴가 내 입에서도 '고맙습니다.'라는 말이 자연스럽게 베어나왔다.

6월 말 입주를 계획하는 상황에서 하루하루는 시간과의 싸움일 수밖에 없었다. 하늘이 도왔다. 장마가 시작되었음에도 현장의 하늘은 쾌청

했다. 외부에서는 경사면 돌쌓기와 토방 공사, 울타리 공사, 주변 정리 공사가 한창이었다. 다른 한편에서는 수녀원의 특성상 외부 덧창 공사가 추가되었고, 수녀님들 각 실에 들어갈 책상이며, 책꽂이, 문갑 공사가 뒤를 이었다. 그래도 끝은 나게 마련인가 보다. 건축 준공 후 하우스 창고 공사와 미진한 부분들을 조금 남기고 일차 철수가 시작되었다. 본격 장마가 시작된다는 일기 예보를 들으며 이사 예정일보다 3일을 앞당겨 드디어 2005년 6월 26일 이삿짐이 들어온 것이다. 만 3개월, 감회가 새로웠다. 자투리 자재며, 쓰레기들을 한데 모아 트럭 가득 싣고 철수를 준비하는데 투-둑 투-둑 빗방울이 떨어진다. 만감이 교차했다. 진부에 머물면서도 인제 현장을 무사히 마무리했고, 양평 현장이 또한 진행 중이었다. 한 순간, 한순간 얼마나 많은 날이 가슴 조이는 순간이었던가. 눈을 들어 앞을 보니 그 새 감자 꽃이 절정이다. '사장님, 정말 고생 많으셨어요. 고맙습니다. 쓰레기만 싣고 가게 해서 어떡하나.' 수녀님 말씀에 백색으로 피어난 감자꽃이 겹친다. 아마도 감자꽃이 피는 6월이면 수녀님 생각이 떠오를 것이다. 화려한 색깔로 치장하지 않은 감자꽃은 백색의 '영혼'이라는 생각과 함께. 그리고 이야기할 것이다. 처음부터 끝까지 내 손으로 이루어 낸 진부 마평리 수녀원을. 내 생에 최고의 집이었음을.

• 4

어떤 직업이든, 그 업을 통해 이런 서사와 따듯함을 느낄 수 있을까 하는 생각이 문득 들었다. 살림집과 종교 시설, 교육 시설 포함 육십여 채의 현대 흙집, 현대 한옥을 지었다 한다. 선암은 '집' 이야기 속에 담긴 '삶' 이야기에 빠져들면서 읽기를 멈출 수가 없었다. 아마도 제야의 건축 인생에서 절정에 이른 해였던 것으로 보인다. 2008년 '이보다 더 좋을 순 없다'라는 제목에서부터 말이다.

사람과 집 2008 - 이보다 더 좋을 순 없다.

건축업을 하면서 느끼는 가장 큰 두려움은 겨울 지나 봄이 다가올 때 일을 확정하지 못하는 경우다. 손발을 맞추어야 하는 모든 공정의 일꾼들 역시 겨울 너머, 땅 풀리기만을 고대하고 있을 터. 일거리가 없다는 것은 함께 밥 벌어 먹고 사는 이들에겐 곤혹스러운 일이다. 구정 지나 서산 해미면 주택과 횡성 우천면 주택의 치목 작업이 동시에 이루어졌다. 신나는 봄날을 예약한 것이다.

서산시 해미면 황락리 주택

사연 없는 집이 어디 있겠냐만 서산 해미면 주택은 남다른 집이다. 건축주는 칠순을 넘긴 홀로 사는 누이이고 의뢰자는 정년퇴임을 앞둔 충남대 경제학과 교수님인 동생이었다. 저수지 상단에 작은 남동생이

식당을 운영하며 자리를 잡고 있었고, 등산로를 조금 더 오르다 보면 돌담으로 둘러싼 작고 아늑한 집이 하나 있었다. 기존 주택은 두고 잔디마당 한 가운데가 새 집이 들어설 곳이란다.

현장 방문하던 날 건축주 누이는 사는 집의 동쪽 창문새로운 집이 지어질 잔디마당을 가리키며 어머니가 오랜 병상 생활 중 침대에 누워 창밖의 목련 나무를 보시던 곳이라 말했다. 70년대 인력 수출의 창구였던 독일 간호사로 나가 동생들 학비 벌어 뒷바라지하고, 혼기 놓친 홀로 산 세월 늘그막에 아버지 모신 선산 아래 터에서 어머니를 간호하다 떠나보낸 누이. 이제 환갑들을 다 넘긴 삼 형제가 한 상 앞에 앉았다. 새로운 집은 부모 기일 날가톨릭 신자로서 제사는 지내지 않지만 형제들이 편하게 모일 수 있는 공간으로, 건축주 누이가 세상을 떠나면 남은 형제와 그 후손들의 묘막이 될 터였다.

주방과 나란히 햇빛 잘 드는 남쪽으로 안방과 누마루가 있고, 거실을 가운데 두고 맞은편에 사랑방을 들였다. 전통적인 기역 자 한옥 모양에 현대 한옥의 성과들인 방수벽을 포함한 황토 벽체, 우드 새시와 조선살 나무창으로 된 이중창, 거실의 내부 오량 천장, 내부 벽체 하단부의 나무루버 마감 등 누이의 생활 공간과 형제들의 공동 공간 모두 마감이 깔끔하게 떨어졌다.

공정이 바뀔 때마다 한 번씩 방문하시는 동생 교수님의 얼굴은 늘 밝았고, 본인이 부담하여 집 앞에 정자를 들이시고는 더없이 좋아하셨다. 퇴임식에서 내가 쓴 찔레꽃 편지의 글을 인용했다는 노교수님의 칭찬에는 몸 둘 바를 몰랐다. 시공사의 기술력에 대한 믿음에 인간적 신뢰가 더해진 관계는 집을 더욱 빛나게 만든다.

상량식 때 형제들과 가족들이 함께 부른 '어머니'라는 찬송가?는 이들이 한 형제로서 공유해 나가는 삶의 뿌리이기도 하다. 내게 있어 앉은뱅이 어미처럼. 나이 들어 제각각 살림을 차리고 새 식구가 들어오면 아무리 형제라도 이웃집 남보다 못한 것이 현실인 세상에서 선산 자락에 모여 사는 형제들의 나눔은 잃어버린 옛 마을의 자취를 아련히 추억하게 한다.

'고모님이 서울에 건물도 지으셨고, 보통 까다로우신 분이 아니신데 칭찬만 하시는 걸 보면 참 대단해요' 하는 말을 들었다. 현장 책임자는 일꾼보다 먼저 현장에 도착해 하루 일을 준비하고, 공정마다 주요 체크 사항을 점검하며, 현장 뒷정리 다 한 후에야 하루 일을 마무리해야 하는 것이다. 공정별로 일을 지원하거나 다음 공정을 위해 사전 작업을 해 놓는 것도 기본이다. 그것이 건축주의 신뢰를 얻는 가장 큰 비결임을 나는 알고 있었다.

횡성군 우천면 오원리 주택

서산 해미면 주택의 목구조 공사와 처마 지붕공사가 이루어지고 있을 때 횡성 살림집 전시관 벽체 공사가 재개되었다. 공정별 순환 공사가 시작된 것이다. 이어서 횡성군 우천면 주택의 착공에 들어갔다. 이미 치목이 이루어진 상태였고, 건축주 직영으로 토목공사가 마무리

된 시점이기도 했다. 특히 2006년 용인 청덕리 살림집을 신축하면서 건축주아버님 집였던 친구 ㅇ호가 사업본부장으로 합류하면서부터 한옥 목수 공정을 책임 맡는 현장 책임자가 되었다. 이때부터 한옥 목수 공정은 본부장이, 흙벽돌 조적 공사부터는 내가, 마감 공사는 현장 관리자로 합류한 전기 업체 이 부장이 역할을 나누는 시스템이 정착되었다.

건축주는 인천 쪽에서 중소 사업장을 운영하는 사업가로서 일찍이 횡성 우천면에 두 집이 들어설 만한 터를 마련했다. 외로움을 함께 나눌 이웃 할 친구와 함께 집을 짓고자 함이라 한다. 아내의 빈자리를 친구라는 이웃으로 채우고자 했으나 쉽지 않아 처음 상담 후 오랜 시간을 미루게 되었던 것으로 보였다. 처음 계획은 팔작지붕 현대 한옥 단층이었으나 그간 여러 곳을 둘러본 경험을 통해 우리가 지은 충남 금산면 주택을 모델로 맞배지붕 현대 한옥 복층으로 결정이 났다. 작은 마을의 끝자락 터이기에 동향 건물로 배치하되 남쪽 채광과 북쪽 전망까지를 고려했다.

집 지을 때 가장 경이로운 순간이 뼈대, 골격을 세우는 일이다. 기초 위에 집의 형체가 다 갖추어지는 일이다. 그래서 어느 공정보다 한옥 목수 공정이 중요하다. 뼈대란 집의 근간이며, 처마 지붕 모양은 한옥의 백미다. 손발 맞음에 더욱 신바람 나는 시간이다. 목수 팀과는 좋은 형과 아우로서 관계를 맺어오던 본부장이 나를 대신해 현장을 맡았고 서로에게 익숙해질 때까지는 어느 정도의 시간이 필요하다 여겨졌다.

현장은 그리 만만한 곳이 아니다. 건축주와 일꾼으로서, 또는 좋은 형과 아우 관계를 넘어서야 했다. 현장 일머리로서 관계가 결정 나기 때문이다. 뒷짐 지고 서 있는 일반 관리자 모습은 우리 현장에서 추방된 지 오래였다. 집을 짜는 목수 일 중 가장 험한 서까래 올려 주는 일을 본부장이 자청했고, 어디 얼마나 견디나 보자던 목수 팀의 심사도 풀어지는 듯했다.

횡성 살림집 전시관 벽체 공사와 내장 공사를 진행하며 서산 해미면과 횡성 우천면을 오갔다. 생일을 맞은 4월 중순, 횡성 우천면 주택으로 아내와 지인들이 찾아왔다. 현장에서 목수 팀과 함께 점심 겸 생일상을 받고, 지인의 단소가 축가를 대신했다. 오래도록 기억될 추억이 될 것이다. 처마 지붕공사가 끝나는 날 아쉬움 속에 건축주와 함께 기념 촬영을 했다. 마른 체격에 턱수염을 기르고 있어 강기갑 선생이라고 불렀던 새로 합류한 ㅇ규도, 건축과를 다니면서 휴학 중 현장경험을 해보겠다고 서산 해미 현장부터 따라다니는 ㅇ미까지 넉넉한 현장 식구들의 사진 한 장은 그해 늦봄을 아름답게 빛냈다.

복잡한 회사 일에 주말마다 횡성 집을 찾는 건축주의 마음은 얼마나 설렐까. 전원주택 잡지사 기자와 취재차 찾은 집은 정원 공사로 어수선했다. 그 후 다시 방문한 집은 건축주의 손길이 미치지 않은 곳이 없는 것같이 정갈했다. 집은 삶의 위안과 평안일 수 있음을 새삼 확인하게 된다.

홍천군 남면 시동리 주택

홍천 남면 주택 건축주는 오랜 기간 외국에 나가 생활했던 터라 한국에 돌아가면 시골에 한옥을 짓고 살아야지 하는 꿈을 키워왔다고 한다. 홍천 남면에 작은 동산을 끼고 저수지가 바라보이는 터를 마련했다. 본격적인 살림집을 짓기 전 예행연습으로 부지 내에 카페 같은 작은 황토집을 마련하는 치밀한 준비도 마쳤다. 살림집을 짓는 과정을 옆에서 지켜보기 위한 숙소이기도 했다.

인터넷에서 찾은 여러 자료를 통해 어떤 집을 지어야겠다는 구상이 명확했고, 시공사도 이미 마음속에 결정하고 귀국을 했다고 한다. 그러니 상담 과정은 건축주의 요구와 아이디어를 시공사가 어떻게 수용하는가의 문제로 귀결되었다. 건축 비용의 문제이지 기술상의 어려움이 있는 일들은 아니었기에 창의적인 건축주와 시공사의 기술력이 합해지는 순간이었다. 우리에겐 갑작스러운 상담이었으나 건축주에겐 오랜 꿈을 내딛는 발걸음인 셈이다.

북쪽의 작은 동산을 안마당으로 끌어들이고 동쪽의 저수지 쪽을 조망하되 출입은 남쪽으로 하는 독특한 건물 배치가 확정되었다. 공간 구성에 있어서도 안주인의 공간인 주방과 바깥주인의 공간인 사랑방이 저수지 쪽 조망을 모두 담아낼 수 있도록 하였다. 철저히 두 내외를 중심으로 한 공간 구성이 돋보였다. 남쪽의 출입 현관과 맞닿은 거실은 북쪽의 동산 쪽으로 열려 있다. 거실 왼편은 가족실이라는 이름으로 TV와 오디오, 쇼파 등 문화공간으로서의 방이 있고, 뒤편으로 돌출된 기역 자 형태의 주방이 동쪽의 저수지를 조망하게 한 것이다. 거실 오른편으로 안방과 한쪽에 작은 옷방, 안방을 통해 들어가는 사랑방구들방+누마루라는 독특한 구성을 갖추게 되었다.

집의 뼈대는 원형 기둥에 민도리를 장혀로 보강하고, 중방을 설치하기로 했다. 좀 더 전통적인 한옥 느낌을 원하는 건축주의 요구를 수용했다. 심벽 방식이 아닌 흙벽돌 쌓기 방식이어서 하방, 중방, 상방을 없애고 방수벽과 흙벽돌 이중 쌓기로 진행되던 기존 방식을 보완했다. 흙벽돌 이중 쌓기 방식이기에 중방을 설치하더라도 내부의 작은 벽돌이 나무와 흙벽의 틈을 보완할 수 있다는 자신감이 있었다. 벽체 창틀 하단 방수벽을 강돌로 쌓으면 좋겠다는 의견이었으나 전체적인 느낌을 고려해 우리가 사용하는 전돌로 하되 슈퍼사이즈로 무게감을 살리기로 했다. 창은 횡성 한옥 문화센터 살림집 전시관에 처음 적용한 3중창 형태외부 세 살 덧창+새시+내부 세 살 목창를 취했다. 내부 오량 천장의 대들보는 자연 그대로의 질감을 살려내고자 산판에서 공수한 육송으로 별도 마련했다.

상량식은 상반기 공사의 백미로 치러졌다. 서산 해미 현장으로부터 쉼 없이 달려온 우리 자신을 위안하고, 성심을 다한 건축주와 이웃을 한 자리에서 만나는 일이었다. 목수 팀과 함께 개량 한복을 맞추어 입었다. 작업복을 벗고 상량식의 주인으로 앞에 섰다. 아내와 함께 문학모임 지인들이 함께 참여했다. 단소와 가야금 연주가 상량식의 흥을 돋웠다. 사진가인 건축주 친구분의 전문가 솜씨로 한 권의 상량식 앨범이 탄생하기도 했다. 모두에게 오래도록 기억될 기쁨의 날일 것이다.
다락과 가구 배치, 주방 벽장, 원목 문짝으로 한식 주방의 느낌을 살린 씽크대, 편백 나무 루버로 마감한 화장실 벽과 바닥 마감 등 건축주의 주문이 시공 기술력으로 탄생하는 과정은 현대 한옥의 완성도를 한층 높여주었다. 꿈꾸던 일을 이루어 낸 건축주가 가꾸어 낼 안마당 작은 동산이 어우러진다면 귀촌자의 마음속 종가로 영원히 빛나리라.

횡성 한옥문화센터 살림집

지난해는 사업적으로도 어려운 해였고, 몸도 망가져 추석 직후 수술을 받았던 때였다. 수술 후 한 달여 회복기를 지나자마자 지팡이를 짚고 부지의 단을 만드는 토목공사를 강행했었다. 내친김에 목구조 뼈대 공사와 상량, 기와 공사까지 마감했던 일이다.
건축주가 있는 주문주택 공사는 건축주의 의사가 90% 이상 반영되게 마련이다. 살림집 전시관은 그 자체로 자신이 건축주인 셈인데, 주문주택에서 실험해보지 않았던 방식들을 도입하다 보니 더 까다롭고 시행착오를 겪을 수밖에 없었다. 그동안의 성과를 집약하고 여러 가지 실험적인 형태를 보여주어야 한다는 욕심이 작동했다.
한옥 목수 팀의 의견을 받아들여 민도리에 장혀를 보강하고, 방수벽 벽돌도 전돌이 아닌 현대적 적벽돌 질감을 선택했다. 특히 창 문제는 고민의 핵심이었다. 전통 한옥의 느낌을 충분히 살리되 단열 기능을 보강하는 방안을 찾자는 생각이었다. 거실 전면의 분합 창 및 각 방의 창을 쪽마루와 어울리게 머름 높이로 올리는 한식 창 형태로 바꾸면서 폭 20cm 외부 흙벽돌 벽체에는 공틀과 외부 덧창을 설치하고 새시와 내부 목창은 벽속으로 들어가는 포켓 창을 구현하기로 했다.

이질적 소재들을 결합하는 기밀성단열에 세심한 주의가 필요했다. 내벽이 두꺼워지면서 자연스럽게 생긴 공간들은 하단에 책꽂이, 상단에 선반시렁을 설치했다. 천장도 내부 오량 천장, 차실의 반자 천장, 2층 거실의 고미서까래 천장, 복도와 방은 황토 보드에 간이 반자 천장 등 각 공간의 특성을 살린 천장 모양을 구현하려 애썼다. 외부 덧창은 세살창으로, 내부 목창은 불발기 창으로 모양을 달리하고, 공간 구분의 미닫이는 촉대구살, 방문은 거북살로 디자인한 목문 등 다양한 모양새를 갖추었다.

횡성 우천면 주택의 마감 공사와 홍천 남면 주택 공사가 진행 중이던 그해 7월 100mm가 넘는 폭우가 내렸다. 높고 깊은 어답산 줄기 끝자락에 자리한 살림집 전시관 석축 단이 토압을 견디지 못하고 어그러졌다. 살림채 옆 물줄기가 비치던 곳에 자연 연못을 만들어 놓았는데 살림채 바로 뒤 석축 단에도 물줄기가 있었던 모양이다. 3m 정도 높이로 단을 세웠으니 물 폭탄이 물줄기를 따라 한 곳으로 집중되면서 쌓은 돌이 어그러졌는데 그곳이 현관 옆 기둥의 바로 뒤였다.

어그러지며 깨진 작은 돌이 받침이 되어 아슬아슬하게 받치고 서 있는 장면은 아찔하기만 했다. 저 돌이 무너져 석축이 일시에 집을 덮칠

수도 있는 형국이었다. 어찌할까 고민하다 임시처방으로 매번 여름을 속 끓이느니 확실하게 해두고 가자는 생각으로 재시공을 결정했다. 잘 나갈 때를 경계하라는 경고로 받아들이며 옷깃을 여몄다.

평택시 청북면 고잔리 주택

여름 장맛비가 쏟아지던 날 평택 청북면 건축주 내외가 횡성 살림집 전시관을 찾아오셨다. 아내와 오래도록 친언니 이상 가깝게 지내는 터라 나도 가끔 왕래하던 지인이었다. 지금 사는 집을 부수고 새로 지으려 한다는 이야기를 들었고, 우리가 지은 집들을 나들이 삼아 돌아보시곤 한다는 이야기를 들었던 터였다. 며칠 전 흙벽돌에 관해 물으셨고, 경량 철골조 흙집으로 직접 지어보시려 한다며 '의견을 구해도 되겠냐.' 하여 오시라 했던 일이다.

이미 설계도도 나와 있는 상태였다. 한쪽만 이층구조에 비대칭 경사지붕 형태로 거실과 이층이 트여 있는 유럽식 느낌의 집이었다. 젊어서 미장일을 직접 해 오신 이력도 있고, 돼지농장의 돈사를 직접 짓고 보수하거나 기존 주택에 벽난로를 손수 만들기도 했었단다. 집 짓는 일도 두 내외의 힘만으로 만들어 보겠다는 생각이셨다. 이런저런 궁금증을 풀어드리고 헤어진 며칠 후 다시 전화가 왔다. 철골 뼈대만 해달라고 업체를 갔는데 그분이 '황토집을 지으려면 나무로 뼈대를 세워야지 철골은 수명이 오래가지 않는다, 해 달라고 하면 해 줄 수는 있지만, 돈이 좀 들어도 나무로 뼈대를 세우는 게 좋다.'는 이야기를 했다는 것이다.

그 일을 계기로 급반전되어 건축 상담으로 전환되었다. 지금 나와 있는 설계도로 한옥목구조 황토집을 지을 수 있는가가 관건이었다. 설계는 안주인이 오래도록 마음속에 품고 오던 생활의 반영이며, 새로운 집에 대한 꿈이기도 했다. 1층엔 농장 작업장에서 화장실을 거쳐 방으로 들어오는 동선에 돈사가 내려다보이는 전망을 확보한 안방을 중심으로 형제와 자녀들이 함께 할 넓은 거실과 손님상을 많이 치러야 하는 주방과 보조 주방을 합쳐 두 내외의 삶을 반영한 공간 구성이었다. 2층은 출가한 두 딸과 손자들을 위한 공간으로 구성되었다. 기존 공간 설계를 기본으로 한옥 목구조 뼈대 방식으로 구조 방식을 바꾸면 되는 일이었으나 맞배지붕이 아닌 비대칭 경사지붕 형태를 서까래 처마와 박공으로 구성해 현대 한옥의 맛을 살려낼 수 있을까 하는 점이 관건이었다. 맞배지붕 현대 한옥과는 그 느낌과 시공 방식이 다른 새로운 형태의 실험이었다.

기초 공사가 끝나고 뼈대 작업이 시작되는 순간 현장은 평정된다. 무에서 유가 창조되듯 하루 지나면 뼈대가 서고, 또 며칠 지나면 2층 바닥 위에 뼈대가 서고, 어찌 나올까 노심초사하던 경사지붕이 처마 지붕에선 서까래와 박공으로 맛을 내고, 내부는 고미서까래 장선과 루버가 빚어내는 웅장함이 우려를 날려버렸다. 특별한 상량식을 계획했다. 행인흙건축 49번째의 집인 것이다. 집 짓는 업의 탈상이라는 의미를 부여했다.

그 집이 전원주택이 아니고 삶터인 농장 안에, 그것도 오랜 마음속 지인의 집이라는 데 의미가 남달랐다. 아내가 처녀 시절 직장에서부터 알고 지내던 안주인이 화원을 할 때 나도 들락거리던 기억이 새롭다. 상량식에 시를 준비하는 것은 처음이었다. '인연'이란 상량 시다. '누가 알았겠니.'로 시작되는 이 시는 그 뒤 많은 사람이 기억하는 시가 되었다. 나는 오로지 안주인과 두 내외를 생각하며 쓴 시였는데. 아마도 나의 마음이, 진정성이 사람들에게도 전달된 모양이다.
목수 팀에게는 김광석의 '일어나' 노래를 주문했다. 우여곡절 많던 집의 이력에 딱 맡는 노래라고 여겨졌다. 절을 하고, 시를 읽고, 노래를 부르고, 모두의 박수와 함성 속에 상량 도리가 맞춤하는 순간. 건축주 내외와 자녀, 친지들, 선후배와 이웃한 주민들은 이런 상량식은 처음 본다며 속눈물을 감추었다. 사연을 모르는 이는 모르는 대로, 삶의 궤적을 공유한 이들은 또 그들대로.
밥도 '짓는다'하고, 업도 '짓는다' 한다. 생존조건인 밥을 해결하는 일과 한 生생을 아우르는 업 모두가 지어야 할 일이다. 밥과 업을 동시에 해결하는 집짓기를 생업으로 택했으니 참 잘했다 싶다. '노동으로 꽃피운 정직한 삶에 바치는 상량.' 이 얼마나 가슴 벅찬 일인가. 집을 통해 사람을 만나고, 삶을 공유하고, 또 다른 인연의 업을 만들어 가니 말이다.

선암은 세세한 집짓기 과정을 통해 제야의 2008년을 헤아렸다. 이런 것이 바로 '기록의 힘'이구나 싶었다. 그리고 '시로 쓰는 세상 일기'에서 '인연'이란 시를 다시 만났다.

인연

누가 알았겠니
수십 년 홀로이 서 있다가
네가 기둥이 되고
내가 도리와 보가 되어
집의 뼈대가 될 줄이야

누가 알았겠니
수십 년 따로 살다가
네가 남편이 되고
내가 아내가 되어
생의 부부가 될 줄이야

누가 알았겠니
수많은 세월처럼 서까래가 걸리고
지붕을 이어 비를 가리고서야
벽을 치고 창을 내어
온전한 집이 되는 것을

누가 알았겠니
서까래처럼 수많은 날들
한숨과 눈물로 견디고서야
아비와 어미가 되고 자식이 되어
온전한 가족이 되는 것을
또 누가 알았겠니
당신의 손으로 집의 뼈대가 서고

당신의 손으로 지붕을 얹어
당신의 손으로 벽을 쌓고 창을 내어
당신의 손으로 단장을 할 줄이야

또 누가 알았겠니
당신의 손이 밥이 되고
당신의 손이 사랑이 되고
당신의 손이 위로가 되어
당신의 손이 삶의 의미가 될 줄이야

그렇게
온전한 집이 되고, 삶이 되는 길에
맺은 인연이여...
노동으로 꽃피운 정직한 삶에 바치는
상량上梁이여

•
5

집도 짓고, 시도 짓고, 그 속에 삶도 지으니 그 아니 좋은가. 2008년이니 '하우징그룹 행인'이 부도나고 꼭 10년째를 맞는 해다. '행인흙건축'으로 마흔아홉 번째 집. '49제' 상량을 하였다고 한다. 현대 흙집, 현대 한옥의 살림집을 짓는 중간중간에 사찰과 수녀원, 교회와 센터까지. 그 발자국 하나하나는 곁눈 팔지 않고 정직하게 걸어 온 삶의 이력이었다. 제야의 발걸음이 어디에 다다를지 선암은 못내 궁금했다. 드디어 현대 한옥으로 교육 시설을 짓는 꿈이 이루어지는 과정을 목격하게 된다.

당진군 한옥 어린이집 - 바람, 들꽃, 평화

막막하던 봄날. 2005년 진부 수녀원 신축이 추진되던 당시와 비슷하게 한줄기 여명이 비추었다. 살림집뿐만 아니라 어린이집이나 유치원을 비롯한 교육 시설, 한의원을 비롯한 의료시설, 장애인과 노인들을 위한 복지시설 등 공공건물에 현대 한옥 황토집이 지어졌으면 하는 소망을 가져왔었다. 소방 시설이나 방염 처리 같은 건축법상의 까다로운 과정이 비용 문제와 더불어 고민되었지만 오랜 꿈이 실현되는 또 하나의 도전이라는 데 가슴이 설레었다.

몇 차례 설계 수정과 견적 보완이 이루어졌다. 건축 면적 당 아이들 수용인원이 법적으로 정해져 있는 터라 6개 반 100여 명을 수용하는 공간 구성은 원장님의 계획에 따른 미세한 부분까지 충족되어야 했다. 터의 조건과 전통 교육 시설의 배치를 적용하여 3개 동 디귿 자 형태로 안마당 문화를 이루고 싶었지만, 원장님은 선생님과 아이들의 동선, 놀이터 문제 등을 고려하여 집합건물 형태를 선호하셨다. 최종적으로 원장실 및 주방이 있는 관리 동에 3-4세 반을 가까이 배치한 복층 형태의 건물과 준공 후 통로로 연결되는 독립된 단층6-7세반으로 150여 평 규모의 어린이집을 확정했다.

작으면 3-40평, 크면 5-60평 규모의 살림집에 비한다면 150여 평의 건축 면적은 적어도 일반 살림집의 세 배 규모다. 시간이 넉넉하게 주어진 것도 아니다. 2010년 봄 개원을 눈앞에 두었으니 원아 모집은 늦어도 초겨울에는 시작되어야 하고 그때까지는 전체 윤곽이 나와야 하는 일이었다. 공정별 관리자로 흩어져 있던 행인 3인방이 한 자리에 모였다. 파주 현장에는 빠졌던 본부장이 합류하고 이 부장을 포함하여 셋이 현장 인근 마을에 빈집을 세 얻어 숙식을 함께 했다.

아침과 점심은 현장에서 해결하고 한옥 목수 팀과 일할 때는 저녁을 시내에서 함께 먹었다. 다른 팀들과 달리 형, 아우 하는 서로에 대한 교감이 달랐기 때문에 한 식구처럼 움직였다. 한 달여 당진 시내를 돌아다니다 보니 코스가 정해지기도 했다. 집 짰다고, 상량식이라고, 일이 고됐다고, 일 끝나간다고. 며칠에 한 번꼴로 저녁 먹고, 실내 포장마차 들렀다가 노래방으로 향하는 일들이 이어진 것이다. 낮엔 긴장하고, 밤엔 풀고, 다시 긴장하고 풀어내면서 서로를 품어 안을 수 있는 이러한 과정들은 '갑'과 '을'이라는 계약관계를 넘어 노동 공동체의 가능성을 열어 놓는다.

형제 같던 목수 팀들이 떠나면 유난히도 허전해 보이는 것이 본부장이다. '네 삶이 좋아 보여, 네 꿈이 좋다.'는 친구가 현장을 택하게 된 또 하나의 이유가 바로 목수들이었기 때문이다. 기와 작업을 필두로 본격적인 작업이 남았는데 벌써 해가 짧아지고 있었다. 숙소의 방 3개에 각자 한 방씩을 차지하고선 음식 만드는 것을 취미로 생각하는 본부장 덕에 소주 한 잔 곁들인 저녁 식사를 하던 때였다. 기와 공사는 안전문제가 항상 미덥지 않아 이번부터는 자재 하역하고 올리는 뒷일을 행인 3인방이 도맡았다. 참으로 고된 노동이었다.
이어진 흙 벽체 공사 조적 팀은 이천 솟대 전원마을부터 10여 년 넘게 손발을 맞추어 온 터였다. 하지만 이제 환갑 전후를 맞은 조적 팀은 나이 차가 있어서이기도 하고, 워낙 단가 문제에 예민하게 대응하기도 해서 일 중심의 관계가 맺어지고 있었다. 잠깐 배제되었다가 실력으로 복귀한 팀이기도 했다. 지난해 현장부터 회식을 함께 했는데, 알고 보니 10여 년 가까운 세월에 저녁 회식을 한 것이 처음이란다. 낯가림 치고 심했던 일이다. 현장에서 오야지라 불리는 강 사장은 술자리에서 '이 사장은 나이는 어린데, 대하기가 어려워. 한 번 아니다 하면 타협이 안 돼. 근데 다른 현장보다 마음이 편해' 한다. 오랜 세월 노가다 판에서 익힌 예민한 이해관계, 거친 현장 말투가 처음에는 내게 낯설었었다. 기공들은 환갑 전후 또래들이고 뒷일꾼들은 아들뻘 되는 젊은 친구들이 호흡을 맞춘다는 것이 이 팀의 장점이었다. 시끌시끌한 가운데 양념처럼 욕을 썩어 말하지 않으면 대화가 되지 않는 이 정경 또한 얼마나 아름다운가.
벽체 공사가 끝나고 전기 설비 배관 작업이 진행되면서 내장 작업에 이르고 면벽 수행이 시작되었다. 내벽에 바르는 황토 미장이 이탈하지 않도록 벽에 메시메탈라스 망을 치는 작업인데 보통은 내장 팀에서 마지막 작업으로 하던 일이다. 워낙 양이 많아서 일정 문제도 있었고, 이 정도쯤이야 하는 마음에 시작한 일이 본부장 친구와 둘이 십여 일 넘게 벽을 바라다보아야 하는 일로 번졌다. 내장 목수 팀도 조금 하다 말겠지 했는데 '우리 일을 다 가져갔다.'고 농담 삼아 말하곤 한다. 단순 노동의 반복이 어떠한 것인지 체험하며, 면벽 수행 중이라 위안했다. 당진 현장에서 무엇보다 의미 있는 일이 있었다면 아무래도 내장 목수 팀에 대한 내 생각을 바꾸게 된 일일 것이다.

소위 인테리어 목수라고 칭하는 내장 목수 팀들은 공장으로 말하면 사무직 노동자처럼 보였다. 모두가 생산직인데 사무직처럼 보이니 곱게 보아질 리 없다. 남들은 아침 7시부터 일을 시작하는데 8시쯤 나와 커피 마시고 8시 반쯤에나 일을 시작하고선 오후 5시 정도 되면 연장 정리하는 모습들은 이질적인 모습으로 다가왔다. 물론 건축 현장도 그렇게 여유로운 모습으로 변해야 하지 않을까 싶지만 '우린 일반 노가다하고 다르다'라는 근저에 이르면 용납이 되지 않았던 일이다. 장 팀장은 내가 한옥 목수 팀만 끼고돈다고 서운해한다는 소리를 들었다. 새로 손발 맞춘 지 한 3년이 지나고서야 풍토가 다르다는 것을 인지하고, 나 또한 팀의 속성들을 인정하게 되면서 합의점에 도달했다. 서로를 인정하고 교감이 이루어지면 마음이 편해지는 법이다. 새침하고 개인적으로만 보이던 구성원들의 면면이 다시 보이고 삶의 아픈 흔적들을 어루만지게 되는 법이다.

초겨울에 접어든 상황. 벽 미장이 한창일 때 이 부장의 어머니가 돌아가셨다. 며칠간 이 부장은 상을 치르느라 현장을 비웠고, 본부장도 잠시 휴가를 갔다. 현장에 적적함이 묻어났다. 바닥 미장 공사에선 난방 배관 후 콩자갈을 채우는 일이 일 중에 가장 고된 일이다. 특히 그 넓은 이층 바닥을 채우는 일은 간단치 않았다. 모든 공정이 용역을 쓰지 않는 원칙을 지키고 있었다. '일을 시키느니 차라리 내가 하고 말지' 하는 경험으로 일당 용역을 쓰지 않았기에 팀의 기공이고, 뒷일꾼이고, 사장이고 본부장이고 없이 등짐을 지었다. 나는 이 순간 함께 노동하는 이들만이 공유할 수 있는 의리 같은 정서를 만끽한다. 다리가 후들거려도 묵직하게 내리 누리는 무게감이 오히려 마음을 풍요롭게 만든다. 집을 다녀온 본부장이 만두를 빚어 내려와 오후 참으로 먹었다. 아쉬움에 아예 숙소에서 저녁 식사로 만두를 끓이기로 했는데 이보다 더한 회식 자리가 있을까. 흙 묻은 작업복으로 둘러앉아 어디서 이런 저녁을 먹겠느냐고 감사한다. 매서운 찬바람에 콧물 날리며 몰탈 2포 50kg을 지고 나르는 박씨 아저씨 안쓰러워 속 눈물을 삼킨다.

정말 추웠다. 셋이서 당진 시내에 나가, 두툼한 작업복과 모자를 구하고도 현장에서 숙소로 들어오면 덜덜덜 떨면서 전기장판 속으로 기어들었다. 낮에는 보일러를 켜두고 가지 않기 때문에 저녁에 들어오면 냉골이다. 저녁 준비를 하고, 씻고, 소주로 속 추위를 녹이면 곤하게 잠이 몰려온다. 판자때기 길게 늘어놓고 벽돌 한 장씩 깔고 앉아 이십여 명이 둘러앉아 먹는 아침 식사가 며칠씩 계속되었다. 이젠 시간과의 싸움만 남았기 때문이다. 도배, 바닥 마감 작업을 하기 위해 난방을 돌렸는데 배관이 얼어버려 순환에 문제가 생겼다. 분배기에 물이 터져 흐르고 첫날은 이 부장과 설비 사장이, 그다음 날은 내가 밤새워 배관 녹이는 전쟁을 치렀다. 열풍기를 들이대고 난로 하나 의지하여 밤을 지낸 새벽녘. 보일러 연통에서 연기가 피어올랐다.

어디 이뿐이랴. 그 많은 사연을 어찌 글로 다할 수 있을까. 해를 넘겨 1월 중순 원두막 공사와 마감 공사 일부를 남겨둔 채 철수 준비를 하면서 햇살 가득한 어린이집을 바라보았다.

바로 그 사람들이 저 집이다.

건축공사가 끝나갈 때쯤
햇살에 기대어
담배 한 개비 물고 바라보노라면
건물 곳곳에 사람의 모습이 어른거린다.

강퍅한 삶, 그만한 고집들로
깎고 다듬어 맞춤하는
준이, 학이, 욱이, 규, 호의
사람 좋은 미소가 보이고
일흔 넘긴 와공 어르신의
기와 다듬는 망치 소리도 들린다.

환갑 넘은 쓰미 '강'의 불같은 쌍소리도
마지막 단 흙벽돌을 들고 안간힘을 쓰는
'ㅇ영'아재의 얼굴도 보이고
뺀질거린다고 늘 입에 오르내리지만
메지 일 하나만큼은 쌈박한
'ㅇ만'씨의 얄궂은 걸음걸이도 보인다.

벽과 바닥에 달라붙어 씨름하는 미장 일
ㅇ규씨와 ㅇ희씨는 아마도 전생에 부부거니 싶다.
양평에서 합류한 ㅇ기씨의 빠른 걸음이 보태지고
ㅇ기씨 짝꿍 뒷일 하는 박씨 아저씨
이십오 킬로그램 몰탈 두 포를 등에 지고
황소처럼 오르내리는 모습이 선명하게 떠오른다.
인상 험악해, 언제까지 가려나 싶었는데
인테리어 목수라고 폼잡던 건방 걷어내고
마음 열어 한 식구가 되어가는 장 목수
'아름답고 보기 좋게'를 외치며
건들거리는 모습이 눈에 선하다.
밀고 갈아내어 화장발 없는 칠
모자 쓰고 마스크 끼지만
페인트 냄새에 절어 있는
머리칼 몇 개 없는 조 사장의 이마도 안쓰럽다.

동맥과 정맥처럼
전선과 호스가 멈추지 않고 돌아야
집은 생명을 얻는 법.
불이 들어오고, 물이 나올 때
왕고집 이 부장과 덜렁이 최 설비의
눈에 보이지 않는 수고가 빛을 낸다.
힘들까 거들고, 목마를까 물 챙기고
추울까 불 피우고, 사고 날까 청소하던
나와 친구 ㅇ호, 두 잡부의 모습도 보인다.
함께 하는 노동이 진정한 사람 관계임을 확인한다.

아, 그래.
사람, 바로 그 사람들이
저 집이다.

원장님은 공사 기간 내내 곁을 비우지 않으셨다. 음료수며, 만두며, 인절미며, 커피며 오후 참 시간에 맞추어 나르셨고, 밤을 새우는 날은 새벽같이 우유와 간식을 챙기셨다. 공정 하나 하나, 사람 하나하나 마음 쓰며 동고동락을 같이했다. 상량문을 '바람, 들꽃, 평화'라는 한글로 하면 어떻겠느냐는 내 의견을 수용하고, 어린이집의 운영이 어떠했으면 하는 바람까지 터 놓고 이야기 할 수 있었다. 그건 홈페이지에 내가 쓴 이런저런 글들을 익히 읽으신 결과가 아니었나 싶다. 그래서 글을 쓴다는 것이 무거운 책임감으로 다가오기도 했다.
올해는 원서 접수가 늦어 많은 인원이야 되겠는가고 걱정하시던 일이 입소문에 자리를 다 채웠단다. 2011년 원서 모집엔 자리가 모자랄 것 같으니 증축을 하라고 한단다. '날씨가 추워지니, 공사할 때 생각이 더 나요. 이때쯤 무슨 일을 했었지. 하면서.' 원장님이나 노동을 공유했던 모든 이들은 그 시절을 아주 오래도록 추억하게 될 것이다. '바람처럼 자유롭게, 들꽃처럼 씩씩하게, 무한경쟁과 전쟁 없는 평화로운 세상'에서 우리 아이들이 자라나길 소망하며.

'아슬한 결빙 위 실핏줄, 너를 믿고 나는 딛는다'
함께 노동하는 자들의 연대, '목수의 노래'다.

어느 현장의 상량일이건
그건, 건축주와 시공사, 현장 일꾼의 축제일이다.
삶을 담는 그릇으로서의 집짓기.
'돈'이 아닌 '관계'로 지어지는 집이다.

하루 일당쟁이 노가다가 아니라
삶을 나누는 동행자가 있었다.
그 순간들이 있었기에
돈벌이의 지겨움에서 벗어날 수 있었다.

사업이라는 건 돈을 벌기 위한 일이다.
특히 소규모 건축업이라는 게
우리가 알고 있는 상식으로는 '집 장사' 같은 이미지다.
거기서 일하는 사람들은 '노가다'라 불리며
하루 벌어 하루 먹고 사는 밑바닥 노동자다.
그런데 제야의 집짓기는
하청으로 이루어지는 수직적 피라미드를 깨고
사장과 관리자, 현장 일꾼이
수평적 관계로 이어지는 기적을 만들고 있었다.
선암은 '한옥 목수들하고 함께 일할 때가 가장 행복했다.'는
제야의 말이 떠오르면서
그가 꿈꾸고 있는 세상이 어떤 모습일지 조금은 알 것 같았다.
자본주의 늪에서 걸어 나와 스스로 길을 만든 이.
'목수의 노래'는 제야의 삶에
딱지가 앉고 새 살이 돋아나고 있음을 알려주는 징표였다.

목수의 노래 -
딱지가 앉고 새 살이 돋는다

1

서커스 매직 유랑단

사람은 누구나 자신이 즐겨 부르는 노래 한두 곡은 있다. 나이와 취향에 따라 좋아하는 곡들이 달라지지만, 자신의 처지를 가장 잘 대변해주는 가사가 어느 시기 자신의 주제곡이 된다. 서른 살 후반 이후 나의 주제곡은 가수 박상민이 부르는 '지중해'였다.

"지친 어깰 돌아서 내려오는 달빛을 본다 / 별빛 같은 네온에 깊은 밤을 깨워보지만 / 죽음보다 더 깊은 젊은 날은 눈을 감은 채 / 돌아 누웠지 숨을 죽이며 울고 있었지 / 천년 같은 하루와 내 모든 걸 빼앗아 가고 / 한숨 속에 살다가 사라지는 나를 보았지 / 나도 내가 누군지 기억조차 할 수가 없어 / 나를 데려가 할 수 있다면 너의 곁으로 / 돌아가는 길에 나를 내려 줘 / 나도 네가 사는 곳에 가진 않을래 / 돌아오는 길은 너무 멀지만 / 더 이상은 나를 버리고 살 순 없어…"

그것은 차라리 비명이었다. 자신의 처지를 인정하고 또한 부정하는 울부짖음이기도 했다. 그렇게 마흔 살 중반에 이른 나이, 나는 또 하나의 노래와 마주했다. 그것은 한옥 목수 팀과 같이 간 노래방에서였는데 목수 팀이 스스로 '목수의 노래'라 이름 붙인 '서커스 매직 유랑단'이다. 그날이 아직도 눈에 선하다.

현대 한옥, 현대 흙집인 살림집 건축을 하는 내게 있어 근간이 되기도 하고 가장 많은 시간을 보내게 되는 팀이 한옥 목수 팀이다. 언 땅이 녹기도 전에 시작한 강화 현장에서는 3월 내내 숙식을 같이하며 찬바람을 이겼기에 그 어느 때보다 동질감이 강했다. 강화 현장이 조적 공사를 끝내고 내장 공사에 들어갈 즈음, 천안 현장이 재개되면서 한옥 목수 팀과의 재회가 이루어졌다. 누런 황사의 습격과 봄볕의 더위가 반복되던 날들 속에 가로의 벚꽃나무에선 꽃비가 내렸다. 목수들의 기운찬 엔진 톱 소리와 함께 지붕 위로 날리는 톱밥이 꽃비처럼 아름답다고 느껴지던 날, 내게도 봄이 오고 있구나 싶었었다.

대개는 뼈대 공사가 마무리된 다음의 상량식 날에 그간의 긴장을 풀어내는 술자리와 노래방 뒤풀이가 있게 마련이다. 목수들에게 있어서는 기둥과 도리, 보로 집의 틀을 짜는 뼈대 공사를 마무리하고, 처마 지붕공사를 시작하기 전의 의식 같은 것이다. 지금에 있어서는 상량식 다음의 처마 지붕공사가 뼈대 공사보다 더 많은 시간과 에너지가 필요하다. 객지 생활의 외로움과 상량까지 무사히 왔음을 자축하고 남은 공사를 힘차게 마무리하기 위한 중간 휴식지점이다. 그러고 나면 처마 지붕 작업은 긴장의 연속이다. 추녀를 내고 서까래를 걸고 개판을 박는 동안의 작업은 외양으로 보이는 한옥의 처마 지붕 선이기에 실력이 고스란히 보이는 작업이기 때문이다. 그렇게 남은 에너지들을 모두 다 토해내고야 집의 모습을 갖춘 목조 건물을 마주하게 된다.

간간이 저녁 술자리는 있었지만, 긴장의 연속을 풀어내지 못하고 이십 여일을 달려왔으니 그 고단함은 어지간하랴. 종교적인 이유로 상량식을 거른 터라 중간 휴식 없이 내달려온 길이었다. 대신 집 짜기 공정이 마무리되던 날 건축주가 마련한 저녁 식사 자리가 있었다. 저녁 술자리 끝에, 출퇴근을 하던 내 소매자락을 잡은 것은 한옥 목수 팀장인 ㅇ준이였다. '저희가 언제 사장님 붙잡든가요. 오늘은 저희하고 노래방 갔다가 제 방에서 주무시고 가세요. 내일은 현장 정리만 하면 되잖아요.' 그 마음이 간절하다. 예의상 하는 말도 아니고 할 이야기가 있어서도 아니다. 그것은 교감이었다. 힘든 과정을 묵묵히 함께 헤쳐온 사람들 간에 오고 가는 정이었다. 'OK, 그런데 ㅇ준씨 노래방 가면 끝장을 본다면서. 시간 정하고 해.' 서로들 호탕하게 웃으며 시작된 노래는 이 친구들의 나이를 의심할 정도로 그 폭이 넓고 깊었다.

목수 팀 막내인 ㅇ호의 노래는 신세대답게 애잔하면서도 기교가 있고, 꽁지머리 ㅇ종이의 노래는 취한 척 흐르는 쓸쓸함에 여운이 느껴졌다. 한바탕 분위기가 무르익어 가면서 '참 잘 논다, 노는 데도 힘이 느껴지네. 잘 놀아야 일도 잘한다는 말이 맞는 것 같아'하는데 ㅇ종이가 머리를 까딱거리며 박자를 맞추자 ㅇ준이가 달려가 ㅇ종이의 어깨에 앉았다. ㅇ종이가 나를 바라보며 '사장님, 이 노래가 우리 목수노래예요. 한 번 들어 보세요'한다. 벌써 노래는 시작되었고, 제목을 보니 '서커스 매직 유랑단'이다. 소란스러운 배경음악 사이로 알아들을 수 없는 빠른 랩이 끝나는 순간 ㅇ준이와 ㅇ종이의 얼굴엔 한과 열정이 서리고 온 힘을 다해 소리를 높였다. 울부짖음과도 같은 포효였다.

"일 찾아 꿈을 찾아 떠나간다오 / 한 많은 팔도강산 유람해보세 / 마음대로 춤을 추며 떠들어 보세요 / 어차피 우리에겐 내일은 없다…"
절규가 가슴을 쳐 '왜 내일이 없어.' 소리를 지르려는데 잔잔한 음악으로 바뀌면서 구슬픈 목소리가 애간장을 녹인다.

"오늘도 아슬아슬 재주넘지만 / 곰곰이 생각하니 내가 곰이네 / 난쟁이 광대의 외 줄타기는 / 아름답다 슬프도다 나비로구나…"

순간 호흡이 멈추었다. '나네, 내 모습이네' 생각하면서 ㅇ준이의 노래 부르는 모습을 쳐다보니 세상을 향해 던지는 뜨거운 눈빛이다.

"커다란 무대 위에 막이 내리면 / 따듯한 별빛이 나를 감싸네 / 자줏빛 저 하늘은 무얼 말할까 / 고요한 달그림자 나를 부르네 / 떠돌이 인생역정 같이 가보세 / 외로운 당신의 친구 되겠소 / 흥청망청 비틀비틀 요지경 세상 / 발걸음도 가벼웁다 서커스 유랑단 Hey"

그렇게 ㅇ준이와 ㅇ종이의 노래는 막을 내렸다. 벌떡 일어나 박수를 보내며 '목수의 노래 맞네, 맞아' 하고 외쳤다. 속으로는 '내 노래네, 내 노래야.' 하면서. 노래로 통할 때 어쩌면 삶도 통하는지 모른다.

목수들이 지붕 위에서 일하는 시간이 많다면 나는 주로 바닥에서 일한다. 상량까지 뼈대를 짜는 동안에는 이미 치목을 마친 상태라 자재만 분류하고 토막만 정리하면 되지만 지붕공사가 시작되고 나면 아래에서 정리할 일들이 많아진다. 처마 지붕공사는 자재를 재단하여 맞추는 일들이라 목재를 자르고 대패를 먹이는 일들이 몇 날 며칠 계속 된다. 터가 협소하거나 질퍽거리기라도 하면 발 딛기 힘들 정도로 난장판 되는 건 순간이다. 일에 지장 없으면 주변이 어찌 되었건 간에 일만 하는 것이 일꾼들의 관행이다. 자재를 분류하고 토막을 치우는 일은 현장 잡부가 하거나 아니면 말고 식이다. 직접 현장을 챙기기 시작하면서 그 일은 나의 일이 되었다. 새로 합류한 목수 하나가 '이런 현장은 처음 봐요. 이렇게 현장이 말끔하게 정리되어 있으면 일하는 사람들도 조심스럽고, 마음도 경건해져요'한다.

휴식 시간에 ㅇ종이가 '모든 관리자가 권위가 있었는데, 사장님만 권위가 없어요. 미안해서 뭘 집어 던질 수가 없잖아요'한다. 권위를 내세우지 않고 잡부처럼 청소하는 사장, 새로운 현장 풍토를 만들어 가는 일꾼, 동질성을 획득한 것이다. 또 한마디 한다. '사장님이 한자리에서 움직이지 않고 한참을 쳐다보고 있으면 문제가 있는 거야. 얼른 가서 보고 뜯어' 그 이야기를 들으며 웃은 적이 있다. '처음엔 설명하려고 했는데 끝내는 다시 하게 되더라고요. 아니다 싶으면 언제든 말씀하세요.' 덧붙인다. 기술자의 곤조를 내세워 또한 자신들의 권위를 지키려 했던 관행도 깨지고 있었다.

노래로 통하듯 삶도 통하기 시작했다. 전국을 유랑하며 집을 짜는 목수들이나 그 집을 완성해야 하는 나도 세상 속에서는 어차피 곰인 것. 광대의 몸짓일지언정 삶이 모두 그러한 것을. 삶이 통하는 자들이 함께 만들어 가는 인생. 서커스 매직 유랑단이여! 목수의 노래여! 나의 노래여!

•
2

바쳐야 한다

몸은 하나인데 감당해야 하는 일들은 그 몇 배인 상황들을 종종 부딪친다. 현장 관리자 여러 명을 두고 역할을 나누었던 지난 시절과 달리 지난해부터 이 부장 하나만을 관리자로 두고 회사의 모든 업무를 처리해 나가자니 솔직히 버거웠다. 한 시기 2-3개의 현장이 동시에 진행되면 일정표에 한 치의 오차도 있어서는 안 된다. 다행히 이 부장은 지난 시절 관리자들과 다르게 설계, 전기 공사, 현장 관리, 구들, 마감에 이르기까지 가리지 않고 일해 주었다. 나와 더불어 환상의 양 날개다. 이제 모든 공정이 팀 체계로 편재되어 자리를 잡은 터라 큰 틀에서는 직영체제처럼 움직여 주었다.

강화 현장이 방바닥 황토 미장까지 마무리하고 양생하는 동안 이 부장이 올라와 용인 청덕리 현장의 기초 공사와 토목 공사를 진행했다. 나는 이 부장과 교대하여 강화 현장 마무리 준비를 서둘렀다. 다른 현장과 달리 누마루와 솟을대문, 돌담과 조경 공사까지 복잡하게 얽힌 공사들을 한 달여 만에 마무리해야 하는 녹록하지 않은 일정이었다. 주섬주섬 옷 가방을 챙겨 5월 7일 밤 강화 숙소로 향했다. 엊그제 강화에는 하루 100mm가 넘는 폭우가 왔다는데 현장이 어떠할지 내심 걱정이 앞섰다.

5월 8일 아침 한옥 목수 팀과 반가운 재회가 이루어졌다. 올봄 강화 현장부터 천안 현장, 그리고 다시 강화 현장까지 유난히도 나와 호흡을 맞추는 시간이 많아진 목수 팀이다. 때맞추어 누마루와 솟을대문 자재가 현장에 도착했다. 아침부터 자재 반입을 위한 현장 정리로 어수선한 가운데 줄눈 작업을 할 메지 팀도 도착하고 현장은 활기를 띠기 시작했다. 그렇게 비가 많이 왔다는데 외형상 보이는 현장은 안정되어 보였다. 누마루와 솟을대문은 현장 상황에 따라 재단하고 맞춤하는 것이 편하여 현장에서 직접 치목 작업을 진행하게 된 것이다. 각 공정이 자리를 잡고 일을 시작한 후에야 찬찬히 현장을 돌아볼 수 있었다.

'어- 저게 뭐야' 하는데 집터 뒤편 산자락 경계에 쌓은 석축이 일부 어그러져 있었다. 우리가 건축공사를 시작하기 전에 어설프게 쌓아 놓은 구조물을 택지 조성을 하면서 모두 헐고 다시 쌓은 석축이었다. 건축주는 집 안 마루에서 산을 볼 수 있도록 자연스럽게 해 달라고 주문하였지만 그러자면 택지 전면을 5m 이상 높여야 하는 상황인지라 택지는 그 중간 기점에 맞추어 전면과 후면에 구조물을 쌓았던 터였다. 그런데 건축주는 집과 후면의 석축이 너무 가깝고 절벽처럼 답답하다 하여 지금껏 쟁점이 되었던 일이다. 이 구조물이 옥에 티였으나, 이미 전용 허가를 받은 부지 안에서의 건축공사인지라 어찌할 수 없는 선택이었다.

지난번 건축주가 일본에서 나왔을 때도 이 문제는 서로를 답답하게 만드는 핵심 쟁점이었다. 집 뒤편의 전망을 살리고 폭우에 대한 배수로를 안정적으로 확보하기 위해서는 결국 구조물을 헐고 허가 부지 외의 땅을 건드려야 하는데 토목준공과 연계된 문제라 쉽게 결정할 수 없었던 일이다. 이견이 존재하는 가운데 구조물 뒤편에 내기로 했던 배수로 공사가 지연되었고, 결국 이번 비로 큰물이 석축 뒤편을 내리치면서 일부가 내려앉은 것이다.

감당하기 힘들 정도의 난감한 상황에 직면하면 외로운 것이 대표다. 판단해야 하고, 그 판단에 대한 손실을 감당해야 한다. 한참을 굳은 표정으로 생각에 잠겨 있는데 목수들 또한 속사정을 아는지라 굳은 표정들이 역력하다. 저걸 저렇게 두고 건축 준공 후까지 기다릴 수는 없는 일이었다. 토목 팀들을 불러 토목공사를 다시 하기로 정했다. 한순간 회사가 감당해야 하는 손해는 너무 컸다.

이 문제는 비용 측면의 손해만 남긴 것이 아니었다. 건축주를 대신하여 현장을 찾은 어머니와 동생은 '그러면 그렇지' 하는 눈치였고, 눈으로 볼 수 없는 건축주의 오해는 눈덩이처럼 커졌다. 과정을 설명하니 이해는 하지만 그 책임은 회사에 있는 것 아니냐는 것이다. 며칠간 계속된 통화 내용을 옆에서 듣고 있던 목수들은 굳어진 내 표정에 숨소리조차 죽여 가며 묵묵히 일만 한다. 그 과정에서도 나는 틈틈이 등짐을 졌다. 쪽마루를 놓기 위한 토방 기초와 누마루 바닥 화강석 돌 시공을 하기 위한 높이까지 흙과 자갈 채우는 일이다. 이 일이 터지지 않았어도 등짐을 졌어야 하지만 난관에 봉착한 지금 등짐을 지는 일은 가슴 속 무엇인가를 다독이고 다음 일을 결단하는 신성한 의식이기도 했다. 벽을 만날 때마다 주문처럼 외우던 愚公移山우공이산, 塞翁之馬새옹지마, 和而不同화이부동을 수없이 되뇌었다.

격한 순간을 벗어나면 시간이 또한 문제를 해결하기도 한다. 감정 조절이 된 서로가 상대를 존중하며 통화를 하게 되고, 관계를 깨지 않는 이상 함께 갈 수밖에 없는 현실을 인정하게 된다. 그로부터 며칠 후 건축주가 일본에서 나왔다. 집터 뒤편 구조물이 훤해지고 배수로 계획까지 설명하자 건축주는 모든 걸 수긍한다. 뒤 산자락 구조물이 훤해지니 이제야 집이 산다고 좋아한다. 맥이 풀리는 순간이다.

건축주가 다녀간 후 'OK, 됐어' 하자, 목수들이 환호성을 지른다. 휴식시간 둘러앉은 자리, ㅇ준이가 '저희는 목수 일은 해도 집은 못 지을 것 같아요. 보니까 일보다도 건축주의 다양한 요구를 어떻게 풀어가는가가 집을 짓는 핵심 같은데 사장님 보면 저희는 엄두가 나질 않아요.' 한다. 나는 웃었다. 건축주와 시공사는 집을 짓는 공동 주체이면서 이해가 대립하는 당사자다. 하지만 그 관계가 밀고 당기는 거래관계가 되고 나면 상품으로서의 집밖에 남질 않는다. 어찌 되었건 시공사가 중심이 되어 원칙에 충실할 때만이 집도 살고 관계도 남는다. 생각에 잠겨 있는데 ㅇ준이가 자리를 털고 일어서며 한마디 보탠다. '집도, 사람도 다 드러나는 것이 집 짓는 과정인 것 같아요. 다 보이잖아요. 하하.'

그날 저녁 오리고기에 술 한잔을 걸친 후 2차로 노래방을 거를 수 없었다. 답답했던 그 무엇을 털어낸 기분 좋은 자리는 끝내 목수의 노래라 이름 붙인 '서커스 매직 유랑단'을 부르고서야 캔 맥주 하나씩을 들고 자리에 앉았다. 그 순간 ㅇ준이가 '서커스 매직 유랑단'이 목수의 노래가 아니고 이 노래가 진짜 목수의 노랜데요 하면서 노래방 반주

없이 노래를 부르기 시작했다.

> "사랑을 하려거든 목숨 바쳐라 / 사랑은 그럴 때 아름다워라 / 술 마시고 싶을 때 한 번쯤은 목숨을 내걸고 마셔 보거라 / 전선에서 맺어진 동지가 있다면 / 바쳐야 한다 죽는 날까지 / 아낌없이 바쳐라…"

ㅇ종이와 나도 일어나 함께 노래를 불렀다. 이 노래. 싸움터에서 돌아와 동지애를 확인하던 그 노래. '목숨 건다는 사람들이 다 흩어졌잖아요. 진정한 동지는 말이 아니라 노동으로, 현장에서 맺어지는 관계가 진짜라 생각해요.' ㅇ준이의 비장한 한마디다. 동시대를 살아온 이들만이 공유할 수 있는 아픔이기도 하다. 한이기도 하다. 지금 이 노래가 진정한 목수의 노래라고 하지 않는가.

그래, 우리가 지난날 변혁 운동을 하지 않았다면 지금 우리는 그저 노가다일 뿐이다. 목수를 하건 집을 짓건 삶을 사는 원칙이 있고, 사람 관계를 소중하게 생각하는 믿음이 있기에 다른 거야. 함께 하는 노동 속에서 꾸는 꿈, 삶의 교감, 서로를 아끼는 마음, 그것이 우리가 꿈꾸던 새날이 아니던가.

'이제 같은 사십 대를 바라보는데 사장은 무슨 사장이야, 형이라고 해.' 그렇게 해서 업체의 사장과 일꾼 관계는 청산되었다. 물론 현장에서야 어찌할 수 없는 일이지만 한 시대를 공유하며 살아온 이들, 삶의 목표와 원칙들을 공유할 수 있는 사람들이 있어 얼마나 다행스런 일인가. 말뿐인 동지가 아니라 노동 속에서 맺어지는 진정한 동지가 될 수 있음이다. 망각의 세월을 넘어 우리의 뿌리를 생각하게 하는 '바쳐야 한다'는 지금 다시 우리의 노래다. 무엇을 바칠까 고민하게 하는.

•
3

존재의 이유

드디어 6월 6일. 공사 재개일로부터 꼭 한 달여 만에 강화 현장이 완공되었다. 서너 개의 공정이 서로 부대끼지 않게 조정하면서 집 내부 공사와 돌담, 조경 공사에 이르기까지 하루 십여 명 이상이 투입되어 목표 기일에 끝장을 보았다. 도저히 감당할 수 없을 것 같은 일도 목표를 세우고 밀어붙이다 보면 어느새 끝이 보였다. 그 과정에서 얻은 깨달음은 '선택과 집중'이다. 늘 상황과 대결하며 계획을 세우고 집행해야 하는 야전 사령관의 역할은 아마도 서른 살 이전의 이력에서 체득된 것 일 게다.

사람들은 나보고 하루도 쉬지 않고 일만 해서 아내와 아이들이 싫어하겠다고 말한다. 그 속마음이야 어찌 알겠는가만 아내도 아이들도 큰 불만이 없다고 믿으며 산다. 집 떠나와 객지 생활할 때야 어찌할 수 없는 일이지만 아이들과 함께 있는 시간만큼은 늘 최선을 다하려 애쓰고 있음을 아내도 아이들도 인정한다. 그런 아내와 아이들을 강화 현장으로 불러 내렸다. 때마침 공사 마지막 날이 공휴일이라 시간을 맞출 수 있었다.

'아빠가 지은 집이야, 우리도 이런 집 짓고 살자. 너무 좋다.' 초등학교 3학년인 둘째 아이의 반응이다. '아빠, 사진기 좀 줘 봐요. 친구들한테 보여주게' 중학교 2학년인 첫째 아이의 반응이다. '어떻게 이런 생각을 했어, 지금까지 지었던 집보다 훨씬 고급스럽고 한옥다워 보인다.' 아내의 반응이다. '형부, 이제 흙집으로는 최고 전문가가 되었네.' 회사에서 함께 일했던 처제의 반응이다. 가장 가까운 사람들이 인정해주는 결과를 듣다 보면 그간 겪었던 마음고생들을 한순간 잊을 수 있다.

강화 현장에서 돌아온 다음 날부터 새로운 전투 준비가 시작되었다. 천안 현장은 조적 공사부터, 용인 현장은 뼈대 공사가 동시에 진행되어야 하는 부담스러운 날들이다. 천안 현장을 이 부장이 운영해 가면서부터는 용인 현장에 상주하는 날들이 많아졌다. 용인 현장은 그간 다른 현장과 분위기가 달랐다. 건축주가 친구 아버님인 터라, 장손인 친구가 모든 일들을 대리하고 있었다. 처음 상담으로부터 계약이 이루어지던 때 '나를 건축주라고 생각하지 마' 했던 친구의 말이 아니더라도 건축주와 시공사, 일꾼이 따로 있는 게 아니라 그저 함께 집을 짓고 있구나 싶었다.

장마를 피하려고 일을 서둘렀지만, 전기 인입 공사 문제로 지연되면서 장마철에 딱 걸리고 말았다. 집터가 아파트 신도시 수용지구 뒤 임야인지라 아파트 단지의 저수조 물탱크 공사 현장의 도로를 사용해야 하는 상황이었다. 때맞추어 저수조 배관 공사가 진행되는 터라 아침저녁으로밖에 출입이 허용되지 않았다. 비만 조금 와도 차량이 올라가지 못했다. 일 중간중간 장맛비에, 도로 사정조차 열악한 현장 조건을 목수 팀들은 탓하지 않았다. 일주일 정도 일하고 5일은 철수, 다시 일 시작하면 비, 연장을 들고 산길을 가야 하는 난감한 상황들이다. 그저 웃을 수밖에. 짜증을 낼 만도 한데 싫은 소리 한 번 안 하는 이들에겐 분명 삶의 낙천성이 자리하고 있었다. '어차피 해야 할 일, 상황이 그런 것을.' 하는 여유로움 또한 몸에 익은 듯했다. 무엇보다 일을 즐기고 있다는 생각이 들었다. 하루 벌어 하루 산다는 일당쟁이 근성, 소위 노가다 근성이라고 불리는 게으름과 고집, 불평불만들을 찾아볼 수 없었다.

그래서일까. 아버지를 대신한 건축주인 친구는 나보다도 더 목수들을 좋아하게 된 것 같다. 비 오는 날이면 목수들 숙소로 가 함께 술을 마시기도 했고, 수원 화성 안내를 자임하기도 했다. 간간이 얼큰한 속풀이 오뎅 국을 현장에서 끓이기도 하고, 내가 현장 정리를 하면 함께 일을 거들었다. 6월 3일에 시작한 뼈대 지붕공사가 7월 22일에야 끝을 보았다. 마무리에 어디 술 한 잔, 뒤풀이가 빠질 수 있겠는가. 건축주와 시공사 대표, 목수들이 형님 아우님 하며 새롭게 맺게 된 인간관계. 그것은 분명 건축을 둘러싼 그간의 편견들을 깨는 새로운 문화다. 모든 에너지를 다 토해내고 진이 빠져 귀향을 준비하는 목수들에게 안쓰러움 대신 믿음이 더해지는 이유다.

일을 무사히 마쳤다는 안도감인지, 어젯밤 술자리가 과했던지 모두

피곤한 기색이 역력하다. 그리 신나지 않은 노래방 뒤풀이에 꿋꿋이 지키고 있던 ㅇ천이가 마지막 곡을 장식하겠다고 한다. ㅇ천이는 한 팀이었는데 지난해 절 공사에 들어가 있어 강화도 장화리 주택 누마루 공사부터 다시 합류한 상태였다. ㅇ준이와 ㅇ종이가 앞일을 치고 나가면 뒤에서 일 마무리를 하는 게 ㅇ천이의 역할이었다. 서로들 참 잘 맞춘다고 생각하는 사이, ㅇ천이의 노래가 시작되었다.

> "언젠가는 너와 함께 하겠지. 지금은 헤어져 있어도 / 네가 보고 싶어도 참고 있을 뿐이지 언젠간 다시 만날 테니까 / 그리 오래 헤어지진 않아 너에게 나는 돌아갈거야 / 모든 걸 포기하고 네게 가고 싶지만 조금만 참고 기다려줘 / 알 수 없는 또 다른 나의 미래가 나를 더욱 더 힘들게 하지만 / 네가 있다는 것이 나를 존재하게 해 네가 있어 나는 살 수 있는 거야 / 조금만 더 기다려 네게 달려갈 테니 그때까지 기다릴 수 있겠니..."

'존재의 이유'였다. 유난히도 아내와 아이에게 정이 깊어 보이는 ㅇ천이다. 아마 이 노래도 목수의 노래 리스트에 올릴만한 노래다. 98년 회사가 최종 부도처리 된 후 대낮에 혼자 노래방에 가서 이 노래를 얼마나 부르고 또 불렀던가. ㅇ천이와 어깨를 나란히 하고 노래를 하는데 둘 다 눈시울이 뜨겁다. ㅇ천이가 언제 그런 말을 한 적이 있었다. 'ㅇ준이나 ㅇ종이는 일이 좋아서 즐기면서 하지만 저는 진짜 먹고살기 위해서 일합니다.' 그 말이 가슴 한편을 무겁게 눌렀었는데, 이 노래를 듣는 순간 ㅇ천이의 그 애절한 마음이 갑절로 다가온다.

'목수들은 1년에 얼마 정도 벌어' 하니까, '비 오거나 추우면 일하지 못하고, 일이 없으면 또 못하고, 1년에 한 200일에서 많이 하면 250일 정도 해요. 연봉으로 치면 평균 이천사백만 원 정도 되나요.'한다. 기술자일 때 그러하니 뒷일꾼들은 그보다 훨씬 못 미칠 것이다. 일하는 기간 대부분은 객지 생활일 터, 그렇게 가족들 1년 먹고살면 남는 것이 없는 삶.

돌아오는 발걸음이 무겁다. 별로 다르지 않은 삶이지만 나와 함께 하는 삼십여 공정의 팀들 대부분의 사정이 그러할 것이고 그 많은 이들의 밥벌이에 도움이 되기 위해서는 내가 감당해야 하는 몫이 크다는 생각에 이르렀다. '그래, 가는 거야. 해 보는 거야. 함께 하는 노동 속에 함께 사는 삶이 있다는 게 얼마나 행복한 일인데.' 그날 밤 나는 '존재의 이유'를 수없이 불러댔다.

•

4

꿈의 대화

11월 초순인데도 강원도 횡성의 바람은 매웠다. 토목 공사를 하던 10월 말부터 불을 피웠으니 말이다. 초겨울 찬바람이 옷깃을 파고드는 현장 한 모퉁이에서 분주하던 손을 놓고 연필을 쥐었다. 상량문을 쓰려는 것이다. 손끝의 떨림이 온몸을 감싼다.

오랜 꿈이었습니다.
현장에서 노동하는 사람들이
삶 속에서 만들어 갈 미래의 희망
머리와 말로서가 아니라
생존과 희망을 동시에 구현할 시대의 일꾼들
그 꿈을 담을 그릇을 만드는 일입니다.

이곳에 행인서원行人書院의 꿈을 이루고자 합니다.
우리 살림집 업을 보다 활성화하는 근거지로
'길을 가는 사람들'의 정신적 버팀목으로
소리 나지 않게 씨앗을 심으려 합니다.
하지만 아직, 모든 것이 꿈입니다.
길은 열었지만, 그 길을 끝내 다 갈 수 있는지는 모릅니다.
힘이 다하여 미치지 못한다면
그 꿈을 누군가 이루겠지, 믿으며 가려 합니다.

목이 멨다. 짧게는 십 년 세월, 길게는 이십 년 세월이 주마등처럼 스쳤다. 목숨처럼 여기던 변혁의 꿈이 정파들의 종파주의와 패권주의, 기회주의에 수명이 다해 갈 때 피눈물을 흘리지 않았던가. 자본의 논리에 순응하며 시작했던 건축업이 파산한 후 거친 노가다 판에서 길어 올린 우리 살림집의 현대화란 결실이 어디 녹녹한 것이었던가.
먹고 살기도 힘든데 무슨 헛소리냐고 하는 야유들이 아직도 귀에 생생하다. 고민은 길었다. 터는 어찌하여 마련했지만 꿈을 이루기엔 가진 것이 없었다. 하지만 '다 갖추어진 다음에 한다는 것은 결국 하지 못한다는 것'과 같다는 결론에 이르렀다. 자기 욕심 채우려 남에게 피해 만 주지 않는다면, '길은 가는 자에게 열릴 것'이라 믿기로 했다.

그렇게 시작하여 한옥 문화센터-행인서원의 터에 첫 건물의 상량식을 맞는 감회를 그 누가 알까. 의례 상량 도리에 한자로 쓰는 격식을 피해 '작은 산이 모여 큰 산을 이루다'라고 한글로 적어 넣었다. 지인이 써 준 글씨는 내 마음을 고스란히 담은 듯 소박했지만 간절했다. 목수들의 떡메 소리에 맞추어 상량 도리가 맞춤 되는 순간 속으로 가만히 노래했다.

> 한 사람 한 사람이 모여 우리가 되고,
> 한 생각 또 한 생각들이 큰 꿈을 이루듯
> 한 공정 한 공정이 모여 집이 되고, 한 집 또 한 집이 모여 마을이 되듯
> 하나하나의 작은 몸짓들이 서로의 어깨를 맞대고 이루어내는 꿈.
> 작은 산이 모여 큰 산을 이루리니.

잔치 같은 남의 집 상량식만 겪다가 우리끼리 상량식을 치르자니 기쁨보다는 긴장감이 더했다. 참으로 어려운 가운데 내딛는 또 다른 첫발이 아니던가. 긴장도 풀 겸 술 한잔에 저녁 식사를 마치고는 어김없이 찾아간 노래방, 노래의 화두 역시 '꿈'이었다.

봄 여름 가을 겨울이 부른 '어떤 이의 꿈'이 흘러나왔다. ㅇ욱이었다. ㅇ욱이는 지난 봄 안성 사찰의 화재 복구공사 때에 처음 합류했다. 첫 만남 때 '어, 돌쇠 과네.' 했던 친구다. 자그마한 키에 말이 없고 일의 집

중력이 대단해 보였다. 목수 팀장인 ㅇ준이를 처음 보았을 때의 '감'이 왔다. ㅇ준이에게 '그려, 죄다 돌쇠 과들만 모이는구먼.' 했던 기억이 떠올랐다. 노래를 들으며, 짧은 만남이었지만 이미 공감이 왔다.

어떤 이는 꿈을 간직하고 살고, 어떤 이는 꿈을 나눠주고 살며
다른 이는 꿈을 이루려고 사네.
어떤 이는 꿈을 잊은 채로 살고, 어떤 이는 남의 꿈을 뺏고 살며
다른 이는 꿈은 없는 거라 하네.
세상에 이처럼 많은 사람들과 세상에 이처럼 많은 개성들
저마다 자기가 옳다 말을 하고, 꿈이란 이런 거라 말하지만
나는 누굴까. 내일을 꿈꾸는가. 나는 누굴까.

나는 누굴까, 나는 누굴까, 나는 누굴까..., 노랫말이 입속을 계속 맴돌았다. '또, 꿈 이야기야.' 하면서도 내심 이 친구들이 함께 있다는 것이 고마웠다. 시간이 흐르고 술도 거나하게 취했는데 귀에 익은 음악이 다시 한번 '꿈'의 화두로 인도한다. ㅇ학이가 마이크를 틀어쥐고 신이 나 '꿈의 대화'를 부르고 있다. ㅇ학이는 오래도록 함께 호흡을 맞추어 온 목수 팀원이었지만 강화도 장화리 공사 후 손을 다쳐 한동안 공백이 있었다. 지난 금산 동곡리 현장에서 다시 만났을 때 '목수의 노래'라는 글에 자기만 빠졌다고 못내 서운해하던 친구였다. 신나는 노랜데 재학이가 부르는 노래는 처연하기까지 하다.

땅거미 내려앉아 어두운 거리에, 가만히 너에게 나의 꿈 들려주네.
너의 마음 나를 주고 나의 그것 너 받으리.
아침엔 꽃이 피고 밤엔 눈이 온다, 들판에 산 위에 따뜻한 온 누리
네가 제일 좋아하는 석양이 질 때면, 내가 제일 좋아하는 언덕에 올라
나지막이 소리 맞춰 노래를 부르자, 작은 손 마주 잡고 지는 해
바라보자

크지 않은 키에 깡마른 체구, 자글자글 주름 잡힌 ㅇ학이의 얼굴을 보고 있노라면 장인어른의 얼굴이 떠올랐다. 몸은 쪼그라들고, 평생의 노동으로 새까맣게 그을린 얼굴과 손, 소주와 담배를 놓지 못하시던 어른이었다. 이 땅 아비의 얼굴이었고, 노동자의 모습이었다.

ㅇ학이를 보고 있는데 며칠 전 휴식 시간에 ㅇ호와 주고받던 이야기가 생각나 피식 웃음이 나왔다. 'ㅇ호야, 나중에 네가 오야지 되거들랑 내가 너 밑에 가서 일할 테니까, 그때 이씨...하고 부르면 안 된다. 형님 해라, 소주는 꼭 챙겨주고.' 하는 ㅇ학이의 말에 '모르지요, 형님은 이제 술 그만 마셔야 돼요.'하며 ㅇ정호가 농담을 받았다. 이번 현장에서 두드러진 변화가 있다면 막내였던 ㅇ호가 지붕 위를 타면서 작업을 하고 아래서 자재를 올려 주는 일을 ㅇ학이가 맡은 점이다. 세대교체의 신호탄이다. ㅇ호에게 본격적인 기술 습득 과정을 배려한 것이다. 앞 세대가 길을 열어주며 후일을 걱정하고 있는 모습이다.

'형님, 일 년에 두 번 보면 저흰 굶어 죽어요.' ㅇ학이의 말이다. 올해는 도심지내 일반 건축물인 교회, 지역 아동센터를 신축하는 일과 경량

목구조 방식의 현대 흙집 신축이라서 한옥 목수 일이 뜸했다. 당연히 안성 사찰의 화재가 없었다면 한옥 목수 팀과의 상반기 재회는 없었을 것이다. '형님하고 우리하고 인연을 이어주려고 절에 불이 났나 봐요. 부처님 뜻 아닌가 싶어요.'하는 말에 모두 실소를 금치 못했었다. 다른 현장의 일을 찾아 목매달지 않고 오직 우리 일에만 전념하고픈 친구들의 마음이 읽혔다. '어디 전면전만 있나, 어려울 땐 각개전투로 살아남아야지. 모여라, 했을 때 다 생존해 있어야 하는 거 아니야.' 목수 일을 끝내면서 회식 자리에서 했던 나의 말이 아프게 되돌아온다.

흰 눈이 온 세상을 깨끗이 덮으면,
작은 불 피워 놓고 사랑을 하리라
내가 제일 좋아하는 별들이 불 밝히면,
내가 제일 좋아하는 창가에 마주 앉아
따뜻이 서로의 빈 곳을 채우리.

가사에 취했던가. ㅇ학이의 노래에 맞추어 모두가 일어나 두 발로 차오르며 노래를 따라 불렀다. 그 순간 키 작은 무리에 섞여 삐죽 돋보이는 ㅇ원이가 눈에 뜨였다. 올해 합류한 막내다. 신학대학을 졸업하고 하사관으로 군대를 제대한 후 목수 일을 배우고 있는 친구다. 교회를 세우고 목회 일을 하는 대신 우리 살림집을 짓고 그 속에서 신앙인으로 살아가겠다는 꿈을 가지고 있다. 목수를 직업으로 생각하고 있진 않지만 일 속에서 삶을 배우고 있는 소중한 씨앗임이 분명하다.

취한 ㅇ학이가 나의 어깨를 감싸며 말한다. '제가 ㅇ준이를 비롯해서 이 친구들하고 일하며 많이 변했어요. 맨 날 PC방 가서 바둑이나 두고 술만 마셨는데. 사람 됐지요. 형님도 좋고, 오랫동안 평생 볼 수 있었으면 좋겠어요.' 가슴이 먹먹하다. 꿈이 있고, 꿈이 통하고, 꿈을 나누는 일. 그것은 바로 현장에서, 노동 속에서 맺어지는 형제애가 아닐까 싶다. 함께 있던 아내가 숙소로 향하며 한마디 한다. '모두 가족이네. 가족.' 그렇다. 피를 나눈 가족보다 더 진한 '꿈을 공유한 가족' 말이다.

•
5

"'가족'이라는 말이 오래도록 남았어요."

"이 친구들하고 함께 있는 현장 초반 한 달여는 정말 사람 사는 재미가 있었어요. 밥 먹으러 시내를 나가면 나도 모르게 배에 힘이 들어가고 든든해지더라고요. 내가 세상 살면서 그렇게 정을 준 친구들이 없었는데요. 현장 사람들이 다 그런 건 아녜요. 관리자 없이 직접 현장을 챙기기 시작하면서 우여곡절이 많았어요. 오야지들하고 단가 협상하고 공정 협의할 때 달달 떨었어요. 건축 현장이 원래 거칠잖아요. 기본적으로는 거래관계지요. 뚝심이 생기면서 현장을 장악해 들어갔어요. 현장 원칙이 삼세번이에요. 처음의 실수는 그럴 수 있다고 넘어가요. 두 번째는 경고. 세 번째는 내보내요. 그런 업체가 몇 군데 됐어요. 실력이 조금 떨어져도 성실하면 함께 가요. 지랄 같아도 실력이 받쳐주면 또 함께 가고요. 인간성도 모나고 실력도 안 되면 아웃이지요. 공동체가 지켜야 하는 최소한의 한계선이라고 봐요. 그렇게 현장을 한 번 바꾸고 나니까, 협력업체들이 우리 현장에만 오면 신나고 즐겁대요. 현장 청소는 사장이 다 하지, 밥보다 더 중하게 생각하는 '참' 매번 챙기지. 일터에서 대안 세상을 만들고 싶었어요."

"건축주들과 관계는 어땠어요?"

"계약관계지요. 주인은 적은 돈을 들여 더 좋은 집을 짓고 싶은 것이고, 회사는 적은 돈을 들여 이윤을 많이 얻으려는 관계요. 건축비를 투명하게 산출하고, 공정별 시방서를 공개하고, 현장에서 직접 관리하면서 건축주들에게 신뢰를 쌓았어요. 그 과정을 홈페이지에 올렸고요. 상담을 하는 모든 사람이 전원주택 잡지 기사나 홈페이지 글을 읽지 않고 오는 사람이 없었으니까요. 사업을 하는 건축주들은 무얼 주고, 무얼 받을 건지가 명확해요. 장사를 하는 사람들은 많이 따져요. 계산하지요. 서비스도 바라고요. 처음엔 계산하지 않고, 집의 완성도만 생각해서 손해를 보았어요. 그다음엔 그것이 반영되고 관리가 되니 헛되게 나가는 돈이 줄었지요. 소기업의 살림집 짓는 최적화 방식을 찾아간 거예요."

"함께 일하는 사람들과는 어떻게 관계를 맺으며 일을 하나요?"

"하나의 집이 완성되려면 삼십여 개의 자재 시공 업체가 거미줄처럼 연결되어야 해요. 자재 업체는 사장이 있는 거고, 공정별 시공 업체는 오야지가 있는 거예요. 한 팀에 적게는 네다섯, 많게는 일곱여덟 명의 일꾼들을 거느리고 있지요. 그 오야지의 성향에 따라 현장 분위기나 집의 완성도가 달라져요. 제가 오야지론으로 정리해보고 싶은 지도자의 모습이 있는데요. 직접 일을 하지 않으면서 일꾼들을 관리 감독하며 생사 여탈권을 유감없이 발휘하는 오야지가 있어요. 반대로 자기만 열일하는 오야지가 있어요. 일꾼들을 챙기지도 않고 뭐라 하지도 못해요. 그저 각자도생인 거지요. 구성원이 오래 남지 않아요. 경계를 넘나드는 오야지가 있어요. 중요한 부분을 자기가 맡고 역할을 나누어 준 후 중간중간 점검하는 거예요. 그러면서 인간적으로도 챙기고. 저는 세 번째 스타일을 선호하지요."

"건축 현장을 직접 관리하면서 터득하게 된 원리 같은 것이 있을까요?"

"현장의 원리는 모두 같다고 생각해요. 규모에 맞는 방식을 찾는 것이 필요한 거지요. 신영복 선생님 글 중에 '목수가 그리는 집 그림' 이야기가 있어요. 자기는 집 그림을 그릴 때 지붕부터 그린다는 거지요. 그런데 목수는 주춧돌부터 그리더라는 거예요. 집 짓는 순서대로. 책상물림인 지식인의 반성이지요. 지붕은 형식을 의미할 수 있고, 주춧돌은 실천적 노동을 의미할 수 있어요. 하지만 지붕은 이미 주춧돌부터 기둥과 벽 모두를 꿰고 있는 그림이어야 하는 거지요. 설계는, 특히 한옥 설계는 지붕 모양을 머리에 두고 내부 공간을 구획해요. 형식과 내용의 통일이지요. 선생님의 말씀은 주둥이로만 나불거리는 식자들에 대한 비판이고, 노동하는 이에 대한 존경이라고 읽어야 하지만 지붕이라는 외적 결과물과 주춧돌이라는 과정을 함께 볼 수 있어야 한다고 생각해요. 이론과 실천을 겸비한 인간의 구현이지요.

"현장이 그러한 사고와 실천을 여물게 했네요."

"생각했던 대로야. 이 말은 처음 시작할 때 이미 마지막 완성 단계를 자기 머릿속에 갖고 있다는 의미예요. 과정은 예상치 못한 일들이 있을 수 있어요. 맥을 놓치지 않고, 각 부분을 전체로 통일시켜 내는 것, 그것이 실력이에요. 그다음이 뒷심인 거고요. 그걸 밀고 나가는 힘 말이지요."

초회추천당선

아름다운 이별을 위하여

이동일

〈추천완료등단〉

비빔밥과 따로국밥

추천사

和而不同의 주제 구현

이동일의 「비빔밥과 따로국밥」은 조직이란 틀 속의 화합성과 독립된 개인별 특성의 장단점을 비빔밥과 따로국밥으로 비유했다.

어릴 적에는 반찬을 있는 대로 넣고 재빠르게 비벼 먹고 그 맛이 최고인 줄만 알았다. 그러나 식구들의 성화로 밥 따로 반찬 따로 먹어보니 그것 또한 맛이 있었다. 개체별 단독의 가치를 새삼 느끼게 되었다.

그런 상반된 유형을 통해 자신의 가치관을 발견한다. '종교만 해도 어릴 적은 기독교 집안에서 자랐으므로 제사상을 멀리 했으나 한국철학을 전공하고부터는 고사상이나 상가에 가서 절하는데 익숙했다. 군사독재시대에는 화염병을 들었고 민간정부에서는 논쟁에 몸서리 친 나머지 생존에 내몰리면서 불교에 마음을 두었다. 이른바 비빔밥 인생이었다.

회사를 경영하면서 고학력자와 저학력자, 노동자와 사무직을 혼용해 봤다. 그러나 전문성이 발휘되지 못하고 비능률적이었다. 비빔밥의 특성과 따로국밥의 특성은 이런 것이다.

개체만의 특성을 중시해도 안되고 조직만을 중시해도 안된다. 그래서 필자는 和而不同을 들었다. 글의 구성도 이것이냐 저것이냐 분명한 것 아닌 같으면서도 다르고 다르면서도 같게 혼성되어 있다.

(문단추천위원회 · 강석호 記)

천료등단소감

이동일

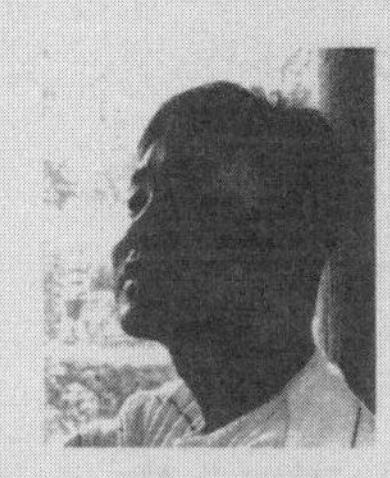

스무 살 무렵, 제 인생을 바꾸었던 것은 시(詩)였습니다. 김남주 시인과 박노해 시인의 글들은 제가 지금껏 접했던 시들을 넘어서는 깃발이었습니다. 광풍이 지나 간 서른 살 무렵 세상 한복판은 메마른 대지였고, 마음을 열 수 없었습니다. 마흔 살이 지나면서야 '인생'이 무엇일까 되새김질하며 일상의 고백처럼 글을 쓰게 되었습니다.

그 글들은 어떤 형식이나 틀에 얽매이지 않는 자유 분망한 것이어서 그것을 '수필'이라고 부르기엔 턱없이 모자란 것이었습니다. 하지만 글의 진정성을 알아주신 차은량 선생님이 수필문학 등단을 권하셨고 그 과정에서 '수필'로서의 형식도 갖출 수 있었습니다. 작가로서의 길을 열어주신 수필문학사와 차선생님께 감사드립니다.

죽은 줄 알았던 겨울나무에 새순이 돋는 봄, 연초록에서 진초록으로 색깔을 갈아입는 여름, 단풍으로 화려하게 치장하는 가을, 잎 떨어내 추위를 이기는 겨울… 인간의 모습도 그러할 겁니다. 일과 삶 속에 따뜻한 감동이 있는 글이 되도록 더욱 노력하겠습니다.

어떤 글이 읽고 싶을까

-『수필문학』 4, 5월호를 읽고

임헌영
(문학평론가, 중앙대 교수)

이동일의 「사괘맞춤」(5)은 우리 전통적인 한옥이나 가구(架構)를 '짓는다'고 하지 않고 '짠다'는 오묘한 방법에 있음을 갈파하면서 그게 서양식 가공 조립과 얼마나 다르며 '바로 사괘맞춤과 같은 견고한 짜임으로 이루어진 공동체 사회'임을 설득력 있게 밝힌 수작이다. 요즘 민족주의에 대한 열망으로 어떤 논자들은 우리 문화라고 다 좋다고 우겨대는 풍조가 없는 바 아니나 이 작품은 지나침이나 과장 없이 짜맞춤의 문화가 지닌 특성을 자연 조화와 공존의 정신이라고 설득력 있게 논리를 펴고 있다.

집 짓는 일도,
일과 삶을 '글'로 짓는 일도
모두 자기 모습을 찾은 듯했다.
제야가 언젠가 이야기했던
'종교적 길도,
이념의 길도 아닌 인간의 길'을 찾는다는 말을
어렴풋이 이해할 것도 같았다.

수필로 쓴 세상 일기

1

"집 짓는 사업을 하며, 작가로 등단을 했어요."

"아마 2004년 즈음일 거예요. 시골을 꿈꾸는 이들이 모여 있던 'OK 시골'이라는 인터넷 사이트가 있었는데요. 오프라인 모임에서 여럿 좋은 분들을 만났어요. '행인흙건축' 홈페이지 사랑방 식구들이 되었지요. 그 중에 '수필 문학'으로 등단한 '민들레'라는 필명을 쓰는 작가분이 있었어요. 그분 말씀이 '지금 쓴 글만으로도 충분히 등단할 수 있다. 글을 쓰는데도 등단을 했나 안 했나는 운전면허가 있는 것과 없는 것의 차이처럼 크다.'며 등단을 할 수 있도록 길을 잡아 주셨어요. 얼떨결에 '수필 문학'에 추천 완료 등단을 하게 된 거지요."

"수필로 쓰는 세상 일기는 흙집 이야기와 다르게 정말 '수필'로서의 완결성을 갖추었더라고요. '사과 맞춤', '내 인생의 상량', '비빔밥과 따로국밥'은 제야의 생각을 문학적으로 잘 표현한 것 같아요. 그리고 딸들에게 쓴 '찔레꽃 편지' 중 '소금꽃 나무'는 노동운동, 현장의 삶을 놓지 않고 있는 마음이 고스란히 전달되고요."

제야는 2005년도 5월, 6월호 수필 문학 두 권을 꺼내왔다.

"2004년에 '아름다운 이별을 위하여'로 초회 추천을 받았어요. 1년 안에 두 번째 작품을 내서 심사위원회 추천을 통과해야 천료 당선 등단을 하게 돼요. 2005년에 '사괘 맞춤'을 출품했는데, 그것이 기성 작가의 글로 5월호에 실린 거예요. 편집부에서 난리가 났지요. 빨리 글을 하나 더 내라고, 등단 작가로 만들어야 하니까요. 그래서 6월호에 '비빔밥과 따로국밥'으로 등단하게 돼요. 문학평론가인 임헌영 선생이 수필 문학 월평을 쓰고 계셨을 때예요. 그때 5월호에 실린 제 글을 보고 임헌영 선생이 평을 했어요."

선암은 6월호에 실린 5월호의 월평 내용을 읽어 내려갔다.

'사괘 맞춤'은 우리 전통적인 한옥이나 가구架構를 '짓는다'고 하지 않고 '짠다'는 오묘한 방법에 있음을 간파하면서 그게 서양식 가공 조립과 얼마나 다르며 '바로 사괘 맞춤과 같은 견고한 짜임으로 이루어진 공동체 사회'임을 설득력 있게 밝힌 수작이다. 요즘 민족주의에 대한 열망으로 어떤 논자들은 우리 문화라고 다 좋다고 우겨대는 풍조가 없는바 아니나 이 작품은 지나침이나 과장 없이 짜맞춤의 문화가 지닌 특성을 자연 조화와 공존의 정신이라고 설득력 있게 논리를 펴고 있다.

"평론도 그냥 하는 게 아니네요. 몇 줄로 핵심을 꿰뚫어요. 등단 후엔 수필 작가로 활동을 하지는 않았지요?"

"글은 계속 쓰고 있었으니, 등단이 갖는 특별한 의미는 없었어요. 그때부터 등단 작가라고 하니 글을 인정해주더라고요. 참 얄팍한 세상이에요."

선암은 그의 작품들을 읽으며 글이 갖는 '공감'에 대해 다시 한번 생각해보았다.

2

사괘 맞춤

우리 한옥의 짜임을 한마디로 표현한다면 '사괘 맞춤 가구架構'방식이라 말하고 싶다. 한옥에 있어 포집궁궐이나 사찰 등 규모가 큰 건물에서 처마를 길게 내기 위한 방안으로 공포를 만든 집이나 일반 살림집의 민도리 형식기둥과 도리, 보로만 구성된 집 모두에서 사용하는 가구架構 방식이 사괘 맞춤이다. 기둥머리를 '十'자로 터서 보와 창방 및 도리 등을 떡메나무망치로 내리꽂는 맞춤법이다. 맞춤할 때는 나무가 수축하면서 이탈하지 않도록 안쪽을 넓게 홈을 따 맞추는 주먹장 맞춤으로 한다. 못이나 철물로 고정하지 않아도 기둥과 도리 보가 짜임새 있게 물고 있는 형국이다. 이에 반해 서구식 목조 건축물은 맞춤 방식이 전혀 달라 규격화된 자재와 철물을 이용하여 나사못이나 타카 핀으로 고정하면 끝이다.

한옥의 뼈대골조는 짓는다고 하지 않고 '짠다'고 한다. 때문에 원목을 그대로 다듬거나 제제하여 사용하는 치목治木 과정이 중요하다. 기둥은 각기둥角柱과 원기둥圓柱을 사용하는데 각 기둥일 경우 민흘림기둥머리보다 기둥뿌리의 직경을 크게 하여 안정감을 주는 방식을 주고, 원기둥일 경우 배흘림기둥뿌리로부터 1/3 지점에서 직경이 가장 크고 위와 아래로 갈수록 직경을 줄여서 만든 기둥을 준다. 기둥의 간격은 보통 7자에서 10자 사이로 하였으며, 이를 칸이라 부른다. 칸은 한옥에 있어 면적 개념이기도 하다. 초가삼간이라 함은 초가지붕에 세 칸 집을 이른다. 보통 부엌, 마루, 방으로 구성 되어진 집이며, 오늘의 평수 개념으로 말하면 최소 4평에서 최대 8평을 넘지 않는 집이다. 99칸 집이라 함은 칸공간이 99개인 집을 말함이다. 자연 그대로의 원목에 맞게 공간을 구성하고, 이들 목재로 맞춤하여 집을 짠 것이다. 기둥을 세움에 있어서도 뿌리 쪽을 아래로 하고, 가지 쪽을 위로 한다. 나무가 살아 있을 때의 모습 그대로를 존중하는 경외감에서다. 기둥을 연결하는 도리는 가지 쪽이 집 안으로 향하도록 함으로써 안으로의 지향을 담는 선조들의 철학을 볼 수 있다.

이에 반해 서양의 목조는 가공 조립이 발달되어왔다. 원목을 2×4인치, 2×6, 2×10 등으로 규격화하고 세분화하여 대량 생산 체계를 갖추고 있다. 건조와 방부처리로 수분 함수율을 강제로 줄여 목재의 변형을 방지하고, 철물과 합판으로 고정하여 벽체의 안정성을 보완하는 경량 목구조 집이 전원주택 붐을 타고 우리나라에서도 대중화되어 가고 있다.

원목의 자연성과 그에 따른 공간칸 구분, 사괘 맞춤 방식의 우리 살림집 구조 방식과 가공 조립의 서구식 목조주택 사이에는 분명한 문화적 차이가 존재한다. 농촌 공동체 사회와 산업화 사회의 문화적 차이인 것이다. 이는 바로 역사성에서 기인한다. 농촌 공동체는 오래된 삶의 터전일 뿐만 아니라 대를 물리고 살아갈 후대의 터전이기도 했다. 집을 지음에 적어도 삼대를 생각하며 지었던 것이다. 자연과 인간이 공존하는 삶의 터전은 자연을 거스르지 않는 집짓기의 뿌리를 보여준다. 하지만 봉건제의 붕괴를 기반으로 한 산업화 사회로의 급격한 변화를 겪었던 유럽과 신대륙은 산업화와 도시 문명에 기반을 두게 되었다. 후다닥 도시를 건설하고, 공장을 짓고, 또 다른 신대륙을 찾아 떠다니는 신 유목민의 불안정성이 가공 조립의 발달을 촉진시킨 것 같다.

이렇듯 집을 짓는 방식의 차이는 그 뿌리가 다름에서 기인한다. 같은 이유로 인간관계를 표현하는 사회적 관계 맺기에서도 확연한 차이가 있어 보인다. 우리 살림집의 사괘맞춤은 목재의 수축과 변형을 전제로 한다. 사람과 사람의 관계도 목재의 성질과 다르지 않다. 주먹장이라는 홈 따기 방식은 목재의 수축 시 이음매가 삐져나오지 않도록 하기 위한 것이다. 너무 헐거우면 맞춤이 엉성해 보이고, 암수의 홈이 맞지 않으면 서로 끼워지지 않는다. 사람들이 서로의 관계를 맺음에 있어서도 이와 같다. 너무 헐거워도, 너무 덧 세도 안 되는 일이다. 그래서 처음의 맞춤은 홈을 빡빡하게 따고 다듬어야 한다. 헐거우면 헐거워진 만큼 나무를 덧대어야 하고, 맞지 않으면 더 따내야 한다. 조금 빡빡하다 싶게 하여 떡메나무망치로 내리쳐야 견고한 사괘맞춤이 완성된다. 그래도 세월이 흐르면 서로의 틈이 생기기 마련이다. 하지만 그렇게 함으로써 그 집은 100년 이상을 훌쩍 견디는 것이다. 우리 민족의 뿌리가 여기에 있다. 반면 서구의 목조주택은 규격화된 자재를 재단하여 맞추기만 하면 되는 일이다. 맞지 않으면 내 던지고, 새 자재를 다시 재단하여 타카 총으로 탕하고 쏘면 그만이다. 여기에서 관계 맺기의 철학을 찾아보긴 어렵다. 잘 짜여진 각본처럼 개별의 소모품으로 결속되는 사회관계가 있을 뿐이다. 10년, 20년, 그 이하라도 언제나 필요에 의해 뜯고 다시 지으면 되는 집이다. 신 유목민의 뿌리 없음을 나타내는 문화적 징표라 하면 너무 거친 표현일까.

우리 민족은 바로 사괘 맞춤과 같은 견고한 짜임으로 이루어진 공동체 사회다. 수많은 외침과 굴욕의 식민지 역사, 분단을 거치면서도 단일한 민족혼을 놓치지 않는 역사성에 기인한다. 뿌리를 알고 생활한다는 것은 매우 중요한 일이다. 기둥에 도리, 보가 사괘 맞춤으로 짜 맞추어지는 뼈대 집에 서구 목조주택의 지붕 방식은 가능하다. 근원은 헤치지 않으면서 변화된 시대에 맞게 모양은 바꿀 수 있다. 하지만 서구식 목조주택에 사괘 맞춤 방식의 우리 가공법은 어울리지 않는다. 자재를 다루는 방식이 다르기 때문이다. 자연과 역사, 인간을 보는 눈이 다른 까닭이다. 우리의 집은 단순히 사람이 머무는 공간이 아니라 가족과 사회, 이웃과 자연이 사괘맞춤으로 결속되는 사회관계를 내포한다. 우리가 가진 보물을 내 던지고, 남의 떡을 기웃거리는 것은 어리석은 일이다. 민족의 뿌리를 지킴에 있어 우리 살림집의 사괘 맞춤 원리를 꼭 기억할 일이다.

•
3

내 인생의 상량

집 짓는 일을 업으로 한지 어느덧 십 년 세월이다. 이쯤 되면 내공이 쌓일 만도 하고, 요령을 배울 만도 하다. 하지만 연륜이 쌓일수록 더욱 어렵게 느껴지는 것이 집 짓는 일이다. 건축을 전공한 것도 아니고, 대목일이나 벽돌 쌓는 일, 전기나 설비 같은 특정한 기술이 있는 것도 아니었다. 돈벌이 수단으로 출발했던 건축 일에서 우리 살림집 방식의 흙집을 현대화하는 것을 인생의 목표로 건 이후 많은 시행착오 끝에 도달한 나름의 성공. '집' 짓는 일을 통해 나를 돌아보게 된다.

모든 것을 오직 현장에 걸었었다. 주어진 조건을 전제로 시작부터 마감까지 집의 완결성을 위해 최선을 다했다. 돈보다 사람의 관계가 우선이었고, 집의 완성도에 따라 일희일비一喜一悲했다. 언제나 그 당시로서는 최선이었고 최고였지만 시간이 지나고 나면 언제나 미흡한 것이 내가 지은 '집'이었다. 부족하다고 느끼는 것들은 내가 몰라서 나타난 문제도 있고, 기술력이 따라주지 않아서 나타난 문제도 있었다. 돈 때문에 어쩔 수 없는 것들도 물론 많았다. 하지만 가장 큰 어려움은 내 맘대로 안 된다는 데 있었다.

우선 생각을 같이하는 기획 집단을 조직적으로 움직일 수 없는 한계였다. 교육과 훈련, 재정의 뒷받침이 따라주지 않으면 어려운 일이었다. 무엇보다 중요한 일은 기술력을 갖춘 공정별 전문가들을 만나는 일인데 이게 또 쉽지 않았다. 도급을 맡기면 일이 거칠고, 일당으로 하면 품을 늘렸다. 하루 벌어 생활하는 막일꾼 기질들이 몸에 젖은 것이다. 어느 시점이 지나면 도급 금액을 올려달라는 협상도 지긋지긋했다. 우선은 전문가들의 말을 믿되, 하자를 줄이기 위한 것인지, 일을 쉽게 하기 위한 것인지 판단해야 했다. 전문성이 조금 떨어지더라도 자신의 일에 자긍심을 가지는 일꾼들로 채워갔다.

그 세월이 지나다 보니 조금씩 체계가 갖춰지고, 기술력도 높아갔다. 회사의 인지도도 높아지고, 함께 일해 보겠다고 찾아오는 젊은이들도 늘어갔다. 따라서 '집'도 달라졌다. 내용이 풍부해지다 보니 시공 방식도 정교해졌고 마감도 깔끔해졌다. 개인적 열정에서 조직적 관리로의 전환이 이루어진 셈이다. 현장에 매몰되어 있으면 잘 보이지 않던 일들도 한발 물러서서 보면 객관적 잣대가 생기는 법이고 대안이 만들어지게 마련이다. 구성원 각기의 재능과 판단이 조직적 힘으로 전환되는 가능성이 열린 것이다. 한편으론 이전의 현장 모습이 그립다. 모든 것을 혼자 좇아 다니며 처리했던 열정이 그립다. 이제 한 사람이라도 빠지면 굴러가지 않는 조직적 틀에 의지하여야 하는 또 다른 실험을 시작한 셈이다.

조직의 안정화를 통한 일상적인 현장 관리가 가능해지면서 현대 흙건축의 이론적 토대가 될 솟대 흙건축 연구소 활동을 본격화하기로 하였다. 그 첫 번째 작업이 예비 건축주와 흙건축을 업으로 하려는 희망자들을 위한 교육과정을 정례화하는 것이었다. 서구 건축 양식의 무차별적인 확산과 더불어 내 것을 잃어버린 주거문화에 대한 반성이 그 출발점이 되었다. '집'은 그저 교통과 환경, 재정적 여력에 따른 부의 가치였음에 이제는 사람 중심의 사용가치, 우리 살림집 문화의 계승으로 나아가야 한다는 책임감에 밤잠을 설쳤다. '집'의 역사를 더듬으며 우리 선조들의 집에 대한 '경외감'과 '지혜'에 머리를 조아렸다. 자연기후와 지형에 거스르지 않으면서 대대로 뿌리박고 살아온 살림집은 오늘날의 우리에게 '집'의 의미를 돌아보게 한다.

양반 가옥들이 유교문화의 법도를 따랐다면 민가는 '삶'을 기반으로 한 민간 신앙에 기초했다는 생각이 들었다. 집터를 정함에 있어, 지리地理, 생리生理, 인심人心, 산수山水를 중요한 요소이중환의 택리지에 기록로 꼽았다. 집터는 바로 좋은 어머니와 같이 여겨졌다. 집터 안에서도 건물의 위치와 방향을 정하는 좌향坐向은 주인이 기거하는 방, 먹을 것을 장만하는 부엌, 출입하는 대문을 중요하게 생각하였다. 어머니의 자궁에 제대로 착상하여야 건강한 아이가 잉태되기 때문이다. 터 닦는 날은 개기開基라 하여 토지신에게 바치는 텃고사를 지냈는데 일종의 혼례식과 같은 의미를 부여하였다. 주춧돌을 놓는 일을 열초列礎라 하였으며 땅과 하늘의 결합이란 의미를 부여하였다. 곧 생명의 씨앗이 자궁에 자리하여 잉태되는 것을 의미한다. 집을 주관하는 성주신이 있다는 믿음을 가지고 있었기에 목재는 성주신의 뼈대를 의미했다. 나무를 다듬는 치목治木은 좋은 신체를 만들어 내기 위한 신성한 작업으로 여겨졌으며, 기둥을 세우는 날을 특히 입주立柱라 하여 날을 정했다. 집을 세우고 짜는 것은 모태 안에서 발육하여 뼈대를 갖추는 과정이라 여긴 것이다. 집짓는 일에 있어 가장 큰 의미를 부여한 날이 상량上樑일이다. 건물이 하나의 인격체라면 상량은 잉태의 과정을 거쳐 탄생의 의미를 갖는다. 상량으로서 성주신을 모시는 과정이 끝나면 지붕을 얹고 벽을 치고 창을 내었다. 대부분의 민가는 대목의 기술 지도하에 건축주의 가족이나 동네 사람들의 노동으로 이루어졌다. 공동체를 이루는 기본 단위가 집이지 않은가.

집을 짓는다는 의미는 그만큼 신성한 것이다. 그것이 대대로 뿌리박고 사는 가족의 삶터였기에 그 중요성은 더했을 것이다. 서양의 역사를 보더라도 예수가 목수였다는 사실은 흥미롭다. 동네 공동체의 집을 지어 주던 예수였기에 이웃의 아픔을 알았고, 십자가에 매달리는 고통을 감내할 수 있었던 것은 아닐까. 많은 이들의 정신적 지주인 예수의 삶을 돌아볼 일이다. 생각 끝에 내 인생의 상량은 이룬 것인가 물었다. 부모라는 터를 만나 생명을 부여받았고, 세상에 뿌리를 내렸다. 십 대와 이십 대에 치목을 거쳐 삼십 대에는 기둥을 세우고 도리와 보로 뼈대를 갖추었는지 모를 일이다. 나이 마흔을 넘기면 선조들이 이야기하는 상량까지는 마친 것일게다. 하지만 처마를 내고 서까래를 걸고 어떤 지붕을 만들지, 감싸 줄 벽체는 어떻게 할지, 세상과 소통할 창과 문은 어찌할지. 아직도 많은 일이 남겨진 나이다. 상량 이후 가족과 이웃의 노동으로 완성해야 할 일들이 남은 것이다.

'상량대를 얹음은 이미 하나의 인격체가 완성된 것이다. 그다음은 가족과 이웃의 노동으로 함께 만들어야 하는데 그것은 결국 너에게 달린 일이다...' 선조들이 이렇게 말하는 듯하다. 그래서 내 인생의 상량上樑은 나이 마흔을 넘기며 이미 이루어졌노라 여기기로 했다. 돼지머리 놓고 축복 속에 상량 고사는 치르지 못했지만, 그동안 흘린 눈물과 노동으로 상량대를 진설하였노라고. 이제 날렵한 추녀를 내뽑을 대목과 지붕을 가릴 와공, 벽체를 쌓아 올릴 토역꾼, 세상과 소통할 창과 문을 달아낼 소목과 함께 내 인생의 집은 이제부터 다시 시작이다.

•

4

비빔밥과 따로 국밥

'또 비벼요.' 저녁 식탁에 앉으면 거의 매일 아내에게 듣는 말이다. 나물이건, 찌개건, 밥상에 오른 찬은 밥과 함께 비벼져 비빔밥이 되기 때문이다. '아빠, 말 좀 하면서 드세요. 밥이 어디로 도망가나' 엄마가 했던 이야기를 둘째 딸아이가 개구쟁이처럼 웃으며 거든다. 밥상 앞에 앉으면 오직 밥 먹는 일에만 열중하는 나의 모습에 하는 말들이다. 그것이 신경 쓰여 요즘은 비비질 않는다. 밥 따로, 국 따로, 반찬 따로 먹으면서 밥상머리 이야기들을 해 보려 노력한다. 그 맛이 새롭다. 따로따로 먹으니, 그 사이의 짬이 생기는지 말도 늘었다.

밥 먹는 습관이 바뀌니 생각도 바뀌는 모양이다. 조직이라는 틀 속에 섞여 있던 사람들이 독립된 개인으로 보이기 시작했다. 내 입맛에 맞는 비빔밥의 반찬 같은 존재가 아니라 밥, 국, 찌개, 나물 같은 독립된 형체로 다가섰다. 가족이라는 틀 속에 묶여 있던 아내와 아이들도 독립된 인격으로 다가왔다. 돈벌이와 이루고 싶은 꿈들이 뭉뚱그려져 죽도 밥도 아닌 모양이었는데 사안별로 뚜렷하게 구분되어 보이기 시작했다. 놀라운 변화다. 상 위에 차려진 밥, 국, 찌개, 반찬이 따로따로 보이듯. 그 맛과 향이 따로 존재한다는 사실이 새삼스럽다.

그러네, 깨닫는 순간 내가 살아온 마흔 몇 해의 삶이 와르르 무너지는 충격에 휩싸였다. 밥 먹는 습관에서 비롯된 나의 성격이 보이는 듯 했다. 기름진 음식을 좋아하지 않던 어린 시절부터 밥상에 앉으면 감자나 고추조림, 가지무침, 김치 볶음 같은 반찬들만 골라 입맛에 맞는 내 밥을 만들었다. 이것도 먹어라, 저것도 먹어라 소리를 듣지 않으려고 무조건 비볐던 것 같다. 스무 살 넘어 객지 생활이 많아진 다음부터는 이렇다 할 따뜻한 밥상머리에 앉아본 기억이 없기에 먹을 수 있는 반찬 한두 가지와 고추장 넣고 비벼 먹는 일이 다반사였다. 언제나 시간에 쫓기는 일상은 밥 따로, 국 따로, 반찬 따로 먹을 시간적 여유도 내지 못했다. 바삐 움직이기 위한 끼니 때우기엔 비빔밥이 최고였다.

그러고 보니 나의 가치관, 사상도 비빔밥 원리에서 벗어나 있지 않았음을 발견한다. 어려선 기독교 집안에서 자란 이력으로 제사상을 본 적이 없었다. 그래서인지, 큰절을 할라치면 영 어색했었다. 유학을 근본으로 하는 한국철학을 전공하면서는 전통 제례에 대한 선입견이 없어졌고 고사를 지내거나 상가에 가면 넙죽넙죽 절을 했었다. 분단과

군사독재라는 시대 상황은 소심했던 내게 화염병을 들게 했고, 사적유물론史的 唯物論에 근거하여 노동 현장의 전사가 되도록 만들었다. 민간 정부가 들어서고는 콩이다 팥이다 논쟁에 진저리가 나 현실 사회에 적응을 시도했고, 생존 경쟁에 내몰리면서는 수양과 깨달음을 중시하는 불교에 마음을 두었었다. 그래서 '당신 사상이 뭐요'하면 '비빔밥'이요 할 수밖에 없을 것 같다. 유교적 가치관, 기독교적 생활, 불교적 수양, 유물론적 사고 이 모두가 한 자리씩 차지하고 있으면서 내 인생을 움직이고 있는 것만은 틀림없다.

사람과의 관계에선 더욱 분명해 보인다. 차려진 밥상에 무엇 하나가 돋보여 나머지는 손도 가지 않고 버려지는 게 안타까워 골고루 잘 섞어 비비는 것이 세상 밥상의 즐거움이라 생각했다. 너무 앞서가면 뒤춤을 붙잡고, 뒤처지면 손을 내밀어 끌어 올리곤 했다. 학생 시절 모범생으로 인정받던 생활에서 선생님들의 지나친 편애는 오히려 불편했었다. 공부 잘하고 무언가 잘하는 아이들만 인정받던 학교는 돈 잘 벌고 잘 나가는 사람들의 사회로 이어져 고상한 정신과 고욕 같은 노동으로 사람을 차별하고 있음을 알았다. 그런 생각 때문이었을까? 회사를 운영하면서는 대학 출신의 사무직 관리자들과 현장 출신의 관리자들을 한자리에 모았다. 사무직은 현장의 참모 역할로 국한했고, 현장 출신의 관리자에게 현장을 맡겼다. 때에 따라서 사무직도 모두 현장에 투입하여, 노동하게 했고, 회의가 열릴 때면 현장 출신의 관리자들도 함께 토론을 벌였다. 서로의 처지와 입장을 알고 생각을 하나로 모아야 강한 조직이 될 수 있다고 믿었다. 하지만 사무 관리직은 현장 일을 하는 노동을 두려워했고, 현장 관리직은 공부하고 토론하는 것을 지겨워했다. 그래서 일반적인 조직의 관행이 서로의 밥상을 따로 차리는 것이리라. 관리 따로, 현장 따로 밥상을 차려 자본의 효율을 높이는 방식이야말로 이윤을 극대화하는 최고의 수단이 아니었던가. 더 좋은 조건과 전망을 찾아 사무직 관리자들이 떠나고, '현장에서 일만 하면 됐지. 골치 아프건 질색이예요.' 하면서 현장 관리자들이 고개를 돌린다.

찬이 없을 때 비빔밥은 제격이지만 여러 가지 찬으로 독창적인 비빔밥을 만들어 보려면 참 어려운 것이 비빔밥이란 걸 새삼 알아간다. 논쟁의 한 가운데서 '난, 밥이야', '나는, 국이야', '나는, 찌개야' 하면서 우르르 편이 갈려 각자의 밥상을 차릴 때 비빔밥 전문인 나는 찬밥 신세가 되곤 했던 기억이 새롭다. 밥과 국, 찌개와 반찬이 한 상에 올라와야 제대로 된 밥상이 될 텐데, 그래야 비빔밥도 만들지 하는 미련만 남겼다. 그때 들었던 생각이 화이부동和而不同이다. 대인관계에 있어 중용의 덕을 지켜 친화를 도모하되 편을 짓지 않겠다는 생각이었다. 그것은 상대방이 나와 다름을 인정하는 것이기도 했고, 다른 의미에선 나를 버리지는 않겠다는 뜻이었다. 생각이 달라서 한솥밥을 먹을 수 없다면 편을 지거나 욕하지는 말아야 한다는 생각이었다. 그래서 많은 사람을 만나고 헤어지면서도 좋은 사람, 합리적인 사람이란 이미지로 남을 수 있었는지 모른다. 상처가 생길 때마다 '나'를 중심으로 하는 자의식은 더욱 견고해졌고, 자신만의 비빔밥을 향한 아집으로 세월을 이겨냈는지 모를 일이다.

생각이 여기에 이르자 밥상에 앉기가 곤혹스러웠다. 나의 정체성은 무엇인가? 있는 반찬들 내 입맛에 따라 비벼서 만들어 먹어 온 밥, 원재료가 없이는 불가능한 비빔밥을 자신의 독창적인 맛인 양 포장해온 나의 삶은 거짓이었단 말인가? 밥을 비빌 수 없었다. 갑자기 밥맛이 뚝 떨어졌다. 밥은 밥대로, 국은 국대로, 반찬은 반찬대로 하나하나 씹으며 그 맛을 음미해 보았다. 익숙한 맛이 아니라 목으로 잘 넘어가지 않았다. 까칠까칠하고 뻑뻑하여 한참을 씹어야만 했다. 그렇게 하루 이틀이 지나자 '맛'이 느껴졌고, '어, 따로 먹는 맛도 괜찮은데…….'하는 소리가 절로 나왔다. 밥 먹는 시간이 길어졌다. 처음엔 짜증이 났지만, 맛이 느껴지면서 밥 먹는 즐거움이 찾아왔다. 냉이, 미나리, 시금치, 고들빼기 향이 입에 배었다. 콩을 넣은 밥은 씹으면 씹을수록 입 안 가득 침이 고였다. 된장찌개와 배추국도 그 각각의 독특한 맛이 그대로 전달되었다. '그래, 이 맛이야.' 따로따로 먹는 밥의 진가가 느껴졌다. 그 후로 며칠, 따로 국밥으로 먹고 나니 비빔밥이 그리워졌나 보다. 처음엔 맛과 향을 느끼면서 따로 먹다가 입맛에 맞도록 슬그머니 비비기 시작했다. 원재료의 맛을 충분히 알고 나니 궁합을 맞추어 비비게 되고, 재료에 따라 비빔밥의 맛이 전혀 새로울 수 있다는 사실을 깨달았다. 그래, 따로따로 하나씩 제대로 된 반찬을 먼저 만드는 거야. '생각', '사람', '일' 하나하나의 맛과 향을 내어 '나'라는 소스를 첨가하고 새로운 맛을 내는 거야. OK. 무겁던 마음이 홀가분하다.

•
5

소금꽃 나무

海야, 河야. 올해 겨울은 유난히 춥구나.

구제역으로 소와 돼지가, 조류 독감으로 오리와 닭이 산채로 구덩이에 묻히는 살풍경. 삼성반도체 노동자들이 백혈병으로 죽어가고, 과로와 스트레스로 인한 자살이 이어지고 어머니들이 대부분인 대학교 '파견 청소 노동자'들이 이곳저곳에서 쫓겨나며, 청춘을 다 바쳤던 대기업 노동자들이 정리해고 대상자로 하루아침에 길거리로 내쫓기는... 노동자의 3분의 2가 비정규직으로 떠도는 나라.
동물들의 수난과 인간의 수난이 겹친 2011년 새해 벽두의 풍경이다.
지난 가을 일거리를 놓쳐 노심초사하며 보내던 날들 속에 긴 겨울을 예상하면서 책 한 보따리 싸 들고 횡성으로 들어왔었지. 구들방 뜨끈하니 덮여 놓고선 이책 저책 뒤적거리며 생각들이 정리되던 차, 연초에 김진숙의 '소금꽃 나무'라는 책을 읽게 되었다.

김진숙!
1981년 7월 대한조선공사한진중공업의 옛 이름 직업훈련원에서 3개월

동안 용접교육을 받은 후 한국 최초의 조선소 '처녀용접공'으로 입사했다. 선대 조립과에서 용접일을 하며 1986년 7월 노조 대의원 활동을 하던 그는 1987년 당시 어용노조를 규탄하는 선전물을 배포하다 해고됐다. 해고사유는 '명예실추, 상사명령 불복종 등'이었다. 민주화운동관련자 명예 회복 보상심의위원회는 2009년 11월 "해고가 부당하다"고 판정했지만 한진 중공업은 복직시키지 않았다.
25년 동안 해고노동자로서 민주노조운동을 해오고 있으며 현재 민주노총 부산지역본부 지도위원이다.

이해하려 애쓰며 읽던 책들과 달리, 그냥 말하듯 술술 풀어놓는 이야기들에 빠졌을 때 쯤 '더 이상 죽이지 마라'는 장에 이르렀다. 시간은 새벽 두 시경. '끝나지 않은 기다림 - 박창수 열사 추모사'를 읽는 순간 벌떡 일어나 앉았다. 87년 노동자 대투쟁 이후 민주노조들이 모여 전국 노동조합 협의회, 전노협을 건설했던 해가 91년이다. 박창수 열사는 1981년 한진 중공업의 전신인 대한조선공사 배관공으로 입사하여 1987년 노동조합 활동을 시작으로 1990년 7월 노동조합 위원장 선거에서 93% 찬성이라는 신화적인 지지를 얻고 당선되어 어용노조 역사에 마침표를 찍었다. 1991년 전노협 부산지역 노동조합 총연합 부의장으로 선출되었고, 대우조선 노조 파업과 관련하여, 3자 개입 혐의로 구속되어 서울구치소에 수감되었다. 구치소 안에서 의문의 부상으로 안양병원에 입원했다가 이틀 만에 병원 마당에서 5월 6

일 시신으로 발견되었다. 그때 그의 나이 서른셋이었다. 안기부의 전노협 탈퇴 압력에 저항하다 살해된 것으로 보이나 노태우 정권은 시신이 안치된 영안실 벽을 부수고 열사의 주검을 탈취, 부검 후 자살로 발표했었다.

그해 4월에 결혼식을 했던 아빠는 신혼여행 다녀온 직후, 영안실에서의 처절했던 박창수 위원장 시신 사수 투쟁과 전노협 사수, 안기부 공작 살해규탄 및 해체 투쟁을 한 달여 넘게 벌였었다. 추도사의 '아빠의 영정을 들고 철모르는 웃음을 웃고 있는 용찬이를 두고.'라는 대목에서 고개가 툭 떨어졌다. 영구행렬이 부산으로 떠나기 전 안양 노제에서 그 용찬이가 '솔아 솔아 푸르른 솔아'를 부를 때, 따라 부르며 울었던 기억이 생생하게 되살아났다. 허리를 곧추 세우고 일어나 앉아 '전태일과 김주익의 유서가 같은 나라 - 김주익 열사 추모사'를 읽는 동안은 숨을 멈추고 눈을 감기를 여러 번.

"지난번 위원장 선거가 끝나고 어떤 아저씨가 그러셨습니다. 내는 김주익이 안 찍었다. 똑똑하고 아까운 사람들, 위원장 뽑아 놓으면 다 잘리고 감방 가고 죽어삐는데, 내가 진짜로 좋아하는 김주익이를 우째 사지로 몰아 넣겠노."

21년 된 노동자의 임금이 105만원. 세금 떼면 80만원. 그마저도 가압류로 12만 원. 129일을 크레인에 매달려 절규를 해도, 늙은 노동자가

88일을 애원해도, 청와대, 노동부, 국회의원 누구하나 코빼기 내미는 놈이 없었습니다.
애비 잘 만난 조양호, 조남호, 조수호, 조강호는 태어날 때부터 회장님, 부회장님으로 세자 책봉 받는 날. 이병철 회장님의 아들이 이건희 회장님으로 재계 순위 1순위가 되고, 또 그 아들 이재용 상무님이 2위가 되는 나라. 정주영 회장님의 아들이 정몽구 회장님이 되고, 또 그 아들 정의선 부사장님이 재계 순위 4위가 되는 나라.
태어날 때부터 그 순서는 이미 다 점지되고, 골프나 치고 해외로 수백억씩 빼돌리고, 한 달에 수천만 원을 써도 재산이 오히려 늘어나는 그들이 보기에 한 달 100만 원을 벌겠다고 숨도 쉴 수 없고 언제 폭발할지도 모르는 탱크 안에서 벌레처럼 기어 다니는 우리가 얼마나 우스웠겠습니까? 순이익 수백억이 나고 주식만 가지고 있으면 수십억이 배당금으로 저절로 굴러들어 오는데, 2년치 임금 7만 5천 원을 올리겠다고 크레인까지 기어 올라간 그 사내가 얼마나 불가사의했겠습니까?
비자금으로, 탈세로 감방을 살고도, 징계는커녕 여전히 회장님인 그들이 보기에, 동료들 정리해고 막겠다고 직장에게 맞서다 해고된 노동자가 징계 철회를 요구하는 게 얼마나 가소로웠겠습니까? 100만 원 주던 노동자 잘라내면 70만 원만 줘도 하청으로 줄줄이 들어오는 게 얼마나 신통했겠습니까? 철의 노동자를 외치며 수백 명이 달려들다가도 고작해야 석 달만 버티면 한결 순해져서 그들 품으로 돌아오는데, 그게 또 얼마나 같잖았겠습니까?

1970년대에 죽은 전태일의 유서와 세기를 건너뛴 2003년 김주익의 유서가 같은 나라, 두산 중공업 배달호의 유서와 지역을 건너뛴 한진 중공업 김주익의 유서가 같은 나라, 민주당에서 농성하던 조수원과 크레인 위에서 농성하던 김주익이 죽는 방식도 같은 나라."

끝내 무릎을 꿇고 앉아 머리를 땅바닥에 짓 찧었다. 부산에서 노동 인권변호사였던 노무현이 변론을 맡았다던 김주익. 2003년 대통령이 된 노무현의 참여정부가 공식 출범한 그해. 한진중공업 노조 김주익 지회장이 35m 크레인 농성 129일 만에 목을 매 자살했다는 사실이. 2주 뒤 곽재규가 도크에서 투신했다는 사실이. 오래된 영상으로 떠올랐다.

"노무현 대통령이 그랬답니다. 지금과 같이 민주화된 시대에 노동자들의 분신이 목적을 달성하기 위한 수단으로 사용돼서는 안 되며, 자살로 인해 목적이 달성되는 일은 없어야 한다."

김주익 지회장이 왜 크레인 위에 오를 수밖에 없었는지, 사랑하는 자식들을 남겨놓고 왜 목을 맬 수밖에 없었는지, 아마도 그때는 몰랐으리라. 6년 뒤 그가 부엉이바위에서 뛰어내리는 선택을 하리라는 것을.

1990년대 미소 냉전 체제가 해체되고, 김영삼 문민정부 이래 '세계화, 고통 분담'론을 시작으로 김대중 국민정부, 노무현 참여정부에서 추진된 것이 바로 '규제 완화, 민영화'였다. 그 끝은 FTA 추진이었다. 박정희 개발독재가 노동자들의 임금 착취를 통해 자본을 육성했다면 김영삼 정부로부터 시작된 신자유주의는 김대중, 노무현에 이르러 세계 경제의 변화에 따른 국내 자본의 생존을 보장하는 것이었다.
노동시장의 유연화 정책으로 정리해고가 자유로워졌고, 몇십 년 공장과 회사에서 청춘을 묻었던 우리의 아버지들이 길거리로 내쫓겼다. 쫓겨난 노동자들과 청년 실업자들은 비정규직이 되고 파견 노동자라는 이름으로 정규직의 70% 임금만 주어도 비정규직이 차고 넘치도록 만들었다. 끝내 정규직과 비정규직의 밥그릇 싸움으로 만들어 노동자를 분할했다.
한국 노동자들의 단물을 다 빼먹은 국내 자본은 더 많은 이윤착취를 위해 중국으로, 베트남으로, 필리핀으로, 방글라데시로 공장을 이전하고 그들 나라에서 새끼 제국주의 노릇을 하도록 만들었다. 방글라데시에 진출한 섬유 기업들에서 터져 나온 폭동은 시작에 불과하다.
이제 국가권력은 기업자본에게 넘어갔다고. 자본에게 권력을 넘긴 자들이 누구인데. 대한민국 주식회사의 CEO를 표방한 이명박 정부는 수많은 죽음과 피눈물로 이루어낸 민주화를 되돌리며 노골적으로 강남 부자와 대기업, 언론재벌의 대리자 노릇을 하고 있다.
성장주의의 그릇된 욕망으로 파탄나는 노동자의 삶은 누가 책임질 것인가. 한진 중공업 역시 수주 물량이 없어 경영상 문제로 정리해고를 한다고 하지만 한진 중공업의 필리핀 수빅만 조선소는 물량이 넘쳐나고 있는 현실이란다. 자본의 끝없는 욕심과 만용이 노동자들을 거리로 내몰고 있을 뿐이다.

"죽음이 뭔지도 모르는 일곱 살에 아빠의 장례식을 치르고, 이유도 모르고 시름시름 앓았다는 준하야. 아빠가 보고 싶은 간절한 마음을 담아 아빠에게 드릴 편지를 그 꼬물거리는 손으로 쓰고 그렸을 준하야. 마지막 날까지 그 편지를 닳도록 읽고 또 읽다가 끝내 그 편지가 크레인 위에 남겨진 네 아빠의 마지막 유품이 되리라곤 상상도 할 수 없었을 준하야. 제 목을 감을 밧줄을 제 손으로 매듭짓던 그 모진 시간까지 차마 놓을 수 없었을 이름 준하야. 밧줄에 목을 거는 마지막 순간까지 단 한 번만이라도 보고 싶고 미치도록 안고 싶었을 준하야."

"비정규직은 울고 정규직은 잔업과 성과금에 영혼을 파는 오로지 이 두 가지의 선택이 네 미래가 되게 할 순 없지 않겠느냐. 어린 자식들은 애비를 잃고 늙은 부모들은 자식을 잃는 이런 세상은 이제 끝내야 하지 않겠느냐."

끝내 울음이 터졌다. 새벽 3시경. 누웠으나 잠을 이루지 못했다. 그것은 아비된 자의 눈물이었고, 현장을 떠난 자의 회한이었다. 이른 아침, 컴퓨터를 켜고 김진숙 지도위원에 대해 검색을 했다. 지난 2010년 1월에도 전 직원의 30% 정리해고 계획에 맞서 20일 넘게 단식투쟁을 했었다는 기억이 떠올랐기 때문이다. 자료가 있었다. 단식 6일째 김진숙 지도위원이 민주노총 부산본부 조합원 게시판에 올린 글이었다.

* * *

"제가 뭘 할 수 있을까요. '동원'할 조직도 없고 '지침'을 내릴 권력도 없는 제가 뭘 할 수 있었을까요. 조합원들을 지키겠다고 싸우다 같은 날 두 명의 장례를 함께 치른 게 6년 전인데, 더 크고 더 시퍼런 칼을 휘두르며 달려드는 저들 앞에 제가 할 수 있는 일이 뭐가 있었을까요. 명단 발표되면 끝인데, 그러고 나면 우리끼리 싸우고, 죽고, 열사 정신 계승하자고 결의를 내고, 장례 치르고, 울고불고, 추모사 쓰고. 쌍용자동차에서 6명이 죽은 게 언제라고.

요즘은 뉴스도 안 보고 인터넷도 못하니 민주노총 위원장 선거 과정이 어떻게 되는진 잘 모르겠습니다. 입을 댈 기력도 없고요. 저는 국민파도 아니고 벽제파도 아니고 중앙파도 아니고 현장파도 아니니 잘 아는 후보도 없습니다. 다만, 대장 할 사람이 이렇게 많은데 왜 현장은 무너지는 걸까요. 똑똑한 사람이 이렇게 많은데 왜 우린 번번이 패배하는 걸까요. 민주노총이 왜 외면당하고 욕먹는지 우리만 모릅니다. 추한 소문일수록 당사자만 모르듯이.

욕하면 국민파의 음모라 하고 현장파의 작태라 하면 됩니다. 다 같이 욕먹을 땐 조중동의 악랄한 왜곡선전 때문이라고 하면 됩니다. 끼리끼리 모이면 욕이 배 따고 들어오나 이런 말도 논리가 됩니다. 욕이 배 따고 들어와야 치유가 된다는 걸 우리끼리만 모릅니다.

위원장 선거에다 지자체 선거까지 앞두고 있으니 후보들이 앞다투어 '방문'하시겠지요. 이슈도 있고 표도 되는 사업장이니까. 다만,'발언'하려고 오진 마십사 하는 부탁을 드립니다. 간곡히. 발언 기회 확보되면 이 투쟁에 끝까지 함께하겠다고 핏대 세우곤 또 다른 사업장으로 가시겠지요. 시간이 없으니까. 가셔서 똑같은 '발언'을 하실 테고요. 저도 그랬거든요. 어떤 위원장은 하루에만 목숨 세 번 거는 것도 봤습니다. 가는 데마다.

민주노총을 정말로 바로 세우고 싶다면 그리고 진심으로 비정규직의 현실이 아프다면 결의를 했던 그 자리에 눌러앉으세요. 그 자리에서 비정규직들이 어떤 모습으로 어떤 조건에서 일하고 잘리는지 눈으로 직접 보십시오. 자료는 그만 보시고. 정규직은 그나마 싸울 조직이라도 있고 연대할 상급 단체라도 있습니다. 뉴스에라도 나오고 신문에 한 줄이라도 나옵니다. 비정규직들은 어쩌면 좋을까요.

한진에서만 천 명 가까이 잘렸고, 소문으로 떠도는 앞으로 잘릴 4천 명의 목숨을 도대체 어찌해야 할까요. 그 답을 가져오시면 더할 나위 없겠지만 최소한 후보님들을 추대했던 조직들과 함께 실천할 방안들을 다만 한 가지라도 마련해오십시오."

* * *

또다시 가슴이 먹먹했다. 얼마나 안타까울까.

드러내지 않으려 애써도 어찌할 수 없이 던질 수밖에 없는 내부를 향한 이 절규.

"이제 와 말이지만 떠나고 싶은 날들이 얼마나 많았는지, 이제는 정말 벗어나고 싶었던 순간들이 얼마나 시시때때였는지." 고백이 아니어도 이제 오십이 넘었을 한 여성 노동자가 겪었을, 노동운동가로 겪었을 눈물겨운 세월이 생생하다. 함께 일했던 아저씨들이 해고되어 함께 출근 투쟁을 했던 영제 형, 정식 형이. 박창수, 김주익, 곽재규의 죽음이. 삶의 부채가 되어 한 발짝도 움직이지 못하게 했으리라. 운동의 지도부들은 여전히 정파적 시각으로 노동 대중을 대상화하고, 정규직은 제 밥그릇 지키려 비정규직과의 연대를 외면하고, 살판 난 자본에 목숨으로 저항하는 죽음의 행렬은 멈추지 않고 있는데.

어찌할 수 없는 자괴감에 컴퓨터를 끄려는데, '응, 이게 뭐지.' 하는 순간. 허걱. 엉덩이를 붙이고 다시 눌러앉은 나는 내 눈을 의심할 수밖에 없었다.
'김진숙 민주노총 지도위원, 절망의 85호 크레인 농성 돌입'이란 속보였다.

"지난 2003년 김주익 한진 중공업 노동조합 지회장은 정리해고에 반발해 부산 영도조선소에 있는 35미터 높이의 '85호 크레인'에서 129일 동안 농성하다 목을 매 목숨을 끊었다. 김 지회장이 숨진 후 곽재규 조합원도 도크에서 투신해 그 해에만 한진 중공업에서 두 명의 노동자가 희생당했다. 당시 2년을 끌던 한진 중공업의 정리해고는 두 노동자의 죽음이 있고 나서야 마무리됐다. 8년이 지난 2011년 한진 중공업에서 같은 일이 벌어지고 있다. 지난 2009년 말부터 재개된 사측의 정리해고에 맞서 한진 중공업 해고노동자 김진숙51 민주노총 부산본부 지도위원이 김 지회장이 올랐던 크레인에 6일 새벽 다시 올라갔다."

긴 한숨이 절로 나왔다.
유난히 추운 이 겨울, 부산도 한파주의보가 내려졌을 모진 추위에 35m 높이 크레인 농성이라니. 김주익이 생을 마감한 85호 지브 크레인이라니. 쇠사슬로 묶인 자물쇠를 1시간 넘게 커터기로 자르고 새벽 3시 30분에 크레인에 올랐단다.
조합원들에게 남겼다는 편지를 읽어 내려갔다.

* * *

"1월 3일 아침, 침낭도 아니고 이불을 들고 출근하는 아저씨를 봤습니다. 새해 첫 출근 날 노숙 농성을 해야 하는 아저씨의 마음은 어땠을까요. 이 겨울 시청광장 찬 바닥에서 밤을 지새운다는 가장에게 이불 보따리를 싸줬던 마누라는 어떤 심정이었을까요.
살고 싶은 겁니다. 다들 어떻게든 버텨서 살아남고 싶은 겁니다.
지난해 2월 26일, 구조조정을 중단한다고 합의한 이후 한진에서 3000명이 넘는 노동자가 잘렸고, 설계실이 폐쇄됐고, 울산공장이 폐쇄됐고, 다대포도 곧 그럴 것이고, 300명이 넘는 노동자가 강제 휴직당했습니다. 명퇴 압박에 시달리던 박범수, 손규열 두

분이 같은 사인으로 돌아가셨습니다. 그런데 400명을 또 자르겠답니다. 하청까지 1000명이 넘게 잘리겠지요. 흑자기업 한진 중공업에서 채 1년도 안 된 시간 동안 일어난 일입니다. 그 파리 목숨들을 안주 삼아 회장님과 아드님은 배당금 176억 원으로 질펀한 잔치를 벌이셨습니다. 정리해고 발표 다음 날.

2003년에도 사측이 노사 합의를 어기는 바람에 두 사람이 죽었습니다. 여기 또 한 마리의 파리 목숨이 불나방처럼 크레인 위로 기어오릅니다. 스물한 살에 입사한 이후 한진과 참 질긴 악연을 이어왔습니다. 스물여섯에 해고되고 대공 분실 세 번 끌려갔다 오고, 징역 두 번 갔다 오고, 수배 생활 5년하고, 부산 시내 경찰서 다 다녀 보고, 청춘이 그렇게 흘러가고 쉰 두살이 되었습니다.

산전수전 다 겪었다고 생각했는데 가장 큰 고비가 남았네요.

평범치 못한 삶을 살아오면서 수많은 결단의 순간들이 있었습니다만 이번 결단을 앞두고 가장 많이 번민했습니다. 85호 크레인의 의미를 알기에 지난 1년. 앉아도 바늘방석이었고 누워도 가시이불이었습니다. 자다가도 벌떡벌떡 일어나 앉아야 했던 불면의 밤들. 이렇게 조합원들 잘려 나가는 거 눈 뜨고 볼 수만은 없는 거 아닙니까. 우리 조합원들 운명이 뻔한데 앉아서 당할 순 없는 거 아닙니까. 더 이상 피할 수 없는, 정면으로 붙어야 하는 싸움이라고 생각했습니다.

전 한진 조합원들이 없으면 살 이유가 없는 사람입니다.

제가 할 수 있는 걸 다해서 우리 조합원들을 지킬 겁니다.

쌍용차는 옥쇄파업 때문에 분열된 게 아니라 명단이 발표되고 난 이후 산자, 죽은 자로 갈라져 투쟁이 힘들어진 겁니다.

지난 일요일. 2003년 이후 처음으로 보일러를 켰습니다. 양말을 신고도 발이 시려웠는데 바닥이 참 따듯했습니다. 따뜻한 방바닥을 두고 나서는 일도 이리 막막하고 아까운데 주익 씨는…재규 형은 얼마나 밟히는 것도 많고 아까운 것도 많았을까요.

목이 메이게 부르고 또 불러보는 조합원 동지 여러분!"

＊＊＊

몸이 굳어졌다.

'여기 또 한 마리의 파리 목숨이 불나방처럼 크레인 위로 기어 오릅니다.'라는 말이 심장을 후벼 팠다. '오르기는 올랐어도 내려오는 건 쉽지 않을 텐데.' 하는 생각에 마음이 무거웠다. 129일을 버티다 끝내 목을 맬 수밖에 없었던 김주익이 떠올랐기 때문이다.

다음 날 김진숙 지도위원의 편지가 속보로 올라왔다.

＊＊＊

"저는 지금 주익씨가 앉았던 자리에 앉아 하루를 보내고, 주익씨가 누웠던 자리에 누워 잠을 잤고, 주익씨가 살아생전 마지막 봤던 세상의 모습을 봅니다. 그리고 저는 주익씨가 못해 봤던 일, 너무나 하고 싶었으나 끝내 못했던 내 발로 크레인을 내려가는 일을 꼭 할 겁니다. 그래서 이 85호 크레인이 더 이상 죽음이 아니라 더 이상 눈물이 아니라 더 이상 한과 애끓는 슬픔이 아니라 승리와 부활이 되도록 제가 가진 힘을 다하겠습니다."

* * *

내 입에선 이 말 밖에 나오지 않았다. 미안합니다. 미안합니다. 미안합니다. 김진숙 지도위원님. 그 약속 꼭 지키셔야 합니다. 제 발로 85호 크레인에서 내려오셔야 합니다.

海야, 河야
'사람은 사상이 아니라 삶으로 평가 받는다.'고 하지.
아빠는 김진숙 지도위원의 '소금꽃 나무'라는 책을 통해, 그의 삶을 통해 이 말의 진실성을 다시 한번 곱씹어본다.

"아침 조회 시간에 나래비를 쭉 서 있으면, 아저씨들 등짝에 하나같이 허연 소금꽃이 피어 있고 그렇게 서 있는 그들이 소금꽃 나무 같곤 했습니다. 그게 참 서러웠습니다. 내 뒤에 서 있는 누군가는 내 등짝에 피어난 소금꽃을 또 그렇게 보고 있었겠지요. 소금꽃을 피어내는 나무들. 황금이 주렁주렁 열리는 나무들. 그러나 그 나무들은 단 한 개의 황금도 차지할 수 없는."

지금도 김진숙은 '소금꽃 나무'다.

그 어떤 진보 정치인보다, 좌파 지식인보다, 현장 활동가보다 '가야 할 길'이 어디인가를 명확하게 말하고 있는 '소금꽃 나무'다.

너희들의 미래가 비정규직 노동자일 거라곤 상상도 하지 않고 있을 海야, 河야.

어떤 처지에 놓이더라도 '소금꽃 나무'가 전하는 이 말만은 꼭 새기고 살았으면 좋겠다. 아빠의 마음이기도 하니까.

"낮은 곳에 피었다고 꽃이 아니기야 하겠습니까. 발길에 차인다고 꽃이 아닐 수야 있겠습니까. 소나무는 선 채로 늙어가지만, 민들레는 봄마다 새롭게 피어납니다. 부드러운 땅에 자리 잡은 소나무는 길게 자랄 수 있지만, 꽁꽁 언 땅을 저 혼자 힘으로 헤집고 나와야 하는 민들레는 그만큼 자라는 데도 힘에 겹습니다. 발길에 차이지만 소나무보다 더 높은 곳을 날아 더 멀리 씨앗을 흩날리는 꽃. 그래서 민들레는 허리를 굽혀야 비로서 바라볼 수 있는 꽃입니다. 민들레에게 올라오라고 할 게 아니라 기꺼이 몸을 낮추는 게 연대입니다. 낮아져야 평평해지고, 평평해져야 넓어집니다."

6

"'낮아져야 평평해지고, 평평해져야 넓어진다.' 아, 행인서원 강학당 상량문에 쓰여 있는 글이네요. 딸들에게 쓰는 형식의 '찔래꽃 편지'도, 상량문도 모두 '자기를 벼리는 칼'이라는 생각이 들었어요. 집을 지으면서도 이런 글을 계속 썼다는 거잖아요."

"생각의 끈을 놓지 않은 결과지요. 1999년에 솟대 전원마을을 만들면서 회사 홈페이지를 만들었어요. 2002년부터 홈페이지에 본격적인 글쓰기를 시작했지요. 건축 과정을 담은 '흙집 이야기', '수필로 쓰는 세상 일기', '시로 쓰는 세상 일기', '찔레꽃 편지' 게시판이 있었어요. 집이 글을 짓고, 글이 다시 집이 되고, 사는 이야기가 되는 과정이었지요. 2011년까지 10여 년을 줄기차게 썼던 것 같아요. 그 뒤로는 뜸해졌지요. 수필은 2004년에서 2005년 사이에 쓴 글들이고 찔레꽃 편지의 '소금꽃 나무'는 2011년에 쓴 글이에요. 이 글을 끝으로 거의 글을 쓰지 않았어요. 이전의 글쓰기로 돌아가기가 힘들었던 것 같아요. 새로운 자각을 하기 시작했고, 행인서원에 대한 방향을 고민하기 시작한 거지요. 아내가 희망버스를 타고 부산 영도에 다녀왔고, 서울에서 1박 2일 농성이 있을 때 목수들과 함께 참여했어요. 이전의 전우들도 몇몇 보았지요. 행진을 하다, 김지도하고 꺽형을 만났어요. 김지도는 살이 많이 쪘더라고요. 여전히도 사람 좋아 보이는 웃음을 보이니, 그동안 마음속에 응어리진 생각들이 허망하게 느껴졌어요."

"제야의 글 속엔 가슴 속에 묻어 둔 많은 사연이 있어요. 그걸 하나씩 털어내는 과정일 수 있겠네요."

"글쓰기는 자기 성찰의 최고 무기예요. 직업적 글쓰기가 아니고, 자기 삶을 자기 언어로 표현한다는 것 자체가 자기 삶을 만들어 내는 순환 작용을 해요. 정직한 글쓰기가 되어야겠지요. 2020년 겨울 9년 만에 다시 김진숙 이름이 등장했어요. '복직 없이 정년 없다.'며 다시 길을 걸어 청와대 앞에 이르렀지요. 송경동 시인 등 희망 버스 기획단이 47일째 단식 중인 김진숙을 맞았어요. 목울대가 차올라 기사도 채 읽지를 못하겠더라고요. 암 치료를 받는 중이라고 하잖아요. 김진숙을 저렇게 떠다미는 것은 무엇일까. 그건 여전히 앞서간 동지들의 죽음일 거예요. 여전히 내려놓아지지 않는 부채감이요. 김진숙을 보면 '녹슬은 해방구'의 김점분 대장이 떠올라요. 마지막 빨치산이요. 89년 한스제약 위원장이 했던 말, '당신들은 떠나면 그만이지만...'이란 말이 목에 가시처럼 걸려 있어요. 김지도나 나나 여전히 자기 영역을 가지고 행세하며 살잖아요. 다른 놈들은 말할 것도 없이. 한없이 부끄러워요."

"맹자가 말했다는 수오지심이 생각납니다. 젊어선 측은지심에 바탕을 두더라도 나이가 들어갈수록 부끄러움이라는 도덕 감정을 잊지 말아야 한다는 생각이 드는데요. 정치권으로 진입한 86세대를 포함해 지금의 기성세대들은 어떤 부끄러움을 가지고 있는 걸까요? 왜 부끄러움을 잊어버린 걸까요?"

"정치 논리에 빠져 헤어 나올 줄 모르는 거지요. 가부장적 문화에다, 군대 문화, 형님 문화에 익숙하고, 자본과 언론의 연합체계 속에 그들과 적대하면 당선되기 어려우니까. 눈치 보고 적당히 눙치는 거지요. 정치권에서 김진숙을 맞으러 나온 이가 없어요. 청와대에서 사회 소통 수석을 보내 면담을 했다면 어떨까요. 민주당에서 환대와 지지를 보냈다면 어떨까요. 그렇게 하지 않지요. 표 떨어지니까. 만약 이명박, 박근혜 시절이었으면 함께 싸우겠다고 흉내는 냈겠지요. 비정규직 문제나 산업재해 문제 등 퍼포먼스는 있는데 노동자 민중의 요구와 정서에 서 있지 않다는 것은 분명해요. 노무현 정권이든, 문재인 정권이든. 함석헌 선생님이 그런 말씀을 하셨다고 해요. 80년대 초에요. '혁명하려는 이들이 혁명되지 않은 채, 혁명을 하려 한다'고. 노동자를 변호하던 노무현, 문재인은 어디로 갔을까요. 그 많던 노동운동가들은 어디로 갔을까요."

"그러게요. 하지만 국회든 행정이든 제도정치의 운동장에 올라서고 나면 '현실'이라는 키워드가 모든 가치를 압도하는 것 아닐까요?"

"남북한 정권이 서로를 지렛대로 정권을 유지해 온 측면이 있잖아요. 여야로 나뉘어 서로를 지렛대로 기득권을 나누는 형국인 거지요. 드라마 '육룡이 나르샤'에서 정도전이 그러잖아요. '정치의 핵심은 누구에게 걷어서 누구에게 나눠주느냐 하는 것.'이라고요. 구세력은 잘 사는 놈들. 소위 보수층을 지지 기반으로 하고 있고, 신 기득권 세력은 시민으로 대표되는 중산층. 소위 자유주의 세력을 지지 기반으로 하고 있잖아요. 진보정당이 노동자, 민중을 지지 기반으로 천하 삼분지계를 이루는 게 그나마 현실 가능한 방법이겠지요. 절차적 민주주의에 충실한 서구 정치체제로는 한계가 분명한 거예요. 그래서 제도권 밖에 부문, 지역, 전국 체계를 갖춘 민중인민위원회, 현실적으로는 지역자치위원회 스스로 정치를 해야 한다고 생각하는 거고요. 밖의 진지가 튼튼해야 제도권 안에서 장난을 치지 못하니까요. 어쩌면 스스로 권력을 잡는 것은 반혁명 세력의 저항으로 너무 많은 피를 부를 수 있기에 조심스러워요. 지난 혁명 과정의 오류를 반복해선 안 되잖아요. 각기의 계급적 입장을 인정하고, 세와 실력으로 경쟁하는 새로운 판을 만들어 보자는 것이지요. 역사는 생성-성장-발전-소멸을 이야기하잖아요. 그 흐름에 메기를 연못에 풀어 놓는 효과요. 제도권 안이, 기성 권력이 끊임없이 긴장하도록 밖의 진지를 튼튼히 세워야 해요. 자본과 자유주의 세력에 포섭되지 말아야 하고요."

행인서원 상량일 풍경.

行人書院
上梁에 부쳐

'낮아져야 평평해지고, 평평해져야 넓어진다'는
마룻대를 얹는 모습. 상량식의 절정이다.

선암은 이제야 행인서원 살림채와
서원 강학당의 상량문에 얽힌 뜻을 알 것 같았다.
살림채 거실의 '작은 산이 모여 큰 산을 이루다'와
서원 강학당의 '낮아져야 평평해지고 평평해져야 넓어진다.'라는
두 글귀가
아마도 행인서원의 모든 것을 말해주고 있지 않은가 싶었다.
선암은 제야가 건축업을 접고
행인서원에 아주 들어 온 2016년에야 인연이 닿았다.
행인서원이 만들어지고 개원하는 과정을 함께하지 못했다.
그 기록들이 온전히 남아있음에
지금에 이른 행인서원의 발자취를 알 수 있었다.

변하지 말아야 할 것과
변해야 할 것

• 1

행인서원 2012 상량

없는 살림에 행인서원 부지를 조성하면서 하고 싶은 일들이 참으로 많았다. 살림집 목수들의 교육장을 만들어, 먹고 사는 문제를 목수 일로 해결하면서 각 지역 마을 공동체를 복원하는 일꾼들을 전국으로 내보내고 싶었다. 여름과 겨울에는 청소년과 일반인을 대상으로 역사 캠프, 문학 캠프를 꾸려보고 싶었다. 행인서원은 그 시작점이었다. 겨우 사무실 교육장의 뼈대를 갖추고 서원 착공의 날만 손꼽아 기다렸다.

해를 넘기고 보니 오십이다. '할 수 있는 만큼만 한다.'로 생각을 정리하기는 했지만, 마음 한구석 '그걸 해서 무얼 하려고'하는 마음도 사실이었다. 나이 들어갈수록 현실과의 타협은 불가피하다. 이럴 땐 그냥 저질러야 한다는 것이 경험상 얻은 지혜다. 다행히도 강릉 연곡면과 금산 금성면 주택이 봄 공사로 예약된 터라 한겨울 버티면서 일을 밀고 나갈 수 있을 것 같았다.

1월 초 건축 준공 이후로 미루었던 김포 대곶면 주택의 증축 공사와 툇마루 공사를 마치자마자 횡성 한옥 문화센터 부지로 전격 이동했다. 집에 다니러 갔던 목수들이 밤새 도착했고, 다음 날 5톤 트럭 세 대 분량의 목재가 분산되어 작업대에 올랐다.

김포 현장에서 손발 맞추었던 모두의 생환이었다. 강화 숙소에서는 이곳저곳 분산되어 있었으나 횡성 살림집 전시관의 생활은 그야말로 거실을 중심으로 한 가족 공동체와 다름없었다. 한쪽에선 먹을 놓고, 그를 받아 면을 잡으면, 체인톱으로 날을 넣어, 끌로 홈을 다듬어 냈다.

삼시 세끼와 참까지 장정 일곱 명의 식사 해결은 만만치 않았다. 밥 먹고 돌아서면 다음 밥상을 준비해야 했다. 그도 며칠 이력이 붙으니 아침은 국이 있는 밥상, 점심은 볶음밥이나 비빔밥, 저녁은 청국장이나 김치찌개, 고기를 볶고, 별식으로 닭백숙을 올렸다. 참은 찐빵을 찌거나 토스트, 떡이나 빵을 물리지 않게 마련했다. 밑반찬 따로 없이 국이나 찌개 달랑 하나 놓고도 풍성한 식탁이었다.

찬 공기와 매운바람으로 연장에 손이 쩍쩍 달라붙는 아침나절을 지나면 햇볕이 참으로 따사했다. 식사 당번에 구들방과 벽난로 불 지피는 일이 어지간히 손에 익은 다음부터 나는 아랫동 강당 건물의 작업을 개시했다. 비에 얼룩진 처마 목재와 일명 노끼 덴조라 불리는 노출 처마 마감, 건물 전면 벽돌을 쌓지 않은 곳의 목재 사이딩 마감 등 안전망을 오르내리며 나름 목수 흉내를 내게 되었다. 어둑해질 무렵 위 터에서 고함이 터진다. '밥 줘요.'

돌아가며 씻고 둘러앉은 저녁상엔 술이 빠질 수 없다. 춥고 고단했던 하루가 눈 녹듯 녹아내린다. 술기운에 각 방으로 흩어져 잠깐씩 졸고는 하나 둘, 벽난로 앞 거실로 모여든다. 단연 분위기를 끌고 가는 것은 준이와 학이다. 일에서는 오야지와 일꾼이지만 동갑내기 친구로, 서로가 많이 의지하고 있음을 누구나 다 아는 관계다. 한데 논쟁이 붙으면 둘 다 한 발도 물러서지 않는다. 준이는 사람은 끝없이 성찰하고 돌아보며 변화해야 한다는 점을 특히 강조한다. 학이는 책에 있는 좋은 말만 하지 말고 자신의 이야기를 하라고 압박한다. 이렇게 이야기가 전개되면 그다음부터는 목소리가 커지기 시작한다. '난 지금까지 내가 옳다고 생각하는 거 변하지 않고 지키려고 한다. 현실이 변했으니까 그에 맞춰 변해야 한다는 건 변절이지' 학이의 말이다. 준이가 반박한다. '어떻게 네 생각만이 옳다는 걸 증명하지, 다른 사람들의 이야기가 맞을 수도 있잖아. 내 생각은 이런데... 해야 대화가 되지, 나만 옳다고 하면 싸우자는 얘기잖아. 그래서 내가 진짜 옳은가 성찰하고 반성하면서 깨달음을 얻어 가는 거지. 그게 변화야. 변해야 한다는 거지' 이렇게 되면 누가 옳고 누가 그른지 전혀 판단이 되지 않는다.

'야, 야... 학이가 변하지 말아야 한다는 것은 사람이 기본적으로 가져야 하는 품성, 원칙 이런 거 아니냐. 소위 민주화 운동입네, 노동운동입네 하던 사람들이 현실과 타협해서 정치권에 들어가 입신출세하는 거, 자기만 잘 먹고 잘 사는 길 택하는 거 그러지 말자는 얘기잖아.' '준이가 말하는 변화는 끝없이 공부하고 되돌아보아 자신이 먼저 변화해야만 세상을 바꿀 수 있다. 뭐 그런 얘기 아니야. 삼성 이건희가 말하듯 경쟁력을 높이기 위한, 살아남기 위한 변화 그거와는 다른 얘기지. 낡은 사고방식의 틀로는 변화하는 세상을 바꿀 수 없다. 뭐 그런 얘기잖아.' '결론적으로 변하지 말아야 할 가치와 원칙을 지키면서 성찰을 통해 우리도 끝없이 변화해야 한다. 그래야 세상을 바꿀 수 있다. 이렇게 정리하면 안 되겠니.' 나와 동갑내기 인씨와 목수 막내이던 호가 박수로 반긴다. 이 논쟁은 삶의 태도와 모습에서 두 사람을 구별하는 다름이기도 하고, 그 다름이 하나로 통일되어 갈 수있는 가능성이기도 하다. 학이를 고집하면 꼴통되기 십상이고, 준이를 고집하면 세상 흐름에 자기를 맞추는 우를 범할 수 있다. 그래서 둘은 구성원 모두에게 삶의 화두를 던지고 있는 셈이다.

막내였던 호가 우리 현장에 처음 온 것이 2005년 고기동 현장이었으니, 그 때가 29살, 지금은 서른 중반의 나이가 되었다. 지붕 위에 올라가 제대로 걷지도 못하고 기어 다니던 때가 선명한데, 이제 베테랑이 되어 돌아왔다. 살림집 짓는 일만이 아니라 사찰이든 전통 한옥이든 더 많은 것을 배우고 오라고 보낸 지 몇 해, 그 약속을 지켰다. 고향집 노모 곁을 지켜야 하기에 객지 생활이 부담스럽지만, 고향 집에 돌아온 듯 편안해 하는 호의 모습에서 이 친구들의 소중함을 새삼 깨닫는다.

현재의 막내 섭이는 백지상태에서 모든 것을 빨아들이는 젊음 특유의 기질을 마음껏 발휘하고 있다. 건축학과를 다니고 있으면서 일찍이 현장에서 잔뼈가 굵고 있으니, 하나하나 잘만 가르치면 이론과 실전을 겸비한 대목 하나 만들어 낼 수 있겠다 싶다. 문제는 철이다. 직장

생활을 하다 자기 집 지으며 현장 일을 접하고 나중에 한옥을 짓겠다고 목수로 나선 이력으로 보아 현장 밑바닥 정서가 비어 있다. 기본부터 시작하여야 하는 생활을 잘 견뎌내지 못했다. 나이도 마흔 중반, 누가 무얼 가르친다고 쉽게 받아들여질 나이도 아니다. 일은 잘하고 싶고, 인정도 받고 싶은데 몸이 따라주지 않으니 고민이다. 호나 막내 섭이라도 없으면 그저 그러거니 할 텐데 비교가 되니 스스로 못 견뎌 한다. 이력과 자존심 내려놓고 진짜 목수가 되느냐 마느냐의 갈림길에 선 것이다. 이에 대한 준이의 태도는 분명하다. '지가 어떻게 하는가에 달려 있지, 누가 도와준다고 되는 일이 아니라예.'
나와 동갑내기 인씨는 김포 현장에서 공중 낙하 사고 이후 더없이 고마운 친구가 되었다. 보통 사고가 나면 사고 처리 문제를 비롯해 서로가 어색해지고 다시 보기 어려운 관계가 되기 십상인데, '내 실수로 빚어진 일'이라는 마음과 '천만다행'이라는 마음이 서로를 잡아당겨 주었다. 일 중간 노래방에 가면 특유의 손놀림에 '술이 부르는 노래'라는 절창은 살아온 이력의 낙천성을 유감없이 보여줬다. 협력업체 구성원 거의 모두가 나보다 나이가 많아 한옥 목수 팀과만 어울리던 차였는데, 그중 친구가 하나 생겼다는 게 큰 위로가 되었다. 출생지에 따른 지방색도 알게 모르게 작용하는 게 현장인데 충청도 인씨와 강원도 철이가 합류하면서 전국구 구성원이 되었다. 나이와 출신 지역 구별 없이 하나의 현장 공동체를 이루어 갈 수 있다는 건, 우리 사회 미래 공동체의 싹이 아닐까.

구정 설을 정점으로 처마 지붕 작업이 시작되고 2월 10일 드디어 상량 날짜가 잡혔다. 동재와 서재가 맞배지붕으로 마주 보고 서 있고, 가운데 강학당이 팔작지붕으로 중심을 잡는 구도다. 상량은 강학당 건물 마룻대로 정했다.

아내와 큰딸아이가 상량 음식과 함께 오전에 도착했고, 초대한 사람들이 속속 모여들었다. 상량 글을 써 줄 장 형, 장 형과 한 무리인 동화작가 내외, 사진작가, 수지지역 교회 목사님 내외, 도의원을 지낸 학교 선배, 우리가 지은 홍천 남면 주택 내외를 비롯해 협력업체 팀들도 참여했다. 특히 90년대 후반 사업을 함께 하다 부도가 났던 전 회사 대표, 흙건축 초기 시공 이사를 맡았던 목수 형님 등 다양한 사람이 참여했다. 서원의 출발은 그렇게 하고 싶었다.

상량 글은 김진숙씨의 '소금꽃 나무'라는 책에서 한 문장을 골랐다. '낮아져야 평평해지고 평평해져야 넓어진다'. 이 글 속에 행인서원의 지향을 담아내고 싶었다. 장 형의 붓끝이 한 글자 한 글자 마룻대를 채워 나가고, 대금 소리를 시작으로 상량식이 시작되었다. 무릎 꿇고 앉아 상량문을 읽어 내려가는 동안 '아, 이제 비로소 시작이구나.' 하는 뜨거운 눈물이 솟아올랐다.

"行人書院-길을 가는 사람들" 上樑에 부쳐

오랜 꿈이었습니다.

양반의 씨와 상놈의 씨가
태어날 때부터 한 인간의 삶을 결정하는
신분사회를 타파하는 꿈
자본가의 씨와 노동자의 씨가
태어날 때부터 한 인간의 삶을 규정하는
계급사회를 타파하는 꿈
그러나 그것은 언제나
일장춘몽이었습니다.

아주 오랜 꿈이었습니다.
그저 배곯지 않고, 가족들 화평하며
너나 없는 이웃으로 함께 사는 마을
부리는 자와 부림을 당하는 자가 없는
공평하고 평등한 세상.
그것도 일장춘몽이었습니다.

민초의 꼭대기 위에 앉은 자들은
자신들의 위치가 흔들리지 않을 만큼의 당근을 쥐어주고
그 뒤로는 가혹할 정도의 채찍으로 더 많은 것을 앗아갔습니다.
민중의 민주주의와 노동해방을 부르짖으며
운동의 지도부를 자처했던 이들은
권력에 투항하거나 그 주변에서 자신들의 몫을 챙겨가고 있습니다.
더 많은 소비를 위한 생산성 증가와 경쟁력이라는 미명하에
신자유주의 세상을 구축해 가고 있습니다.
무한경쟁 속에 오로지 올라서지 않으면 죽을 것 같은 이 세상.

그 세상 한복판에서 비켜서고 싶은 사람들
아직도 꿈을 꾸고 있는 사람들이
이곳에 하나의 씨앗을 심고자 합니다.
"行人書院-길을 가는 사람들"입니다.
몸과 마음을 닦아 세상에 나아가고
물러나 돌아보며 다시 쓰임을 준비하는
書院 본래의 의미에 더해
'건강한 노동'으로 몸을 만들고, '삶의 글'을 익혀
살아 있는 정신으로 세상에 나아가는
현대판 書院-길을 가는 사람들입니다.

생각은 조금씩 달라도
서로의 말에 귀 기울이며, 삶의 짐 서로 나누어지고
고된 인생길 동행할 수 있는 곳.
'낮아져야 평평해지고, 평평해져야 넓어진다'는
소금꽃 나무의 간절한 소망을 실천하는 곳.
그리하여 다시 "꿈"을 꾸고 "희망"을 이야기할 수 있는 곳.
'시작은 미약하였으나 끝은 창대하리라'는 말씀을 이루어내는 곳.

行人書院이여!
너 여기 오래도록 남아, 꿈을 이루어 주오.
2012년 2월 10일

-行人書院 上樑에 머리 숙인 모두

숙연했다. 참여한 이들이 예를 갖추고 상량문에 서명을 했다. 마룻대 뒤편에 홈을 파고 공간을 만들어 그곳에 상량문을 넣었다. 나무못으로 뚜껑을 고정하는 순간 하나의 역사가 되었다.(먼 훗날 뚜껑을 열었을 때 막걸리값이라도 들어 있어야 하지 않느냐고 아내가 성화를 했다. 다음 날 오만 원권, 만 원권, 오천 원권, 천 원권, 그리고 동전까지 모두 넣어 막걸리 값이라고 적힌 봉투를 함께 넣었다.)

준이가 사회자로 목수 소개가 있었다. 상량식의 또 다른 주인공이 목수임에도 목수 각자를 소개하는 자리는 처음이다. 서원의 뼈대를 세워 낸 자긍심이다. 함께 길을 갈 재목들이다. 구수한 경상도 사투리의 준이가 코믹하게 한 사람씩을 소개하고 각자의 포스가 물씬 풍기게 한마디씩 한다. 그렇게 일하는 사람들과 모인 사람들이 또다시 하나가 된다. 가수로 초빙된 순씨의 '장작불' 노래가 울려 퍼지며 드디어 마룻대가 올려졌다. 절정이다. 중간에 덕담이나 노래 한자락 얹으라고 했더니 준이에게 돌아온 답이 '노래하나 하세요.'다. 비장의 카드를 준비해 두긴 했었다. 내 마음을 담은 노래, '비상 2절'이다.

> 감당할 수 없어서 버려둔 그 모든 건 나를 기다리지 않고 떠났지
> 그렇게 많은 걸 잃었지만 후회는 없어 그래서 더 멀리 갈 수 있다면
> 상처받는 것보다 혼자를 택한 거지 고독이 꼭 나쁜 것은 아니야
> 외로움은 나에게 누구도 말하지 않을 소중한 걸 깨닫게 했으니까
> 이젠 세상에 나갈 수 있어 당당히 내 꿈들을 보여 줄거야
> 그토록 오랫동안 움츠렸던 날개 하늘로 더 넓게 펼쳐 보이며
> 다시 새롭게 시작할거야 더 이상 아무것도 피하지 않아
> 이 세상 견뎌낼 힘이 돼 줄거야 힘겨웠던 방황은……

그렇게 서원의 뼈대가 서고 비를 가릴 지붕과 그 위에 기와가 얹어졌다.

살림채 거실에 딸린 내부 툇마루 차실에는 붓과 먹, 화선지가 준비되어 있다. 오며 가며 덕담처럼 글이나 그림을 남겨두는 이들을 위해 마련된 것이다. 누가 쓴 것인지 알 수 없는 붓글씨 한 장이 눈에 띄었다. '아슬한 결빙 위 실핏줄, 너를 믿고 나는 딛는다.' 누구 시 구절일까. 보는 순간 가슴이 먹먹했었다.

지난 겨울 서원 뼈대 공사를 할 때다. 철이가 서까래를 걸기 위한 발판을 매고 그 위로 준이가 올라탔는데, 나무들이 얼어있어 못이 고정이 안 되어 발판이 무너져 내렸다. 단층인지라 눈 위로 뛰어내렸지만 아찔한 순간이다. 조금 있으니 이번엔 호와 인씨가 디딘 발판이 내려앉아 한 명은 평고대에 매달리고 또 한 명은 뛰어내렸다. 철이는 발판 고정 받침에 대못을 쳐서 고정하기 시작했다. 작은 사고니 한바탕 웃음으로 지나간다지만 매 순간이 긴장이다. 저녁을 먹고 난 후 누구라 할 것 없이 '너를 믿고 나는 딛는다'는 문구 앞에 모여들었다. '그래, 바로 이거네. 네가 발판을 매지. 나는 너를 믿고 딛는 거야' 준이의 일성이다. 그 옆에서 '나는 너를 믿고 가는 거야' 학이가 준이를 쳐다보며 웃는다.

뒷일 하는 이가 발판을 매고 그 위를 기술자가 오른다. 뒷일꾼을 믿지 못하면 기술자는 불안하다. 모든 일이 그렇다. 건축주는 시공 업체 대표를 믿고 가는 것이고, 시공 업체는 공정별 책임자오야지를 믿고 가는 것이다. 공정별 책임자오야지는 자기 일꾼들을 믿고 간다. 일꾼들은 자신의 밥벌이를 오야지에게 맡기고 가는 것이며, 오야지는 시공 업체 대표에게, 시공 업체 대표는 건축주들에게 운명을 맡길 수밖에 없다. 모든 것이 아슬하다. 늘 불안정하고 앞이 보이지 않는다. 그러나 너를 믿고 나는 딛어야 한다.

•
2

길 없는 길

봄

질퍽거렸다. 언 땅이 녹으며 씨앗을 품은 땅들이 해산을 준비하고 있었다. 봄이 오고 있었다. 봄맞이해야 하는데 일거리 맞추지 못한 건축 노동자의 봄은 농부의 설레는 봄이 아니었다.

15여 년 흙건축 일을 해 왔지만 봄 일을 확정하지 못한 경우는 처음이었다. 구정 직후에 일이 시작되느냐, 3, 4월에 일이 시작되느냐의 시간 차이는 있었어도 가능성조차 열어두기 어려운 때를 만난 것이다. 숨넘어갈 듯 많은 고비를 넘겨왔지만 '여기까지인가'라는 물음은 던지지 않았었다.

누군가 '길이 닫히는 순간, 길이 열린다.'고 했던가. 두드리고 소리쳐도 닫힌 문이 열리지 않을 때 돌아서면 수많은 다른 길들이 열려 있다고도 했다. 불확실성에 대한 두려움으로 주저하지 말고 길을 열라고 했다. 그러나 안개 자욱한 길 위에서 발걸음을 떼는 일은 쉽지 않았다.

홀로 산에 올랐다. 무작정 나선 길이지만 이미 여러 날 전부터 마음의 준비를 하고 있었는지 모를 일이다. 당장 끼니 걱정을 하면서도 빚내어 터전을 마련하고 공동체 공간을 만들겠다고 씨름해 온 지 6년여가 되었다. 그래, 마지막 힘을 다해 완공하는 거야. 거기서 다시 길을 열 수 있을 거야. 광야의 기도처럼 절박하게 몸을 내던지며 흔들리는 발걸음으로 하산했다.

4월의 봄. 2월에 구성된 서원 준비위원회에 '갑니다.'라는 최종 통보를 전했다. 결정은 주저하는 이들을 하나로 모으고 짐을 나누어질 방법들을 모색하게 했다. '현금의 최소화, 최단기일 내 완공, 대출로 기성 지급'이라는 원칙이 섰고, 시공 업체들은 그동안의 신뢰를 담보로 화답했다.

어렵게 재개된 공사가 시작되자 바로 밥상 공동체가 되었다. 누군가는 밥상을 차리고, 둘러 앉아 하루 노동을 위한 밥을 나누고, 누군가는 설거지를 맡았다. 밥이 부족한 날은 각자의 밥그릇에 놓인 밥을 덜어냈다. 유난히도 먹성 좋은 사람들과 국을 싫어하는 사람들, 찬을 가리는 사람들도 있게 마련이지만 전체 속에서 배려하고 배려받았다. 공동의 밥상은 모두를 공평하게 한다.

'노동 공동체'가 열렸다. 누군가는 기술자고 누군가는 뒷일꾼이다. 기술자라 해도 실력의 차가 있으니 밑 작업을 주로 맡는 사람이 있고 마감을 하는 사람들이 따로 있다. 기술자 일을 뒷일꾼이 대신 할 수는 없지만, 뒷일이 많을 때 기술자들이 함께 거들고 나서면 일의 진행이 빨라지고 현장의 분위기가 좋아지게 마련이다. 칠십을 바라보는 노장들이 있는가하면 이제 갓 서른을 넘긴 아들 또래의 일꾼들도 있다. 세대의 격차도 흐릿해져 모두가 동료인 셈이다. 하루 일을 웬만큼 죽여줘야일의 양을 줄이는 것 하는 일꾼들은 늘 오야지 눈치를 살피게 마련인데 공동의 생활 속에 이루어지는 노동은 그 경계마저 허물었다. 오직 노동으로 이루어지는 일의 성취에 집중했다.

이 시기가 지나고 나면 모두는 다시 원래의 자리로 돌아간다. 다음 일거리를 걱정하는 날품팔이 건축 노동자의 불안함을 고스란히 안고, 네온사인 번쩍이는 화려한 도시의 가장자리 허름한 술집에서 소주잔을 기울일 것이다. 집에 들어서면 알량한 밥벌이를 위해 새벽같이 나갔던 식구들이 각자의 방문을 닫고 널브러져 있을 것이다. 몇 날의 객지 생활 뒤 집으로 돌아간다는 기쁨은 잠시 흔들리는 눈빛들을 본다.

이 경험이 서원 건물을 완성하는 것 이상의 또 다른 의미를 부여하게 했다. '공동체의 가능성과 운영에 대하여', '그의 미래'에 대하여 진지하게 묻는 성찰을 안겨주었다. 노동이 공동체를 묶어주는 힘이 되고, 공평한 밥상이 서로를 둘러앉게 만들며, 서로의 경계를 허물어 내는 공동체. '행인서원'은 과연 그 내용을 담아낼 수 있을 것인지.

여름

삶이 늘 버거웠다. 어린 시절을 빼고는 공부하느라 그랬고, 철들고는 세상을 바꾸겠다고 그랬고, 조금 더 나이 들어서는 먹고 사는 게 힘에 겨웠고, 그리곤 '인간이 무언지, 왜 사는지', '남은 생 무얼 하며 살 건지' 무겁게 자신을 몰아세웠다.

가벼워지고 싶어 한 번씩 짐을 내던져 보았지만 끝내 벗을 수 없는 짐은 보따리만 부풀린 채 다시 얹어져 있었다. '이것이 마지막이라도 좋겠다.'는 생각을 했던 탓일까. 몸에 남아 있는 모든 기운을 다 쏟아냈다. 개원식을 앞둔 일주일 남짓. 쏟아지는 비에 온몸을 맡긴 채 돌을 놓고, 마음을 놓고, 자신을 놓았다.

7월 13일 개원식. 그날도 비가 내렸다. 서원의 방향과 관련해 입장을 조정하는 회의가 밤늦게까지 진행되었기에 몸도 가라앉았다. 축복해야 하는 날인데도 제 흥이 나질 않았다. 먼 길 마다하지 않고 찾아온 지인들에게 고마움을 표시하지도 못했다. '신발 끈을 다시 한번 고쳐 매려 한 매듭을 짓는다.'는 그럴듯한 위안에 '다시 길 위에 선다.'는 선언을 남겼지만, 발을 뗄 엄두를 내지 못하고 몸과 마음을 추슬러야 했다.

서원 준비위 식구들이 여름방학, 휴가철을 맞아 공간을 책임졌다. 독자적인 프로그램 진행은 아니었지만, 입소문으로 사람들이 찾아들었다. 한 발짝 뒤로 물러설 수 있는 여유를 얻었다. 서원의 첫 번째 방문객은 서울 송파, 구로, 성남 등 5개 지역의 연합 공부방 아이들이었다. 지역 아동센터라는 이름으로 바뀌어 불리고 있지만, 공부방이라는 역사성이 있다. 정부 지원을 받고 종교단체들이 대거 지역 아동센터를 운영하면서 민중성과 운동성은 약해졌지만 한부모 가정 아이들과 저소득층 아이들로 구성된 공부방이란 이미지는 아직 남아 있었다.

서원에서 10분 거리에 있는 병지방 계곡은 아이들에게 천혜의 물놀이터였다. 물놀이만 해도 된다고 일정을 잡은 7월 말, 하필 그 2박 3일 동안 장맛비가 그치질 않았다. 선생님들은 손을 놓았고 아이들은 그저 끼리끼리 어울려 공을 차고 물막이 놀이를 하며 시간을 보냈다. 마음이 불안하고 무언가 함께 놀아주어야 한다는 책임감에 안달을 내보아도 서원은 그저 공간을 내어주었을 뿐 관여할 수 있는 여지가 별로 없었다.

말이 거칠었다. 몰려다니는 큰아이들 무리를 보며 서원의 어른들이 긴장했다. 삼삼오오 작은 아이들이 물꼬를 막고 물놀이를 하는데 연민의 정이 묻어났다. 할 수 있는 일이란 오직 넉넉한 밥상을 준비하는 일뿐. 비는 내리고 우비를 뒤집어쓴 준비위 식구들이 그릇을 끌어안고 밥과 찬을 날랐다. 준비한 밥과 찬들이 부족할 만큼 아이들의 식성은 놀라웠다. '늘 배고픈 아이들'이란 느낌에 빗물인지 눈물인지 눈가가 젖었다.

두 번째 방문객은 공동육아 여름 캠프 팀이었다. 전국의 공동육아 네트워크를 통해 모집된 아이들이었고, 사무국은 사전답사와 꼼꼼한 준비가 눈에 띄었다. 잘 짜인 시간표와 프로그램에 따라 아이들의 얼굴은 해맑게 빛났다. 사전에 협조를 구하여 별보기와 산책, 물놀이가 서원 준비위 선생님들과 함께 진행됐다.

'진도', '멍게', '찔레' 하면서 다가오는 아이들에게 어른들은 싱글벙글하며 어찌할 줄 모른 채 행복한 얼굴이었다. 말랑말랑한 아이들의 손이 참으로 따뜻했다. 이 아이들은 밥을 아주 조금만 먹었다. 사는데 허기지지 않았기에 식탐이 없는 아이들. 부족한 것 없이 사랑받고 자랐다는 느낌이 전해왔다.
들판에 잡초처럼 피어난 야생초를 본 것이었을까. 유기농으로 잘 가꾸어진 농장의 작물을 본 것일까. 대비되는 장면에 '우리'들의 모습은 또 어떤 것이었을까. 야생초의 생생함을 노래하지만 잘 차려진 유기농 식단을 선호하는 것은 아닌가. 서원의 진로를 앞에 둔 고민은 더욱 깊었다.
정신없이 지나간 방문객들 뒤로 이래저래 도움의 손길을 주었던 사람들과 연이 닿아 소개받은 이들이 찾아들었다. 사람들을 한 자리에 불러 모으는 것은 '밥상'과 '노동'만이 아니라 '휴식과 놀이'이기도 하다는 사실을 증명이라도 하듯 여름밤은 술과 노래와 춤으로 달아올랐다. 재야의 고수들이 넘쳐났다. 누군가가 기타를 들고 노래를 시작하면 그것이 합창이 되고, 흥에 겨운 누군가가 자리를 털고 일어나 춤을 추기 시작하면 놀이마당으로 변하는 건 순식간이었다. 마음에 둔 노래들이 고백처럼 쏟아지고 안주 삼아 술이 돌면 마음의 거리가 확 좁혀졌다. 여름은 삶의 무게를 감당하지 못해 제풀에 주저앉았던 돌쇠에게 '행복한 삶'의 열쇠를 선물했다. 공동체성이란 놀이를 통해 승화된다는 것을.

가을

추석 무렵에야 건축 준공과 그에 따른 은행 대출이 이루어졌다. 대출

통장에서 곧바로 공정 업체들에게 기성이 지급됐다. 마음의 짐은 덜었는데 현실의 짐은 배가되었다. 그래도 또 하나의 깔딱 고개를 넘어섰다는 안도감에 풍성한 추석이었다.

교육공동체로서의 내용을 준비해 나가는 캠프 계획이 구체화 되었다. 아무리 좋은 내용이라도 사람들이 모이지 않으면 쓸모없는 일이 되고 마는 것을 잘 알기에 접근성이 무난한 독서캠프로부터 첫발을 떼기로 했다. 지역 아동센터 연합 아이들과 공동육아 아이들을 맞으며 고민했던 내용을 토대로 전면적 만남을 모색했다.

시중의 많은 캠프들 중에서 선택받기란 쉬운 일이 아니었기에 지인인 동화작가 선생을 앞세워 인원을 모집하고 글쓰기 선생님들과 보조교사를 포함해 내용을 담아내기 시작했다. 서원의 첫 번째 캠프가 10월 25일 2박 3일의 일정으로 막이 올랐다.

3+3의 서원 운영위가 위력을 발휘하기 시작했다. 서울역 노숙인 대학에서 몇 년째 글씨기를 맡고 있는 장 형과 진누이장 형 옆지기를 맏형 맏언니로 해, 나와 옆지기가 둘째로, 이제 막 목사 안수를 받은 표 쌤과 하 쌤표 쌤 옆지기을 셋째로, 도원결의? 3에 3을 더한 듯 말 없는 역할 분담으로 안정감을 더했다.

기획하고 진행하며 아이들과의 친화력을 발휘하는 표 쌤이 전체 흐름을 잡아내면 '잘 노는 법'에 목숨을 건 듯 맏형이 앞장서고 둘째가 뒤를 받쳤다. 제 아이 걷어 먹이듯 안식구들이 주방을 맡아주니 선생님들이나 아이들 모두 먹는 즐거움이 컸다. 주변의 지인들이 때론 어떤 역할에 차출되기도 하고 스스로 뛰어들어 하나가 되니 어느덧 풍성한 마을이 된 느낌이다.

몸이 불편하다는 이유로 좀처럼 세상 밖으로 나오기 어려운 아이들도 함께 할 수 있는 캠프를 만들자 했다. 조카인 진이네가 참여 의사를 밝혔고, 진이네와 함께 어울리는 재도 참여하게 되었다. 캠프의 생태체험 프로그램인 횡성호 둘레길 걷기에 두 아이가 함께 할 수 있도록 책임지겠다고 나섰다. 부모와 떨어져 세상에 나서는 경험을 만들어 주고 싶었다. 몸이 가벼운 진이는 등에 업고, 휠체어를 탄 재는 길이 닿는 곳까지 함께 했다. 호수와 접한 좁다란 소로를 내달릴 때 진이는 내 이마를 닦아주며 걱정했다. 다리 쉼 하면서 진이와 바라보는 호수의 전경은 한 폭의 산수화였다.

돌아오니 서원을 지키고 있던 부모들은 민폐를 끼치는 건 아닌지 자기검열을 하고 있었지만, 진이와 재, 그리고 캠프에 참여한 아이들은 어느새 서로의 손을 내밀고 있었다. 그 아이들이 세상에 나오기 위해서는 부모들의 마음을 먼저 열어야 한다는 사실이 가슴 아팠다. 얼마나 많은 세월을 그렇게 가슴앓이하며 살아왔겠는가.

캠프를 마치고 모두 녹초가 되었지만 웃음이 멈추지 않았다. 미소가 번지는 얼굴들에서 진정한 동행이 시작되었음을 확인할 수 있었다. 한껏 출렁이던 서원에 고요가 찾아들었다. 소그룹들이 잠시 다녀갈 뿐 겨울방학 전까지는 한가로운 시간일 터. 마무리하지 못한 주변 일들을 끝낼 시간이 돌아온 것이다. 엄두를 내지 않던 몸도 '이제 또 움직여 볼까'하면서 기지개를 피고 있었다.
강당이 있는 느티나무 마당과 강학당, 동재, 서재가 자리한 서원의 단차이로 인해 경계는 떨어질 위험이 있었다. 임시방편으로 놓았던 기와를 걷어내고 정식으로 기와를 얹었다. 마당 안쪽으로 나무와 꽃들을 심을 수 있게 흙을 조성하도록 그 높이만큼 벽돌을 쌓고 강당 터로 경사지게 처마 기와를 내렸다. 착고를 끼고 돈음을 깔고 용마루숫기와를 얹었다. 기와 공사 때 어르신 조공으로 일하며 배운 눈썰미로 몇 날 씨름 끝에 공사를 마쳤다. 모아두었던 바닥 기와로는 부지의 경계선에 내림마루처럼 놓아 기와 담장 분위기를 연출했다.
여름 장마로 막혔던 도랑과 울퉁불퉁한 도로를 정리하고 빈터엔 텃밭 만들 흙 받을 준비를 했다. 4-5년 전에 조경수로 심어 두었던 적송과 반송이 서원 마당으로 자리를 옮겨 앉았다. 받아 둔 덤프트럭 6차 분량의 흙들은 흙이 부족한 군데군데로 나누어졌고, 나머지는 그 자리에 밭 흙으로 펼쳐졌다.
하루 날 잡아 들어왔던 장 형과 표 쌤이 일을 거들었는데 '서원은 노동 강도가 쎄다.'며 웃음 띤 농담을 던졌다. 글과 말로 삶을 사는 사람과 노동으로 이력이 난 사람의 차이가 분명 존재했다. 혼자 일할 때보다 노동강도를 확 줄였는데도 감당하기엔 버거운 일인 것이다. 서로 일머리가 잡히고 노동이 만들어 내는 성취감이 생기면서 일의 재미가 배가되는 경험을 공유한다.
눈 내리기 전에 해야 할 일들을 주섬주섬 마무리했다. 그리고는 청국장을 만들고 메주를 만들었다. 지난해 메주를 만들고, 장을 담그면서 서원의 운영진을 구성하였으니 그 인연 오래도록 묵어 진한 장맛이 되기를.

초겨울

12월 초. 예상에 없던 손님들이 들이닥쳤다. 철도파업이 강원도 횡성 시골 마을 서원에도 파장을 남겼다. 흩어졌다 모이기를 파업의 중요한 전술로 채택하고 있는 철도노조였다. 정비지부 지부장을 맡은 선배가 파업 중 필요한 날에 서원에서 묵겠다고 준비를 요청해왔다. 3+3 운영위원 중 2명은 고정적으로 2명은 부정기적으로 업을 가지고 있는 상황에서 주중의 손님은 반가울 리 없었다. 당일에 닥쳐서야 일정이 확정되었으니 벼락치기 소집과 준비에 들어갔다.

70여 명의 건장한 사내들이 들어선 서원은 아이들이 놀던 서원과 느낌이 전혀 달랐다. 준비한 밥이 동이 났고, 새로 지은 밥통마저 바닥을 보이면서 주방은 혼란에 빠졌다. 아이들이 먹던 양의 다섯 배는 되겠다고 혀를 내둘렀다. 준비한 부식이 바닥을 드러내고 표 쌤이 급하게 장을 보러 트럭을 몰고 나갔는데 때맞추어 함박눈이 쏟아졌다. 잠깐 사이 도로가 마비되고 날은 어두워지기 시작했다. 계속해서 눈발은 날리고 저수지 뚝방 아랫길에서 헛바퀴를 도는 트럭을 포기해야 했다. 외발 리어카를 끌고 뚝방 길로 마중을 나섰다. 2km는 족히 될 거리, 부식을 옮겨 싣고 표 쌤과 번갈아 리어카를 끌며 오던 중 실없이 농담이 나왔다. '우리가 말야, 만주에서 독립운동할 때 말이야, 느닷없이 어떤 부대가 들이닥쳤지 뭐야. 먹을거레 떨어져서 보급 투쟁 갔다 오는데. 눈발은 날리지, 날은 어두워지지. 하하...' 뭐가 좋은지 시시덕대면서 멀다고 꼬박 차 타고 움직이던 그 길을 완주해냈다.
전설처럼 소문이 퍼져나갈 때쯤 이번에는 기관사들이 들어오고 싶단다. 강화에서 오래 머물러 이동해야 하는데 당장 내일이란다. '다른 곳을 알아보고 정말 갈 곳이 없다면 다시 연락해요.' 했더니, 온단다. 또 다시 비상 소집된 인원들이 분주하게 움직이고 있는데 이번에는 사뭇 분위기가 다르다. 기관사들이 차지하는 파업 대오의 중요성에 비추어 이들은 외곽에서 집단 잠행하는 일이 파업 그 자체였다. 큰 펜션이나 유스호스텔 같은 숙박 장소에서 머물다 온 이들에겐 서원은 불편한 공간일 수밖에 없었다. 기관사라는 특성상 개인별 특성이 강한 것도 한 몫하는 것 같았다. 묵는 이들이 편하고 즐거워야 맞이하는 이들도 마음이 좋은 법인데 사전 공감 없이 장소를 대여하는 일은 결국 영업장이 되어 버리는 결과를 낳는다는 아픈 경험이었다.
다음 날 아침 느티나무 아래로 모인 대오에서 한 사람이 의자에 올라섰다. '우리가 파업을 시작하며 처음 했던 말, 같이 갔다 같이 오자. 이 말씀만 드리겠습니다.' 미심쩍은 눈으로 지켜 서 있던 나는 순간 숨을 멈췄다. 기관사라는 개별화된 노동에서도 철도의 민영화 반대라는 공동의 기치를 걸고 10여 일을 밖에서 보낸 사람들. 철도노조가 가지고 있는 저력을 확인하는 순간이었다. 그날 밤 수배자를 쫓는 합수부 형사들이 들이닥쳤다. 또 다른 전설이 이야기꽃을 피웠다.

한겨울

바람이 지나가고 안정되면서 연말을 맞았다. 이때로부터 서원의 중요 행사인 겨울 캠프 준비가 시작되었다. '이야기와 연극이 있는 도깨비 캠프'다. 가을 독서캠프 이후 자신감을 얻은 내부가 자체적으로 준비하는 프로그램이었다. 처음 주제가 정해지고, 어설프게 프로그램들이 제안되고, 준비에 들어가자 윤곽을 드러내더니, 실전을 앞두고는 저력을 드러냈다.

어느 누가 주도해서 만들어지는 캠프가 아니라 의견이 모이고 조정되면서, 그림이면 그림, 걸개면 걸개, 놀이 도구에 대한 준비, 식단, 사진과 동영상 촬영까지. 오며 가며 거드니 어느새 풍성한 캠프가 차려졌다. 썰매를 만들어 놓고, 망우리를 만들고, 이곳저곳 구들방과 난로에 불을 지피면서 재미나게 꾸려지는 놀이판을 지켜보았다. 도깨비 연극에 선비 도깨비로 출연하고 아이들의 썰매놀이를 이끌면서는 캠프 속으로 빠져들었다.

참여하는 아이들의 성격이나 특성들을 확인해서 개별 선생까지 정해둔 탓인지, 모나지 않게 축제의 장처럼 캠프가 막을 내렸다. 오십을 넘기고 바라보는 중년의 선생들이 어디서 그런 열정이 나오는지 모를 일이었다. 어려만 보이던 보조교사 꼬마 선생들이 언제 저리 커버렸나 싶게 한몫을 해내고 있었다. '이렇게 새로운 마을이 시작되는 게 아닐까' 잔잔한 여운이 오래 남았다.

캠프 몸살 뒤에 구정 설을 보내고 한겨울의 서원 마당에 섰다. 눈 덮인 기와지붕 선이 평화롭다. 가지만 남은 느티나무도 추워 보이지 않는다. 햇살이 따사롭다. 새롭게 업을 시작한 지 15년 만에 고향으로 돌아온 느낌이랄까.

누구는 '집착' 아니냐 했고, 또 누구는 '놓을 수 있느냐' 했었다. 그래도 왔다. 만들긴 하지만 내가 끌고 가지는 않을 것이라고, 골목대장 하지 말자고 누누이 다짐하며 온 길이었다. 그 첫 실험대를 막 지나쳤다.

도깨비 캠프가 끝나고 나서 한 쌤으로부터 '밑불 없이 큰 장작 타질 않네. 형은 밑불 도깨비일세.' 문자가 왔다. '잘하고 있구나.' 위로가 되었지만, 밑불이 시원치 않으면 장작불이 타오르지 못하는 걸 알기에 걱정이 앞선다. 밑불 노릇 제대로 하려면 이젠 밖으로 나가야 한다. 가볍게 돌아오기 위하여.

•
3

"건물이 완공되고 공간이 마련되었을 때 제야는 어떤 역할을 맡을 계획이었나요? 처음엔 대안학교를 구상하고 그 운영을 위한 자금을 조달하는 것이 제야 스스로에 부여했던 역할이 아니었나요?"

"오래전부터 용인 수지지역의 작은 교회를 중심으로 사람들이 모여 있었어요. 음악회나 시 낭송회, 독서 모임 등 사람들과의 왕래가 있었어요. 아내를 따라서요. 2008년 홍천 살림집 상량식 때 그 팀들이 대금과 가야금, 축가로 자리를 빛내 주었고요. 횡성 살림채에 모여 송년회를 보내기도 했어요. 2010년 제가 첫 시집을 내려고 할 때, 지인들이 제 시를 돌려 읽는 시 낭송회를 열었어요. 장 형이 시집의 해설을 쓰면서 특별한 관계가 되었고요. '생각의 끝은 늘 길에 닿아 있다'가 2010년에 출간돼요. 그렇게 인연들이 이어지다 행인서원에 '중고등 대안학교'를 만들면 어떻겠냐는 제안을 받았어요. 향린교회 출신으로 목사 과정을 거치고 있는 표 쌤이 인도에 선교 나가 있다 돌아오면 본격적으로 의논하자고 했었어요. 장 형 옆지기인 진 쌤과 표 쌤 옆지기인 하 쌤은 초등 대안학교 교사로 일했고. 저하고 제 옆지기. 그렇게 3+3 준비 팀이 꾸려진 거지요. 제가 행인서원을 만든 건 '독립된 공간'을 만들자는 거였어요. '살림집 목수학교를 통해 마을 활동가들을 배출한다'는 계획이었지만 현실적으로 어려움이 있던 터라. 중고등 대안학교 제안에 귀가 솔깃해졌어요. '아, 거기서부터 시작해도 되겠구나.' 하는 마음이요."

"중고등 대안학교를 구체적으로 준비하고 있었던 건가요?"

"장 형을 교장으로, 표 쌤을 학생처장으로, 안식구들이 강사로 결합하는 틀을 갖추고, 시설이 완공되면 모두 횡성으로 이사하기로 한 거지요. 저는 본연의 업으로 돌아가 일정 기간 경제적인 부분을 책임지기로 하고요. 그렇게 해서 2013년 교실 형태를 갖춘 강당과 기숙사로서의 강학당, 동재, 서재가 완공돼요. 여기저기 빚을 내고, 건축 준공 후 대출을 받아 공사비를 지급하기로 하고 무리해서 진행한 공사였어요. 정말 죽을힘을 다 했어요. 개원식 날짜는 정했는데 장맛비는 계속 오고, 막바지엔 정말 이러다 죽을지도 모르겠다는 생각이 들 정도였으니까요. 개원식 전날 밤 준비팀이 모였는데, 개원식 날 공표할 앞으로의 계획에 변동이 생겼어요."

"개원식 전날이요. 왜 계획에 변동이 생긴 거죠?"

"대안학교를 추진하는 것은 무리가 있다는 거예요. 현재의 대안학교들이 사양길로 접어들었고, 입학생들을 모으기가 쉽지 않다는 게 첫 번째 이유였어요. 제도권 내 혁신학교들이 생기기 시작하면서 비인가 대안학교의 매력이 떨어졌다는 거예요. 생각해보니 우리가 대안학교를 하려는 이유와 학교의 정체성, 운영계획 등에 합의를 본 게 하나도 없더라고요. 그저 대안학교를 하자는 의기투합만 있었던 거지요. 저는 판을 만드는 사람이라고 생각했고, 지속적 운영이 가능하도록 밖으로 돈 벌러 나갈 사람이었으니까. 구체적 계획에 대해서는 말을 아꼈던 것인데. 추진 주체들이 일을 시작하기도 전에 손을 들어버린 꼴이 되었어요. 다른 방식의 운영을 생각해보자는 거예요. 행인서원의 초심은 대안학교로부터 시작해 세상을 바꾸는 대안 사회로 가자는 것이었는데."

"대안학교를 포기하고 설정한 행인서원의 지향, 정체성은 무엇이었나요? 어린이 캠프가 행인서원의 정체성을 보여주는 사업이라고 생각되지는 않아요."

"공간이 완성되고 나니 지역 아동센터나, 공동육아를 하는 곳에서 제일 먼저 반응이 왔어요. 공간 대여가 이루어진 거지요. 숙박에 따른 식사 뒷바라지가 일이었어요. 그 가운데 가을 독서캠프로부터 시작해서 겨울 도깨비 캠프까지 어린이 캠프를 중심으로 움직였지요. 표 쌤이 사무장 역할을 하면서 캠프 기획, 모집, 진행을 맡았어요. 3+3 운영위원회가 식사 준비와 강사를 맡았고요. 참여하는 아이들이나 부모들의 만족도는 높았어요. 강사로 참여한 쌤들이 가지고 있는 기량이나 품성 모두가 훌륭했으니까요. 제가 전면에 나서지 않았어요. 저는 밖으로 나갈 사람이었으니까요. 대관이든, 캠프든 뒷바라지만 했어요. 캠프 기획이나 진행은 표 쌤이 맡아서 했으니까 사람에 치이지는 않았어요. 사람들이 오고 가고, 장 형의 한량 같은 풍미도 이전에 경험하지 못했던 문화가 되었고요. 아이들이 눈에 들어오고, 새로운 경험들이었지요. 문제는 겨울 캠프 끝나고, 봄 일을 맡아서 일을 나가야 하는데, 1년간 '행인흙건축' 일을 놓고 서원에만 매달렸더니 상담도 끊긴 거예요. 봄 일을 확정하지 못했으니 어영부영 행인서원에 머물게 된 거지요."

"행인서원을 조성하면서 빚도 많이 지셨고, 안정적인 궤도에 오를 때까지는 여유자금도 필요했을 텐데, 그렇게 경제활동이 중단된 것이 두렵지 않으셨어요?"

"처음엔 그저 사람들이 좋았어요. 이 사람들과 함께 가면 좋겠다 싶은 마음이 있었고요. 대안학교라는 한정된 틀에 묶이지 않고, 서원을 중심으로 사람들을 이으면서 좋은 사람들과의 연대를 만들어 낼 수 있지 않을까 하는 바람도 있었고요. 무엇보다 저는 설립자잖아요. 공적 기능을 하려고 만든 공간인데 사적 공간으로 느껴지면 안 되니까 전면에 서지 않으려 한 거지요. 그러는 가운데 정월대보름 행사로 2014년을 열었어요. 마을 길놀이와 서원 느티나무 앞에서 치른 고사는 행인서원이 하나의 작은 마을을 이룰 수 있겠다는 가능성을 여는 듯했어요. 이 행사에 참여했던 '기적의 카페' 운영진이 중심이 되어 이후 가족 캠프를 행인서원에서 진행해요. '부모교육' 강의로 이름을 알리면서 회원들이 자체적으로 운영하는 사이트였는데, 가족 캠프 모집 때마다 성황이었어요. 행인서원 공간이 주는 특별함과 행인서원 운영자들이 주는 편안함으로 모두가 만족해했어요. 가족관계의 변화를 만들어 내는 여러 좋은 사례들이 있었지요. '기적의 카페'가 주관하는 청소년 풍물 캠프가 진행되기도 했고요. 2014년도는 이 팀들로 북적였어요."

"좋은 공간이 만들어지고 나니, 그곳을 찾는 사람들이 끊이지 않았군요. 자체적으로 기획하지 않았더라도 공간을 활용하는 일들이 계속되었던 거네요."

"아름아름 행인서원이라는 공간이 알려지면서 경기 강원지역 '참여와 소통' 교사 연수, 교사 힐링 캠프, 향린교회를 비롯한 교회 여름 수련회, 공동육아 모꼬지, 한 살림 활동가 연수, '신명 나눔' 문화패 강습, 서울뿐만 아니라 경기지역 아동센터, 공립 대안학교 준비팀 등 사람들의 발길이 이어졌어요. 10월경에 '행인서원 음악회'가 있었는데 그 해의 절정이었어요. 작은 아이가 고등학교 2학년 때 음악을 하고 싶다고 학교를 나왔는데 이 음악회가 첫 무대가 되었었지요. 그리고 겨울 캠프 뒤로 청소년 인도 여행학교가 추진되었어요. 표 쌤이 인도에 나가 있던 이력과 속해있던 곳에서 진행하던 여행학교 경험을 살려 '인도'로 정한 거지요. 제 작은 아이하고 표 쌤 딸하고 같은 또래예요. 어린이 캠프 때 보조교사로 참여하면서 함께 성장해 가고 있던 친구들인데 인도 여행학교에 함께 가게 되었어요. 때가 맞은 거지요. 그다음 해에도 인도 네팔 여행학교에 함께 가요. 둘째 아이의 성장 과정에 중요한 시기를 같이 보낼 수 있던 거지요. 그것만으로도 감사한 일이었어요."

"행인서원의 이름을 알리는 창업 과정으로서는 손색이 없어 보이는데요. 초기 운영위원회가 지속되지 않았던 이유는 뭐예요?"

"제가 행인서원을 만들면서 생각했던 '제도권 밖의 진지를 구축'하는 일의 동의를 구하지 못했던 거지요. 행인서원을 통해 자신들이 가지고 있는 기량을 발휘하고, 나아가 먹고 살 수 있는 기반이 되면 좋겠다는 것 아닌가 싶었어요. 뭐라 할 수 있는 것은 아니지만 시간이 지나면서 이건 아니지 않은가 하는 생각이 들었어요. 안식구들은 초등대안학교에 직장을 가지고 있어 일상적 결합이 어려웠어요. 행사가 있을 때만 사람들이 결합되는 구조가 된 거지요. 행사가 없을 땐 표 쌤이 일주일에 한 번 정도 걸음을 했어요. 서원의 일상적인 관리가 온전히 제 몫이 된 거지요. 일상의 활동을 할 수 있는 교육 공간으로서의 대안을 재촉했지요. 제가 '전환학교'를 제안했어요. 학교 밖 청소년을 포함해 청년, 장년층을 포함하는 1년 단위 인생 학교 같은 거지요. 문학·역사·철학·인문학 강좌를 기본으로 풍물, 농사짓기, 집짓기, 목공 등의 수업을 내용으로요. 인문학적 소양을 토대로 농사짓고, 집 짓고... 그들이 졸업 후 협동조합 형태로 각기의 마을로 들어가 삶의 터전을 만들면 좋겠다. 행인서원 창립 정신에도 맞는다 싶었어요. 하지만 제안이 부결되었어요."

"제도권 밖의 진지라는 건 무엇을 의미하나요? 왜 다른 이들이 동의하지 않았는지, 그 구체적 이유가 궁금하네요. 전환 학교에 관한 구상은 지금도 유의미한 것 같은데, 그에 대한 반대 이유는 무엇이었을까요?

"어찌어찌하여 대출 이자와 세 사람의 활동비는 충당이 되었어요. 그건 주로 대관과 숙박비에서 나오는 거예요. 펜션 형태의 숙박을 확대하자는 의견이 있었어요. 그건 제가 거부했어요. 초심을 잃으면 대출 이자 갚고, 운영하는 사람들 먹고사는 '사업'으로 전락할 것이 뻔했으니까요. 행인서원은 지역에 연고 없이 시작했어요. 모두 외부에서 들어온 사람들이지요. 뿌리를 내리려면 지역과 결합하는 게 무엇보다 중요하다고 판단했어요. 전교조 활동을 하다가 퇴직해 원주에서 심리상담소를 운영하는 분이 계셨는데, 그분을 통해 공립형 대안학교 준비위 선생님들을 소개받기도 했고요. 그분을 운영위원회에 참석시키면 어떨까 싶었지요. 안식구들은 확대 운영위원회를 할 때 참여시키고 장 형, 표 쌤, 저, 그리고 원주 선생님, 차후 횡성 분을 결합하여 실질적인 서원 운영위원회로 재편하려고 했어요. 장 형이 정서적 거부감을 표하면서 무산됐지요."

"방향은 옳았다고 생각되는데, 기존 운영위원회의 동의를 구하지 못한 거네요. 그런 고민의 결과로 2016년 사회적 협동조합을 만들게 된 거고요."

"전환 학교며, 사회적 협동조합 이야기를 꺼냈을 때 아내가 제일 적극적으로 반대했어요. 사람들이 부담스러워 한다고. 기존의 틀을 깨고 싶지 않았던 거지요. 회의를 거듭할수록 감정의 골이 생기기 시작했어요. 특히 아내에 대한 서운한 마음이 컸어요. 그런 과정에 2015년 주문주택 일이 연결되었어요. 수원에서 자원봉사 센터장을 하던 중학교 여자 동창이 센터 워크샵을 들어 왔다가 분당에 집을 지으려 한다면서 상담이 이어졌어요. 고향 집 담을 두고 옆에 살던 친구예요. 사람의 인연이란 게 참, 아내하고도 안면이 있는 사이지요. 이 집을 지으면서 또 아내하고 마찰이 있었어요. 상담부터 건축 현장 진행까지. 아내는 건축주의 만족도를 높이게 잘 지었으면 하는 바람이었겠지만 건축 과정에 개입하기 시작하면서 제가 많이 불편했어요. 행인서원의 일도, 건축 과정에서도 감정이 쌓이기 시작한 거지요. 그런 와중에 운영위원회 내부의 관계도 이전 같지 않게 균열 조짐이 보였어요."

"그게 2015년이네요. 집 지으러 나가셨고, 행인서원 운영은요?"

"장 형과 표 쌤이 어린이 캠프 운영하고, 오는 사람들 맞이하고, 저는 현장 일에 전념하게 된 거지요. 서원 운영위원회는 더 이상 소집되지 않았어요. 텃밭에 부추하고 파 씨를 뿌리고 나갔는데, 풀밭으로 변해있더라고요. 여름 캠프에 잠깐 얼굴을 비출 수 있었어요. 그리고 인천 현장으로 이동했지요. 상담과 계약부터 찜찜하긴 했지만 일을 이어갈 수 있다는 데 안도하면서 인천 현장 작업이 시작되었어요. 봄부터 표 쌤이 고기동에 있는 교회의 부목사로 가는 문제가 거론되었어요. 예수교 장로회와 기독교 장로회로 교단이 다르긴 한데 신뢰 관계가 있었고 청소년부와 청년부를 맡아 줄 사람이 필요했던 거예요. 초겨울쯤엔가 부목사로 가기로 했다는 결정을 들었어요. 겨울 캠프 끝나고, 청소년 여행학교 마치고 가겠다고. 행인서원과 관련한 업무를 모두 보고 있었기 때문에 사실상 공간 운영을 지속할 수 없는 상태가 된 거지요. 그러니 일이 손에 잡히겠어요. 거기에 현장 일도 계속해서 꼬였고요."

"그 현장이 제야의 마지막 건축 현장이 되었던 거지요?"

"아들이 건축비를 대고 있었어요. 집의 완성도가 높아지자 엄마가 욕심을 부렸고, 그 둘 사이의 관계에 따라 현장 일에 변수가 생겼어요. 의심도 많고, 변덕스럽기도 해서 두 건축주 비위를 맞추기가 정말 힘들었어요. 건축업을 시작한 이래 처음으로 공사중단 통보를 했어요. 정산하고, 손 떼겠다. 마무리 공사만 남았으니 그건 자체적으로 하는 것으로요. 그런데 정산금을 미뤄요. 정산금 중 상당 액수를 남기고 주겠다는 거지요. 그건 주지 않겠다는 이야기와 같아요. 공사를 중단하고 문을 걸어 잠근

후 올라왔어요. 행인서원에 돌아와서 향후 대책을 논의했지요. 표 쌤과 가을부터 준비한 사회적 협동조합 설립을 구체적으로 준비하기 시작했어요. 행인서원과 관계 맺어온 단체와 개인들을 사회적 협동조합 조합원으로 구성해 공적 틀을 갖추려는 거였어요. 표 쌤은 자기가 떠나기 전 설립에 필요한 서류작업과 절차는 마무리하려고 애쓴 거지요. 장 형은 사회적 협동조합에는 참여하지 않겠다고 선을 그었어요."

"결국 제야가 건축업을 접고 들어와 공간 운영을 전적으로 책임질 수밖에 없는 상황이 되어버렸네요."

"아내는 반대했어요. 빚이 많은 상태로 그 많은 이자를 감당해야 하는데, 업을 접으면 어떻게 행인서원을 유지할 것이냐고. 사회적 협동조합으로 가겠다고 하니까, 그러면 자기도 손을 떼겠다고 한 거지요. 인천 현장도 잔금을 받지 못한 상태에서 감정만 남기고 끝났어요. 그해 겨울은 정말 감당하기 힘들 만큼 상처로 얼룩졌지요. 혼자 남겨졌다는 외로움, 이자에 대한 부담감, 10년 넘긴 낡은 트럭처럼 아슬아슬했어요. 그냥 가보는 수밖에요. 그 와중에도 북인도 네팔 여행학교가 추진되었어요. 행인서원을 비운 채 이십 여일을 다녀온 거지요. 신영복 선생의 '마지막 강의-담론'을 들고 다녔어요. 인천 현장부터 서너 번을 읽고 있는 책이었어요. 공교롭게도 인도 갠지즈 강가에 머물 때 신영복 선생님의 부고를 들었어요. 대면으로 뵌 적은 없어요. 그저 선생님의 책과 만나며, 내가 고민하는 많은 부분에 깊이를 더했는데. 선생님의 생각들을 하나의 맥락으로 꿰려 했지요. '처음처럼-여럿이 함께-더불어 숲'으로. 행인서원의 목표와 방향을 명확히 정한 시기예요."

"그렇게 신영복 선생님과의 인연을 쌓았군요. 인도 네팔 여행학교는 안나푸르나 트레킹을 한 거였죠. 어떻게 기억되는 여행인가요?"

"늘 이야기하듯 저는 '주거 정착형' 인간이에요. '노마드.' 유목 인간이 아니라는 거지요. 언어장벽 걱정으로 해외는 엄두도 내지 않았어요. 길잡이가 있고, 청소년들과 함께 여행을 할 수 있는 기회가 주어진 건 제게 행운이었던 거지요. 여행의 가장 큰 장점은 일상과의 단절이란 생각이 들어요. 일상으로부터의 떠남, 새로운 환경과 사람과의 만남이지요. 안나푸르나 베이스캠프를 정점으로 하는 트레킹은 7박 8일로 예정되어 있었어요. 하루 늦어져 8박 9일 일정이 되었지만요. 여행길에서 저는 늘 후미예요. 아이들의 안전을 살펴야 하는 위치지요. 중간 중간의 게스트하우스와 다랑이 밭으로 이어주는 풍경, 설산의 높은 봉우리를 눈앞에 두고 오르락내리락 산을 오르는 길. 그건 내면의 나와 마주하는 시간이었고, 마음속에 남아 있는 사람들과의 화해를 위한 시간이기도 했어요. 오히려 베이스캠프 정상에서의 시간은 그리 감동적이지 않았어요. 오히려 내려오는 길, 오르며 보지 못했던 많은 것들을 보았어요. 여행길의 하산은 일상으로의 복귀를 준비하는 또 다른 의미가 있더라고요."

"그렇게 돌아온 거네요. 행인서원으로."

행인서원 전경

인문학 교육과 공동체 활동을 중심으로
무형의 마을 공동체를 형성하고
사회적 약자를 위한 돌봄과 봉사를 통해
사회적 공공성을 실현하는 것을 목적으로
사회적 협동조합을 설립하였다.

이제
'자연과 인간의 공존',
'인간과 인간의 공생',
'나라와 나라의 공영'이라는
가치를 중심으로 인간의 길을 찾아가려 한다.
청소년 주말학교를 넘어
어린이, 청소년, 청년을 포괄하는
'인생 학교'를 한 축으로
느린 농사 거북이 학교와 다가치 성장학교를 또 한 축으로
'공감'과 '동행'이라는 양 날개로 날아보려 한다.

서원 살림채.

서원-강학당, 동재, 서재.

서원 강당, 느티나무 마당.

작은 도서관 야외 공간.

"농부가 밭에 나가면 제일 먼저 하는 일이 뭔지 알아요.
쓰러진 놈 일으켜 세우는 거요.
웃자란 놈 가지치고, 병든 놈 솎아내고.
저는 그게 인간, 공동체의 기본이어야 한다고 생각해요."

소는 누가 키우나

•
1

"제야의 최근 삶을 돌아보면 거의 3년 주기로 사건이 있거나 변화를 시도해온 것 같아요. 끊임없이 자기 길을 왔다는 건데. 오십 중반의 나이에 또 다시 새로운 출발선에 섰다는 느낌이 드네요."

"아내라는 버팀목도 없이 홀로 남겨진 거지요. 미안한 마음이 없지 않았지만, 그때는 서운한 마음이 더 컸어요. 그야말로 독거노인의 길로 접어든 거지요. 그래도 계절의 봄은 어김없이 오더라고요. 3월이었을 거예요. 지난 겨울부터 세월호 유가족 캠프가 진행되었어요. 피겨 김연아 선수가 세월호 참사를 당한 동생이 있는 유가족들을 위해 써달라고 유니세프에 기부를 했대요. 유니세프는 해외 자선단체라 국내는 위탁으로 진행할 수밖에 없다는 거지요. 기적의 캠프 운영진으로 있다가 '아름다운 배움'에 학부모교육 담당자로 들어가신 분이 있었어요. '아름다운 배움'이 위탁을 맡자 행인서원에서 가족 캠프를 진행하자고 한 거예요. 때마다 그에 맞는 사람이 있고, 인연이 또 그렇게 이어지는가 보더라고요. 그로부터 3년여 동안 셋에서 다섯 가족, 아픔을 기억하는 동생들 일곱 여덟 명이 4계절에 만나게 돼요. 새로운 시작점에서 만나게 된 귀한 분들이지요."

"'노작' 강사로 나가게 된 것도 이때부터지요?"

"강원도 공립형 대안학교가 2015년에 개교를 했어요. 혁신학교도 아니고 최초로 강원도 차원의 기숙형 공립 대안학교로 출발한 거예요. 건물이나 시설이 기존의 일반 고등학교와 다르게 개방적으로 설계되었어요. 개교하면서 노작이나 목공 수업을 맡아달라고 했었는데 2015년에 제가 일을 나갔잖아요. 잊고 있었는데 서원에 상주하기로 했다고 하니, 교장 쌤이 찾아온 거예요. 한 학년의 '노작과 자연' 수업을 맡아 달라고요. 서원에서 캠프로 만나는 아이들과는 다른 거잖아요. '농사' 전문가도 아니고. 이력서를 준비하는 것도 그렇고. 망설였는데 그렇게 맺은 인연이 2020년까지 만 5년을 이어왔어요. 수업 제목이 '노작과 자연'이에요. 농사짓는 수업을 넘어 '노작'을 통해 일머리를 깨우치고, 어떻게 살 것인가 하는 인문학적 질문을 던지는 데까지 이르렀어요. 수업 전날은 늘 긴장되고, 수업 끝나고는 파김치가 되어도, 아이들의 성장 과정에 함께 한다는 것이 행복했어요. 지금껏 행인서원을 지키며 버틸 수 있게 해 준 일등 공신이기도 해요."

"행인서원 붙박이가 되면서 두 가지의 변화가 있었다고 하신 적이 있어요. 하나는 큰 닭장이 생긴 것이고, 또 하나는 사회적 협동조합 설립총회가 이루어진 것이라고요."

"맞아요. 이전과 다른 방식으로 서원을 운영해 나가겠다는 출발이었어요. 서원 초기부터 강당 뒤편 후미진 곳에 작은 닭장이 있었어요. 10마리 정도의 닭들만으로도 풍성한 이야기가 만들어졌었지요. 닭 살림을 키운 거지요. 살림채 앞 단 공터에 100마리 정도가 들어갈 수 있는 50여 평의 큰 닭장을 지었어요. 알 낳는 어미 닭들이 있는 공간과 병아리들이 성장하는 두 칸으로 나누어서요. 계속해서 알을 얻을 수 있는 순환을 고려

한 거지요. 거기에 다문화 닭장을 염두에 두었어요. 토종닭, 오골계, 백봉 오골계, 연산 오골계, 청계 등 다양성과 공존을 이야기하는 생태공간이 되었으면 하는 마음에서요. 더 중요한 건 행인서원을 오고 가는 이에게, 사회적 협동조합이 설립되면 조합원들에게 '계란'을 나누기 위해서였어요. 구매를 원하는 이들에게 수입을 얻어 사료 비용을 충당하면 된다고 생각을 했지요. 그다음 해에는 서원 옆의 묵은 땅 1000여 평 농지를 빌려 농사를 지은 것도 같은 이유예요."

"'아주심기'네요. 닭장을 넓히고, 본격적인 농사를 준비한다는 것은 터에 뿌리내린다는 거잖아요. 사회적 협동조합은 운영 주체를 공적으로 한다는 의미고요."

"'아주심기'라. 표현 좋네요. 개원하고 3년여가 씨를 뿌리고 모종을 키우는 과정이었다면 아주심기를 할 때가 된 거네요. 진행해 왔던 '어린이 사계절 캠프', '청소년 여행학교', '가족 캠프'를 기본으로 하고 인문학을 중심으로 하는 '청소년 계절학교', 지역 아동센터·장애인·다문화·학교 밖 청소년들을 위한 '더불어 숲 캠프', 농사를 매개로 한 조합원 중심의 '주말 가족마당', 귀농 귀촌을 위한 '마을 만들기 캠프' 등을 더하여 사업계획 안을 마련했어요. 이사회를 구성했지요. 이사장 역할이 누구보다 중요하잖아요. 몇 년 전부터 대학 시절 단과대 동문 모임이 1년에 한두 번 이루어져 왔는데 행인서원이 생기고 이곳에서도 몇 차례 모임을 했어요. 그중 출판사를 운영하는 후배에게 이사장을 맡아달라 제안했지요. 동문 모임과의 연결 고리도 되고, 공모사업도 역할을 할 수 있을 거라 본 거지요. 원주와 강원권을 연결해 주는 역할로 원주 심리상담소 쌤, 아름다운 배움과 세월호 유가족 캠프를 연결해 주는 담당자 내외, 그리고 횡성지역을 전담하는 저까지. 역할을 정하고 이사회를 구성했지요. 이전 집행부에선 표 쌤만 감사 직책을 명목상 맡았어요."

"설립총회 날짜가 4월 16일이에요. 특별히 그날로 정한 건가요?"

"세월호 참사일이지요. 2주기였어요. 세월호 유가족 봄 캠프를 그즈음에서 하기로 했는데, 가족들이 2주기 추모 집회에 참석하느라 어렵게 되었어요. 설립총회 일자를 일부러 그때로 정한 것이었는데요. 우연히 대학 학회모임이 그날로 정해졌어요. 그래서 이사회 5명과 동문 모임에 참석한 두 명의 선배가 참여하는 발기인 총회가 이루어진 거지요. 사회적 협동조합 행인서원의 목적은 분명했어요. '인문학 교육과 공동체 활동을 중심으로 무형의 마을 공동체를 만든다.' '사회적 약자를 위한 돌봄과 봉사를 통해 사회적 공공성을 실현한다.' 돌고 돌아 먼 길을 왔구나 싶었어요. 처음에는 상급 기관으로 교육부에 신청서를 냈어요. 3개월여가 지나 반려가 되었는데 '교육'은 학교가 중심이라는 거지요. 여성가족부로 가라는 거예요. 인가 기간만 7개월이 걸렸어요. 인가가 나야 법인, 사업자 등록하고 조합원을 모집할 수 있는 거잖아요. 그렇게 시간을 보내고 2017년 2월에야 정식으로 이사회가 열려요."

"시기가 참 절묘하다는 생각도 드네요. 세월호 촛불집회로부터 시작해 광화문 촛불이 전국으로 번져가던 때잖아요."

"2015년 가을 민중총궐기 집회 때 목수들하고 참가했어요. 백남기 농민이 물 대포에 맞아 쓰러지던 바로 그 옆자리에 있었고요. 2016년 촛불집회는 횡성에서 시외버스를 타고 혼자 움직였는데 어느 순간 지역에서 버스를 대절 하더라고요. 그때부터 지역 사람들과 함께 참여하게 됐어요. 제가 노작 수업 나가는 공립형 대안학교에 1학년 노작 수업 강사를 맡고 있던 분이 농민회 활동, 장학회에서 하는 배움터 활동, 친환경 농산물 유통을 하는 분이었어요. 석 쌤이요. 석 쌤 소개로 지역 사람들과 인사를 나누게 된 거지요. 그 후로 여성 농민센터나 언니네 텃밭과 연을 맺게 되고, 그 해 어린이 겨울 캠프 때 선암 쌤도 소개받았던 거예요. 지역과의 결합을 촛불집회가 이어준 셈이지요. 김대중, 노무현 정부로 이어오던 아슬아슬했던 민주화 과정이 기득권 세력에 저지당하고, 신자유주의 욕망이 이명박 정권을 불러냈어요. 노무현 전 대통령의 죽음으로 상징되는 아픔에도 불구하고 박근혜 정부로 퇴행한 10여 년이 흐른 거예요. 세월호 사건의 수습과정에서 발생한 온갖 부당함과 국정농단 사건이 겹치면서 대통령 탄핵 정국이 된 거잖아요. 대중적 자발성에 기초한 항쟁이었어요. 무력으로 진압하기 힘든."

"그렇게 탄생한 촛불 정권임에도 민중의 삶에는 별다른 변화를 가져다 주지 못한 것 같아요."

"리버럴, 자유주의 정권의 한계지요. 일부에선 촛불 혁명이라고도 부르는데 그것이 혁명으로 완성되기 위해서는 더욱 몰아쳤어야 해요. 박근혜 대통령 파면이 결정되고 대통령선거 국면으로 전환되잖아요. 이명박, 박근혜 정권이 쌓아 놓은 적폐들에 대한 철저한 조사와 처벌, 사법-언론-교육 개혁을 위한 만민공동회 등 대중운동으로 나아갔어야 해요. 제도권 안의 국회나 정치는 기득권 세력의 저항에 부딪혀 타협하고 협상할 수밖에 없는 환경이잖아요. 노무현 정부 때 이미 겪은 일이에요. 촛불이라는 호랑이 등에 올라타서 촛불이 제기한 요구를 관철할 수 있어야 했어요. 1987년 민주항쟁 이후 다시 찾아오지 않을 절호의 기회였는데요. 신자유주의에 익숙해진 자발적 복종과 욕망을 흔들어 깨우고, 혁명적 수준에 준하는 조치를 지속적으로 요구해 나가야 했어요. 그래야만 구 기득권 세력을 약화시키고, 민주당으로 대표되는 자유주의 세력을 견제할 수 있으니까요. 민주당 내 86세대들은 이미 기득권 정치세력이 되었고, 진보정당은 2013년 통합 진보당 사건을 거치며 거의 소멸단계에 이르렀잖아요. 촛불집회를 이끌었던 연대체가 대중적 연합체를 구성했어야 했어요. 하지만 지도력을 발휘할 조직도, 사람도 없었으니. 대한민국 전환의 결정적 계기를 놓친 거지요."

•
2

"늘 정세분석과 대응을 고민하는군요. 내가 할 수 있는 영역이 아니니니,

내 갈 길을 가자. 행인서원을 제도권 밖 대안 사회를 꿈꾸는 진지로 만들자. 뭐, 그런 생각을 했을 것 같아요."

"하하. 현실로 봐선 '몽상'에 가깝지요. 사회적 협동조합을 만들면서 첫 시작부터 '이 방식도 안 되겠구나' 싶었어요. 사업자 등록을 마치고 공식적인 첫 이사회가 열렸어요. 사업 방향에 대한 공유와 역할, 리플릿 제작 등을 협의했지요. 어떤 일을 할 것인가 보다 행인서원을 유지하고 재정적인 안정화를 도모할 것인가 걱정만 해요. 그저 행인서원을 아끼고 걱정하는 마음에서 '이사'로 이름을 올린 것이지 행인서원의 운명을 함께 할 준비가 되어 있지 않았어요. 4월 이사회에서 조합원 모집에 대한 협의가 있었는데요. '이사회 구성원 다섯 명이 개별로 20명씩, 전체 100명 정도의 조합원을 모집하자. 주말 가족마당부터 조합원들이 참여하는 행사를 확대하고 그를 통해 어린이 캠프, 청소년 학교, 더불어 숲 캠프 등으로 확대하자. 무형의 마을 공동체를 만들어 보자.' 반응이 없어요. 헐, 또 이사회가 회의만 하는 옥상 옥이 되겠구나 싶은 마음이 들더라고요. 결국 사무국 체계를 갖추어야 일이 추진될 텐데. 인건비를 감당하긴 어려운 상황이잖아요. 그냥 저보고 맡아서 하라는 이야긴데, 이전과 별로 달라질 게 없었어요."

"1000여 평 농지 임대를 해 놓았잖아요. 조합원들과 함께 농사지으면서 주말 가족마당을 운영하겠다고요."

"그러게요. 조합원 모집은 난망하게 되었고, 농사는 때를 놓치면 안

되잖아요. 땅 주인이 로터리를 한 번 쳐주었고, 아랫집 이장님이 자기 앞으로 나온 톤백 10개 정도의 퇴비를 뿌려주었어요. 일주일여 뒤 이랑을 내주시겠다고 했는데, 그 사이 생을 달리하셨어요. 충격이었지요. 폐교 위기에 처한 분교, 자신이 졸업한 초등학교를 살리려고 저희의 도움을 받으려고 애쓰셨고, 기적의 캠프 김장 행사에 쓰일 배추를 키워 주시기도 하셨던 분이에요. 마지막 선물을 주고 가신 셈이지요. 마을 분의 도움으로 이랑을 내고, 그 넓은 땅에 멀칭 비닐을 씌우고, 감자, 옥수수부터 심기 시작했어요. 그건 대학 동문들 모임이 있을 때 같이 했지요. 5월에 고추, 땅콩 심는 건 세월호 유가족 아빠들과 했고요. 그다음 고구마 심고, 콩 심고 가꾸는 일은 혼자 하는 일이 되어 버린 거지요. 거의 밭에서 살았어요. 한여름 내내 풀 뽑고, 곁순 따주고, 고추 수확하고, 말리고. 여름 캠프와 세월호 유가족 캠프 등에 유용한 먹을거리가 되기는 했어요. 행사 때 함께 일하는 텃밭이 되기는 했어도 주말 가족마당처럼 함께 농사지으며 결과물을 나누는 나눔 공동체의 꿈은 허사가 된 거지요. 아이들은 형 동생 어울려 한 마을의 놀이터처럼 뛰어놀며 어른들은 밭일 중간에 둘러앉아 막걸리와 파전으로 참을 먹고, 노랫가락에 정담을 나누는 오래된 '마을'의 꿈은 이루어지지 않았어요."

"아마 그때 제가 조합원에 가입했지요?"

"그렇지요. 어린이 겨울 캠프 때 인사를 나누었고, 늦봄에 찾아왔을 거예요. 조합원 모집 초기에 가입한 거지요. 자발적으로요. 공립형 대안학교 선생님들과 놀이 연수에 참여한 선생님들, 가족 캠프에 참여했던 분들, 세월호 유가족 캠프에 참여한 분들, 어린이 캠프에 참여하는 부모들, 그리고 대학 동문, 지역 분들 합쳐서 오십 명 정도가 조합원이에요. 모두 저와 행인서원 활동에 연결되어 있던 분들이지요. 이사회 구성원을 통해 새롭게 결합된 조합원은 거의 없었어요. 이사회가 구심이 된 조합원 중심의 조직으로 전환되지 못한 거지요. 그나마 선암이 일주일에 한 번 들어와 정기적인 회의를 하고 안흥 인문학 수업 등 청소년들에 대한 공감을 형성하게 된 거예요. 가끔 밭일도 하면서. 만일 이사회 구성원들이 정기적으로 모이고, 밭일도 하면서 일을 의논하고 일상을 공유할 수 있었다면 공적 조직으로 나아갈 수 있었겠지요. 발길들이 뜸해지고, 이사회조차 성립되지 않았어요. 특별히 이사회를 소집할 일도 없어졌고요."

"또 혼자 짊어진 거네요."

"굳이 이럴 거면 사회적 협동조합을 왜 만들었을까 하는 생각이 들었어요. 과연 사회적 협동조합이란 게 가능한 일인가도. 소비자 협동조합이나 생산자 협동조합은 자신의 이익과도 연결되어 가능하지만 '사회적'이라는 공공성에 바탕을 둔 조직은 어떻게 운영되어야 할까 생각이 많아졌어요. 결국 사무국 체계의 센터로 운영될 수밖에 없구나. '위탁사업을 받아 운영하거나 정부 지원을 받는 사회적 기업으로 가거나 둘 중 하나네.' 하는 생각이 들더라고요. 다만 '사회적 협동조합'이라는 타이틀이 주는 느낌. 개인적 이득을 위한 것이 아니라는 이미지 자체만으로도 의미는 있었어요. 공식성을 부여받았다고나 할까. 그러고 보니 농사를 짓고 사회적 협동조합으로 틀을 갖추면서 새 손님들이 찾아왔네요. '아름다운 배움'이 운영하는 서울의 인생 학교와 이우학교에서 운영하는 인생학교 친구들이 연합으로 농활을 들어왔어요. 6월경 7박 8일이요. 아이들과 농사짓고, 돌탑 쌓고, 많은 이야기를 나눌 수 있었어요. 저녁엔 자체 프로그램을 가졌고요. 비록 한 번으로 끝나긴 했어도 소그룹 형태의 학교 밖 청소년이나 인생 학교의 교육장이 될 수 있겠다 싶었어요. 나아가 전국에 있는 지역 아동센터나 다문화센터, 청소년 쉼터 같은 곳의 배후지 역할을 하면 좋겠다, 하는 생각을 하기도 했지요."

"어린이 사계절 캠프에도 변화가 있었지요?"

"초기 행인서원 운영진이 모두 참여하여 만들어 내던 캠프에요. 그 사람들이 떠나고 부분적인 강사로만 결합하면서 '프로그램 기획, 웹자보, 인원 모집, 진행' 모두가 제 몫으로 되었어요. 모집 인원에 변화가 생겼어요. 40명을 모집하는데, 그중 10명은 지역에서 기관이나 복지사 선생님의 추천을 받았어요. 지역 결합과 소외된 친구들과의 관계를 맺어가는 징검다리 역할로 생각했지요. 보조교사로 공립형 대안학교 친구들을 참여시키기 시작했고요. 두 마리 토끼를 잡으려다 난감한 상황이 되기도 했지만 다양한 친구들이 함께 만들어 가는 캠프이길 바랐어요. 또 하나의 변화가 주방이에요. 안식구들이 맡아주었던 주방이 지역에서 연을 맺은 분들로 바뀌었어요. 그때 안타까운 일이 있었지요. 여름 캠프가 끝나고 그

다음 날 밭일을 하고 있던 때 골목대장 부고 소식을 듣게 돼요. 홀로 캠프를 꾸렸던 2016년과 2017년 여름까지 거의 모든 프로그램을 맡아 진행해 주었던 동행자를 잃은 거지요. 골목대장을 기억하는 행인서원 사람들이 행인서원 텃밭 입구의 불두화 나무 아래에서 49제를 치렀어요. 아픔이 오래갔어요."

"공립형 대안학교 강사로 나가는 노작 수업은 2년 차에 접어든 해였네요."

"1기 친구들을 2학년 때 만났어요. 그 해엔 3기, 1학년 친구들을 만났어요. 노작을 담당할 정규 선생님이 한 분 오셔서 2학년과 3학년을 맡았고요. 관사 신축을 위해 일부 터를 사용하고, 나머지 밭을 1학년 밭으로 했어요. 그 아래 밭을 임대해 2학년이 사용했고요. 새로 오신 선생님이 원예를 전공한 여자 선생님이라 1, 2학년 텃밭을 오가며 농사짓는 것 같게 한 해 농사를 지어 볼 수 있었어요. 행인서원 농사도 천여 평을 독박 쓴 상태였으니 아마도 이 해는 농사로 기력을 다했을 거예요. 아이들은 한 해를 보내고 2학년만 되어도 수업이 원만해요. 아니, 한 학기만 지나도 조금 나아요. 1학기 처음은 밭으로 아이들을 들여보내는 데만도 힘에 겨워요. 기 쎈 친구들과 씨름하면서 진이 다 빠져요. 그러면서 또 정이 들고요. 가을에 신축 관사가 완공되고, 그 뒤편에 야외교실 형태의 정자를 아이들과 함께 짓기로 했어요. 가로 6m에, 세로 3m 크기로 책상 두 개, 의자 여섯 개. 15명이 딱 들어갈 수 있는 쉼터지요. 날이 추워 아이들과 더 이상 작업을 하지 못하는 상태가 되었어요. 강사 수업이 종료된 때이기도 했고요. 지붕작업은 마무리해야 하는데, 아스팔트쉬글 얹는 날 선암이 와서 도와준 거잖아요. 그렇게 손 보태주기가 쉽지 않은데, 그 마음이 좋았어요. 내부 천장과 바닥, 칠은 그 다음해 이 친구들 손으로 이루어져요. 이 친구들이 2학년 올라가면서 저도 2학년 담당을 맡게 된 거지요. 지속적 만남이라는 게 얼마나 중요한지 새삼 깨닫게 된 친구들이에요."

"기억나요. 바람 불고 추운 날이었어요. 그런 경험이 이후에 청소년 친구들을 만나는 중요한 경험이 되지 않았나요?"

"그럼요. 선암은 나의 그런 경험을, 나는 선암의 배움터 친구들 이야기를 들으며 공감이 형성되었잖아요. '청소년'이라는 공통 주제가 있었던 거지요. '횡성지역 청소년을 사랑하는 모임'에 선암 쌤 초대로 참석하기 시작한 거잖아요. 공부 모임이라는 한계가 있지만, 지역의 복지사, 상담사 쌤들과 이야기를 나눌 수 있는 자리가 생긴 거였어요. 그 무렵에 녹생 평론 읽기 모임도 시작되었을 거예요. 선암은 빠졌지만, 녹색당 중심의 사람들이 모여 지역 문제를 고민하는 자리가 되었으니까요. 한쪽으론 청소년 활동을 고민하고, 또 다른 한편에선 지역 문제를 고민하는 자리가 마련된 셈이지요. 대안학교 친구들은 5월에 1학년은 자전거 기행, 2학년은 도보 기행, 3학년은 야영을 해요. 내가 맡았던 2학년 친구들이 도보 기행을 하면서 행인서원을 왔었어요. 그저 노작수업 강사거니 했다가 행인서원에 다녀가고는 아이들의 태도가 많이 달라져요. 행인서원이 듬직한 배경이 된 셈이지요. 지역에서 만나는 분들도 행인서원이라는 공간의 유용성에 주목하면서 지역에서 행인서원이 제대로 쓰일 수 있는 인간관계가 형성되기 시작한 거지요."

•
3

"2018년은 기억에 남는 일들이 참 많은데요. 그 시작점이었을까요. 제야가 2월에 시베리아횡단 열차 여행을 다녀오지요?"

"꼭 한번 가보고 싶었어요. 인도하고는 어떻게 다른 느낌일까 하고요. '겨울의 심장, 바이칼을 가다'라는 여행자 모집 기사가 마음을 확 잡아당겼어요. 때마침 행인서원에 공부 모임을 하는 팀이 들어와 있어 맡기고 떠날 수 있던 거지요. 첫 도착지 블라디보스토크 항구도 얼었더라고요. 러시아의 동쪽 끝에서 서쪽으로 달려가는 시베리아의 풍경, 중간중간 협동농장의 흔적들이 남겨져 있고, 인간의 손이 닿지 않는 그 끝없는 길 어디쯤 이르쿠츠크에 도착했어요. 제주도 면적의 17배나 된다는 광대한 호수, 바이칼호수 안에 있는 작은 섬에 여장을 풀고, 샤먼의 성지라 불리는 부르한 바위를 갔었어요. 그 자체로는 작고 보잘것없어 보였지만 한반도를 포함한 아시아 인류의 시원이라고 하잖아요. 바이칼은 그야말로 대륙의 어머니 자궁 같은 느낌이었어요. 수백 개의 강물을 품어 호수가 되고, 단 하나의 앙가라강으로 흘러, 3000Km가 넘는 에니세이강에 닿아... 북극해로 향한다고 해요. 수많은 강물을 받아들인 호수, 단 하나의 강줄기로 흘러 바다에 이르는 꿈. 가슴이 벅차올랐어요.

"여행을 다녀와서 작은 도서관 신축 공사를 시작한 거지요. 의미가 있었을 것 같아요."

"선암이 자리를 만들어 주어 3월부터 안흥 배움터 인문학 수업을 시작했잖아요. 안흥고 친구들 5명이요. 현천고 노작 수업하면서 만나는 친구들과는 다른 느낌이었어요. 자발적으로 모인 친구들이잖아요. 중학교 때부터 선암이 만나 오던 친구들이기도 했고요. 생각열기, 생각 나누기, 생각 표현하기로 정하고 첫 번째 텍스트로 '처음처럼'을 골랐어요. 짧은 글과 그림을 통해 전달식 공부의 틀을 깨려고요. 저에게도 새로운 공부였고, 성장이었어요. 늦봄이 되었을 쯤 선암이 제안해서 장애인 친구 두 명과 시 읽기 모임도 진행하잖아요. 장애인센터와 협의해서 집에만 있던 뇌병변 친구 두 명을 만나게 된 거지요. 어린이 캠프에 참여했던 조카 진이. 어느새 중학생이 되어 일주일에 한 번 동화책 읽기를 하던 중이었어요. 모두 휠체어를 타야 하는데 행인서원은 장애인 친구들에겐 불편한 공간이에요. 주방 건물 위 옥상에 작은 도서관과 야외공간을 두면 어떨까. 휠체어가 다닐 수 있는 경사로를 만들어 그 공간만큼은 장애인 친구들의 전용 공간이 되면 좋겠다. 장애인 화장실은 후에 보완하자 하는 생각을 하면서요."

"작은 도서관 지을 때 제야가 참 행복해 보였는데, 그 꿈은 이루어지지 못했어요."

“5치, 약 15cm 정도의 서까래를 쌓아두고 있었어요. 작은 건물엔 기둥으로 쓸 수 있으니까요. 대안학교 야외교실도 이 나무로 기둥을 세웠었거든요. 재단하고 다듬어 기둥 세울 준비를 하고 있었는데 때마침 목수 친구 두 명이 찾아왔어요. 4월, 제 생일 무렵인데 목수 준이가 지난해에도 이때쯤 왔었어요. 혼자면 며칠이 걸릴 일이었는데, 하루 만에 뼈대가 완성되었어요. 마음이 연결되어 있다는 생각이 들어요. 노작 수업하고, 안흥 인문학 수업하고, 그 외의 시간 전부를 작은 도서관 짓는 일만 했어요. 혼자 할 수 없는 일 남겨두었다가 선암이 들어오면 거들게 하고. 지붕 아스팔트슁글 얹을 때 선암이 뒷일을 맡았었잖아요. 비싼 루버 대신 천장 작업에 쓴 빠렛트용 원목을 거래하던 목재소에서 그냥 보내주었어요. 제일 돈이 많이 든 게 슬라이딩 도어였는데 그것도 시공 팀이었던 협력업체가 먼 길 마다하지 않고 해 주었어요. 그래도 없는 살림에 이것저것 자재비용으로만 천만 원이 넘게 들어갔어요. 강사비로 번 돈 1년 치를 다 쏟아 부은 거지요. 난간 보완하고, 바닥 마루 마감하고, 칠하고, 도서관 책장 들이고, 야외공간 탁자와 의자까지 마무리하고선 너무 좋아 춤이라도 추고 싶을 정도였어요.”

“그런 마음이었는데, 개관식에 초대하려던 시 읽기 모임 두 친구 중 한 명이 여름에 생을 달리했어요.”

“죽음은 늘, 예상치 않은 상태로 오더라고요. 누이가 홀로 장례를 치렀다 하고, 가을 무렵에서야 선암하고 같이 산소를 다녀온 기억이 나네요. 작은 도서관으로 오르는 경사 계단을 마무리하면서 진이와 두 친구가 제일 먼저 휠체어를 타고 오르는 장면을 생각했었는데요. 늦가을이었지요. 사회적 협동조합 행인서원 임시총회와 작은 도서관 개관식이 열렸던 게요. 그동안 행인서원과 연을 맺었던 이들이 대부분 참여했던 것으로 기억나요. 세월호 유가족들을 비롯해 가족 캠프 참가자들, 대학 동문들, 횡성지역 단체들. 이후를 도모할 수 있는 사람들이 모두 모인 셈이었는데요. 큰아이, 작은아이도 들어와서 준비를 거들었지요. 준비위에 함께했던 하쌤의 행인서원 비나리가 절정이었어요. 사람들이 떠나고, 다시 혼자 시작해 3년. 느티나무 마당의 쉼터에다 작은 도서관 쉼터로 공간이 확장되었듯, 행인서원에 담는 사람들의 폭도 넓어진 거지요."

"돌아보니 작은 도서관 개관식 행사가 그다음 해의 일들을 만들어낸 것 같기도 해요."

"그때는 몰랐는데 지나고 나니 작은 도서관 개관식이 행인서원의 전환기였어요. 사회적 협동조합 행인서원 이사회를 새로 꾸리게 된 계기가 되었으니까요. 확대 이사회로 지역 밖에서 3명, 지역에서 4명, 그리고 저. 2기 집행부가 새로 구성되면서 희망이 생겼었는데. 그도 오래가지 못했지만요. 선암도 그때 이사로 들어오게 된 거고요. 이사회에 참여하게 된 여성 농민센터 회장이 언니네 텃밭을 중심으로 사회적 농장을 추진하며 행인서원도 함께 하자고 해 사회적 농업협의회가 구성되었잖아요. 여성 분과, 청소년 분과, 귀농귀촌 분과 셋으로요. 청사모 회원인 교육 지원청 희 쌤이 청소년 주말학교 추진을 밀어붙여 주어 행인서원, 고른 기회 배움터, 사회적 농업협의회, 교육 지원청 공동 주관으로 청소년 주말학교도 시작된 거고요. 별도로 배움터하고는 안흥고 친구들 인문학 수업과 청소년 민회를 진행하게 되었고요. 안흥 지역에서 살며 특수교사로 일하시는 분은 선암과 동네방네 마을 조직을 만들어 안흥 마을 캠프를 행인서원에서 진행했잖아요. 그 인연으로 행인서원 이사회도 참여하게 되고요. 여성농민센터는 장애인센터와 협력해서 취업을 준비하는 장애인 친구들을 행인서원과 연결시켰고요. 행인서원을 거점으로 연대하고 함께 하려는 분위기가 만들어져 갔어요."

"어린이 캠프는 또 한 번의 성장을 이뤘고, 공간 대여도 지역 단체들의 이용이 많아지기 시작했던 것으로 기억돼요."

"골목대장 떠나고, 전환점을 맞은 거지요. 큰아이가 기획을 맡으면서 그 주변 사람들이 강사로 참여하기 시작했어요. 거기에 캠프마다 보조교사가 일곱여덟 명으로 늘었어요. 세월호 유가족 캠프를 주도하던 아름다움 배움의 담당자 내외의 큰아들이 강화도 '꿈틀이'에 입학하면서 인생 학교 친구들이 돌아가며 보조교사로 참여했어요. 그 동생은 중학생부터 보조교사로 참여하면서 막내지만 베테랑이 되어 있었고요. 안흥 인문학 수업을 하던 친구 두 명이 3학년 때부터 참여하기 시작해 대학생이 되고도 참여를 했잖아요. 자연스레 세대교체가 이루어진 거지요. 장 형이나 저는 한 발 뒤로 물러설 수 있었어요. 공간 이용도 지역 밖에서 오는 손님들이 많았는데 강원 놀이 연수 선생님들, 마을 교육 연수, 상담 선생님들

연수 등 지역 내 단체들의 연결이 이루어졌어요. 놀이 선생님들이 대거 조합원에 가입하기도 했고요. 소소하게 지역 단체들과 연결된 또 다른 단체들이 연결되기도 하고요."

"그해 겨울 크게 한 번 앓지 않으셨나요? 드라마 '나의 아저씨'를 추천한 때가 그즈음이었던 것 같아요."

"하하, 일이 많았던 해예요. 거기다 작은 도서관 짓는다고 몸도 혹사했고요. 노작 2학기 마지막 수업을 끝내고 들어 온 날 긴장을 놓았나 봐요. 누웠다 일어나는데 일어날 수가 없는 거예요. 허리가 펴지질 않았어요. 엎어진 김에 쉬어가자고 계속 누워 있으려니 심심하잖아요. 그래서 선암이 추천해 준 드라마 '나의 아저씨'를 보았어요. 처음 1, 2회는 마음이 불편했어요. 무거웠어요. 그러다 4회를 넘기면서 멈출 수가 없는 거예요. 밤을 꼬박 넘겨 정주행했지요. 9회째 통곡을 하며 따라 울고, 그 뒤로도 서너 번을 더 울었어요. 몸도 마음도 많이 지쳐 있었을 때라 그랬을 거예요. 꼬박 일주일을 아침저녁 간신히 밥만 해 먹고 누워 지냈어요. 사무치게 외롭더라고요. 울고 싶은데 뺨 맞은 격이라고나 할까요. 정주행을 두어 번 더 했어요. OST 음악들이 참 좋았고요. '어른', '보통의 하루'... 흥얼 거리면서 그 겨울을 넘겼네요."

"주인공 박동훈과 이지안뿐만 아니라 형제들, 정희네를 아지트로 하는 동네 사람들, 그 서사와 아픔이 고스란히 전달되면서 오히려 치유되는 느

낌 아니었나요?"

"야근하고 박동훈이 이지안을 데려다줄 때 정희네에서 술 마시던 사람들이 함께 가잖아요. 정희가 '우리도 아가씨 같은 20대가 있었어요.' 하니까 '저는 빨리 나이 들고 싶다.'고 '어른이 되면 덜 힘들 것 아니냐.'고 했을 때 내가 만나는 아이들을 떠 올렸어요. 집에 도착해 배웅하면서 돌아가는 이들에게 머뭇거리며 '감사합니다.' 했을 때, 사람이 사람에게 마음을 연다는 것이 어떤 것인가 훅 다가오더라고요. 돌아오는 길에 정희가 '어리다고 안 힘들지는 않았어.'하는 대사에 고개를 주억거렸어요. 그 해에 청소년 주말학교 시작하면서 본격적으로 청소년들을 만나잖아요. 미래에 닥쳐올 어떤 일들에 대한 계시 같은 게 아니었을까 싶어요. '어른'이 된다는 것, 좋은 어른은 어떠해야 하는가를 본 것 같아요. 세상을 바꾼다고, 가르치려고 하고, 앞으로만 내 달렸는데. 좋은 어른으로 남아 아이들 옆에 있어만 주어도 좋겠구나 싶어졌어요."

4

"솔이를 만난 게 2019년 그 시점이었어요?"

"청소년 주말학교 운영위원회가 구성되고 4월에 인원을 모집하잖아요. 교육 지원청의 공문이 학생들에게까지 잘 전달이 안 돼요. 담당 선생님이 적극적으로 아이들에게 알리고 권유해 주어야 하는데, 쉬운 일이 아니지요. 읍을 제외한 면 단위 중3에서 고2까지 중고등학교 대상이었는데 신청자가 한 명도 없던 거예요. 시작조차 하기 어려운 상황이었던 거지요. 그 해에 안흥 배움터 인문학 수업에 11명이 참석하고 있었어요. 전교생 30명이 안 되는 작은 학교잖아요. 인문학 수업 중에 신청을 받았어요. 강사로 나가던 대안학교에선 1학년 노작 수업과 별도로 생각하는 삶-인문학 수업을 시작했어요. 5명 정도가 듣는데 2명 신청을 받았고, 행인서원을 잘 알고 있는 선생님들의 지원 덕분에 꽤 많은 인원의 신청을 받았어요. 그렇게 안흥고와 현천고 두 학교 아이들이 주축이 되고, 읍내에서 중3 친구 하나가 신청을 해서 15명 정도로 시작할 수 있었던 거지요. 솔이는 학교에서 자전거 기행 연습을 하면서 얼굴을 익혔어요. 행인서원과 가까운 면 소재지에 살아 관심을 갖고 설득해서 참여하기로 했던 거지요."

"처음엔 참여를 잘 안 하다가 제천 사회적 농장 방문 때 친해지기 시작한 거예요?"

"읍내에서 모여 버스로 이동하는데, 솔이는 행인서원과 가까운 면 소재지이니 제가 데리러 가고, 데려다주기로 했어요. 몇 번 바람을 맞히더니 어렵게 답사에는 참여한 거예요. 학교 수업 땐 늘 따로 앉아 있었고, 겉돌았어요. 말수는 적었고, 빤히 쳐다보는 눈은 사람의 속을 들여다보듯 했어요. 무슨 생각을 하고 있는지 쉽게 다가가기 어렵더라고요. 그때 선암이 중학교 때 배움터에서 만났던 아이라고 글 쓴 것도 보여주었잖아요. 답사 가는 버스에서 제게 제일 처음 물었던 말이 '쌤은 왜 살아요.'였어요. 상담받는 선생님한테도 물어봤는데 별 대답을 못 들었다고요. 식은땀을 흘리면서 띄엄띄엄 진지하게 답했어요. 그 질문은 살아야 할 이유를 찾고 있는 거잖아요. 무척 많은 질문을 했고, 자기에게도 질문을 해 달라고 했어요. 오며 가며 서너 시간을 쉼 없이 이야기했어요. 레일바이크를 타러 갔을 때 뒤에서 머뭇거리던 솔이에게 손을 내밀었더니 뛰어와 손을 잡는데, 제 심장이 덜컥하더라고요. 작고 찬 기운이 느껴지는 손에서 지푸라기를 잡는 것 같은 절박함이랄까."

"그 손을 지금껏 놓고 있지 않은 거네요."

"하, 그다음에 노작 수업으로 학교에 갔는데 기다리고 있다가 뛰어와 안기더라고요. 그다음 주말학교 수업 때 데리러 갔는데, 이런저런 이야기를 하다가 자기가 마음의 문을 연 '첫 사람'이라는 이야기를 했어요. 2학기 때는 무리도 생기고 밝아 보였는데, 학기 말에 가서 친구들과 관계가 꼬이기 시작했어요. 얼굴과 팔뚝에 상처가 난 걸 보기도 했고요. 학교에서 보니까 무리 중에 솔이에게 집착하는 친구가 있더라고요. 혼자로 돌아가고 싶은데 이리저리 치이는 것 같아 마음이 아팠어요. 급식실에도 가지 않고, 굶는 날이 많아졌어요. 주말학교에서도 점심밥을 먹지 않으려 하는데 선생님들과 같이 먹기 시작하면서 편해지기도 하고, 친해지기도 했어요. 부산으로 간 졸업여행 이틀 동안 내 손을 꼭 잡고 다녔어요. 노래방에서 보여준 노래 실력이 아이들을 놀라게 하고, 본인도 얼굴이 환하게 피었고요. 자기 이야기를 하기 시작했지요. 엄마 이야기를 시작으로 자기 꿈에 대해서도요. 그리고 친구와 동반 자살하려고 약속했던 이유에 대해서도요."

"솔이를 계속 챙기게 된 계기가 있었나요?"

"주말학교 졸업식을 마치고 그다음 날 일요일에 보자고 해서 만났어요. 날이 추워졌지요. 주로 작은 도서관 쉼터에서 사람들을 만나잖아요. 구설에 오른다고 여자 어른이나 여자 아이나 혼자는 살림채에 들이지 않잖아요. 날은 춥고 양말도 신지 않은 상태라 살림채에 들어왔지요. 밥상을 차렸어요. 찌개에 계란 반숙, 따듯한 국물. 한참을 조용히 앉아 있더니 이렇게 맘 편히 밥을 먹기는 엄마하고 어렸을 적 밥 먹은 이후 처음이라는 거예요. 훅-하고 가슴이 미어졌지요. 그다음부터 솔이에게 따듯한 밥을 챙기는 게 저한테는 가장 큰 행복이 되었어요. 같이 밥을 먹을 수 있는 사람이 생겼다는 게 나도 위로가 되었고요. 자퇴하고 싶다고 노래를 불렀어요. 하지만 학교 울타리가 안전하고 사회로 나가는 준비를 할 수 있는 시간이라고 설득했지요. 그러다 2학년 올라가 중간중간 학교에 나갔는데, 코로나19 대유행으로 비대면 수업이 많았잖아요. 한번은 밤 10시가 넘었는데 학교를 나와 도로를 걸으며 데리고 와 달라고 전화가 온 적이 있어요. 아빠도 아니고 학교 밖 남자 선생이 할 수 없는 상황이었어요. 그다음 날 새벽같이 기숙사에서 나와 공원에 있다가 전화를 했어요. 눈이 퉁퉁 부어 있었고 입을 꼭 다물었어요. 따로 사는 엄마에게 지원 요청을 해 자퇴를 한다고 했다가 여의치 않자 학교에 어정쩡하게 남게 된 거지요."

"그때가 솔이에게 매우 큰 사건이 벌어진 때 아닌가요?"

"그날 학교에서 무슨 일이 있었는지, 선생님들도 솔이도 이야기하기를 꺼려서 묻지 않았어요. 솔이가 기숙사 짐을 싸서 아빠와 나갔다기에 상황의 심각성을 느낀 거지요. 솔이를 따로 챙기던 쌤한테 연락을 취해, 학교와 솔이 아빠, 솔이, 그리고 내가 참여하는 만남을 주선해 달라고 했어요. 솔이 이야기를 듣고 함께 문제를 풀어보자고. 교장 쌤한테 제안을 했는데 내 조언을 들을 순 있으나 학교가 판단할 문제라는 답이 돌아왔어요. 다른 경로로는 끝까지 책임질 거 아니면 개입하지 말라는 이야기도 들렸고요. 상황이 어떻게 될지 몰라 교육 지원청 복지사 희 쌤한테 지원을 요청한 거지요. 주말학교에서 가장 많은 이야기를 나눈 여선생님이었으니까요. 그날 밤 희 쌤네 집에 데리고 가 재우면서 솔이와 이야기가 됐어요. 교육 지원청 차원에서 할 수 있는 방법들을 이야기한 것 같아요. 학교와는 이야기를 하지 않겠다고 하니, 전학 이야기며 상담 병원 주선 제안을 했나봐요. 전학 문제를 교육 지원청에서 담당 학교에 문의하는 과정에서 학교장에 알려졌고, 학교와 협의 없이 외부에서 개입한다고 한바탕 소란이 있었어요."

"그 뒤의 이야기는 저도 알아요."

"그런 상황에서 솔이가 모두에게 연락을 끊어요. 전화번호도 바꿨고요. 솔이와 연락이 안 되니 학교도 손을 놓고, 교육 지원청도 손을 놓을 수밖에요. 어떤 상황이 벌어질지 모르는 위험한 상황이었어요. 제가 판단하기예요. 그렇다고 제가 개입할 수 없는 상황이 되어 버린 거잖아요. 집을 가보기도 어려운 상황이었어요. 솔이 아버지가 저를 경계했으니까요. 남자 선생님이기에 우려하는 건 부모 마음이라고 하지만 아버지인 자기한테는 말을 하지 않으면서 나하고만 이야기한다고. 그러니 솔이가 나를 만나는 걸 아버지에게 밝히고 싶어 하지 않았어요. 학교 복지사 쌤은 그런 아버지 이야기를 전하면서 내가 곤경에 처할 수 있으니 사전에 솔이 만나는 걸 아버지에게 알려주었으면 했어요. 그러면 그걸 솔이가 모르겠어요. 나에게도 말문을 닫겠지요. 모두가 솔이 이야기를 들으려 하지 않았어요. 선생으로서, 아버지로서의 걱정과 우려만 있었지. 창문도 없는 상가 구석방에서 스마트 폰 하나에 의지하고 있을 아이가 너무 안쓰러웠어요."

"돌아왔지요?"

"삼 개월 정도였을 거예요. 공립대안학교라 어지간해서 퇴학은 시키질 않아요. 출석 일수에 문제가 생기니 아버지한테 통보했겠지요. 학교에 나타났대요. 숙려제를 쓰기로 하고, 학교에 적을 유지하도록 배려를 한 것 같더라고요. 그즈음 연락이 왔어요. '죽을 만치 힘들었다고, 지금도 괜찮지 않다고.' 희 쌤하고, 같은 학교 주말학교 친구들을 통해 솔이에게 계속 연락을 취하라고 하면서 소식을 듣고 있었어요. 바뀐 전화번호를 알고 있었지만, 따로 연락하지 않고 기다리고 있었지요. '매일 매일을 기다리고 있었노라'고 답을 했어요. 그래도 다시 마음의 문을 열기까지 꽤 오랜 시간이 걸렸어요. 코로나 3차 확산으로 주말학교도 캠프나 졸업여행은 물론 정규 프로그램도 진행할 수 없는 상황이었던 때예요. 결국 온라인 졸업식을 하기로 하고 남은 예산으로 탁자, 다용도 수납 의자, 책꽂이를 만들어 졸업선물로 준비했어요. 찾아가는 졸업식이 된 거지요. 그때 솔이와 친해지기 시작한 아이와 솔이 둘이서 행인서원 온라인 졸업식 진행에 참여한 거예요. 그렇게 쌤들하고 같이 주말학교 친구들 집을 방문하면서 하루를 보냈어요. 그다음 날 만나기로 했었는데 눈이 많이 오는 바람에 경사진 행인서원 길을 나갈 수 없었어요. 그런데 세 시간 정도를 걸어서 솔이가 행인서원에 온 거예요."

"마음이 다시 열린 거네요."

"울컥, 눈물이 나더라고요. 그 뒤론 숙려제 기간 중이라 교육 지원청 위센터 상담 쌤하고 일주일에 두 번씩 만나고, 이전에 만났던 멘토 쌤하고도 만나고. 그러면서 무언가 하려고 하는 의지가 생긴 것 같았어요. 걷자고 하면 뒤돌아 나오던 횡성 호수길 두 구간 모두 거뜬히 걸어 내고, 어답산 중턱까지 오르고. 책, 그림, 음악 무엇이든 집중해 보면 좋겠다고 했는데. 이십일 정도 시간을 달라고 해요. 아침 6시에 일어나 아침 식사 준비를 하고, 아버지 일을 도와 알바하고, 빨래하고, 일상의 삶을 살아낼 기력을 찾았어요. 많은 사람들에게 도움을 받았다고, 감사하다며 눈물짓던 아이가 엄마 집에 다녀와서는 점쟁이가 '고비를 넘겼다'고 한다며 환한 웃음을 지었어요."

"그 과정에서 제야는 학교 강사 일을 그만둘 생각을 했던 거고요."

"학교에서도 그렇고, 교육청이나 기관에서 편의적으로 분류하잖아요. 한부모 가정 아이, 조손 가정 아이, 다문화 가정 아이, 위탁 가정 아이, 저소득층 아이, 성폭력 피해자, 학교 폭력 피해자... 상담이나 지원 등에 필요하기에 아이의 상황을 파악하는 건 중요해요. 하지만 그것이 아이를 규정하고 가두는 족쇄가 되어서는 안 된다는 것이지요. 세분화시켜 상담하고 지원하는 일이 오히려 아이들에게는 상처가 될 수 있어요. 온전한 하나의 인격체로 보아야 한다는 것이지요. 그저 똑같은 아이들 속에서 상처를 보듬고, 스스로 이겨내는 힘을 기르게 하는 것이 교육이 담당해야 하는 몫 아닌가요. 어른들이 할 일 아닌가요. 필요한 부분을 요청하게 하고, 아이들 사이에서 그러한 것들이 아무 문제가 되지 않는 공동체가 학교이고 국가의 교육정책이어야 하는 거잖아요. 그런 꿈들을 안고 대안학교를 만든 거잖아요. 그것을 제도권으로 수용한 것이 혁신학교이고, 공립형 대안학교라고 한다면 그 정신은 살아 있어야 하는 거잖아요."

"그게 아닌 것 같다는 판단을 한 거네요."

"관료화되고, 직업화되었다는 생각이 들었어요. 공립형 대안학교가 이럴 진데 일반 학교는 오죽하겠나 싶기도 했고요. 나는 학교로 보면 그저 한 사람의 강사예요. 행인서원을 통해 사전 교감이 있고, 조합원으로 참여한 학교 선생님들도 서넛 되지만, 사적인 자리에선 형님이라고 부르지만... 그건 그저 관계를 맺는 하나의 방식인 거고, 학교에선 그저 강사일 뿐이라는 걸 안 거예요. 청소년 주말학교에 가장 많은 인원이 참여하고 있고, 그 아이들의 성장 과정을 공유하며 함께 노력해도 시원치 않을 텐데. 동행이 될 수 없는 관계로구나 깨달은 거예요. 내가 아무리 애쓴다고 해도 그건 바뀌지 않는구나. 마음의 상처가 컸지요. 그때 선암이 내게 이런 말을 했어요. '아이들만 보시라'고. 그래서 내가 선암을 좋아하긴 하지만 우린 그저 곰이더라고요."

5

"학교 수업은 그만두더라도 학교 바깥에서 아이들과 만나는 일은 계속되어야 하지 않을까요?"

"안홍 친구들 만나면서 참 좋았어요. 학교 정규 수업이 아니라 야간 자율학습 없는 금요일 저녁에 모여 2시간씩 인문학 수업을 한다, 결코 쉬운 일 아니잖아요. 첫해에 5명의 친구와 만났고, 그중 두 명은 지금껏 행인서원 어린이 캠프 보조교사로 인연을 이어오고 있잖아요. 그 다음 해 11명으로 늘었어요. 한 달에 한 번은 청소년 민회로 진행했지요. 이것도 선암이 배움터 예산을 적절히 잘 사용해 준 덕분이지요. 그동안 선암이 아이들과 만들어 오던 마을 신문을 청소년 민회에서 토론하고 고민한 내용들로 만들었잖아요. 야간 자율학습 시작하기 전 저녁 식사 문제를 제기하면서 편의점이 아닌 학교나 지역이든 따듯한 밥을 위한 고민을 제기했어요. 청소년 자치 공간이 왜 필요한지, 어떻게 만들어 가면 좋을지 문제를 제기했고요. 아이들 스스로가 만들고, 어른들과 함께하는 마을의 자치 공간을 만들고 싶었어요. 중학생까지 확대하여 청소년 민회를 구성하고, 그를 통해 1년여 청소년 자치 공간을 만드는 것을 목표로 했는데 코로나 상황으로 멈춰선거지요. 거기에 횡성군 차원에서 방과후 사랑방 교실이 운영되면서 보류하게 된 거고요."

"마을 교육공동체가 주요한 정책과제로 떠오르게 됐는데 어떻게 보고 계세요?"

"그래요. 전국 조직으로 '마을 교육공동체 포럼'이 있고, 강원교육청이나 지역 교육 지원청 차원에서도 마을 교육공동체에 대한 고민과 지원이 있고요. 이전부터 '온 마을 학교'에 참여하는 학교와 마을, 단체들이 있었고요. 횡성은 '다함께 교육'이라고 횡성 모델을 이야기하면서 급작스레 위탁단체가 만들어지고 세 개 마을에서 방과 후 사랑방 교실이 진행되고 있잖아요. 공간도 생기고, 사업비도 지원받고. 주로 돌봄 차원에 맞춰졌지요. 마을이 중심이 되는 마을 학교하고, 돌봄을 중심으로 하는 지자체나 교육 지원청 주관 하의 마을 학교하고는 내용적 차이가 분명 존재해요. 풀뿌리 마을 교육공동체로 가느냐, 정책적 지원하에 검열을 거치는 학교 밖 학교로 가느냐 하는 점에서 분명하게 갈릴 거예요. 안흥은 자체적으로 만들어 온 역사가 있잖아요. 특수교사인 분이 아들을 키우면서 그 지역에 장애인 친구들과 함께하는 정서를 만들고, 배움터가 초등학생에서 중학생으로 성장하는 아이들과 만나고, 그 아이들이 고등학생이 되었을 때 행인서원이 만났잖아요. 마을에 동네방네라는 마을 조직도 있었고,

지금의 사랑방 교실과 결합해 주민조직을 새롭게 만들어 가고 있잖아요. 재정 지원을 받는 돌봄 중심의 마을 학교를 청소년, 마을 전체로 확대하면서 마을 자치의 토대를 쌓아갈 수 있었으면 좋겠어요."

"현재 진행되는 마을 교육공동체 사업에서 우려되는 점이 있는 거지요? 제야가 그리는 마을 교육공동체의 바람직한 모습은 무엇일까요?"

"마을 사랑방 돌봄 교실이 만들어지면서 중학생들과 '마을 인문학'으로 만났잖아요. 그것도 선암의 전략적 배치로요. 하. 중학생 친구들하고는 어떻게 만남을 이어가야 하나 고민이 많았는데, '나는 누구인가, 어떻게 살 것인가, 나의 꿈은 무엇인가'로 이어진 이야기들이 문집으로 남았어요. 그러면서 생각을 해 봤지요. '학교로 전근을 오는 선생님들이 마을로 이사를 하고, 마을 어른으로서 아이들과 마을 학교에서 만나면 좋겠다.' 공부와 시험성적으로 말하지 말고, 하나의 인격체로 만나지는 공간이 마을이 되는 거지요. 그게 마을 교육공동체로 가는 지름길이지 않을까. 귀농 귀촌하는 분들이 자신이 살아온 이력으로 마을 아이들과 만나고 마을 속에 자리 잡을 수 있으면 좋겠다. 다문화 가족 부모들이 강사로 참여해 차별의 벽을 허물 수 있었으면 좋겠다. 조손 가정의 아이들이 마을 학교에서 부모 같은 돌봄을 받았으면 좋겠다. 우정과 사랑, 환대와 연대, 돌봄과 나눔의 공동체 말이에요. 그래서 마을 활동가 아카데미도 열고, 사람들을 모으려 하는 거잖아요."

"자생, 자치의 토대 위에서 마을 교육공동체를 만들어 가야 한다는 철학에는 이의가 없어요. 그런데 현실적으로 고려하지 않을 수 없는, 사람과 재정의 문제 때문에 공공의 예산을 활용하려는 유혹을 피하기가 어려워요."

"세상이 많이 바뀌어 정책적으로든 표를 얻기 위한 정치 행위든 많은 일이 곳곳에서 진행되고 있어요. 복지제도 차원에서도 이전과 비교할 수 없을 만큼 세분되었고, 재정 지원도 많아졌고요. 문제는 그것을 집행하고 수행하는 사람들의 문제지요. 관료 조직의 변화 없이, 사람이 준비되지 않고는 직무상의 업무로 껍데기만 남는 거예요. 이전보다는 책임감을 갖고 있는 공무원들이 많아졌음에도 정책과 현장을 연결하고 그 성과가 공동체로 이어지도록 하는 통합 시스템이 없어요. 그 일을 지방자치단체가 중심을 잡아 주어야 하는데, 선거에서 표가 되지 않는 일에 투자하는 지방자치단체장이 얼마나 있겠어요. 뭔가 보여주려고만 하지요. 시민단체들도 독자적인 일들을 진행하기보다 공모사업 몇 개 따고, 위탁사업 진행하고, 그 일 하는 사람들 먹고 살고, 그 틀 안에 갇혀 버렸어요. 자생성도, 자립성도 거세된 거지요. 매너리즘. 그렇게 시민단체들이 제도권화, 기득권화 되어 가는 거예요."

"그래서 청소년들로부터, 마을부터, 아래로부터 새로 시작하자는 거 아닌가요?"

"독자적으로 가자니 사람도 없고 돈도 없고. 공모사업이나 위탁사업으로 공간을 유지하고 끌고 가자니 생동감이 살아나지 않고. 굳이 이렇게 해야 하나 하는 생각도 들고요. 더는 곰 노릇하기 싫다는 마음도 생기고요. 그래서 잠시 멈춤. 쉬어가려고요. 낼모레 육십인데 남은 생 내가 무얼 할 수 있을까. 그냥 농사짓고, 여행 다니고, 만나지 못했던 사람들 만나면서 여생을 마감할 준비를 하는 건 어떨까. 마음이 복잡하네요."

"아이들이 성장하고 있잖아요. 세상이 어찌 돌아가든 우린 우리 일을 하자는 거 아니었나요?"

"하, 그래요. 지금의 자리에서 돌아보면 참 운이 좋았다 생각돼요. 하늘이 미리 준비해 둔 것처럼 그 수많은 길 중에서 아슬아슬 제 길을 찾아왔다 싶으니까요. 젊어선 세상을 바꿔 보겠다고 이념의 칼잡이로, 먹고살기 위한 세상일에선 사람 사는 일상을 견뎌내며 희망을 보고, 또 그렇게 변방 낮은 곳에서의 삶을 찾아가고 있으니. '당신은 당신들의 일을 해라, 나는 내 길을 갈 터이니.' 참, 멋진 일이라고 생각했는데 그 자체가 오만이었더라고요. 내가 옳다는 생각, 나는 너희와 달라. 교만이지요. 종교와 이념을 넘어서는 인간의 길을 이야기하며, 그래서 공동체를 더욱 강조했지만. 그건 현실적으로 가능치 않은 유토피아적 상상이더라고요. 대안세상으로 이야기는 할 수 있는데 그런 세상을 만들어 가는 경로, 방식 모두가 오리무중인 거지요. 생각하면 할수록 답이 없어요. 그래서 '인간 본성'에 관한 철학적 질문을 다시 하는 거고요.

"어쨌든 포기하지 않고 지난날들을 곱씹으며 끊임없이 시도해 온 삶이

잖아요. 그러면 되는 거 아닌가요?"

"참으로 작은 땅, 아시아 대륙의 반도, 그것도 세계적 냉전체제 시대의 분단국가로 지나온 역사의 골이 너무 깊어요. 현재는 보수와 진보라는 진영으로 나누어 각축하고 있는 형세지요. 참으로 대단한 나라예요. 역동성으로 치자면 세계 어느 나라도 따라 올 수 없는 저력이 있는 거지요. 결국 '민족'과 '국가'라는 고유한 정서를 한 발짝도 벗어날 수 없을 거예요. 코로나 대유행으로 주춤했지만, 신자유주의 세계화 흐름은 지속될 거예요. 패권을 두고 미국과 중국의 대립은 격화할 거고요. 그렇게 출렁거리겠지요. 그다음은 어찌 될까요. 지구의 환경 변화가 인류의 생존을 위협하면서 살길을 찾겠지요. 세계와 인류의 운명을 보는 눈이 필요해요. 공존과 공생, 공영의 가치를 보수와 진보 진영의 논리 위에다 올려놓아야 해요. 그런데 그걸 추동할 동력이 어디에도 보이지 않네요."

"이미 하고 있잖아요. 인문학적 소양을 갖추고 변방에서 희망을 이야기하며 성장하는 아이들, 우리 사회 속에서 배제되고 소외된 장애인, 조손, 한부모, 다문화. 그 일을 하는 사람들과 동행하고 있잖아요. 농약과 비료 안 쓰고 농사짓는 생태 농업, 뚝딱뚝딱 필요한 물건들을 만드는 목공. 그 속에 나눔과 돌봄이 같이 가잖아요. 행인서원이라는 진지가 있고."

"하, 그러네요. '난 할 게 없다고, 이 세상과 맞지 않는다고. 죽어야겠다.' 고 깊은 수심에 가라앉아 있던 솔이가 '살아야겠다' 고 하면서 이젠 수면 위로 올라와 파닥 거리는 싱그러움을 주고 있어요. 매사에 뒤로 물러나 자신 없어 하던 안홍 선이가 성찰을 화두로 삼아 변화하는 모습을 봐요. 요즘 만나는 발달 장애인 친구들이나 한부모, 다문화, 조손 가정 아이들을 보면서 내가 할 수 있는 일이 무얼까 또 고민하고 있어요. 그렇게 가면 되겠지요. 복잡한 여러 가지 일들을 단순하게 정리하면 되는데, 다 놓지 못하고 붙잡고 있으려니. 그래서 혼자는 안 되는 거 같아요. 하루에도 열두 번 생각이 왔다 갔다 해요. 그래서 이전과는 다른 만남을 모색해야겠다 싶은 거지요. 마을과 지역, 외부에서 뜻을 같이하는 사람들이 수평적으로 만나는 정기 모임. '자발성에 기초한 자유로운 인간들의 연합'이요. 공부하고 토론하며 실천하는 열린 모임이 되겠지요. 각자의 영역과 역할을 충실히 해내면서 전략적인 방향과 가치, 지향을 담아낼 수 있는 큰 그릇이요. 어린이, 청소년, 어른을 연결하고, 마을과 지역, 외부를 연결하고요. 외롭지 않게요. 서로를 의지하며 동행할 수 있는, 이념이나 종교로 강제하지 않는, 철저히 자발성에 기초한."

"가능할까요?"

"직무성을 넘어선 책임감 있는 사람들이면 되지 않을까요. 직무 범위, 조직의 성과, 결과물에 연연하지 않고 그 일을 평생의 업으로 생각하며 살아 낼 사람들, 그런 소양을 기르는 공간과 내용. 그런 토대를 만드는 일. 아마도 행인서원이 하고자 했던 방향과 크게 다르지 않을 거예요. 개인의 이익을 먼저 생각하지 않는 타자에 대한 열린 마음이면 족하지 않을까요. 자기 밥그릇 지키려 견고히 쌓은 기존의 성들을 흔드는 재미도 있을 거고요. 이전처럼 전투적인 거 말고, 상대를 인정하면서 실력으로 겨루는 여유 같은 거요. 새롭게 무언가를 시작한다면 그렇게 한번 해보고 싶어요."

코로나가 가져다준 '안식년', 그해 겨울.
시집 '민달팽이'와 산문집 '낮달'이 탄생했다.

행인서원 창립 멤버들이 차려 준
조촐한 출판 기념회.

청소년 주말학교 노작 수업.

청소년 주말학교 인문학 수업.

행인서원의 또 다른 일상, 목공.

에필로그

느티나무와 함께 행인서원을 지키며
그렇게 늙어갈 수 있기를.

1

코로나19로 발길이 끊긴 행인서원. 봄비 안개 속 산사나무엔 초록 잎들이 피어올랐다. 모과나무 새순이 앙증맞은 꽃처럼 눈을 틔웠다. 연못가엔 바위취가 무리 지어 올랐고, 연못엔 평화로이 금붕어가 노닌다.

공모사업과 위탁사업으로 바쁜 시민단체 센터장이 했던 말이 생각났다. 이제는 사람들이 '누리고, 챙기는 것에 너무 익숙하다'고. 어떤 일에 공동의 책임을 지려 하지 않는다고. 그건 우리가 야생성을 버리고 개양이가 되었기 때문이다.

노동운동을 함께 했던, 지금은 대학 강사로 이름을 올린 누구는 말한다. 각 정파들이 '자기네가 장악한 노조 상근자 대부분을 차지하고선 권력을 휘두르고 있다'고. 동일노동 동일임금을 내걸고 산별노조를 만들자 했건만, 비정규직과의 연대를 거부한 정규직의 밥그릇 지키기에 민주노조 운동의 정신은 찾아볼 수가 없다.

프리젠테이션만 요란하다. 사업으로 행해지고 운동성은 거세되었다. 활동사진만 남는다. 모든 것이 관료화되고 직업화되었다. 직무성만 있고 책임성은 없다. 그저 스쳐 지나간다. 그렇게 밥벌이하고 각자도생의 삶을 산다.

뜬금없는 생각일까. '두레'의 회복. 농촌 공동체의 유산을 '마을' 정신으로 회복하는 것. 장자가 이야기했던 '자발성에 기초한 자유로운 인간들의 연합'말이다. 생태성과 인문주의의 복원. 종교와 이념에 휘둘리지 않는 '인간의 길'을 다시 묻는다.

제야는 행인서원 텃밭에 씨앗과 모종을 심어놓고 산소를 찾았다. 잠시 멈춘 시간에 만들어진 책 두 권. 시집 '민달팽이'와 산문집 '낮달'을 올렸다. 그리곤 산소 앞에 앉아, 혼자서 중얼거렸다. '엄마와의 약속을 지키는 거예요. 돌아가시기 전까지 엄마 옆을 지키겠단 첫 번째 약속, 정치권에 들어가지 않겠다는 두 번째 약속도 지켰어요. 마지막 약속, 평생 대중운동만 하겠다는 약속이요. 지키려고 애쓰고 있는데. 많이 외롭고 힘들어요. 이젠 내려놓으려 하는데, 엄마 안 될까.'

네 마음이 가리키는 대로 하렴.
너에게서 너를 놓아주렴.
네가 있어야 할 곳에 있다 가렴.
그럼 남은 생, 외롭지 않을 거야.

어딘가에서 아련히 엄마 목소리가 들려왔다.

2

"제야가 이야기하는 '인간의 길'은 뭔가요?"

선암이 물었다.

"농부가 밭에 나가면 제일 먼저 하는 일이 뭔지 알아요. 쓰러진 놈 일으켜 세우는 거요. 웃자란 놈 가지치고, 병든 놈 솎아내고. 저는 그게 인간, 공동체의 기본이어야 한다고 생각해요. 어느 대통령 후보의 출마 선언문에 '억강부약'이란 표현이 있더라고요. 강한 자는 억누르고, 약한 자는 일으켜 세운다. 그게 국가의 역할이기도 하지요. 자유 민주주의라는 게 자본주의의 가치이자 이념이지요. 그건 돈 있고, 힘 있는 자들의 자유를 지키는 것 이외에 아무것도 아니에요. 인간 사회는 동물들의 정글 법칙과 달라야 하잖아요. 그렇기에 오늘날의 번영을 누릴 수 있었던 거고요. 현실은 최악이지요. 무한경쟁에 내몰린 신자유주의 경쟁 체제하에서 자발적 복종과 시혜적 복지로 연명해야 하니까요. 사람이 사람답게 산다는 건, 최소한 먹고 사는 문제가 해결되어야 해요. 능력에 따라 자기가 할 수 있는 일이 있는 사회가 되어야 해요. 아프고 외로우면 공동체가 거두면 되고요. 그게 뭐 어려운 일인가요. 사람의 마음으로 함께 살면 되는 거지요. 코로나19 대유행은 지금처럼 하면 망한다는 지구의 경고예요. 그 신호음을 백신으로 이겨낼 수 있을까요. 눈앞의 현실에만 매달려 있는 거지요. 전면적인 변화가 필요해요. '자연과 인간의 공존, 인간과 인간의 공생, 국가와 국가의 공영'이란 대 전제재로 모두를 이끌고, 그 합의가 세계적 가치로 채택되는 전환의 시대를 만들어내야 해요. 생태, 인문, 평화. 세 개의 키워드로요."

"인간의 길을 가야 한다는 당위적 명령을 부정하는 이는 별로 없으리라 봐요. 문제는 그 길을 가는 방법이겠지요."

"한 개인의 삶이, 국가가, 인류가 어디로 가야 하는가 하는 방향의 문제지요. 자본주의는 개인의 자유를, 사회주의는 공동체를 각각 옹호한다고 볼 수 있어요. 이건 나무와 숲의 관계예요. 각자 뿌리 깊은 한 그루의 나무가 되고, 그 나무들이 따로 또 같이 숲을 이루는 세상'이 되어야 하는 것이지요. 쓰러진 놈 일으켜 세우고, 햇볕을 독점하는 큰 나무들은 가지치고, 병든 나무들은 솎아내야지요. 안에서는 숲을 볼 수 없고, 밖에서는 나무를 볼 수 없어요. 개인과 공동체, 개별과 전체를 아우르는 안목을 가진 자들. 숲 안과 밖을 넘나드는 경계인들이 필요해요. 제도권 안과 제도권 밖이라고 보면 어떨까요. 제도권 안은 그야말로 관료화되기 좋은 토양이지요. 기득권화되고요. 그렇게 보수화되는 거예요. 밖에서 보면 숲이 병들어 있다는 걸 알아요. 그걸 바로 잡겠다고 제도권 안으로 들어가잖아요. 견고한 영역을 고집하고 있는 완강함에 명분마저 잃은 채 상처만 남지요. 그들에 포섭되는 거지요. 그래서 포지션은 밖에 두고 안의 변화를 도모하는 다리 역할을 할 수 있는 사람들이 필요해요. '생각은 급진적으로 하되, 실천은 보수적으로 하라'는 말이 있잖아요. 소위 진영의 논리를 뛰어넘는 경계인들이요. 끝내 경계인으로 남겠지만 오늘의 문제를 풀어갈 수 있는 유일한 해답이지 않을까 싶어요. 종교와 이념, 직무성에 갇히지 않은 자유로운 인간들. 그들의 자발성에 기초한 연합, 소위 적, 녹, 보라 연합 같은 거지요. 노동 중심, 생태, 여성주의를 포괄하는 21세기의 지향을 담아서요."

"그래서 '자발성에 기초한 자유로운 인간들의 연합'이군요."

"사회적 약자를 위한 활동가 연대조직으로서, 또한 그 지향으로서 이보다 아름다운 이름이 있을까 싶어요. 공감하는 이들의 동행, 거기서부터 다시 시작해봅시다."

•
3

결국 떠나지 못했다. '살기 위해 도망쳤고, 살리기 위해 남았다'는 어느 드라마 대사가 제야를 붙잡았는지 모를 일이다. 혁명되지 않은 혁명 조직에서 도망쳤고, 이익만을 쫓는 사람들 속에서의 지겨움에 도망쳤다. '대가 없는 선의'로 무형의 마을 공동체를 만들고자 했던 행인서원은 그만 홀로 남았다. 지켜야 할 명분과 대의가 무색해졌다. 그래서 떠나기로 했던 일인데. 남아야 할 이유가 생겼다.

제야는 건강을 이유로 안식년을 선언하고, 구체적인 하산을 준비했었다. 대안 고등학교 노작 수업도, 안흥 배움터 인문학 수업도 중단하고 떠밀려 청소년 주말학교 3기만 한 해 더 진행하기로 했던 일이다. 그런데 발달장애인 친구들과 함께 농사짓는 느린 농사 거북이 학교도 멈추질 못했고, 조손, 한부모, 다문화 가족으로 이루어진 다가치 성장캠프도 받지 않을 수 없었다.

스스로 명분을 찾기 위해서였던가. 첫 번째 시집 이후 10여 년 써두었던 시들을 두 번째 시집으로 묶고, 행인서원의 공간과 시간을 담은 산문

집을 엮었다. 그리고도 남은 여한이 있어 '엄마와의 약속'이란 회고담을 두 달여 끌어안고 있었다. 터 안의 느린 농사 텃밭 정원을 가꾸는 일은 이곳에 들어와 처음으로 일처럼 생각되지 않는 평안을 안겨 주었다.

다만, 매각 소문을 듣고 찾아온 이들을 맞아야 하는 일은 짜증을 더했다. 교육 시설이나 공공시설로 쓰이기를 바라는 마음이 개인의 이익을 위한 사적 공간으로 바뀌는 것을 용납하기 어려웠다. 파는 놈이 사는 사람의 쓰임을 따지고 드니 이미 거래는 물 건너간 일이다. 그 과정에서 제야는 '떠나고 싶지 않은', '도망치고 싶지 않은' 자기와 대면했는지 모른다.

여름방학 뒤로 한 번 더 출렁거리던 솔이가 '살아야겠다'고 했을 때 보컬 강사와 연결지었다. 음악에 대한 꿈을 놓지 않고 있으니, 그 끈으로 졸업까지 버티었으면 하는 바람이었다. 그런데 기대를 넘어 얼굴에 생기가 돌고 일상에 자신감이 생기기 시작했다. 인문학 수업을 들었던 안흥 친구들 중에 제야를 스승으로 생각하는 친구들이 있다는 이야기를 선암으로부터 전해 들었다. 챙겨야 할 사람이 있고, 스승으로 따르는 친구들이 있다는 사실만으로도 행인서원에 남아야 할 이유가 충분하지 않은가.

청소년 주말학교 가을 캠프 중에 생각지 않은 기쁜 소식이 전해졌다. 청소년 주말학교를 확대해 어린이, 청소년, 청년, 어른을 아우르는 '인생학교'로 확대하면 어떻겠냐고. 교육 지원청에서 예산 지원을 할 테니, 하고자 하시는 일을 하시라고. 보상받는 느낌과 실낱같은 희망이 교차했다. 순간 마음속에 담고 있던 '자발성에 기초한 자유로운 인간들의 연합' 그림이 그려졌다.

'새는 좌우의 날개로 난다'는 유명한 말이 있다. 제야는 이 말을 고쳐 쓰고 싶어졌다. 세상은 '공감'과 '동행'의 양 날개로 날아야 한다고. 인간은 자신이 아닌 누군가를 돌보고 책임질 때, 공적인 명분을 가질 때 강해지지 않던가. 각자도생하니 모두가 쫄아 작아지지 않았던가. 자발적 복종의 굴레를 벗어던지고, 행정편의주의와 직무성에 갇히지 않는 자발적이고 자유로운 인간들의 연대로 시작해 신자유주의 무한경쟁시대의 저지선을 구축해야 한다.

난세란 '약자의 지옥'이라 한다. 난세란 강자의 욕망이 거칠 것 없이 활개를 치기 때문이라고. 난세에는 세 가지 종류의 인간들이 존재한다고 한다. 난세의 희생자, 난세와 싸우는 자, 난세를 타는 자. 어느 시절이고 난세 아닌 때가 없었으나, 유독 현실은 난세를 타는 자들만이 활개를 치고 있다. 태평성대란 '강자의 감옥'이라고 한다. 강자들을 모두 가두고 약자들이 최소한의 풍요를 누리며 안전하게 살 수 있는 세상 말이다. 각자의 방식으로 난세와 싸우는 것 - '세상에서 가장 무서운 저항은 어떤 상황에도 굴하지 않고 자신의 해야 할 일을 해나가는 것'이라 하지 않던가.

11월 말, 청소년 주말학교 3기 졸업식에 맞추어, '자발성에 기초한 자유로운 인간들의 연합' 첫 모임이 열렸다. 지역에서 13명, 외부 지원단으로 2명이 참석했다. 살아온 길도, 꿈꾸는 내일도 조금씩 다르지만 '댓가 없는 선의'에 기초한 '공감과 동행'의 길을 시작해보려 한다. 누구는 '시작은 함께해도 나중에 또 제야 혼자 남을까 걱정이다.'라는 말을 하기도 한다. 그것이 무슨 대수랴. 그렇게 또 길이 이어지고 있음에랴.

오래전 사극 드라마의 한 대목이 떠 올랐다. '그 꿈 이루어지지 않는다' 하니 '사는 동안 꿈꿀 수 있으니 얼마나 행복한 일이냐' 고.

찔레의 이야기를 듣고

글의 주인공인 '이제야'.
나에겐 '찔레'라는 호칭이 익숙하다.

이창조 동행자

지난 6년 동안, 날짜로 세어 보면 300일쯤 될까, 찔레를 만나기 위해 행인서원으로 발길 했던 날들이. 어떤 날은 일을 구실로, 어떤 날은 술을 핑계로 행인서원을 찾아들었다. '독고다이' 생활에 익숙한 멀대글의 질문자로 등장한 '이선암', 나의 닉네임은 멀대다에게도 '동지'와 '의지처'가 필요했기 때문이었다.

'엄마와의 약속'을 마주하면서 멀대는 6년, 300일의 시간을 채웠던 것이 주로 자신의 이야기였다는 걸 깨달았다. 그 짧지 않은 시간 동안 찔레는 멀대의 이야기를 경청했다. '모모'의 주인공처럼. 멀대는 이제야 찔레의 이야기에 귀를 기울이는 것에 적잖은 부끄러움을 느끼며, 그에게 회답을 보낸다.

찔레와 멀대는 많이 다르다는 사실을 새삼 확인합니다.

찔레의 이야기를 듣고 '약속'이라는 단어의 묵직함에 대해 생각해 봤습니다. 누군가에게 약속이란 평생에 걸쳐 수백 수천 번 하는 별것 아닌 일일 수도 있겠지만, 멀대에겐 가급적 피하고 싶은 행위였습니다. 약속은 책임과 노력을 수반하는 행위이며 약속을 지키지 못할 때 돌아올 원망이나 비난을 받고 싶지 않았기 때문입니다. 하지만 약속은 우리들 관계의 밑받침이라는 사실을 다시 확인하게 됩니다.

찔레의 삶을 관통하는 몇 개의 단어들을 멀대의 그것과 대비해 봤습니다. 첫 번째는 '직면直面'입니다. 갈등이나 불편함, 두려움을 피하려는 건 인지상정일지 모르겠습니다. 허나 찔레는 피하는 법을 모르는 듯 직면하고 부딪혀왔습니다. 그 끝에 죽음이 기다릴지 모른다고 생각하면서도 싸움의 길에 서고, 감당하기 힘들 정도로 위태로운 경제적, 심리적 벼랑에서도 물러서지 않았고, 외로움을 동반하는 고통스런 상황에서도 '피하지 않는 쪽'을 선택합니다. 찔레와 함께하는 이들도 그 '힘'을 키워낼 수 있기를 희망합니다.

멀대와 찔레의 삶에서 대비되는 또 한 면은 '몰입沒入과 헌신獻身'입니다. 찔레는 말합니다. "삶이 늘 버거웠다. 어린 시절을 빼고는 공부하느라 그랬고, 철들고는 세상을 바꾸겠다고 그랬고, 조금 더 나이 들어서는 먹고 사는 게 힘에 겨웠고, 그리곤 '인간이 무언지, 왜 사는지', '남은 생 무얼 하며 살 건지' 무겁게 자신을 몰아 세웠다". 힘겨웠기 때문에 온 힘을 다했던 걸까요? 반면 어려움 없는 환경, 대충해도 별 탈 없던 능력과 인간관계 속에서 성장해 온 멀대에겐 힘겨웠던 시기도, 스스로를 무겁게 몰아세웠던 때도 없었던 것 같습니다. 온몸을 던져 무언가에 빠져 본 경험도 없습니다. 사회변혁을 꿈꾸던 때만이 아니라 길을 잃고 늪에서 허우적대던 시기에조차 온몸을 던졌던 찔레의 방식, 참으로 애쓰던 20대, 30대로부터 50대를 관통해서 지금에 이르기까지 일관된 삶의 방식을 멀대는 진심으로 존경합니다.

살아온 방식은 많이 달랐지만, 살면서 바라본 곳은 별로 다르지 않았던 것 같습니다. 찔레의 이야기를 듣고 보니 찔레에겐 항상 꿈이 있었네요. 사회변혁에의 꿈, 지역 활동의 꿈, 노동자대학을 만드는 꿈, 우리 살림집의 현대화를 이루려던 꿈, 목수들의 교육장을 만들겠다는 꿈, 행복한 집짓기의 꿈, 일터에서 대안 세상을 만들고 싶은 꿈, 마을공동체를 복원하는 꿈, 청소년 인문 캠프를 여는 꿈, 행인서원을 희망의 근거지이자 버팀목으로 만들어가는 꿈, 좋은 어른이 되는 꿈... 어느 하나 완결된 꿈은 없지만 늘 '꿈에 다가가는 길'을 닦는데 헌신한 게 찔레의 모습이었습니다. 변혁의 꿈에서 이탈한 후에도, 속물적 꿈에 패가망신하고도, 다시 꿈을 꾸고 길을 열고 그 길에 몸을 던져온 이. "다 갖추어진 다음에 한다는 것은 결국 하지 못한다는 것과 같다는 결론" 아래, "길은 가는 자에게 열릴 것이라" 믿어온 것이 찔레입니다. 힘을 다해도 미치지 못한다면 누군가를 통해 이어지리란 믿음을 품으며 그렇게 찔레는 길을 열어왔습니다.

세상 곳곳의 많은 이들이 찔레와 비슷한 꿈을 꾸어왔을 것이고, 멀대의 꿈도 별반 다르지 않았습니다. 신나는 작업장을 만드는 꿈, 지역사회의 변화를 도모하는 꿈, 뜻맞는 이들과 '진지'를 구축하는 꿈, 청소년들의 든든한 울타리가 되는 꿈, 해외에서 온 이주민들의 한국어 선생이 되는 꿈, 한 평 한 평 세상을 다른 색으로 물들이겠다는 꿈... 이런 면에서 멀대는 찔레와 '동지'라고 생각했고 대화를 계속해 왔던 것 같습니다.

멀대는 찔레의 인생 드라마에 단역으로라도 출연할 수 있었던 점에 만족하고 있습니다. 나아가 행인行人서원에서 다시 '인간의 길'을 열고자 하는 찔레가 그 길에서 쓰러지는 날까지 동행하기로 마음먹습니다. 동지同志이면서 동행인同行人으로.

P.S. 한 가지 덧붙이고 싶은 건, '집짓기'에 관련된 찔레의 글들을 감동적으로 읽었다는 점입니다. "집과 부동산은 투자가치가 아니라 사용가치"여야 한다는 생각은 'LH 사태와 대장동 이슈' 등

으로 상징되는 한국 사회에서 얼마나 소중한 철학인지요.

아.

'엄마와의 약속' 독후감을 생각하면서 문득 돌아가신 장애인 청년 원근희씨의 부고를 접하고 썼던 일기가 생각났습니다.

2018. 07. 25.

올해 5월부터 매주 금요일마다 만나게 됐던 새 친구가 나흘 전 세상을 떠났다는 사실을 오늘 알게 됐다. 이제 갓 서른을 넘긴 그는, 혼자 이동하는 것이 어려운 장애인이다. 스무 살 넘어 느닷없이 찾아온 근육병 때문에 그는 서서히 장애인이 되었다고 한다.

장애인복지관을 매개로 우리는 만나게 됐고, 무언가 즐겁고 기억할만한 일을 하자고 했다. 그래서 우리는 매주 행인서원에서 만나 안부를 묻고, 이러저러한 시를 읽고 느낌을 나누기 시작했다. 우리의 두 번째 만남 때, 그는 공책에 '시' 구절을 옮겨적으며 말했다. '얼마 만에 글씨를 써보는지 모르겠다'고. 그 말 만큼이나 글씨는 삐뚤빼뚤했다. 그러면서도 그는 매주 스케치북에 옮겨적은 시구를 들고 왔다. 정말 열심히 숙제를 한 것처럼.

그리고 보름 전, 상반기의 모임을 돌아보며 가을에 만날 것을 약속하는 자리에서 그는 말했다. "여기 오는 거 주저돼고, 밖에 나오는 거 두려워서 고민하다가 (복지관에서 추천해줘서) 나오니까 너무 시원하고 사람들도 좋고, 감사하죠. 잘해주니까. 쌤들 너무 좋아." "시를 보며 느낀 점이 많고 좋았어요." "시를 쓰고... 밖에 나오고 싶어요."

질리도록 무더웠던 지난 20일, 그는 집안 마당에 쓰러져 있는 채로 활동 보조인에 의해 발견됐다고 한다. 함께 사는 누나는 오전 8시 넘어 출근을 했고, 활동 보조인이 집에 도착한 것은 오후 1시가 좀 넘은 시각. 무슨 이유에서였는지 그는 방을 나와서 움직이다 마당으로 떨어졌고 거기서 방으로 되돌아가지 못한 채 쓰러져 의식을 잃고 말았다. 전화기도 없이, 누구에게도 도움을 청할 수 없었던 외롭고 절망적인 상황에서... 정말 많이 힘들었을 그 몇 시간을 생각하면 너무도 마음이 쓰라리다.

복지관 선생님은 그날이 금요일이었던 것을 이야기한다. 혹, 행인서원에 가서 나와 우리를 만나고 싶은 마음에 방 밖으로 몸을 움직였던 것이 아닐까 하는 생각.

행인서원 원장님은 그와 또 한 명의 청년을 첫 주인으로 맞이할 작은 도서관을 지었다. 그런데 그 첫 주인 가운데 한 사람이 떠나고 말았다. 떠난 친구의 이름은 원근희. 만난 지 겨우 석 달 만에 이제는 그를 추모하는 상황이 됐다.

요즘 찔레는 청소년들과 장애인들, 그들과 만나는 어른들을 마주하며 '공감'과 '동행'이라는 말을 자주 한다. 우리가 가야 할 길은 사회적 약자들이 중심이 된 지역자치 공동체라면서. 부디 그 발걸음이 뒤에 오는 이들에게 비추는 하나의 촛불이 되기를 소망한다.

엄마와의 약속
'인간의 길'을 찾는 어느 지역활동가의 회고담

초판 1쇄 인쇄 2022년 4월 10일
초판 1쇄 발행 2022년 4월 20일

지은이 이동일
펴낸곳 논형
펴낸이 소재두
등록번호 제2003-000019호
등록일자 2003년 3월 5일
주소 서울시 영등포구 당산로 29길 5-1 삼일빌딩 502호
전화 02-887-3561
팩스 02-887-6690
ISBN 978-89-6357-256-7 03810
값 20,000원